巫

신비
소설

무 8

슬픔보다
깊은 분노

문성실 장편소설

신비
소설

무

8

슬픔보다
깊은
분노

달빛정원

巫

신비
소설

무

8

차례

제1화

그리움만 남은 자리

1

숲은 늘 푸르다. 푸르른 숲 위로 가끔 하얗고 차가운 것이 내려와 푸름을 가릴 때도 있고 화려하고 울긋불긋한 빛깔이 시선을 사로잡을 때도 있지만 그것은 아주 잠시뿐, 숲을 가린 얇은 막이 한풀 사라지면 또다시 숲은 여전한 푸르름을 내보인다.

그 푸름이 어느 순간 짙은 갈색으로 물들어갈 때쯤 숲은 일 년 중 가장 목마름을 느낀다. 커다랗고 굵은 나무둥치마저 더 내놓을 습기가 부족한 계절이 되면 웅장한 나무의 이파리들도 마른 땅으로 뚝뚝 떨어지고 만다. 그러나 푸름을 가장 위협받는 이 계절이 더욱더 메마른 듯 느껴지는 것은 비단 날씨 때문만은 아니었다.

긴 머리를 등 뒤로 땋아 내린 정희는 암자에 홀로 있었다. 초점 없이 멍한 눈빛은 갈색으로 물들어가는 메마른 숲을 응시했다. 북편 대청마루에 앉은 정희는 오늘도 가슴이 시렸다. 두 무릎을 세워 가슴팍에 끌어안고 작은 온기라도 빠져나갈세라 몸을 움츠려도 시린 기운이 가시지 않았다. 머리 위에 둥실 뜬 태양의 열기는 뜨겁고 대청마루의 나뭇결 하나하나가 따스한 온기를 머금었는데도 정희의 한기만은 가시지 않았다. 한겨울 동장군이 금방이라도 입김을 불어댈 것만 같은 기분이 드는 것은 정희의 가슴이 너무나 시리고 아픈 탓이었다.

휘잉.

미풍이 불었다. 저 멀리 숲 가장자리에서 약하디약하게 매달려 있던 마른 이파리 하나가 결국 목마름을 견디지 못하고 툭 하고 떨어져 내렸다. 허무하게 떨어지는 그 작은 잎이 정희의 가슴을 두드렸다. 작은 잎 하나가 뾰족한 화살촉이 되어 정희의 심장으로 파고들었다.

'사실은 이미 알고 있었는지도 모르는데…… 어쩌면 우리는 단한 번도 헤어짐을 대비하지 않았을까.'

정희는 두 눈을 꾹 감았다.

낙빈을 데리고 천신 스승과 암자 식구들 모두가 나섰던 그날이 떠올랐다. 짙푸른 벽해碧海를 지나 예언의 무녀 외에는 아무도 살지 않는 작은 섬을 찾아갔던 그날, 어두컴컴한 신방神房에서 모모 님이 들려준 말씀이 정희의 머릿속에서 수없이 되풀이되었다.

그 늙은 무녀가 좁은 신방의 한가운데에 승덕을 일으키고는 요모조모를 살펴보았다. 세파에 찌들어 주름진 늙은 무녀가 눈빛만은 예사롭지 않았던 것이 생생히 떠올랐다. 그날 모모 님의 안에서 모든 것을 꿰뚫은 격암 남사고 선생의 예언이 흘러나왔다.

'혜안의 상이구나. 말할 것도 없이 지혜롭고 영특하구나. 참으로 밝은 눈을 가져서 진리를 꿰뚫어보는 힘이 있도다! 너는 소싯적부터 주변에 죽음이 끊이질 않았을 것이다. 하지만 모두가 너의 눈을 밝히기 위함이었구나. 혈혈단신 의지할 데 없이 외로운

10

몸으로 혜안을 얻되, 사람을 잃었도다. 혜안과 함께 불행을 얹어 주었으니 주위에 연戀이란 연은 모두 끊어지고 사라질 운명이구나. 그러나 어쩌랴, 그것이 혜안의 대가인 것을. 슬퍼 말아라. 진인眞人을 만나면 그 모든 것을 잊을 테니. 혜안이 될 자여, 네가 진인의 앞길을 인도하리라. 너는 미래를 보며, 그것을 직관으로 통찰하리라.'

모모 님은 승덕의 능력을 한눈에 알아보았다. 그것을 '혜안의 상'이라 말했다. 정희는 짓궂은 장난을 치기도 하고 싱거운 농담도 잘하던 승덕이 얼마나 사물의 이치를 꿰뚫어보는 능력을 지녔는지 누구보다도 잘 알고 있었다.

'낳아준 자를 나온 자가 살해했다고 원망하고 있느냐. 그로 인해 괴로워하느냐. 그러나 괴로워 말아라. 네 마음속의 바람대로 나온 자가 낳아준 자를 해한 것이 아니니라. 그러니 울지 마라, 두려워 마라. 부디 네 운명을 받아들여라.'

모모 님은 이제껏 승덕이 걸어온 길을 모두 알고 있는 것 같았다. 승덕의 가족 이야기를 알고 있던 암자 식구들은 모모 님의 완벽한 예언에 숨이 막힐 정도로 놀랐다.

'내 말을 잘 들어라. 말세를 보는 자들이여. ……말세가 도래하고 있도다. 해와 달이 빛을 잃고 어두운 안개가 하늘을 덮는구나. ……하늘에서 재난이 내려오면서 시체가 산과 같이 계곡을 메우니 길조차 찾기 힘들구나. 죽었던 자들이 살아나 사방에서 날뛰니 온 세상이 뒤숭숭하기만 하구나. 미륵불이 오실 날은 언제인

가. ……너 혜안을 가진 자여, 눈을 크게 떠라.'

격암 선생의 음성을 빌려 이야기해주던 모모 님의 음성이 정희의 귓속에 그대로 재현되었다. 정희는 눈을 스르르 감았다. 어쩌면 그때는 몰랐을까! 무슨 일이 일어나기 전에는 어쩌면 그렇게 까맣게도 생각지 못했을까. 분명 모모 님의 예언에 성주를 의미하는 말이 있었음을 왜 몰랐을까. 죽었던 자들이 살아나는 그 뒤숭숭한 날에 혜안을 가진 승덕에게 눈을 크게 뜨라던, 모든 것을 똑똑히 바라보라던 그분의 말씀을 왜 그때는 깊이 생각지 않았던가! 아무리 위대한 예언가가 앞날을 예비해주어도 운명이란 결코 피할 수도, 변할 수도 없단 말인가! 무언가 정희의 가슴 한쪽을 예리한 창끝으로 찌르는 것처럼 지독한 통증이 밀려왔다. 아득한 통증 속에서도 모모 님의 음성은 정희의 머릿속에서 계속되었다.

'천상의 하늘님이 지상의 하늘님으로 강림하여 대도大道를 펼치려 하니, 하늘이 감춰두고, 땅이 숨겨둔 십승지十勝地에서 그분을 받들어 도와야 하느니라. 그곳 십승지 궁을촌弓乙村은 사람이 살 수 있는 유일한 길이며, 모든 인간의 생사가 그곳에서 결정되리라. 혜안을 가진 자여, 잊지 말아라. 네 비록 천상천하의 성지인 십승지 궁을촌에 들어가지 못하고 눈을 감을 것이나 혜안을 가진 너의 희생으로 미륵불이 눈을 뜰 터이니, 원망치 마라. 나의 말을 잊지 말아라. 나의 말은 너의 길이 되고 등불이 될지니라.'

모모 님은 승덕이 천상천하의 성지에 들어가지 못하고 눈을 감을 것이라고 얘기했다. 그 말을 듣는 순간 누구도 입을 열지는 않았지만 암자 식구들은 승덕의 죽음을 예감했다. 심지어 모모 님은 그것이 승덕의 죽음을 의미한다고 명확히 말하기까지 했다. 하지만 정희도 정현도 낙빈도…… 모두 그건 아주 먼 미래의 일일 거라고 애써 부정했던 모양이다. 만일 낙빈이 미륵불이 맞다면 그저 '낙빈보다 승덕이 먼저 떠나겠구나. 세상에 나온 순서가 그렇듯 조금 먼저 세상을 떠나겠구나'라고 여기며 별다르게 생각지 않으려 했다.

그저 그렇게 믿으려 했다. 그 끔찍한 예언을 들려주는 모모 님도, 듣는 승덕도 놀람과 불안을 내색하지 않았기에 모두가 승덕의 희생과 죽음에 대한 예언을 심각하게 생각해보지 않았던 것이리라. 하지만 정희는 기억하고 있었다. 이 모든 이야기를 하며 '잊지 말아라, 잊지 말아라' 하고 당부하고 또 당부하던 모모 님의 모습을…… 어쩌면 그토록 몇 번이고 되풀이하며 강조하던 그분의 당부를 가볍게 듣고만 있었던 것일까!

정희는 눈을 질끈 감았다. 턱을 문지르며 생각에 빠지던 승덕의 얼굴이 떠올랐다.

정희는 천천히 눈을 떴다. 정희의 눈이 아주 먼 곳을 바라보는 것처럼 흐릿했다. 멀리 숲 어딘가를 바라보는 정희의 눈은 서글퍼 보였다. 모든 것을 맞힌 모모 님이지만 그분의 마지막 말은 이해되지 않았다.

'스스로를 진인이라 칭하는 이들이 나타날 것이나 진정한 진인이 누구인지는 단지 하늘만 아시겠지. ……너는 스스로의 희생을 통해 만백성을 살리거나 죽일 수 있는 칼을 쥐고 있는 거다. …… 죽음으로 길을 열어야 하는 운명이다.'

정말 낙빈이 진인이라면 승덕은 낙빈에게 만백성을 살릴 수 있는 계기가 되었어야 했다. 하지만 승덕의 희생으로 낙빈에게 미래의 문이 열리기는커녕 단단히 닫혀버린 것 같았다. 그 아이의 맑고 순수했던 마음이 닫힌 채 꽁꽁 잠겨버리고 말았다.

인생은 예측하지 못한 곳으로 흘러가고 남은 사람들의 상처는 잔혹할 정도로 깊고 예리했다. 벌어진 상처를 준비할 시간도, 보듬을 시간도 없이 모든 것이 끝나고 모든 것이 지나가버렸다. 한마디 말도 남기지 않고 허무하게 사라져버린 사람으로 인해 남은 이들의 인생은 피폐해졌다.

정희는 두 무릎 사이에 얼굴을 묻었다. 서글픈 눈물이 흘러넘쳤다. 시시때때로 터져 나오는 눈물은 아무리 시간이 흘러도 익숙해질 줄을 몰랐다.

'오빠, 뭐가 뭔지 모르겠어요. 오빠의 혜안이 그 어느 때보다 필요한데 어쩌면 좋을까요. 저조차도 버림받은 어린아이가 되어버린 기분인데 형으로, 스승으로 오빠만 졸졸 따르던 우리 낙빈이의 심정은 어떨까요. 그 불쌍한 아이를 어쩌면 좋을까요. 오빠…… 제발 도와주세요. 제발…….'

먼 숲만 바라보던 정희가 두 눈을 꾹 감았다. 까만 속눈썹 사이로 맑은 눈물이 굴러떨어졌다.

2

미덕은 빨간 가방을 등에 메고 터덜터덜 걸었다. 흐느적흐느적 지친 걸음을 옮길 때마다 정희가 묶어준 양 갈래 머리가 달랑거리며 춤을 추었다. 가방끈을 길게 늘어뜨린 탓에 등을 지나 엉덩이 아래까지 가방이 내려왔다. 늘어진 가방 탓에 미덕의 좁은 어깨는 더욱더 지쳐 보였다.

벌써 학교에서는 수업이 시작되었을 테지만 미덕의 발걸음은 학교로 향하지 않았다. 정희 언니 눈치에 가방을 메고 암자에서 내려오긴 했어도 이렇게 슬쩍슬쩍 학교에 가지 않은 게 한두 번이 아니었디. 오늘도 미덕은 가방이 쏠리는 쪽으로 몸을 틀어 정처 없이 걸을 뿐이었다.

덩덩 덩덕쿵덕 덩덩……

그렇게 미덕이 터벅터벅 걸어가는데 귀가 번쩍 뜨일 정도로 요란한 소리가 들려왔다. 저 멀리 아득한 곳에서 들려오는 북과 장구, 피리 소리가 고요한 시골 마을을 한바탕 들썩이게 했다. 미덕은 산 너머에서 들려오는 소리를 따라 휘적휘적 걸음을 옮겼다. 무언가에 홀린 듯 소리만 따라갔다.

덩덩 덩더덕 덩덕쿵덕……

미덕은 아득히 들려오는 장구 소리에 심장이 쿵쾅거렸다.

익숙한 소리다. 낙빈이 수련하는 동굴에서 종종 들려오던 소리였다. 낙빈이 작은 소고로 장단을 맞추면 미덕이 달려가 빈 장구를 후려쳤고, 낙빈이 장구를 치면 미덕은 소고를 들고 신나게 춤을 추었다. 미덕은 그 노랫가락이 무언지도 모르고 어떻게 박자를 맞추는지, 어떻게 연주해야 하는지도 몰랐지만 그냥 그 가락이 좋았다. 낙빈에게는 북과 장구를 연주하는 것도 수련이었다.

신이 부르는 가락에 따라 장구도 치고 북도 치고 훨훨 날아오르는 것도 알고 있었다. 낙빈이 장단을 치면서 신기를 불러온다는 것도 잘 알고 있었지만 미덕은 수련하는 낙빈 곁에서 제멋대로 신나게 춤을 추고 악기를 쳐댔다. 그러면 정말 신이 났다. 낙빈은 한 번도 그런 미덕을 싫어하지 않았다. 오히려 미덕과 함께 신명나게 놀다 보면 낙빈의 신기도 더 맑아지고 강해진다고 했다. 그래서 미덕은 낙빈이 북을 치고 장구를 칠 때마다 부리나케 달려가 낙빈의 곁에서 함께했다.

미덕은 멀리서 들려오는 그 소리에 지치는 줄도 모르고 산을 넘었다. 점점 가까워질수록 낙빈과 함께했던 가락이 예전보다 훨씬 크고 웅대하게 귀를 울려댔다. 산을 넘어 시골집 담벼락으로 다가가니 마당에 웅성거리는 사람들이 가득했다. 동네 사람들이 더러는 앉고 더러는 일어나 넋을 놓고 바라보는 그곳에는 피처럼 붉은 적색기, 흰 버선 같은 백색기, 누런 부적 빛깔의 황색기, 푸른 바다 빛깔의 청색기, 검은 어둠 같은 흑색기가 펄럭이고 있었다.

적·백·황·청·흑색 깃발이 바람에 요란하게 펄럭이는 그 너머에서 빨강, 파랑 등 형형색색의 옷을 입은 여자가 덩실덩실 춤을 추었다. 그녀 곁에는 기다란 도포를 걸치고 장구를 치는 사람, 징을 치는 사람, 통소를 부는 사람이 있었다.

한바탕 춤바람을 들썩거리는 무당패 가운데에는 넓은 멍석이 깔려 있었다. 멍석 위에는 하얀 소복을 입은 여자가 무릎을 꿇고 고요히 앉아 있었다. 요란한 굿판과 고요한 여자의 모습은 참으로 대조적이었다.

무당은 화려한 부채와 방울을 흔들며 노래인지 고함인지를 질러댔다. 그런 무당을 지켜보는 사람들은 넋이 빠져 있었다. 미덕은 생판 모르는 집 안으로 들어가 어른만 그득한 굿판 앞으로 슬금슬금 다가갔다. 그러고는 엉덩이와 엉덩이 사이의 틈새에 자리를 깔고 앉아 눈앞에서 펼쳐지는 화려한 무굿을 홀린 듯 바라보았다.

미덕은 하얀 한복을 입고 빙글빙글 몸을 돌리는 낙빈을 본 적이 있지만 저렇게 울긋불긋 차려입은 어른 무당이 무굿을 하는 광경은 처음 보았다. 눈앞의 무당은 하얀 소복 치마 위에 붉은 띠와 푸른 띠를 묶었다. 머리는 하나로 묶어 위로 올리고 그 위에 하얀 고깔모자를 쓰고 있었다. 얼굴에 울긋불긋 진하게 화장한 무당이 커다란 목소리로 하늘을 향해 노래를 불렀다. 무척이나 빠르고 강한 목소리인데도 왠지 노래가 참 슬펐다.

"새소리다……."

미덕이 중얼거렸다. 소리소리 지르는 무당의 목소리가 피 터지게 우는 작은 새의 울부짖음 같았다. 미덕은 그렇게 구슬픈 새소리는 들어본 적이 없었다. 아주 작은 새가 슬픔에 겨워 목을 찢어가며 우는 것 같았다.

덩덕…… 덩더덕…… 덩더덕…… 덩덩…….

장구 소리가 빨라지면서 미덕의 귀를 찢을 듯한 새소리도 점차 커졌다. 귀가 터지도록 들려오는 새소리가 온 마당을 휘감았지만 어디에도 새는 없었다. 새소리를 내는 것은 화려한 옷을 입은 무당의 입술이었다.

"새소리처럼 들리재? 허지만 저건 새소리가 아니여. 무당이 영혼의 말을 받아서 말하는 거란다."

미덕의 말을 들었는지 곁에 있던 노인이 미덕을 향해 어눌한 말투로 중얼거렸다.

"그런데 너는 누구냐? 우리 마을 아가가 아닌디?"

백발이 성성한 노인이 아는 체를 하는데도 미덕은 덩실덩실 춤추는 무당에게서 눈을 떼지 않았다. 미덕은 대답도 하지 않고 오히려 노파에게 물었다.

"할머니, 지금…… 뭐하는 거예요?"

"으응, 신내림 굿판이란다. 저 여자한테 신내림을 하는 중이여."

노파는 다소곳이 무릎을 꿇은 여자를 가리켰다.

"요란한 옷을 입은 건 신어미여. 저 신어미가 신딸의 신령을 받아주는 중이여."

할머니는 덩실덩실 돌아가는 춤판을 바라보며 어깨를 들썩거렸다. 새로 신내림을 받는 무당에게 원무당이 굿을 해주는 모양이었다. 사실 신어미와 신딸 사이에 그만큼의 나이 차이는 없었다. 소복을 입은 신딸의 얼굴도, 신굿을 하는 원무당도 모두 중년으로 보였다. 그저 신을 내려주고 받는 일을 하며 서로에게 어미와 딸이라는 이름을 붙이는 모양이었다.

"그런데…… 저 새소리는 어디서 나는 거예요?"

미덕은 굿판에서 눈을 떼지 않고 물었다.

"저 휘파람 소리가 꼭 새소리 같재? 저건 딸무당의 죽은 아들내미가 내는 소리랜다. 젖먹이 때 잃어버린 아기라는데 그놈이 태주신胎主神이 되어 돌아오는 거라더라."

"죽은…… 아들이오?"

미덕은 멍하니 굿판을 바라보았다. 여전히 무당이 외치는 높고 가는 새소리가 들려왔다. 노파는 그 소리를 '휘파람'이라고 말했다. 그 휘파람 소리가 무당에게서 튀어나와 고스란히 소복을 입은 여자 쪽으로 움직이는 것 같았다. 무당의 몸을 통해 흘러나온 휘파람 소리가 약한 바람을 타고 소복을 입은 여자에게로 이동하는 것처럼 보였다. 노파는 소복을 입은 여자 쪽을 보며 혀를 끌끌 찼다.

"어휴, 저 여자도 참 이래저래 고생이 많았다. 갓 태어난 자식을 잃고 반미치광이처럼 10여 년을 살았으니……. 겨우 신내림을 받고 이제 정신을 차릴라나 보구나. 죽은 애가 태주로 왔으니, 이제 정신 차리고 무당이 될 수 있을 거야."

"죽은 아들이 내는 소리라고요……?"

미덕은 구슬픈 새소리 같은 소리가 죽은 아기의 소리라니 신기했다.

"원래 귀히 여겼던 사람들은 죽어서도 무당에게 신神이 되어 오는 법이란다. 비록 젖먹이였지만 어린것이 어미를 징허게 그리워했던 모양이다. 어미가 부르니 당장 달려와서 저렇게 몇 시간 동안 쉬지 않고 휘파람을 불어대니 말이야……."

아기 때 죽은 아들과, 그 아들을 그리워하다가 반쯤 미쳐버린 여인이 신내림을 통해 10여 년 만에 다시 만난다는 사실이 너무나 감동적인지 노파는 치마폭으로 눈물을 훔쳐냈다.

"무당은…… 죽은 사람을 다 만날 수 있는 거예요?"

"에고, 애야. 그건 아니란다. 무당이라고 해서 죽은 사람을 다 불러내는 건 아니야. 죽은 아기가 엄마를 그리워하지 않았다면 저리 만날 수도 없단다. 죽은 아기나 어미나 둘 다 지독히도 만나고 싶어 하니께 저렇게 신내림으로 태주신이 되어 만나는 거지."

"그렇구나."

굿판에서 만난 저승과 이승의 모자母子를 바라보며 할머니는 애틋한 마음과 깊은 감동이 가득한 표정이었다. 하지만 그 말을 듣는 미덕의 표정은 어쩐지 싸늘해졌다. 미덕은 입술을 힘껏 깨물었다. 그러지 않았다가는 눈물이 왈칵 솟아날 것만 같아서였다.

'낙빈이…… 우리 낙빈 오빠 불쌍해서 어떡해!'

미덕의 눈꼬리에서 말간 물이 한 방울 떨어졌다. 가엾은 낙빈의 작은 뒷등이 눈에 선했다.

"형, 승덕 형"을 부르며 비가 오나 눈이 오나 무릎을 꿇고 애원하던 그 뒷모습이 잊히지 않았다. 몇 날 며칠 동안 밥 한술 뜨지 않고 승덕의 차가운 몸을 부여잡고 "형, 형, 형!"을 부르짖던 그 모습이 떠올랐다.

하지만 하늘을 향해 손을 벌리고 땅을 향해 발을 굴러도 낙빈은 승덕을 불러내지 못했다. 승덕은 한마디 대답도 하지 않았다. 미친 사람처럼 아우성치는 어린 동생을 보고 있는지 아닌지, 그렇게 애원하고 발악해도 낙빈의 귀에 한마디도 남기지 않았다. 심장을 관통당한 채 유언의 말도 남기지 못한 그가 마지막으로 미덕의 손을 잡고 이야기를 쏟아낸 것이 전부였다. 낙빈이 애걸복걸해도 승덕은 단 한마디 말도 없었다.

바람 속에서, 빗속에서, 햇빛 속에서 한 걸음도 물러서지 않고 목이 터져라 승덕을 부르고 또 부르던 어린 박수무당을 보며 암자 식구들은 가슴이 찢어지는 듯한 통증을 느꼈다. 사라져버린 승덕이 불쌍하기보다는 이승에 남아 온전히 그리움을 품고 살아가야 하는 남은 이가 훨씬 더 불쌍하게 느껴지는 건 너무나도 상처받은 어린 소년 때문이었다. 진짜 형처럼, 아니 친형보다 더 살갑고 가깝게 지내던 존재와 처음으로 영원한 이별을 경험한 어린 소년의 충격은 이루 말할 수 없을 정도로 깊고 아팠다.

미덕은 왜 승덕의 영혼과 낙빈이 만날 수 없었는지 알 수가 없었다. 그저 낙빈을 보며 가슴 아프고 슬프고 괴로웠을 뿐, 대체 왜 두 사람이 소통하지 못하는지는 몰랐다. 저렇게 낙빈이, 저 어린 무당이 고래고래 소리를 지르는데…… 저렇게 있는 힘을 다해 그리운 사람을 부르는데 왜 무당이 영혼을 만나지 못하는지 알 수가 없었다.

그런데…… 오늘 그 의문이 풀렸다.

'무당이라고 해서 죽은 사람을 다 불러낼 수 있는 게 아니구나. 서로…… 같이 보고 싶어 하지 않으면 안 되는 거구나……. 만나고 싶어도…… 만날 수가 없는 거구나…….'

미덕은 풀이 죽은 목소리로 들릴 듯 말 듯 중얼거렸다. 하늘이 내려앉고 땅이 꺼질 정도로 발광하는 낙빈을 모른 척 외면한 건 승덕이었음을 이제야 알았다. 승덕에 대한 원망이 가슴 깊은 곳에서 부글부글 들끓었다.

'어떻게 그래……? 승덕 오빠 어떻게 그래……? 이렇게 만나고 싶어 하고 이렇게 슬퍼하는 사람들이 있는데, 어떻게 돌아보지도 않고 그렇게 떠나? 어떻게 그래…… 어떻게 그렇게 모른 척하고 떠나? 우리 다 버리고 어떻게 그렇게 떠날 수가 있어? 어떻게 그래! 어떻게……!'

미덕은 입술을 꽉 깨물었다. 입술 끝이 하얘질 정도로 세게 물었다. 그런데도 작게 새어나오는 원망의 소리를 막을 수가 없었다.

"승덕 오빠, 미워!"

미덕은 자꾸만 삐져나오려 하는 눈물을 한 손으로 닦아냈다. 그러고는 얼른 고개를 숙였다. 이런 모습을 누구에게도 보이고 싶지 않았다.

"뭐라고?"

할머니는 옆자리에 앉은 미덕의 낌새가 이상해 되물었지만, 아이는 바닥만 내려다보며 자기 혼자만 겨우 들릴 듯한 목소리로 중얼거릴 뿐이었다. 할머니는 그런 미덕을 바라보다가 다시 두 눈을 훔쳤다.

"에구, 불쌍한 것들! 아기도 불쌍하고, 저걸 못 잊고 미친년처럼 살았던 그 어미도 불쌍하구나. 에그, 불쌍한 것들…… 에그, 불쌍한 것들!"

혀를 끌끌 차는 노파의 말을 듣고 있던 미덕이 그 자리에서 벌떡 일어나 소리를 질렀다.

"불쌍하긴 뭐가 불쌍해요! 그래도 결국엔 만났잖아요! 결국엔 서로 보고 싶어서 다시 만났잖아요! 그게 뭐가 불쌍해요? 그게 뭐가……!"

미덕은 갑작스럽게 소리를 지르는 자신을 보며 휘둥그레 눈을 뜨는 노파와 낯선 사람들을 바라보았다. 따가운 눈총이 미덕에게 꽂혔다. 신성한 굿판을 어지럽혔다는 힐난의 빛이었다. 미덕은 곧장 사람들 사이로 빠져나왔다. 작은 마당에 가득 들어찬 사람들은 미덕이 나갈 수 있도록 몸을 비켜주었다. 미덕은 씩씩 화난 걸음으로 마당을 빠져나왔다.

"치, 아무리 불러도 대답하지 않는 사람도 있는데…… 그래서 미치고 팔짝 뛰는 무당도 있는데 뭐……. 저런 사람들이 뭐가 불쌍하다는 거야!"

미덕은 빨갛게 충혈된 눈을 다시 한 번 쓱쓱 문질렀다. 굿판에 들어올 때보다 더 무거워진 다리가 미덕을 붙잡았다. 무거운 발

걸음 사이로 구부러진 낙빈의 등이 어른거렸다. 축 처진 등이 흑
흑 소리를 내며 울던 모습이 떠올랐다. 작은 어깨가 덜덜 떨리며
슬퍼하던 모습이 눈에 선했다.

'아무리 불러도 오지 않아서, 그렇게 목이 터져라 불러도 돌아
오지 않아서 낙빈 오빠가 울었구나. 그래서…… 울었구나. 혼자
만 그렇게 부르다 지쳐서…… 울었구나…….'

미덕은 차라리 몰랐으면 좋았을 현실을 알아버린 것이 원망스
러웠다. 미덕은 승덕이 모두를 버렸다는 사실을 알아버렸다. 승
덕은 낙빈도, 정희 언니도, 정현 오빠도, 천신 스승도, 미덕도……
모든 사람을 버렸다. 승덕이 눈을 감기 직전 그의 모든 이야기를
들었는데도 미덕은 버림받았다는 생각을 떨칠 수가 없었다. 승덕
이 스스로를 얼마나 버거워했는지, 자신이 불행을 몰고 다닌다는
생각에 얼마나 괴로워했는지를 들었는데도 자꾸만 승덕이 모두
를 버리고 떠나갔다는 생각이 들었다.

'오빠…… 미워…….'

미덕은 하늘을 바라보았다. 구름 한 점 없는 말간 하늘까지 괜
스레 원망스러웠다. 이렇게 힘들고 고통스러운 사람들이 있는데
도 저만 말갛게 반짝이는 하늘이 꼴 보기 싫었다. 한없이 멀게만
보이는 저 산 너머 암자까지 언제 돌아갈까 싶었다. 머나먼 산 너
머에는 이제 더 이상 재미있지도 신나지도 않은 차갑고 쓸쓸해진
암자가 있었다.

여전히 흥겨운 장구 소리와 애끓는 새소리가 사방에 울리고 있

었지만 미덕의 두 귀에는 어떤 소리도 들려오지 않았다. 다만 상처받은 낙빈의 눈동자만 머릿속을 맴돌 뿐이었다. 미덕은 무거운 발걸음을 터덜터덜 놀렸다. 풀이 죽은 빨간 책가방이 미덕의 작은 등 뒤에서 쓸쓸하게 흔들렸다.

3

언제나 그렇듯이 오늘도 암자를 둘러싼 숲은 스산해지는 계절의 흐름 속에서도 울창했고, 또 언제나 그렇듯이 암자의 뜨락은 평화롭고 고요한 하루를 보내고 있었다. 미덕은 하교 시간이 훌쩍 지나서야 간신히 암자에 도착했다. 벌써 해가 뉘엿뉘엿 지려는지 하늘 어귀가 붉게 타올랐다.

암자와 가까워지자 멀리서 미덕의 발소리를 들은 강아지 세 마리가 세차게 꼬리를 흔들며 달려왔다. 흰색과 황토색, 그리고 검은색 강아지가 기운이 다 빠진 주인의 얼굴과 손을 핥았다. 강아지들이 주인의 기분을 풀어주려고 애를 썼지만 미덕의 웃음은 어딘가 바람이 빠진 것만 같았다.

월월월월!

"뭐라고?"

강아지들이 짖어대는 소리를 듣던 미덕이 화들짝 놀랐다. 짧은 두 다리가 잽싸게 암자를 향해 내달렸다. 미덕은 숨이 턱에 닿을 정도로 곧장 달렸다. 너무 서두른 탓에 몇 번 미끄러질 뻔도 했지만 덕분에 무시무시한 속도로 암자에 도착했다. 암자의 너른 마당에 닿았을 때는 미덕의 볼이 새빨갛게 달아올라 있었다.

"헉헉. 언니…… 할아버지……."

어딘가 먼 곳을 바라보던 정희와 천신이 미덕을 바라보았다. 안타까운 듯 정희의 눈썹이 아래로 내려갔다.

"어머나, 미덕아."

정희가 미덕의 앞으로 한걸음에 다가갔다.

"그래, 늦었구나. 무사히 돌아왔으니 됐다."

헉헉거리는 미덕을 바라보던 천신이 몸을 돌려 본당으로 사라졌다. 미덕은 천신의 등을 멍하니 바라보았다. 정희는 미덕의 숨이 가라앉기를 기다리며 연신 머리를 쓰다듬어주었다.

"언니, 뭐예요? 정현 오빠가 어디 갔어요?"

미덕이 동그란 눈으로 정희를 바라보았다. 뒤죽박죽으로 황급히 짖어대던 복실이들은 분명 정현의 이야기를 다급히 전하고 있었다. 정현이 어딘가로 가버렸다고 미덕에게 말했다.

"으응, 미덕이 네가 돌아오길 기다리다가……. 더 늦으면 안 된다고 조금 아까 떠났어."

"어디로요?"

미덕의 눈이 삽시간에 커졌다. 그 커다란 눈이 그렁그렁해졌다.

"으응, 오전에 어느 사범님이 멀리서 찾아오셨어. 정현이 도움이 필요하다고 하시면서……. 그동안은 어수선한 일이 많아서 정현이가 암자를 떠나지 않았지만…… 이번엔 내가 보냈어. 수련을 하면서 복잡한 일들을 좀 잊었으면 해서. 너무 갑작스럽게 이렇게 돼서 미안해, 미덕아. 널 보고 가려고 했는데……."

정희는 미덕의 커다란 눈을 보면서 아이의 등을 계속 쓸어주었다. 달라져버린 암자를 미덕이 얼마나 쓸쓸해하고 있는지, 그 쓸쓸함 속에서 얼마나 방황하고 힘들어하는지 잘 아는데 또다시 정현이 떠났다는 말을 하는 게 참 가슴 아팠다.

"으…… 으…… 우와아앙!"

미덕은 울음을 참지 않았다. 미덕은 정희의 무릎에 얼굴을 묻고 엉엉 통곡하기 시작했다. 정희는 흔들리는 작은 등을 손바닥으로 살살 쓸어주었다. 정희는 알고 있었다. 미덕이 왜 우는지. 그 마음이 어떤지. 미덕이 느끼는 감정을 사실은 정희도 고스란히 느끼고 있었으니까. 어른이기에 겨우 참고 있을 뿐, 정희의 가슴도 미덕처럼 통곡하고 있었다. 외로움에 덜덜 떨고 있었다. 정희는 차오르는 울음을 삼키며 숲 저 멀리를 바라다보았다.

그날 승덕이 떠난 이후 시간의 흐름을 인지할 수가 없었다. 시간은 너무나 더디게 흘렀다. 계절이 몇 번 바뀌었을 뿐이지만 수십 년이 지난 것처럼 멀었다. 승덕이 떠난 후로 통곡하고 울부짖던 낙빈은 암자를 떠났다.

완전히 폐인이 되어버린 것 같은 그 가엾은 소년을 일으켜 세운 건 현욱이었다. 그 사람이 어떻게 설득했는지 서늘한 눈빛으로 변한 낙빈이 그 남자를 따라나섰다. 그러고는 계절이 몇 번 지나도록 편지 한 통, 연락 한 번 오지 않았다. 낙빈을 데려간 뒤로 그 남자에게서도 연락이 없었다. 미덕은 목이 빠져라 두 사람을 기다렸지만 낙빈은 물론이고 현욱마저 연락을 끊었다. 남은 사람들은 하루하루 그들을 기다렸다. 떠난 사람들을 떠올릴 때마다 눈물이 흐르고 가슴이 아프고 걱정이 끊이지 않았다. 그리고 기다림에 하루하루 지쳐만 갔다.

정희가 정현의 등을 떠밀어 먼 수련터로 보낸 것도 숨 막힐 듯한 기다림에 지쳐만 가는 나날에 작은 변화가 생기길 바라서였다. 그러면 적어도 정현은 지독한 기다림에서 조금이나마 해방될 것이고, 정희와 미덕은 아무도 돌아오지 않는 기나긴 나날 중에 적어도 몇 달에 한 번, 몇 주에 한 번은 꼭 얼굴을 비출 정현을 반기면서 기다림에 질식하진 않을 것 같았다.

"미덕아, 힘들지? 낙빈이와 아저씨를…… 기다리는 네 마음 나도 알아."

"아냐! 안 기다려! 아냐, 아니야!"

얼굴을 파묻고 울어대던 미덕이 갑자기 소리를 버럭 지르며 얼굴을 들어올렸다. 눈물에 젖은 아이의 얼굴이 새빨갛게 달아올랐다. 미덕은 벌떡 일어나 응달이 지는 암자 뒷마당으로 부리나케 내달렸다. 친구처럼, 친남매처럼 지냈던 낙빈과 미덕의 유일한 보호자인 현욱이 암자를 떠난 뒤로 연락 한 통 없으니 그동안 내색하진 않아도 어린 미덕이 얼마나 원망스럽고 얼마나 서글펐을지 정희는 알고도 남았다.

정희는 뛰어가는 미덕의 등을 멍하니 바라보았다. 눈물을 흘리지는 않았지만 정희의 얼굴은 울음보다도 쓸쓸하고 구슬픈 미소를 띠고 있었다.

그날, 승덕이 떠난 이후 꼬박 50일간 거의 먹지도 자지도 않고 암자에 처박혀 있던 낙빈은 부스스 일어나 현욱을 따라 떠나갔다. 그 뒤로 잘 있는지, 무슨 일은 없는지, 몸은 아프지 않은지 아무런 연락이 없었다.

'승덕 오빠가 있었다면 어떻게든 낙빈이를 찾아냈을 텐데……'

정희는 피식 쓸쓸한 웃음을 지었다. 이렇게 말이 안 되는 일도 없지. 승덕으로 인해 벌어진 일이건만 승덕만 해결할 수 있다는 말이 이토록 허망할 수기 없었다.

'……이무 일 없는지……. 잘 있다는 말 한마디만 전해주면 좋으련만……'

정희는 애써 참았지만 여린 입술 사이로 새어나오는 긴 한숨만은 차마 감추지 못했다. 괴로움에 치를 떨며 초췌하게 변해버린 낙빈…… 그 아픈 모습이 떠오르면서 서글픈 마음이 울컥 치밀었다. 정희는 깊은 한숨을 내쉬며 천천히 몸을 일으켰다. 그러고는 긴 나무 그림자 아래 축축한 응달 속에 몸을 쪼그린 미덕에게 다가갔다.

"미덕아."

들릴 듯 말 듯한 목소리에 작은 나뭇가지로 땅바닥을 후벼 파던 미덕이 움직임을 멈추었다.

"······미안해, 미덕아."

"으으으······ 으와아아앙!"

미안하다는 말이 떨어지기가 무섭게 미덕이 서러운 울음을 터뜨렸다. 나뭇가지로 파낸 땅바닥에 미덕의 눈물이 뚝뚝 떨어졌다.

"미안, 미안해······."

정희는 미덕의 등을 꽉 안았다. 서럽게 울어대는 어린 등에 얼굴을 기댔다. 축축하고 뜨거운 열기가 정희의 얼굴에 전해졌다.

계절이 몇 번 바뀌도록 미덕의 유일한 보호자이자 존경의 대상이었던 현욱은 단 한 번도 연락해오지 않았다. 게다가 미덕이 "낙빈아, 낙빈아" 하며 놀려대던 유일한 친구이자 친오빠 같던 그 아이도 말 한마디 없이 사라지고 말았다. 몹시도 길고 지루한 시간동안 혼자 외로움을 달래며 쓸쓸한 모습을 보이지 않기 위해 강한 척, 명랑한 척하던 미덕이었다. 그 어린아이가 참고 참았던 눈물이 정현이 떠난 오늘 하염없이 터져 나오고 있었다. 지금껏 참아왔던 서러움, 다시는 자신을 찾지 않을지도 모른다는 불안감, 그리고 떠난 사람에 대한 원망이 봇물 터지듯 나온 것이었다.

"미워! 낙빈이도, 현욱 아저씨도 다 미워! 다들 나는 까맣게 잊어버린 거야! 나 같은 앤 아예 생각도 하지 않는 거야! 다들 나는 기억도 하지 않아! 미워! 어허어어엉!"

미덕의 작은 어깨가 사시나무처럼 파르르 떨렸다. 참고 참았던 서러운 마음을 이제야 털어놓는 미덕이었다. 정희는 차라리 그게 다행스러웠다. 가슴속에만 꾹꾹 담아놓았던 울분이 밖으로 표현되는 것이 너무나 다행이었다.

"미덕아…… 원래 사람이란 그런 거야. 그리움은…… 영원히 만날 수 없는 저 먼 세상으로 떠나버린 사람들에게 더더욱 애절해지지. 승덕 오라버니가…… 떠나버린 사람들을 더더욱 그리워하고 애틋해할 수밖에 없었던 것처럼 낙빈이 역시 우리보다는 떠나버린 오라버니를 더더욱 아프게 기억할 수밖에 없는 거란다. 미덕이 너도 떠나버린 후에 두 사람을 더욱 깊이 그리워하게 되었잖아? 원래…… 사람이란 그런 거란다."

죽은 자가 세상을 깨끗이 정리하고 떠나간다는 그 49일 동안 한잠도 자지 않고 승덕에게 돌아오라고 울부짖던 낙빈의 슬픈 등이 정희의 눈앞에 생생하게 되살아났다. 한 번만이라도 와달라고, 다시 돌아와달라고 울부짖던 그 아이의 아린 눈동자가 떠올랐다. 정희도 정현도 가슴이 찢어질 만큼 고통스럽고 기억을 지워버리고 싶을 만큼 괴로웠는데, 암자에서 처음 만난 그 순간부터 한방을 쓰며 정을 쌓아온 어린 낙빈의 맘은 더 말할 나위가 없었다.

"비록 연락하진 않더라도…… 생각할 거야. 현욱 아저씨도, 낙빈 오빠도 미덕이를 생각할 거야. 보고 싶어도…… 참고 있을 거야. 우선은 생각한 바가 있으니까. 현욱 아저씨나 낙빈 오빠나, 그래서 잠시 참는 것이겠지. 웃으면서 돌아오기 위해서……."

정희는 미덕의 까만 고수머리 너머로 푸르른 하늘을 바라보았다. 눈이 시리도록 푸른 하늘을 바라보았다. 정희의 말은 미덕을 위한 말이기 전에 정희 자신을 위한 말이기도 했다. 언젠가 웃으며 돌아올 낙빈의 모습을 얼마나 그리고 있는지, 얼마나 기원하는지 몰랐다.

슬픈 등, 아픈 등을 보이고 떠나버린 낙빈이 언제 다시 웃는 낯으로 이곳에 돌아올지 정희도 확신할 수 없었다. 그렇더라도 정희는 기다릴 거라고 다짐했다. 그녀마저 그 믿음이 흔들린다면 작은 어깨를 바르르 떠는 어린 미덕은 무엇에 의지해 하루하루를 버틴단 말인가.

'오라버니…… 길이 되어주신다더니……. 어린 낙빈이의 무거운 어깨에서 짐을 함께 나누어 들어주며, 세상을 구하는 날까지 길이 되어주신다더니…… 이렇게 무정하게 가버리시다니요.'

정희의 눈앞이 뿌옇게 흐려졌다. 그동안 암자 식구들이 쌓아온 정이 바닷가 모래알처럼 뿔뿔이 흩어져버리는 것만 같아 심장이 아렸다.

'오라버니, 보고 계시지요? 계속 지켜봐주실 거지요? 우리를 나 몰라라 할 오라버니가 아니잖아요. 저승에서 승미 씨랑 부모님이랑 모두 만나 쌓였던 회포를 모두 푸시면 곧 이리로 오실 거지요? 나눌 말이 너무 많아서 못 오시는 것뿐이지요? 성주 언니도 그곳에서 잘 지내게 해주고, 그러고 나면 돌아오실 거지요? 우리를 지켜봐줄 거지요? 오라버니, 길이 되어주세요. 우리의 길이 되어주세요. 오라버니가 가신 이후로 무얼 어떻게 해야 하는지 길이 보이지 않아요.'

정희는 작은 미덕의 몸을 더욱더 꼭 껴안았다. 울고 있는 두 사람의 마른 등으로 맑은 태양이 비쳤다. 그것은 마치 누군가의 손길처럼 서글픈 사람들의 등을 부드럽게 토닥거리는 것 같았다.

눈이 시리도록 그리운 사람이 보고 싶어지는 날이었다.

제 2 화

어린
초능력자들

1

추수감사절 밤이었다. 올해 열 살인 케이트는 등까지 내려오는 헝클어진 붉은 곱슬머리를 흔들면서 다락방의 작은 틈으로 바깥을 내다보았다. 평소에도 한산한 거리가 오늘따라 더욱 한산했다. 지나다니는 사람은 한 명도 없지만 집집마다 환히 켜진 불빛 사이로 가족들의 웃음소리가 퍼지는 것만 같았다.

오늘따라 이웃집들은 노란 불빛이 환히 켜져 있고, 특히 다락방 맞은편 집의 정문에는 주인아주머니가 손수 만든 아름답고 둥근 리스wreath가 달려 있었다. 초록색 잎들을 촘촘하고 둥글게 매듭짓고 그 사이사이에 핑크색 리본을 장식한 로맨틱한 리스였다. 리스 주변으로는 파도 모양으로 둥근 방울까지 매달아 제법 축제 분위기가 났다. 케이트는 그 집의 아름다운 장식들을 멍하니 바라보았다. 온 가족이 모이는지 집 안의 창문 너머 하얀 커튼 사이사이로 동글동글한 꽃송이 갈런드garland까지 매달려 있었다.

케이트는 저 하얀 커튼 너머를 상상해보았다. 다정한 부부가 아들딸들과 함께 기다란 테이블 앞에 둘러앉아 있을 것이다. 그리고 오랜만에 만나는 할머니와 할아버지가 너그러운 미소를 지으며 아이들을 바라보고 있을 것이다. 커다란 테이블의 중앙에는 솜씨 좋은 아주머니가 만든 아름다운 꽃장식이 놓여 있고 좌우로 길게 솟은 높다란 촛대에는 환한 불이 밝혀져 있을 것이다. 촛대 한쪽에는 식구들이 모두 먹어도 남을 커다란 칠면조 한 마리가 보기 좋게 구워져 하얀 김을 모락모락 내뿜는다. 칠면조 맞은편에는 형형색색의 다양한 열대과일로 만든 샐러드가 산처럼 놓여 있고, 오늘 낮에 오븐이 토해냈을 달콤한 초코쿠키도 동그란 케이크 모양으로 놓여 있을 것이다.

"와……."

케이트는 그 가족의 모습을 상상하며 입맛을 다셨다. 다락방 천장에 하나 달린 전등을 켜도 여전히 캄캄한 이곳에서는 상상도 할 수 없는 다정하고 아름다운 모습을 머릿속 가득 그려보았다. 비록 자신이 갈 수 없는 세계이지만 그것만으로도 케이트는 기분이 좋았다. 저 다정한 집에 초대를 받는다면…… 그리고 그 풍성한 테이블 한쪽에 앉아 미소를 짓는다면……. 그런 상상만으로도 케이트는 슬며시 미소가 지어졌다.

케이트가 그렇게 시간 가는 줄도 모르고 상상에 빠져 있는 그때였다. 케이트의 좁고 냄새 나는 다락방 저편에서 문 두드리는 소리가 자그맣게 들려왔다. 케이트는 냉큼 자리를 털고 일어섰다. 그러고는 몸을 다 펴기도 힘든 낮은 천장 탓에 구부정한 자세로 다락방 끝으로 향했다.

잠시 후 잠겨 있던 다락방 문이 달칵 하고 열리더니 어머니의 새하얀 얼굴이 나타났다. 좁쌀 같은 빨간 주근깨까지도 흐릿흐릿한 어머니의 얼굴은 핏기가 없었다. 입술도 마찬가지였다. 립스

틱을 바르지 않은 어머니의 입술은 피부와 거의 분간되지 않을
정도로 하얗고 까칠했다.

"케이트, 이거 먹어."

지친 얼굴의 어머니가 내민 것은 막 구운 따끈한 과자와 우유
한 잔이었다.

"……."

케이트는 어머니가 건네는 과자를 받아들고 멍하니 그것을 내
려다보았다. 어머니가 손수 과자를 구웠을 거라는 생각은 들지
않았다. 평소 그녀의 요리는 솔직히 형편없었다. 설령 맛있는 음
식을 한다고 해도 케이트에게까지 전해진 적이 없었다. 언제나
케이트에게는 생명을 유지할 정도의 가장 기본적인 먹을거리가
주어졌다. 그런 어머니가 따끈한 과자를 구워주다니!

케이트가 아무리 코를 킁킁거려도 아래층 부엌에서 달콤한 냄
새는 나지 않았다. 아마도 옆집 아주머니가 약간의 과자를 보내
준 모양이었다. 케이트는 믿을 수 없는 따끈한 과자의 등장에 가
슴이 따뜻해졌다. 오늘 저녁 이렇게 풍성하게 갓 구운 과자를 먹
게 되다니, 화려한 파티 음식도, 칠면조도 부럽지 않았다. 접시를
든 케이트 앞으로 살짝 열렸던 문이 다시 닫혔다. 바깥쪽에서 문
을 잠그는 소리도 들렸다.

다시 컴컴하고 어둑한 다락방에 혼자 남게 되었지만 더 이상
케이트는 쓸쓸하지 않았다. 두 손에 따뜻한 쿠키가 있으니까. 케
이트는 과자와 우유가 담긴 접시를 바닥에 내려놓았다. 따뜻한

과자 세 개가 케이트를 향해 웃음 짓고 있었다. 케이트는 떨리는 손으로 손바닥만 한 둥근 비스킷 하나를 주워 들었다.

케이트는 보드라우면서도 바삭하게 부서지는 과자 한 귀퉁이를 우물거렸다. 그러고는 다시 다락방의 허술한 창가 앞으로 다가앉았다. 창가에 바짝 다가가 몸을 구부린 케이트는 부서지는 비스킷 조각이 아까워서 한입 베어 문 것을 살짝살짝 혀로 녹여 먹기 시작했다. 그러다가 아쉬운 마음에 울퉁불퉁해진 비스킷의 끝부분을 갈아 먹었다.

믿을 수 없을 정도로 달콤한 냄새가 입안에 퍼졌다. 풍부한 버터향이 코끝을 자극했다. 입술을 시작으로 비스킷이 타고 내려가는 식도와 위, 가슴과 배가 따뜻해지는 느낌이었다. 저 멀리 앞집 창문 속 상상의 세계보다도 더 따뜻했다. 과자 한 조각을 다 베어 먹은 케이트는 슬슬 자리에서 일어섰다. 두 번째 과자를 가져오기 위해 다시 방문 앞으로 다가갔다.

방문 저 너머 허름한 나무 문 사이로 빛줄기가 들어왔다. 나무 판자 사이사이 갈라진 틈으로 케이트는 저 너머 또 하나의 세상을 바라다볼 수 있었다. 케이트가 지내는 다락방 아래쪽 광경이었다. 저 너머 1층 부엌 식탁 앞에 케이트의 어머니와 두 명의 동생이 앉아 있었다. 새아버지의 아이들이었다. 그들 세 사람의 앞에는 뭉근한 수프와 바질이 들어간 샐러드 한 접시, 그리고 얇게 저민 스테이크 한 접시가 놓여 있었다. 그리고 케이트에게도 건네준 둥근 비스킷이 왕골 바구니 안에 한가득 담겨 있었다.

어머니는 케이트에게는 굶어 죽지 않을 정도의 음식만 주면서 새아버지의 아이들과는 풍성한 식탁을 마련하곤 했다. 아니, 어쩌면 케이트에게 주는 음식은 생명을 부지하기에도 부족할지 모른다. 적어도 새아버지는 그 음식으로 케이트가 생명을 이어가기를 원치 않을 것이다. 그는 하루라도 빨리 케이트의 생이 다하기를 바라고 있을 테니까.

세 살과 다섯 살인 여동생과 남동생은 어머니와 함께 식탁 앞에 둘러앉아 두런두런 이야기를 나누고 있었다. 가끔 새아버지가 출장을 가거나 집에 들어오지 않는 날이면 케이트도 저 식탁 앞에 함께 앉지만 대부분은 케이트의 자리가 마련되지 않았다.

새아버지는 케이트를 '위험한 흉기'이며, '저주받은 악마의 자식' 또는 '우리 집 최대의 수치'라고 불렀다. 그는 결코 자신의 아이들과 케이트가 얼굴을 마주하게 하지 않았다. 새아버지가 집에 있는 동안 케이트는 어느 곳도 돌아다녀서는 안 되었다. 그건 어머니가 새아버지와 함께 살기 시작한 이후부터, 정확히는 새아버지가 케이트를 '악마의 자식'이라고 부른 이후부터 시작된 규칙이었다.

케이트는 새로운 과자 하나를 입안으로 밀어 넣으며 여전히 문틈으로 들어오는 식탁 광경을 바라보았다. 캄캄한 다락방과 달리 저 아래 식탁은 무척이나 따뜻해 보였다. 비록 스테이크 조각들이 무척 얇기는 해도 그것을 자유롭게 가져다 먹을 수 있는 동생들의 처지는 케이트와 비교조차 되지 않았다. 케이트의 방문 앞에서는 언제나 무표정한 어머니도 두 동생 앞에서는 엷은 미소를 지었다. 케이트에게는 어머니의 웃음이 참 어색했지만 두 동생은 아무렇지도 않은 얼굴로 어머니와 대화를 하고 있었다.

케이트는 과자 귀퉁이를 베어 물었다. 조금씩 사라지는 과자가 아쉬워서 좀 전에 물었던 그 자리보다 아주 조금만 안쪽을 깨물었다. 작게 부서진 과자 조각이 목구멍을 타고 내려갔다. 어머니와 두 동생이 식탁 앞에 둘러앉아 다정한 얼굴로 이야기하는 모습을 바라보는 케이트의 눈은 그저 초점 없이 무표정했다.

새아버지가 케이트를 '악마의 자식'이라고 부르는 이유를 케이트는 누구보다도 잘 알고 있었다. 그것은 케이트가 가진 저주받은 '악마의 능력' 때문이었다. 그 능력을 새아버지에게 들킨 이후로 케이트는 집 밖으로 단 한 발도 나갈 수 없게 되었다. 이 다락방은 '악마의 자식'을 위한 작은 감옥인 셈이었다.

동생들이 모두 식사를 마치고 잠자리에 들 때까지도 케이트는 과자를 우물거리며 물끄러미 부엌을 바라보았다. 고작 비스킷 세 조각이었지만 아끼고 아끼다 보니 여전히 마지막 조각이 남아 있었다. 온 세상이 벌써 캄캄한 어둠 속으로 숨어들었는데도 새아버지는 오지 않았다. 추수감사절이건만 새아버지는 그런 가족의 날 따위는 안중에도 없는 모양이었다. 어머니는 깊은 밤까지도 잠을 자지 않은 채 새아버지를 기다리고 있었다.

새아버지의 귀가가 늦어질수록 시계를 바라보는 어머니의 얼굴은 점점 긴장되어갔고 안절부절못했다. 어머니의 불안이 극심해지는 이유는 뻔했다. 시간이 늦을수록 새아버지는 어디선가 더 많은 술을 마시고 들어올 테니까. 그러면 그의 끔찍한 술주정도 더 심해질 테니까.

쾅쾅쾅!

창밖을 내다보던 케이트마저 깜빡 졸음에 빠진 그때, 요란한 문소리가 들렸다. 부산한 발소리와 문이 열리는 소리를 들으며 케이트는 창문 아래쪽을 바라보았다. 1층 문이 열리고 환한 불빛 사이로 비척거리는 남자의 그림자가 보였다. 케이트는 날쌔게 몸을 놀려 창가 반대쪽 방문으로 이동했다. 방문 틈으로 내려다보니 1층 현관문을 통과하는 새아버지의 모습이 보였다. 얼핏 보기에도 몸을 비틀거리는 게 분명히 술에 취한 모습이었다. 그는 페인트가 군데군데 묻은 너덜거리는 멜빵바지를 입고 있었다.

"왜 이렇게 늦었어요?"

어머니는 이웃에 폐가 될까 소리를 낮추어 속삭였다. 그 작은 소리마저 새아버지에게는 끔찍한 비명처럼 들리는 모양이었다.

"조용히 해! 귀가 울리잖아!"

와장창 하는 둔탁한 소리와 함께 바닥에 쓰러지는 어머니의 모습이 눈에 들어왔다. 체구가 거대하고 우람한 새아버지의 팔에는 굽실거리는 갈색 털이 빼곡했다. 그 육중한 팔이 허공을 휘저은 순간 핏기 하나 없는 케이트의 어머니가 허물어지는 나비처럼 그 자리에 쓰러지고 말았다.

아삭.

케이트의 손에는 이제 하나 남은 과자가 들려 있었다. 케이트는 여전히 표정 없는 얼굴로 마지막 과자를 오래오래 씹으며 저쪽, 다락방 문 너머의 세상을 바라보기만 했다.

　"저리 비켜, 길 막지 말란 말이야!"

　이미 혀가 돌아갈 대로 돌아간 새아버지는 시뻘게진 얼굴을 추켜올리며 현관 앞에 엎어진 어머니의 옆구리를 걷어찼다.

　"악!"

　고통으로 일그러진 어머니의 비명 소리가 울려 퍼졌다.

　"소리치지 마, 귀가 울린다고 했잖아!"

　또다시 화를 내는 새아버지의 목소리, 그리고 '퍼억, 픽' 하고 무언가가 얻어터지는 소리가 들려왔다.

　"아흐윽!"

　이를 악물며 발길질과 주먹세례를 참던 케이트의 어머니는 마지막 발길질에 또다시 고통의 비명을 토해냈고, 그 소리가 다시 새아버지의 귀에 거슬린 듯했다.

　"조용히 하라고 했지! 교육을 시켜주마, 따라와!"

　새아버지는 케이트 어머니의 길고 풍성한 적갈색 머리를 우악스럽게 감아쥐고 2층으로 성큼성큼 올라갔다. 새아버지의 거대한 팔에 붙잡힌 어머니의 몸이 한 발 한 발 2층으로 끌려오고 있었다. 두 사람의 모습이 케이트와 점점 가까워졌다.

　"아아, 살려줘요, 살려줘! 잘못했어요, 아아…… 잘못했어요!"

　어머니는 새아버지에게 빌고 또 빌었지만 그 어떤 말도 새아버지의 기분을 풀지는 못했다.

케이트는 여전히 과자를 씹고 있었다.

마지막 과자가 모두 입안에 들어갔을 때 그녀의 눈에는 더 이상 어머니와 새아버지의 모습이 보이지 않았다. 머리채를 휘어잡은 거대한 덩치의 새아버지와 제대로 걷지도 못한 채 질질 끌려가는 어머니의 모습이 계단 위쪽으로 사라지자 다락방에 있던 케이트에게는 더 이상 아무런 광경도 보이지 않았다.

다만 어느 방에선가 신음 소리와 무언가 깨지고 날아다니는 소리, 어머니의 울음소리와 새아버지의 거친 숨소리, 새아버지의 주먹이 허공을 가르며 어머니의 가슴에 꽂히는 소리가 아주 생생하게 들려왔다. 세찬 욕설과 함께 무언가 벽에 부딪히고 나서 '커억' 하는 어머니의 외마디 비명이 들려왔다.

그리고 마침내…… "케이트…… 케이트……" 하는 어머니의 흐느낌이 케이트의 두 귀에 울려 퍼졌다.

"……!"

어머니의 입이 자신의 이름을 부르는 순간 조금 전까지 멍하기만 했던 케이트의 반쯤 감긴 눈이 갑자기 반짝반짝 빛나기 시작했다. 초점도 없고 감정도 없던 그 눈에 생기가 돌았다.

순간, 그 어떤 것도 움직이지 않았는데 케이트가 있던 어둡고 축축한 다락방의 낡은 문이 요란한 소리를 내며 활짝 열렸다. 그 문을 통해 열 살 케이트의 비쩍 마른 몸뚱이가 번개보다도 빠르게 밖으로 뛰쳐나갔다.

콰아앙!

새아버지와 어머니가 사라진 방문이 요란한 소리를 내며 뜯겨져 나갔다. 방문 밖에 선 케이트는 두 사람의 모습을 뚫어져라 바라보았다. 술에 취한 새아버지는 어머니의 목을 왼손으로 단단히 부여잡고 한쪽 벽에 세게 누른 다음 거대한 오른쪽 주먹으로 그녀의 사지를 짓밟고 있었다. 이미 거구의 남편에게 한참 얻어맞은 어머니는 얼굴 여기저기에 피가 흘렀다. 케이트의 동공이 점점 크게 벌어졌다.

케이트의 얼굴을 확인한 순간 새아버지는 갑자기 겁먹은 표정으로 어머니를 내리누르던 두 손을 놓았다. 그는 두어 걸음 뒤로 물러나며 두려움이 가득한 눈동자로 케이트를 응시했다. 그는 한 팔로 케이트 어머니의 목을 둘렀다. 금방이라도 그녀의 목을 조를 것처럼 단단히 잡은 그는 고래고래 소리쳤다.

"이…… 이…… 악마의 자식! 다시 한 번 그런 짓을 해봐라! 너를 낳은 이 여자의 목을 당장에 꺾어주마! 또다시 그런 짓을 하기만 해봐라! 당장에 너를 정신병원에 처박고 두 팔, 두 다리를 꽁꽁 묶어서 옴짝달싹도 못하게 만들어주마! 이 악마의 자식! 또다시 그런 짓을 하기만……!"

꽥꽥 소리치던 새아버지는 말을 끝내지 못했다.

"끄아악! 우와아악!"

새아버지의 요란한 비명 소리와 함께 어머니의 목을 조이던 그의 팔이 비틀리기 시작했다. 그는 힘껏 아내의 목을 조이려 했지만 팔은 괴상하게도 반대쪽으로 꺾어지기 시작했다. 요란한 비명 사이로 뼈가 부러지는 괴상하고 끔찍한 소리가 방 안에 퍼졌다.

동시에 그의 거대한 몸이 마치 가벼운 인형처럼 번쩍 들리더니 사방 벽을 향해 요란하게 쾅쾅거리며 부딪히기 시작했다. 마치 선악의 판단을 못하는 어린아이가 처음 받은 신기한 곰 인형을 이쪽저쪽 바닥과 벽에 던지며 쿵쾅거리는 모습처럼 보였다.

"으악! 으아악!"

벽에 부딪힌 그의 몸은 조종되는 인형처럼 세찬 바람 소리를 내며 빠르고 날쌔게 움직였다. 놀랍게도 그의 다리는 물론이고 어떤 신체 부위도 바닥에 붙어 있지 않았다. 그는 공중에 부양한 채 내던져지는 인형처럼 벽을 향해 돌진하다가 바닥을 향해 다시 돌진하다가 반대쪽 벽으로 또다시 돌진하고 있었다.

"그만, 그만. 케이트, 그만해!"

그 순간 어머니의 비명 소리가 울려 퍼졌다. 그러나 벽에 세게 부딪히는 소리와 비명 소리, 그리고 벽과 바닥에 시뻘건 핏자국 이 번진 후에야 새아버지의 거대한 몸뚱이가 바닥으로 툭 떨어졌 다. 그는 머리가 피투성이였고 정신을 잃은 지 이미 오래였다. 이 모든 광경을 노려보던 케이트는 여전히 방문 밖에 있었다. 그녀 의 숨은 거칠었고 얼굴에서는 땀이 흘렀다.

"케, 케이트……."

케이트의 새아버지가 바닥으로 떨어진 후에야 어머니는 케이 트 쪽으로 기어왔다. 케이트의 눈앞에 다가온 그녀의 입술은 핏물로 뒤범벅되어 있고 온몸 여기저기에 시퍼런 멍울이 가득했다.

"엄마…… 엄마가…… 죽을까봐…… 엄마가…… 죽을까봐
서…… 으으으……."

케이트는 공포로 가득한 눈동자로 자신의 두 손을 바라보았다.
그녀는 새아버지의 털끝에도 손을 대지 않았지만 그녀의 두 손이
이 모든 일을 해낸 것처럼 자신의 손바닥을 바라보며 끔찍한 표
정을 지었다. 케이트는 비틀거리며 어머니의 품으로 뛰어들었다.
그녀는 이 무섭고 끔찍한 기분으로부터 위안을 받고 싶었다. 유
일한 혈육인 어머니에게 안기고 싶었다.

그러나 케이트는 그녀의 가슴팍에 얼굴을 댈 수 없었다. 어머
니는 자신의 품으로 파고드는 케이트의 두 팔을 단단히 잡고 멀
찍이 밀어냈다. 벌써 한쪽 눈이 부어오르기 시작한 어머니가 케
이트를 매섭게 바라보았다.

"케이트, 이 집에서 나가거라!"

어머니의 따스한 품, 위로의 품을 기대했던 케이트는 어머니의
매몰찬 눈빛에 어리둥절한 표정을 지었다.

"케이트, 이 집에서 나가거라! 저 인간이 제정신을 차리면 널
죽이려 할 거야. 케이트! 엄마 말 알아듣겠니? 이 집에서 나가거
라! 당장 나가! 다시는 내 눈앞에 나타나지 마라! 다시는 우리를
찾지 마!"

어머니는 엉망진창으로 어질러진 방 사이를 기어가더니 카펫
아래에서 작은 지갑을 꺼냈다. 그러고는 케이트의 허름한 스웨터

안쪽에 그것을 밀어 넣었다.

"당장 나가거라! 이 인간이 일어나기 전에 당장! 어서 여길 떠나거라!"

케이트는 자신의 몸을 힘껏 떠미는 어머니를 멍하니 바라보았다. 한동안 어머니와 작고 낡은 지갑을 번갈아 쳐다보던 케이트는 그 말을 겨우 알아들었다.

쫓아내는 것이다. 어머니는 케이트를 집에서 영원히 추방하고 있었다. 케이트는…… 유일한 피붙이로부터 버림받은 것이다. 케이트는 어머니의 얼굴을 바라보았다. 한쪽 눈이 거의 보이지 않을 정도로 부어오른 핏기 없는 하얀 얼굴이 참으로 매몰차게 케이트를 바라보고 있었다.

케이트는 어머니의 발뒤꿈치에 코를 대고 엎어져 있는 새아버지의 사지를 보았다. 뚱뚱한 거구가 숨을 씩씩 내쉬며 정신을 잃은 모습이 눈에 들어왔다. 그의 주변으로 엉망진창이 된 방 안의 모습도 찬찬히 눈에 들어왔다.

공포와 괴로움이 가득 찼던 케이트의 커다란 눈이 점점 작아졌다. 다락방에서 그랬던 것처럼 또다시 초점을 잃은 무표정한 얼굴로 바뀌어버렸다. 케이트는 더 이상 아무런 말도 하지 않았다. 아무런 표정이 없는, 산송장 같은 얼굴로 뒤돌아섰다. 그러고는 천천히 계단을 밟고 내려왔다. 텅 빈 머리로 기계적인 발걸음을 옮겼다.

계단 아래쪽에 오늘 저녁도 두 동생이 어머니와 함께했던 네모난 식탁이 있었다. 좀 전에 어머니가 쓰러졌던 비스듬히 열린 현관문도 있었다. 무표정한 얼굴이 그 모든 것을 훑으며 지나갔다.

케이트는 비스듬한 문을 지나 천천히 바깥 계단을 내려갔다. 텅 빈 거리 이쪽저쪽으로 늘어선 집들 중에 케이트를 맞아줄 곳은 하나도 없었다. 케이트는 캄캄한 거리로 나왔다. 고작 열 살, 낡은 지갑 하나가 전부인 아이는 달리 할 수 있는 것이 없었다. 그녀는 무표정한 얼굴로 터벅터벅 빈 거리를 걸어가기 시작했다. 오라는 곳도, 아는 곳도 없었다. 어머니가 재혼한 이후 대부분의 시간을 다락방에 갇혀 지낸 케이트는 상상 속의 세상 외에 다른 현실의 세상을 알지 못했다. 그녀는 그저 이 낯선 거리를 걸을 뿐이었다. 멀리. 멀리. 그녀를 버린 어머니로부터 그저 멀어지기 위해서.

터벅터벅 걷던 그녀는 동네를 다 빠져나오기도 전에 걸음을 멈춰야 했다. 더 이상 앞으로 나아갈 수가 없었다. 그녀의 앞에 커다란 까만 구두가 버티고 서 있었기 때문이었다.

케이트는 기계적으로 그 까만 구두를 바라보았다. 가로등 불빛 아래 먼지 하나 달라붙지 않은 반짝이는 검은 구두가 보였다. 케이트는 무표정한 얼굴로 천천히 고개를 들었다. 검은 구두 위로 검은 양복바지가 눈에 들어왔다. 그리고 검은 넥타이와 재킷. 그 위로 단 한 번도 본 적이 없는 낯선 남자의 얼굴이 앞을 막아서고 있었다.

"네가 케이트구나. 반갑다."

검은 양복이 싱긋 웃으며 손을 내밀었다. 케이트는 그의 손을 멍하니 바라보았다. 크고 깨끗한 손이 케이트를 기다리고 있었다. 하지만 케이트는 움직이지 않았다. 감정 하나 담지 않은 눈빛으로 그 손을 바라볼 뿐이었다. 케이트의 초점 없는 눈빛 너머로 길가의 작은 돌멩이들이 두둥실 떠올랐다. 주차선 안에 세워져 있는 차 한 대가 움찔거리더니 한 뼘가량 위로 떠올랐다. 검은 길가에 드문드문 박혀 있는 허연 가로등 불빛에서 파박 불꽃이 튀었다.

케이트의 눈길이 닿은 모든 것이 중력을 잃어버린 듯 허공으로 떠올랐다. 검은 양복을 입은 남자의 반짝이는 검은 구두 아래 땅도 하늘로 솟아오를 것처럼 꿈틀댔다. 케이트 안에 있는 악마가 또 움직이려 하고 있었다.

"케이트, 두려워할 필요 없단다."

검은 양복 차림의 남자는 조금도 당황하지 않았다. 무시무시한 새아버지조차 공포로 몰아넣은 케이트의 힘을 보면서도 두려워하지 않았다. 그는 이미 모든 것을 예상한 것처럼 담담했다. 그의 커다란 두 손이 기도하듯 가슴 앞으로 모아졌다. 그러자 그의 손 사이에서 안개같이 뿌연 연기가 피어올랐다. 케이트가 들뜨게 만든 것들을 향해 그가 두 손을 벌리고 내려가라는 손짓을 하는 순간 비정상적이던 광경이 삽시에 사라지고 고요함만 남았다. 허공을 날던 돌멩이들도, 자동차도, 흙더미도 아무 일 없었던 것처럼 가라앉았다. 케이트 안의 악마가 고요해졌다. 멍한 얼굴의 케이트는 작은 몸을 부르르 떨었다.

검은 양복 차림의 남자는 케이트 앞에서 무릎을 굽혔다. 그는 초점 없는 케이트의 눈동자에 자신의 모습을 담기 위해 이리저리 자세를 잡았다. 마침내 케이트의 두 눈이 그의 얼굴에 맞춰졌다. 케이트는 무릎을 굽힌 남자를 바라보았다. 굉장히 키가 큰 남자는 무릎을 굽혔는데도 케이트보다 컸다. 케이트의 눈동자가 그를 마주하면서 조금씩 생기를 찾았다. 검은 양복 차림의 남자는 그런 케이트를 보며 싱긋 미소 지었다.

"안녕, 케이트. '신성한 집행자들SAC'이 널 데리러 왔단다."

검은 양복 차림의 남자가 한없이 선한 얼굴로 케이트의 작은 손을 붙잡았다.

"우린 널 기다리고 있었어."

메마른 그녀의 눈동자에 맑은 물기가 어리기 시작했다. 어찌된 영문인지 그의 손을 타고 너무나 맑고 또렷한 기운이 케이트에게 전해져왔다. 말로 표현할 수 없을 정도로 한없이 따뜻한 손이었다. 케이트의 송장 같던 눈이 조금씩 또렷해지고 있었다.

2

새빨간 머리카락을 마구 헝클어뜨린 더벅머리 소녀가 검은 양복을 입은 남자의 손을 잡고 걸었다. 처음 만난 사람인데도 왠지 알 수 없는 친밀감이 느껴졌다. 몇 년을 함께 살면서도 친밀감이 전혀 생기지 않은 새아버지와 완전히 다른 반응이었다. 왜일까? 그의 따스한 손 때문일까? 그 손에서 느껴지는 한없는 신뢰와 애정 때문일까? 아니면 그도 자신과 같은 능력을 지닌 괴물이라는 생각 때문일까?

단 몇 분 만에 초점 없이 굴러가던 케이트의 퀭한 눈동자가 또렷해졌다. 케이트는 이 낯선 남자를 똑똑히 바라보았고 자신에게 다가오는 새로운 자극들에 집중했다. 다락방에 갇혀 있던 좀 전의 케이트와는 전혀 다른 얼굴이었다.

"케이트, 우리들의 집으로 가자. 모두 널 기다리고 있을 거야."

검은 양복은 케이트를 기다란 검은 차에 태웠다. 그러고는 엄청난 속도로 회색 도로를 달렸다. 그게 끝이 아니었다. 그가 데려간 곳은 새하얀 비행기가 기다리고 있는 공항이었다. 케이트가 태어나 한 번도 경험하지 못한 낯선 여행이 시작되었다.

검은 양복은 손수 차문을 열어주었고 새하얀 개인용 비행기에 오르는 동안에도 케이트의 손을 놓지 않았다. 케이트가 난생처음 경험하는 일들에 어리둥절해하는 그때, 비행기의 한쪽에서 까만 머리카락을 짧게 자른 소년이 튀어나왔다. 소년은 피부가 노르스름했다. 케이트가 처음 보는 동양인 소년이었다.

"안녕."

소년은 낯선 케이트를 보고도 아무렇지 않은 듯 인사했다. 이런 만남이 익숙한 듯 보였다.

"……."

케이트는 겁먹은 얼굴로 검은 양복의 손을 세게 잡았다. 입술은 떨어지지 않았다.

"민우, 이쪽은 케이트야. 오늘 처음이라 어색할 거야."

"네, 당연히 그렇겠죠."

검은 양복 차림의 남자와 자연스럽게 대화하는 남자아이는 차림새가 참 깔끔했다. 검은 양복까지는 아니어도 회색 체크무늬 상하의를 말끔하게 차려입고 짧은 넥타이까지 맨 모습이 무척이나 어른스러워 보였다. 케이트는 문득 자신의 아래쪽을 바라보았다. 다락방에서 사시사철 계절과 상관없이 입고 있던 스웨터는 본래 색을 알 수 없을 정도로 거뭇거뭇했다. 스웨터는 어머니의 것이었던 탓에 손 아래로 한 뼘가량 내려올 정도로 길었다. 품도 기장도 모두 커서 깡마른 케이트의 무릎까지 내려왔다. 스웨터 아래로는 어린아이에겐 어울리지 않는, 유행이 한참 지난 카키색 주름치마가 발목까지 덮여 있었다. 그 아래로 하얀 두 발이 있었다. 그제야 케이트는 다른 사람들과 달리 저만 신발이 없다는 걸 깨달았다.

"흠. 지나치게 독창적인 패션이긴 하지만 잘 가꾸면 귀엽겠네. 넌 몇 살이니?"

"……여…… 열 살……."

민우라고 불린 소년은 케이트가 대답하기까지 한참이 걸렸는데도 참을성 있게 기다려주었다. 그는 겁에 질려 말 한마디 하기도 힘든 케이트의 처지를 마치 다 알고 있는 것처럼 인내하고 있었다.

"그럼 내가 오빠네. 난 열두 살이야. 날 오빠라고 불러도 좋아, 케이트. 이리 와."

민우는 케이트의 빈손을 잡았다. 한 손으로 여전히 검은 양복 차림의 남자를 붙잡은 케이트는 물끄러미 그의 얼굴을 바라보았다. 몹시도 키가 큰 검은 양복 차림의 남자가 싱긋 웃으며 천천히 케이트의 손을 놓았다. 케이트는 자연스럽게 민우의 손을 붙잡고 비행기 좌석 쪽으로 이동했다. 민우는 창가 쪽에 케이트를 앉히고 안전벨트를 매주었다. 그러고는 케이트의 옆 좌석에 자리를 잡았다. 이 깔끔하고 단정한 소년은 '저주받은 악마의 자식'이라는 케이트를 전혀 꺼리지 않았다. 새아버지는 물론이고 어린 동생들도, 심지어 그녀를 낳은 어머니까지 그녀를 바라볼 때는 끔찍한 표정, 혐오감이 가득한 얼굴이었는데, 처음 보는 이 소년은 그런 내색이 없었다. 케이트는 가슴이 뭉클했다. 케이트는 어쩌면 자신의 모습이 자신의 생각만큼 끔찍하지 않을지도 모른다고 생각했다.

"넌 어디 출신이야?"

"……?"

"고향이 어디냐고."

"나는…… 모, 몰라."

민우의 물음에 케이트는 대답할 수가 없었다. 케이트는 자신이 살았던 동네 이름도 몰랐다.

"노스코야."

"그렇구나. 꽤 시골에서 살았네."

케이트 대신 대답해준 사람은 검은 양복 차림의 남자였다. 민우는 고개를 끄덕이더니 더 이상 케이트에게 개인적인 정보를 묻지 않았다. 자신의 고향 동네를 모른다는 것만으로도 케이트가 어떻게 살아왔는지 짐작하는 것 같았다.

"나도 고향에 관련된 기억은 별로 없어. 어릴 때 신성한 집행자들에 들어왔거든. 이번에는 이 근방 학교에서 벌어진 일을 처리하고 돌아가는 길이야. 우리 같은 사람들밖에 해결할 수 없는 일이 있거든. 너도 곧 알게 될 거야."

민우는 케이트를 '우리'라는 테두리 안에 넣고 있었다. 케이트는 그것이 이상했다. 누구도 케이트를 '우리'라는 범주에 넣어준 적이 없었다. 케이트는 가족들 사이에서도 '우리'에서 제외되는 존재였다. 케이트는 심장이 쿵쾅거렸다. 한 번도 느껴보지 못한 야릇한 흥분이었다.

검은 양복이 출발을 알리러 다가왔다.

"곧 이륙할 거야. 놀라지 마."

"걱정 마세요."

작은 비행기 안에는 10여 명이 앉을 수 있는 좌석이 있었지만 승객은 케이트와 민우, 그리고 검은 양복 차림의 남자가 전부였다. 얼마 지나지 않아 하얀 비행기가 움직였다. 케이트는 작고 동그란 창 너머로 점점 빨리 지나가는 풍경을 내다보았다. 그리고 갑작스럽게 울컥하는 느낌이 들면서 기체가 순식간에 지상으로 떠올랐다. 비행기는 하늘을 향해 이상스럽게 기울어졌고 케이트는 놀란 얼굴로 팔걸이를 붙잡았다.

"괜찮아, 케이트. 괜찮아."

끔찍한 공포에 휩싸인 케이트의 손아귀에 힘이 들어갔다. 순간 그녀가 잡은 팔걸이가 와드득 비틀어졌다. 하지만 민우는 놀라지 않았다. 민우는 놀라우리만큼 침착한 동작으로 긴장한 케이트의 손등을 토닥토닥 두드렸다. 그러자 잔뜩 긴장했던 마음이 스르르 풀어졌고 케이트가 가진 악마의 능력도 스르르 사라졌다.

케이트는 겁먹은 얼굴로 비행기 밖을 내다보았다. 그들이 탄 비행기는 이미 지상에서 한참이나 높이 떠올랐고 비행기 아래로는 남빛 바다만 펼쳐져 있었다. 얼마 지나지 않아 하얀 소형 비행기는 안개구름을 꿰뚫고 있었다.

케이트는 눈앞에 펼쳐진 세계에 입을 다물 수가 없었다. 좁은 다락방에서 보았던 수년간의 풍경은 앞집의 불빛, 앞집의 잔디밭, 그녀 집의 현관 앞, 도로를 지나는 차들이 전부였다. 이토록 맑고 푸르른 하늘을 코앞에서 볼 줄은 몰랐다. 케이트는 벌어진 눈으로 시간 가는 줄도 모르고 내내 똑같은 하늘 밖 풍경에 빠져버렸다.

"케이트, 저길 봐. 유럽의 서쪽 끝에 있는 저 많은 섬을."

한참의 시간이 지난 뒤 민우가 하늘의 모습에 빠져 있는 케이트에게 속삭였다. 민우는 저 아래쪽 하늘인지 바다인지 분간도 되지 않는 푸르른 세계를 가리켰다. 과연 그의 말대로 끝없이 펼쳐진 망망대해 중에 회색 섬들이 솟아 있었다. 초점을 맞춰 바라보면 몰아치는 파도의 너울도 눈에 들어올 것만 같았다.

"900개가 넘는 섬들 중에 우리들의 집이 있어."

민우의 이야기를 듣는 동안에도 소녀는 여전히 창밖에서 눈을 떼지 못했다. 남빛 바다를 비행하는 중에도 비행기의 속도는 조금도 줄어들지 않았다. 푸르른 바다 사이에 드문드문 섬들이 이어졌다. 그리고 멀리 바다 위를 향해 민우의 손가락이 펼쳐졌다.

"케이트, 바로 저곳이 우리가 가려는 섬이야."

빨간 고수머리의 소녀는 민우가 가리킨 곳을 뚫어져라 바라보았다. 바다와 섬을 헤치고 또 헤쳐 나간 그곳에 가장 마지막 섬이 있었다. 그곳에는 넓은 헬기 착륙장과 평화로워 보이는 백색 건물이 푸르른 산과 수풀 사이에 조화롭게 지어져 있었다. 그곳은 너무나도 한가롭고 평화로워 보이는 휴양지의 모습이었다.

"저곳이 바로 지도에도 없는 우리의 보금자리야. 저곳은 나의 고향이기도 하지만, 또한 너의 고향이 될 장소이기도 하지."

민우는 소녀의 작은 어깨에 두 손을 얹으며 다정하게 속삭였다. 케이트의 눈은 그 어느 때보다 크게 벌어졌다. 상상도 못했던 아름다운 풍광에 케이트는 정신을 잃을 것만 같았다. 저런 곳이 자신의 고향이 되다니, 도저히 믿어지지 않았다.

"걱정하지 마. 저곳은 너와 나 같은 사람들이 있는 곳이니까.

전 세계의 모든 국가와 모든 종교를 초월한 초국가 단체 SAC……
신성한 집행자들의 고향이니까!"

케이트는 고개를 돌려 민우를 바라보았다. 너와 나 같은 사람
들……. 신성한 집행자들의 고향…….

아직은 뭐가 뭔지 알 수 없는 낯선 이야기였지만 케이트는 어
쩐지 모든 것을 이해할 것만 같았다. 그리고 그녀가 이해하는 한,
자신에게 주어진 이 믿을 수 없는 행운은 그녀가 가진 능력……
새아버지가 그녀를 '악마의 자식'이라고 부르게 했던 그 끔찍한
능력 덕분으로 보였다.

3

케이트는 검은 머리카락을 나부끼며 앞장서 달리는 민우의 체
크무늬 재킷 너머로 푸른 초원과 그림같이 아름다운 하얀 집을
보았다. 그곳은 마치 꿈의 낙원이라도 되는 듯 청량하고 아름다
운 새하얀 건물이었다. 그곳은 깊은 바다 위에 푸르른 잔디를 깔
고 우뚝 솟은 아름다운 에덴동산과도 같았으며, 일찍이 본 적도
없는 새하얀 대리석으로 눈부시게 반짝거리는 동화 속 수정성水晶
城과도 같았다.

민우는 이 섬의 모든 것이 좋은지 비행기에서 내리자마자 맑은
하늘을 향해 두 팔을 벌리고 푸른 잔디밭 위를 빙글빙글 돌았

다. 검은 양복 차림의 남자도 민우를 보며 빙긋이 미소 지었다. 그들의 표정을 보며 케이트는 모두들 이 섬을 사랑한다는 것을 알아차렸다. 그리고 그들이 사랑하는 이 아름다운 곳이 자신에게도 고향이 될 거라니 꿈만 같았다.

이게 모두 꿈이라면 얼마나 허무할까 싶었지만 이건 분명 꿈일 리가 없었다. 케이트의 상상력은 이렇게 창의적이지 못했다. 꿈이라고 해도 언제나 다락방과 집과 동네를 벗어나지 못했다. 그러니 상상조차 한 적 없는 이런 세계가 그녀의 꿈에 나타날 리 없었다.

"케이트, 여기가 바로 우리들의 집이야. 이제부터 이곳은 너의 집이기도 해."

하늘을 바라보며 빙글빙글 돌던 민우가 케이트를 향해 소리쳤다. 케이트는 갑자기 두 볼이 뜨겁게 달아오르는 것을 느꼈다. 심장이 터질 것처럼 쿵쾅거렸다.

"하지만 케이트, 명심해! 일단 여기 들어가면 이곳을 나오는 건 순전히 너에게 달려 있어. 꽤나 고생할지도 몰라. 나도 이렇게 밖으로 나오기까지 무려 5년이나 걸렸으니까."

"……?!"

순간 케이트의 두 발은 땅에 찰싹 달라붙었다. 눈앞의 소년은 '나오기까지 5년이 걸렸다'는 말을 아무렇지 않게 했지만 케이트는 그 말에서 심한 공포를 느꼈다. 자신이 갇혀 있던 캄캄한 다락방의 모습이 눈앞에 스쳐 지나갔기 때문이다. 또다시 갇힌다. 또

다시 감옥 같은 공간에 들어간다는 공포가 엄습해왔다. 부럽기만 했던 바깥세상을 바라만 보며 다시 좁은 곳에 갇혀 지내기는 싫었다.

"걱정 마. 네가 노력하면 몇 년 걸리지 않을 수도 있어. 모두 자기 하기 나름이지. 이 안에 들어가면 너는 지금까지 한 번도 들어본 적도, 만나본 적도 없는 굉장한 초능력자들을 보게 될 거야. 그 사람들도 처음엔 평범한 초능력자였지만 이곳에서 엄청난 트레이닝을 받은 덕분에 그렇게 될 수 있었어. 이곳은 말하자면 거대한 초능력 학교이자 연구소야. 이곳 사람들은 가장 훌륭하게, 또 가장 효과적으로 초능력을 배가시키는 방법을 알고 있어. 그러니 신성한 집행자들을 믿고 따르면 되는 거야."

케이트는 민우의 말을 최대한 이해해보려 했지만 잘 알아들을 수가 없었다. 상상도 되지 않았다. 초능력 학교나 연구소라는 말도 감이 오지 않았다.

"배가되는 능력만큼 인격 수양과 정신 수양도 높은 수준에 도달해야 해. 인격적인 성숙은 제일 중요한 덕목이지. 실력과 인격, 두 가지가 갖춰져야만 이 건물을 빠져나올 수 있어. 그렇다고 여기가 감옥이라는 소리는 아냐. 아마도 네가 지금껏 해왔던 생활보다 훨씬 편하고 좋을 거야."

민우는 부연 설명 따위는 아무런 도움이 안 된다는 것을 잘 알고 있었다. 직접 경험하지 않고 이곳을 이해한다는 건 불가능에 가까웠다. 민우는 얼빠진 케이트의 한 손을 잡았다.

"케이트, 나도 알아. 네게는 모든 게 이상하겠지. 지금까지 네가
아는 사람들은 아마도 널 이상하게 쳐다보거나 두려워했을 거야."

"……."

순간 케이트의 얼굴이 굳어졌다. 거대한 체구의 새아버지 얼
굴, 그의 끔찍한 팔뚝과 구불구불한 털…… 그리고 허옇게 치켜
뜬 눈과 거대한 손이 머릿속을 스쳐 지나갔다. 날카롭게 울려 퍼
지는 어머니의 비명과 자신을 밀어젖히는 하얀 손가락도 케이트
의 머리를 어지럽게 만들었다. '악마의 자식', '저주받은 녀석'이
라며 자신을 다락방에 가두던 새아버지의 두꺼운 팔뚝이 케이트
의 머릿속에서 요동쳤다. 새아버지는 케이트를 단순히 두려워한
것이 아니었다. 그는 케이트를 증오하고 저주했다.

"하지만, 케이트!"

순간 나쁜 상상들 속에서 정신을 차린 케이트의 눈앞에 민우의
얼굴이 바짝 다가와 있었다.

"이곳에서는 아무도 널 이상한 눈으로 바라보지 않아. 절대로!"

민우는 케이트의 손을 바짝 잡아끌었다. 반짝이는 민우의 눈빛
과 그 뒤에 있는 흰 건물에 눈이 부시다고 생각하는 순간 케이트
의 두 발은 자신도 모르게 앞으로 나아가고 있었다.

민우는 고즈넉한 섬에 어울리지 않을 정도로 커다란 하얀 건물
쪽으로 케이트를 이끌었다. 그것은 거대한 리조트이자 호텔같이
생긴 새하얀 건물이었다. 건물은 반원형으로 휘어져 둥근 분수대
와 정원을 굽어보도록 세워져 있었다. 정원과 분수대 주변은 방금

전에 정돈한 것 같은 아름다운 잔디밭이 정갈하게 깔려 있었다.

민우는 건물의 중앙 문으로 케이트를 이끌었다. 문은 그들 키의 두 배가 훌쩍 넘을 정도로 매우 높고 컸다. 그 육중한 문은 무척이나 무거워 보였지만 민우가 살짝 미는 것만으로도 쉽게 열렸다. 아니, 어쩌면 민우의 손이 닿기도 전에 스르륵 열리는 것도 같았다. 민우는 케이트의 손을 단단히 붙잡은 채 중앙 문을 통과했다.

"내 손을 꼭 붙잡아, 케이트. 잘못하면 첫날부터 미아가 될 수도 있으니까."

민우는 케이트에게 방긋 웃으며 그녀의 작고 하얀 손을 꼭 잡았다. 민우는 케이트가 고개를 끄덕이고 스스로 한 발을 내밀 때까지 끈기 있게 기다렸다가 힘 있게 그녀를 이끌었다. 케이트의 눈앞에는 길고 하얀 복도와 위로 통하는 커다란 대리석 계단, 그리고 고풍스러운 소파가 놓인 복도 중앙의 넓은 로비가 펼쳐져 있었다. 로비에는 신문을 보는 아저씨와 커피를 마시는 여자, 그리고 어지럽게 뛰어다니는 대여섯 살쯤 되어 보이는 꼬마 등 보통의 휴양지 리조트에서 볼 수 있는 풍경이 펼쳐져 있었다.

민우는 조금은 이상한 걸음걸이로 이리저리 움직였다. 똑바로 걸음을 내딛는 것이 아니라 보이지 않는 장애물이 아래쪽에 있는 것처럼 이리저리로 피해 다녔다. 케이트 역시 민우의 걸음에 맞춰 이리저리로 발을 움직였다. 그런데 이상했다. 민우의 손을 잡고 안쪽으로 걸어가고 있는데도 웬일인지 그들과 로비 사이의 거리가 좁혀지지 않았다. 앞으로 앞으로 걷고 있는데도 그들은 여전히 정문 바로 앞에 있었다. 이상하다는 생각에 머리를 갸웃하는 순간, 민우의 목소리가 들려왔다.

"자, 거의 다 왔어."

그리고 바로 그 순간이었다.

갑자기 무언가 날쌘 바람이 쌩 하고 불어닥쳤다. 케이트가 눈을 질끈 감았다 뜬 순간이었다. 로비에 있던 사람들의 모습이 순식간에 눈앞에서 사라졌다. 그뿐이 아니었다. 케이트의 한 손을 꼭 잡고 있던 민우의 모습까지 없어졌다. 방금 전까지 옆에 있었던, 아니 바로 그 순간까지 맞잡은 손의 온기가 생생하게 느껴지는데도 민우의 모습이 온데간데없고 주위는 새하얀 안개로 뒤덮였다. 아무것도 보이지 않았다.

"으…… 으으!"

케이트가 겁에 질려 소리를 지르는데, 왼손에서 강한 힘이 그녀를 끌어당기는 느낌이 있었다.

"으악!"

또다시 세찬 바람이 얼굴을 스치는 순간, 단 0.1초도 지나지 않은 그 순간 케이트의 눈앞에 까만 눈동자를 빛내는 민우의 얼굴이 다시 나타났다. 새하얀 안개가 걷히는 순간 잘생긴 민우의 검은 눈동자가 빙긋 웃었다.

"으아악!"

사라졌던 민우의 얼굴이 다시 눈앞에 나타나자 케이트는 잔뜩 겁에 질려 그의 팔에 매달렸다. 민우는 자신의 품으로 뛰어 들어오는 산발한 빨강 머리 소녀를 가볍게 들어올렸다가 사뿐하게 바닥에 내려놓았다.

"놀랐지? 결계가 있어서 그런 거야. 자, 네가 걸어온 길을 한 번 봐봐."

민우는 겁먹은 케이트의 어깨를 토닥거리며 그녀의 뒤편을 살짝 가리켰다. 민우가 가리키는 대로 뒤돌아선 케이트는 너무 놀라 비명을 지를 뻔했다. 그녀의 뒤에는 딱딱한 흰 벽이 있을 뿐이었다. 그것은 꽉 막힌 완벽한 벽이었다. 흰 벽에 고풍스러운 그림이 한 점 걸려 있을 뿐, 좀 전에 민우와 밀고 들어온 문 따위는 없었다. 그뿐이 아니라 분명 스무 걸음 이상 걸어왔는데도 민우와 케이트가 걸어온 공간은 완전히 사라져버렸고, 그녀의 발뒤꿈치 뒤에는 딱딱하고 평평한 흰 벽이 있을 뿐이었다.

그뿐이 아니었다. 신문을 보는 아저씨, 커피를 마시는 여자, 그 사이를 뛰어다니는 어린아이 등 눈앞에 있던 호텔 로비도 완전히 사라지고 없었다. 다만 보이는 것은 끝없이 기다란 흰 복도뿐이었다.

"신기하지? 이게 다 결계술 때문이야. 그래서 아무도 이곳에 함부로 들어오거나, 또 나갈 수가 없지. 이제 케이트, 너도 마찬가지야. 이곳에 들어온 이상 네가 밖으로 나가기 위해서는 누군가가 만들어놓은 거대한 결계를 뚫어야 해. 그건 네 능력과 정신 수양이 어느 수준에 도달해야 가능하지. 빠른 사람은 3년에서 5년이면 결계 밖으로 나갈 수 있고, 느린 사람은 몇 년이 걸릴지 아무도

장담 못하지. 하지만 네가 이곳에 발탁되어온 이상 최선을 다해 트레이닝을 받으면 여길 나가는 건 별로 어려운 일이 아닐 거야."

민우는 그 모든 게 당연하다는 듯이 이야기했지만 생전 처음 이런 괴상한 일을 겪는 케이트의 두 눈은 휘둥그레져 조금도 작아지지 않았다.

"오, 민우 왔구나! 일은 잘 마쳤니?"

갑자기 누군가의 목소리가 들려 고개를 들어보니 조금 전까지 아무도 없던 새하얀 복도에 흰 가운을 입은 몹시 키가 큰 흑인 여자가 서 있었다.

"네, 간단하게 해결했어요. 성불도 시켰고요."

"정말 잘했구나. 네가 자랑스러워, 민우. 어머나, 그런데…… 네 옆에 있는 예쁜이는 누굴까? 네가 바로 오늘 오기로 예정된 케이트로구나. 잘 왔다. 우리의 고향에 온 걸 환영한다."

흑인 여자는 민우와 반갑게 인사하더니 그의 뒤에서 겁먹은 눈동자를 굴리던 케이트에게 손을 내밀었다. 케이트는 맹세코 눈앞에 있는 흑인 여자를 한 번도 본 적이 없었다. 그런데 이 여자는 조금도 망설이지 않고 케이트의 이름을 부르며 아는 체했다.

"제시카 슐리츠 선생님이셔. 선생님은 한 번 본 사람은 절대 잊어버리지 않으시지. 어떤 것이든 단 한 번 보고 듣는 것만으로 모두 기억에 저장해놓는 분이셔. 내가 처음 여기 왔을 때 뵌 분도 바로 제시카 선생님이야. 이곳에 온 모두를 기억하고 계시고, 우리에 대한 모든 데이터를 갖고 계시지. SAC 정보지부의 최고위급이라는 소문도 있어.”

 “이거 과장이 너무 심한 걸? 어쨌든 만나서 정말 반갑다. 너는 굉장한 윌 파워will Power♦를 가진 아이라고 들었다. 특히 중력을 자유자재로 다룬다지? 케이트, 이곳에 온 걸 진심으로 환영한다. 힘든 일이 있으면 언제든 얘기하렴.”

 민우의 설명을 들은 뒤에야 케이트는 겨우 그녀의 검은 손을 맞잡았다. 제시카는 케이트에 대해 알고 있다면서도 이상하게 쳐다보거나 유심히 살펴보지 않았다. 그녀는 케이트를 평범한 열 살 소녀로 대해주었다. 어쩐지 맞잡은 손이 푸근했다.

 “민우, 케이트를 안내해주렴. 그리고 당분간은 여러모로 많이 신경 써주도록 해요. 물론 나 역시 그러겠지만.”

 “네, 알겠습니다, 선생님.”

 다음으로 민우가 케이트를 데려간 곳은 복도의 가장 마지막에 있는 커다란 방이었다. 그곳에는 방 가득 커다란 철제 서랍이 천장까지 이어져 있었다. 자세히 보니 서랍 하나하나마다 이름이 적혀 있었다. 아마도 서랍 주인의 이름을 써놓은 모양이었다.

 “케이트…… 케이트…… 아, 여기 있다!”

 민우는 그 수많은 서랍 중에 ‘케이트’라고 적혀 있는 서랍을 금방 발견했다.

 “여기는 네가 필요한 것을 모두 얻을 수 있는 곳이야, 케이트.

♦염력念力. 자신이 생각하는 대로 사물을 움직이는 정신적 힘을 가리킨다. 염동력Psychokinesis 과도 같은 말이다. 정신력을 이용해 사물을 이동시키는 등의 물리적인 힘을 발휘한다.

우선 열어봐. 동공 인식으로 문이 열리니까, 그 가운데 구멍에다 눈을 대봐."

케이트는 민우가 시키는 대로 회색 로커 가운데의 동그란 카메라에 눈을 가져다 댔다. 그러자 잠겨 있던 로커가 거짓말처럼 열렸다. 서랍형 로커는 케이트의 눈동자를 인식하자마자 마술처럼 그녀의 앞으로 스르륵 열렸다. 도대체 언제 어떻게 케이트의 동공을 조사했는지, 믿을 수 없는 일들이 케이트의 눈앞에서 아무렇지도 않게 벌어지고 있었다.

"자, 우선 당장 필요한 것들이 들어 있을 거야."

커다란 서랍 안을 들여다보니 민우의 말대로 옷 한 벌과 잠옷 한 벌, 슬리퍼, 세면도구 등이 꽉 들어차 있는 체크무늬 가방이 있고 가방 위에는 노트 몇 권과 수첩이 놓여 있었다.

"네게 필요한 것들이 노트에 모두 적혀 있을 거야, 케이트. 네게 주어진 수업 시간과 네가 해야 할 수련, 그리고 이곳 시설물 이용 등에 관해 자세히 나와 있을 테니까 오늘 밤에 잘 읽어보는 게 좋을 거야. 만일 무언가 필요한 게 있다면 이 수첩에 적어. 속옷부터 머리핀, 양말, 먹을 것, 심지어 보드게임이나 인형도 신청한 뒤 24시간 안에 이 서랍에 들어 있을 거야. 다만 위험한 물건이나 좋지 않은 것들은 안 돼."

케이트는 민우의 말이 믿어지지 않았다. 그의 말에 따르면 거의 모든 것을…… 원하기만 하면 항상 얻을 수 있다는 것이었다. 빵 한 조각 얻어먹기도 눈치 보였던 자신의 삶과는 비교할 수도 없는 어마어마한 일들이 단지 저주받은, 원망의 대상이었던 케이트의 이상한 능력 덕택에 주어지고 있는 것이었다. 케이트는 모든 것을 어디까지 믿어야 하는지 알 수가 없어 그저 놀라고 멍한 눈으로 민우를 바라볼 뿐이었다. 머릿속이 뒤죽박죽이라서 뭐가 뭔지 이해되지 않았다.

민우는 그런 케이트를 보며 그저 씨익 미소가 지어졌다. 아마 민우가 처음 이곳에 왔을 때에도 저런 얼굴이었으리라.

"걱정 마. 차차 익숙해질 거야. 오늘 다 알지 못해도 상관없어. 나도 처음엔 아무것도 몰랐지만 이제는 너무나 익숙해졌지. 하지만 이곳에 몇 개의 방이 있고 얼마나 숨겨진 곳이 많은지는 아무도 몰라. 차원을 구부려 단단히 숨겨놓은 방도 많으니까. 이곳엔 세계 각국의 아이들이 있지만 언어 소통은 걱정하지 마. 모두들 다양한 언어를 할 줄 아니까 네 말을 다 이해할 거야. 여러 초능력 선생님이 네 소질을 계발해서 널 최고로 만들어주실 거야. 그건 그렇고……. 지하 8층에 네 방이 있구나? 잘됐다. 나도 지하 8층인데……. 8층은 우리 또래가 대부분이야. 가방은 이리 줘. 내가 들어줄게."

민우는 체크무늬 가방을 케이트 대신 가뿐하게 들어올리고 앞장서서 로커룸을 나왔다. 그러고는 이제 케이트가 머물 방을 향해 경쾌한 걸음으로 앞장섰다.

긴 복도 끝에 엘리베이터가 그들을 기다리고 있었다. 고속 엘리베이터를 타고 지하 8층으로 내려가는 동안에도 케이트는 민우로부터 대부분의 시설이 지하에 있다는 것과, 모든 결계를 깨고 밖으로 나갈 정도의 실력이 되면 그때부터 세계와 인류를 위해 여러 가지 사건에 배치된다는 등의 이야기를 들을 수 있었다.

"세상 곳곳에는 일반 사람들에게 잘 알려지지 않은 초자연현상이 많아. 우리는 수많은 사람을 괴롭히는 사건들을 나라와 종교에 상관없이 도와주는 일을 해. 즉 모든 국가와 온 세계가 우리의 도움을 항상 기다리고 있지. 약한 사람들을 도와주고 이 세계를 유지하는 것이 바로 신성한 집행자들의 사명이야."

신성한 집행자들을 소개하는 민우의 눈이 반짝거렸다. 그는 자신이 신성한 집행자들의 일원이라는 사실과, 사람들을 도울 수 있다는 사실에 굉장한 자부심을 가지고 있는 게 분명했다.

"'미래의 예언과 역사'에서 배우겠지만…… 이미 '말세'가 시작되었을지도 모른다는 여러 가지 징조가 있어. 잘못하면 인류 전체, 인간들의 세계가 완전히 멸망하는 거지. 우린 그걸 막을 수 있는 유일한 사람들이야. 우리에게는 보통의 인간들을 도울 수 있는 힘, 말세를 멈출 수 있는 힘이 있어. 인간세계가 멸망한다는 건 너나 나 같은 초능력자들까지 모두 멸망한다는 거니까, 우린 반드시 막아낼 거야. 그러기 위해서 다들 열심히 쉬지 않고 트레이닝을 받는 거고."

찡!

민우의 말이 끝나기 전에 엘리베이터가 지하 8층에 도착하더니 회색 문이 스르르 열렸다. 그러자 엘리베이터 앞쪽으로 역시 끝없이 이어진 흰 복도가 나타났다. 1층의 모든 방이 흰색으로 일률적이고 딱딱하기만 했던 것과 달리 복도 양옆으로 늘어선 수십 개의 문에는 하트, 인형, 모자이크 등으로 멋을 낸 이름표와 낙서들이 눈에 띄었다. 단번에 서로 개성이 다른 누군가의 방이란 것을 알 수 있었다.

"또 시작했군! 케이트, 놀라지 마!"

벽에 붙어 있는 이름과 낙서를 멍하니 보던 케이트는 민우의 갑작스러운 한마디에 영문을 몰라 눈을 동그랗게 떴다. 무엇을 보고 놀라지 말라는 것인지 주변을 바라보았지만 하얀 복도와 고요한 문밖에 보이지 않았다.

쉬이익!

잠시 후 세찬 바람 소리가 들려오자 민우는 케이트의 가방을 바닥에 던져놓으며 크게 기합을 외쳤다.

"흡정멸귀吸精滅鬼!"

순간 케이트의 눈앞에 도저히 믿을 수 없는 광경이 펼쳐졌다. 세찬 바람 소리가 난 뒤에 그녀와 민우의 눈앞에 나타난 것은 집채만 한 성난 사자의 형상이었다. 하지만 그 형상은 실제의 사자와 달랐다. 물론 케이트가 태어나 지금껏 진짜 사자를 본 적은 없으니 뭐라고 말하기는 힘들었지만, 어쨌거나 이건 절대 진짜일 리가 없었다. 사자 뒤로 흰 복도와 문들이 비쳐 보이는 것이……사자는 마치 반투명한 젤리나 희뿌연 연기 같은 형체였으니까.

그 거대한 사자가 민우를 향해 날카롭게 뻗어 나온 발톱을 세우며 앞발을 내리치려는 순간 '흡정멸귀'라는 민우의 외침과 함께 그 형상이 멈칫하며 뒤틀렸다. 모든 것이 정지한 화면처럼 우뚝 섰다. 그 순간 움직인 것은 민우의 입술이었다. 민우는 사자를 향해 입을 크게 벌렸다. 이어 젤리 형상의 사자를 입안으로 한껏 빨아들였다. 잠시 동안의 멈춤이 풀리면서 사자가 갈기를 뒤흔들며 요동쳤다. 무시무시한 포효와 함께 거대한 짐승의 앞발이 민우의 얼굴을 내리쳤다. 젤리 같은 앞발이었지만 그 위세는 정말 무시무시했다. 얼굴을 얻어맞은 민우의 몸이 복도 저편으로 나뒹굴었다.

케이트는 바짝 긴장하며 양손에 힘이 들어갔다. 그녀의 손가락 사이로 힘이 가해졌다. 그녀를 감싸고 있던 중력이 비틀어지기 시작했다.

"아냐, 케이트. 가만있어!"

민우는 케이트의 움직임을 순식간에 파악했다. 그는 뒹굴던 몸을 곧추세우며 케이트를 향해 한 팔을 내저었다.

"이건 우리 둘만의 일이니까, 넌 가만있어."

민우는 다시 사자 앞으로 성큼성큼 다가갔다.

크아아아앙!

"후우웁!"

이번에는 거대한 사자가 민우의 목덜미를 물어뜯기 위해 달려들었다. 민우는 피하지 않았다. 오히려 짐승을 향해 더욱더 크게 입을 벌리며 반투명한 사자를 힘차게 빨아들였다. 놀랍게도 사자의 갈기 일부가 연기처럼 흐릿해지면서 민우의 입안으로 빨려 들어가기 시작했다.

크워엉!

사자는 외마디 비명을 지르며 펄쩍 뛰어올랐다. 짐승은 민우의 입김을 피하기 위해 온몸을 흔들어대며 뒷걸음쳤다. 민우는 그런 짐승을 놓지 않았다. 숨이 차지도 않은지 입을 벌려 반투명한 짐승을 거세게 빨아들였다. 흰 연기로 변한 사자의 갈기와 머리 일부분이 민우의 입안으로 빨려 들어갔다. 웅장하고 위대한 한 마리 짐승의 모습이 점점 찌그러지고 잘려나가며 볼품없이 변했다.

크아앙!

마침내 고통스러운 외마디와 함께 정글의 왕은 흐릿한 연기가 되어 민우의 입으로 빨려 들어가고 말았다. 하얀 연기가 모두 사라지자 사자가 있던 자리에 낡고 누런 것이 툭 떨어졌다.

사자의 형상이 완전히 사라지자 민우는 깊은 한숨을 내쉬었다. 괴로운 듯 기침을 몇 번 해대며 가슴팍을 두드렸다. 그의 목에서 걸쭉한 가래 같은 것이 치밀어 올랐다.

"카악, 퉤!"

민우는 체크무늬 재킷의 속주머니에서 손바닥만 한 하얀 무명 주머니를 꺼냈다. 그러고는 목 위로 치밀어 오르는 것을 단번에 뱉어냈다. 그의 입으로 커다랗고 말간 구슬 같은 것이 튀어나왔다. 무명 주머니 안에 둥근 구슬을 넣은 민우는 주머니 입구를 단단히 동여맸다.

그제야 케이트 쪽으로 몸을 돌린 민우가 싱긋 미소를 지었다. 입술을 훔치는 민우의 놀라운 모습에 케이트는 꽁꽁 얼어 있었다.

"하하, 이번에도 민우의 완승이네!"

"라즈니쉬, 아까웠어."

마치 기다렸다는 듯 복도에 늘어선 방문이 일제히 열렸다. 하얀 복도를 중심으로 양쪽에 있는 방문들 사이로 서로 다른 피부색, 다른 얼굴, 다른 나이의 아이들이 튀어나왔다. 그들은 민우와 복도 끝 어딘가를 번갈아 둘러보며 박수를 쳤다. 모두가 쥐 죽은 듯 조용했던 복도를 숨죽이며 바라보고 있었던 게 분명했다.

케이트는 반대쪽 복도 끝을 멍하니 바라보았다. 환한 전등불 저 끝에 누군가가 있었다. 민우보다 훨씬 까무잡잡한 소년은 움직이기 편한 하얀 셔츠와 반바지를 입고 있었다. 그는 케이트처럼 맨발이었는데 발톱만은 하얀색이었다. 소년은 반질반질한 복도를 통해 민우 쪽으로 점점 다가왔다.

"쳇, 조금만 더했으면 이길 수도 있었는데. 아직 내 인형이 미완성이었어!"

라즈니쉬는 바닥에 떨어진 누런 형체를 집어 올렸다. 케이트는 소년이 들어올린 것을 유심히 바라보았다. 손수 만든 작은 인형이었다. 연한 갈색 사자 인형……. 라즈니쉬는 한숨을 쉬면서도 입가 가득 미소를 짓고 있었다. 민우와 라즈니쉬는 어깨를 부딪치며 손을 맞잡았다. 친근하게 악수하며 몸을 부딪치는 폼을 보면 방금 전까지 싸웠다는 게 믿기지 않을 정도로 무척이나 가까워 보였다.

"라즈니쉬, 아까웠다! 케이트, 놀랐지? 라즈니쉬는 인도가 고향인 인형술사야. 인형에 혼을 부여해서 대신 싸우게 하는 굉장한 능력이 있지!"

민우는 라즈니쉬와 악수를 하고 나서야 케이트를 돌아보며 지금의 상황을 설명해주었다. 케이트는 여전히 자신이 본 것이 무엇인지 도무지 이해되지 않았다. 이런 광경을 아무렇지 않게 바라보는 이곳 아이들이 이상할 뿐이었다.

"얘들아, 케이트야. 얜 올해 열 살이고, 오늘 여기에 처음 들어왔어!"

이번에는 민우가 케이트의 어깨를 붙잡고 아이들을 향해 소개했다. 복도를 중심으로 양쪽에 늘어선 아이들이 일제히 손을 흔들었다.

"야아, 케이트 반갑다! 난 오시마루야!"

"케이트, 난 루일라야! 정말 반갑다!"

"나는……."

삽시에 주변에 모여 있던 십수 명의 아이들이 케이트를 빙 둘러싸더니 서로 먼저 인사하고, 먼저 케이트의 손을 잡으려고 앞을 다투었다. 다들 밝게 웃어주는 모습에 케이트는 지금껏 가지고 있던 불안과 두려움이 사르르 녹아내리는 기분이었다. 이곳에서는 아무도 그녀를 이상하게 쳐다보지 않는다는, 아니 오히려 그녀가 절실히 필요한 존재가 될 수도 있다는 사실을 막연하나마 깨달을 수 있었다. 그것은 지금껏 케이트가 한 번도 느끼지 못했던 소중한 행복이었다.

4

그날 밤 케이트는 호출을 받고 다시 자신의 로커로 갔다. 그곳에는 먹기가 너무너무 아까운 예쁜 조각 케이크가 수십 개나 놓여 있었다. 케이트는 눈이 휘둥그레져 멍하니 케이크를 바라보기만 했다. 케이트는 도저히 그 아름다운 조각들을 만질 수가 없었다.

사실 몇 시간 전, 저녁 식사 시간에도 케이트는 식사를 하기가 힘들었다. 민우의 안내로 찾아간 식당에는 한 번도 본 적 없는 전 세계의 음식들이 놓여 있었다. 사람들을 만나고 싶지 않으면 룸서비스를 받아도 되고, 친구들과 함께 먹고 싶은 날에는 넓고 쾌적한 하얀 식당에서 자유롭게 음식을 가져다 먹으면 된다고 했다.

단 한 번도 갖고 싶은 것을 마음껏 가져본 적이 없었던 케이트는 그런 시스템에 적응하기가 힘들었다. 결국 다양한 음식들 앞에서 땀만 뻘뻘 흘리다가 후식용 비스킷 다섯 개를 먹은 게 다였다. 하루 동안 일어난 모든 일이 놀라워서 케이트의 심장은 계속 펄떡거리고 있었다. 내내 마라톤을 하는 사람처럼 조금도 심장이 쉬지 못했다.

"자, 어서 케이크를 들고 방마다 가보자. 그러면서 인사도 하고 얼굴도 익혀야 해."

너무나도 친절한 민우는 귀찮은 내색도 없이 내내 케이트 옆을 따라다녔다. 케이트에게 방과 각종 시설에 대해 알려주고 친구들을 소개해주는가 하면, 함께 식사도 해주면서 케이트를 혼자 두지 않았다. 그리고 오늘의 마지막 스케줄까지 그는 케이트와 함께하고 있었다.

민우의 말에 따르면 새로운 식구가 올 때마다 이런 '케이크 방문식'이 벌어진다고 했다. 신성한 집행자들의 아이들은 이곳에 들어온 첫날 조각 케이크를 각 방의 아이들에게 전해주고 인사를 나눈다고 했다. 워낙 비밀스러운 공간이라 같은 층에 모여 있는 동료들에게만 하는 특별한 인사였다.

케이트는 민우의 도움을 받으며 바퀴 달린 카트에 쳐다보기도 아까운 조각 케이크를 담았다. 그리고 자신과 민우의 방이 있는 지하 8층의 첫 번째 방부터 차례차례 방문했다. 케이트가 케이크를 들고 들어가면 대다수의 아이들은 키스를 퍼붓거나 꼭 껴안아주면서 마치 오래된 한 식구처럼 허물없이 대해주었다.

잔뜩 긴장하고 있던 케이트는 방문을 하나하나 열 때마다 조금씩 안심되어갔다. 어느 누구에게도 받아들여지지 못했던 자신이 신성한 집행자들의 아이들에게는 아무런 거리낌 없이 환영받고 있다는 것을 점점 깨달아갔다. 살아갈 가치도 없는 악마의 아이는 사라지고, 고마움과 감사를 깨달아가는 열 살 소녀가 새로 태어나는 중이었다.

방문을 하나하나 노크하던 케이트는 각자의 방이 개성과 취향에 따라 서로 매우 다르다는 것을 알아챘다. 방의 크기나 구조는 모두 똑같지만 그 안은 사뭇 달랐다. 머리에 리본을 달고 레이스 드레스를 입은 '루일라'라는 소녀의 방은 곰 인형과 알록달록한 리본 커튼으로 가득했다. 민우와 대결했던 라즈니쉬의 방에는 수많은 목각 인형과 거대한 괴목들, 그리고 바닥에 수북한 톱밥이 인상적이었다. 그뿐 아니라 문을 열면 괴상한 미로가 펼쳐지거나 주술에 걸린 방도 종종 눈에 띄었다. 그런 방에는 민우도 케이트도 들어갈 수가 없었다. 문 앞에서 방 주인이 나올 때까지 기다릴 수밖에 없었다.

"휴우, 이제 마지막이네!"

케이트는 긴 복도 끝에 다다랐다. 방마다 다양한 개성과 특징을 가진 아이들이 케이트를 반겨주었다. 그렇게 많은 방을 지나친 끝에 이제 남은 방은 단 하나였다. 케이트는 이마의 땀을 닦아내며 민우를 향해 빙긋 미소를 지었다. 한 번도 지어본 적이 없는 미소가 이상하게 단 하루 만에 익숙해진 것만 같았다.

그런데 어쩐지 민우의 표정이 지금까지와 달랐다. 친절한 미소를 지으며 케이트 옆에서 그녀를 이끌던 민우의 얼굴이 묘하게 일그러져 있었다. 케이트는 그런 변화를 금세 감지하고 물끄러미 바라보았다.

"아아, 케이트. 이 방은 말이지, 그냥 넘어가도 되는데……."

그는 마지막 방 앞에서 쭈뼛거리며 더 이상 움직이지 않았다. 지금까지 한 번도 보이지 않았던 민우의 모습에 케이트는 당황했다.

"그냥 넘어가다니?"

"그게…… 좀 이상한 녀석이 살아서. 아마 인사도 안 받을 거야. 아니, 방 안에 아예 없을지도…….."

민우가 그 방 친구에 대해 꺼림칙한 감정을 가지고 있는 게 분명해 보였다.

"하지만 이 방만 그냥 넘어가는 건 너무 미안한 일이잖아……."

케이트는 영문도 모른 채 혼자만 케이크를 받지 못할 친구를 생각하니 발길이 떨어지지 않았다. 늘 골방에 갇혀 크리스마스도 함께하지 못했던 자신의 처지가 떠올라 더더욱 그냥 지나칠 수가 없었다. 케이트가 표정을 찌푸리자 민우는 으쓱 어깨를 흔들었다.

"네 맘대로 해, 케이트. 다만 좀 이상한 녀석이니까, 그건 알아둬. 네게 한마디도 하지 않고 웃지도 않고 방문을 닫아버리더라도 너무 서운해하지 마."

민우는 케이트가 상처받을까봐 미리 방 주인에 대해 알려주기 시작했다.

"실은 저 애는 여기 온 지 일 년이 다 되어가지만 우리 중 누구도 저 애와 말을 해본 적이 없어. 저 애는 우리와 같이 수업을 들은 적도 없고 개인 수업을 공개한 적도 없어. 굉장히 높은 분이 데리고 와서 철저하게 비밀스러운 훈련을 하고 있다는 것만 우리도 알고 있어. 선생님들도 우리한테 저 아이를 소개한 적이 없고, 우리랑 거의 부딪힐 일이 없어서 서로 모른 척 지낼 뿐이야. 가끔 복도에서 마주치지만 한 번도 말을 받아준 적이 없어."

"으…… 으응."

민우의 말을 듣고 나니 케이트도 망설여졌다. 하지만 왠지 다락방에서 겁먹은 표정을 짓는 자신의 모습이 떠올라 발길을 돌릴 수가 없었다. 마침내 케이트는 단단히 결심한 표정으로 방문을 두드렸다. 다른 아이들의 방이 각자 개성에 맞게 방문부터 다양한 장식이 있는 반면 이 방문은 작은 이름표 외에 어떤 장식도, 어떤 낙서도 없이 깨끗했다.

똑똑.

케이트는 방문을 두드리고 한참 동안 기다려보았지만 아무 소리도 들리지 않았다.

똑똑똑.

다시 한 번 방문을 두드려도 마찬가지였다.

"없나 봐. 그냥 돌아갈까?"

민우는 오히려 안심한 표정으로 케이트의 팔을 잡아끌었다. 하지만 케이트는 그 방 안에 갇혀 있는, 아니 자신 안에 갇혀 있을 것만 같은 그 아이를 꼭 만나보고 싶었다. 그리고 그 아이에게 케이크 한 조각을 건네주고 싶었다.

"저기……."

케이트가 문손잡이를 살짝 돌렸다.

문은 잠겨 있지 않았다. 케이트는 그대로 한 발 방 안으로 들어
갔다. 방은 어두컴컴했고 어떤 인기척도 느껴지지 않았다. 방 안
에는 하얀 침대와 작은 캐비닛 외에 아무것도 없었다. 지금까지
보았던 개성 넘치는 방들과 달리 이 방은 필요한 최소한의 것들
밖에 없는 텅 빈 공간이었다. 마치 아무도 살지 않는 공간처럼 아
무것도 꾸며져 있지 않고, 아무것도 흐트러지지 않은 적막감과
차가움만 느껴지는 공간이었다.

　"나가줘!"

　그 순간 적막감이 감도는 차가운 공간의 한쪽에서 목소리가 들
려왔다. 그쪽으로 고개를 돌린 케이트는 그제야 이 방이 완전히
비어 있지 않다는 사실을 알았다. 벽과 벽이 붙은 구석에 매를 맞
다가 도망친 아이처럼 온몸을 쪼그린 채 무릎 사이에 얼굴을 묻
고 있는 아이가 보였다. 아이는 품이 넉넉해 보이는 하얀 옷을 위
아래로 입고 있었다.

　"미, 미안해. 나…… 나는 오늘 처음 와서……. 그러니까, 케이
크를 주려고 왔어. 너도 같이 먹자고……. 내 이름은 케이트야."

　케이트는 어두컴컴한 공간에서 아이를 향해 두서없이 말했다.
아이는 소리가 들리지 않는지 몸을 쪼그린 채 조금도 움직이지
않았다. 케이트는 대체 무슨 말을 해야 할지 알 수가 없었다. 우두
커니 망설이던 케이트는 카트 위에 놓인 조각 케이크 접시를 주
섬주섬 들어올렸다. 새하얀 머랭 위에 새빨간 체리와 은빛의 작
은 반짝이들이 놓인 조각 케이크였다. 한없이 부드러워 보이는

조각 케이크가 차갑게 얼어붙은 아이의 마음을 녹여주길 바라며 케이트는 천천히 몸을 움직였다. 책상도 탁자도 없는 이 방 어디에 접시를 놓아야 할까 고민하면서 케이트는 방 안으로 한 걸음 더 들어섰다.

"나가줘! 나가줘! 나가달라고!"

무릎 사이에 얼굴을 파묻고 있던 작은 소년이 번쩍 고개를 들며 케이트를 향해 소리쳤다. 그 순간 무언가 보이지 않는 것이 케이트의 앞을 단단히 막아서는 느낌이 들었다. 소년이 두 팔을 벌려 밀어내는 동작을 취하자 보이지 않는 투명한 존재가 케이트의 몸을 순식간에 뒤로 떠밀어냈다. 케이트는 정신을 차릴 새도 없이 방문 밖으로 주르륵 밀려나갔다. 동시에 그녀의 눈앞에서 새하얀 문이 쾅 하고 굳게 닫혔다. 너무나 순식간에 벌어진 일이라 한동안 케이트는 어안이 벙벙할 지경이었다.

"거봐. 원래 그런 녀석이니까 상처받을 필요 없어, 케이트. 자, 이제 그만 네 방으로 가자."

민우는 놀란 눈으로 서 있는 케이트의 등을 토닥거렸다. 케이트는 지금까지 만난 아이들과 달리 차갑고 냉랭한 소년에게 몹시 충격을 받았는지 좀처럼 발걸음을 떼지 못했다.

민우는 놀란 케이트를 다그치지 않았다. 그녀가 정신을 차릴 때까지 그 옆에서 묵묵히 기다려주었다. 무시무시한 무언가에 온몸이 떠밀린 케이트는 자신의 눈앞에 굳게 닫힌 하얀 문을 바라보았다.

"저…… 민우, 이 글자가 뭐야?"

그녀는 흰색 문 앞에 걸린 이름표를 가리켰다. 케이트가 알지 못하는 글자로 적힌 소년의 이름을 알고 싶었다.

"그건 한글이야."

민우는 이름표를 바라보며 대답했다.

"'낙빈'이라고 읽는 거야. 저 녀석 이름이야."

"낙…… 빈…….'"

케이트는 발음하기가 조금 힘든 그 이름을 불러보았다. 꽁꽁 얼어버린 빙하 같은 그 아이의 이름을 케이트는 마음속으로 몇 번 되뇌어보았다. 지금끼지 만났던 신성한 집행자들의 아이들과 사뭇 다른 그 아이의 이름을 잊을 수 없을 것 같았다.

"자, 이제 네 방으로 돌아가자. 아직도 해줄 얘기가 산더미처럼 많아."

민우는 움직일 줄 모르는 케이트의 어깨를 붙잡고 그녀가 배정받은 방으로 걸음을 옮겼다. 케이트는 민우가 이끄는 쪽으로 몸을 틀었다. 케이트는 남은 조각 케이크를 실은 카트를 천천히 밀었다. 길고 하얀 복도에는 아무도 없었다. 반들반들한 하얀 바닥 위로 전등이 켜져 있었다. 반짝이는 불빛이 바닥에 반사되었다. 반사된 바닥 위로 조금 전에 보았던 하얀 옷의 소년이 어른거렸다.

어두운 방구석에 앉아 무릎에 머리를 파묻고 있던 소년의 모습은 케이트 자신과 다르지 않았다. 케이트는 자신을 밀쳐내던 소년의 얼굴이 생생했다. 동그란 얼굴에 까만 머리가 찰랑거리던 소년은 그런 표정만 짓지 않았다면 꽤나 귀여운 모습이었을 것이다. 잘생긴 민우만큼이나 인물이 좋을지도 모른다. 그런 소년의 까만 눈이 복도의 불빛에 반짝거리던 것을 케이트는 기억했다.

'……분명히 울고 있었어.'

왜인지는 몰라도 소년은 컴컴한 방구석에 쪼그린 채 두 눈이 빨갛게 부어오르도록 울었던 것이 분명했다.

'낙빈…….'

케이트는 민우가 말해준 소년의 이름을 다시 한 번 되뇌어보았다.

'낙빈…… 저 애도 나처럼 엄마와 아빠에게 버림받은 걸까?'

냉랭한 말투에 기분이 나쁠 수도 있었지만, 케이트는 어쩐지 그런 소년을 미워할 수가 없었다. 새아버지와 친엄마에게 내몰리던 자신의 처지와 표정이 소년과 겹쳐지면서 케이트는 소년이 한없이 불쌍하게 느껴졌다. 홀로 남겨진 가엾은 소년의 모습이 케이트의 머릿속에서 떠나지 않았다.

제3화

망나니의 칼

1

기다란 참나무가 빼곡히 박혀 있는 깊은 산골의 이른 새벽. 얼음처럼 차가운 공기가 마른 짚과 솜털 옷의 윗부분을 축축하게 적실 즈음 나는 언제나 그렇듯 아무도 깨지 않은 이른 새벽의 공기를 들이마시며 눈을 떴다. 장작을 지피는 아궁이 바로 옆에서 잠을 청했는데도 몸의 곳곳에서 찬 기운이 올라왔다. 손가락 관절과 손목, 발목, 무릎 사이에서 느껴지는 차가운 기운이 마치 마디마디마다 구멍이 나서 바람이 숭숭 빠져나가는 것처럼 시리고 아팠다.

몸이 너무 아파서 일어나기가 쉽지 않았다. 때문에 바닥에 깔아놓은 몇 겹의 담요 안에서 한동안 아궁이의 붉은 불꽃만 노려보았다. 한참 동안 그렇게 불꽃을 노려보다가 조금씩 몸을 움직이려 노력했다.

"아…… 아얏!"

몸을 일으키려는 순간 두 손바닥부터 등과 어깨를 거쳐 다리 아래까지 찌르르 흐르는 따끔한 통증에 나는 그만 '악' 소리를 지르고 말았다. 이 지독한 통증은 땅이며, 숲이며, 나무며, 하얀 달까지 꽁꽁 얼려버릴 정도로 차가운 날씨 때문만은 아니었다. 뼈마디마디에서 뿌드득뿌드득 소리가 나는 이유는 날씨 말고도 하나가 더 있었다.

"아직도…… 안 낫는구나."

벌써 '그 일'이 있은 지 며칠이 지났지만 겨울이라 상처가 더디 아무는 탓인지 등의 아픔은 여전히 극심했다.

"아아야……."

이른 새벽 공기에 온몸이 떨렸지만 나는 웃옷을 하나하나 벗었다. 단벌 신사인 나에게 하나밖에 없는 소중한 초록 오리털 점퍼를 벗었다. 그리고 두꺼운 뜨개 카디건과 뜨개 스웨터, 얇은 뜨개 조끼와 회색 티셔츠, 그리고 내복까지 몽땅 벗었다.

내가 이렇게 뜨개옷 일색으로 겹겹이 껴입은 것은 모두 동생 '영아'의 덕이다. 영아는 나보다 세 살 어린 열두 살이지만 작은 손으로 뜨개질 하나만큼은 어디 내놓아도 빠지지 않았다. 혼자 우리 둘을 먹여 살리느라 고생하던 어머니가 몸이 아픈 나 때문에 바깥일도 나가지 못해서 구한 뜨개 부업……. 어릴 적부터 뜨개질하는 어머니를 보아온 영아는 이제 정말 귀신같은 손놀림으로 뚝딱뚝딱 멋진 스웨터를 단숨에 완성해내곤 했다. 내가 이 깊은 숲 속에 들어오겠다고 말한 순간부터 영아는 틈틈이 스웨터와 조끼, 카디건을 떴다. 나는 그 아이의 정성이 담긴 옷을 몇 겹이나 겹쳐 입고 있었다. 그래야 이 극심한 추위와 아픔도 덜하기 때문이다.

"후우……."

나는 살을 감싸고 있던 하늘색 내복을 살펴보며 한숨을 쉬었다. 눈앞에 핏물로 축축한 내복이 무겁게 들려 있었다. 내복은 나의 진땀과 피로 범벅이 되어 본래 무게보다 훨씬 무거웠다. 속옷의 핏자국은 생각보다 많았다. 벌써 며칠째 하늘색 내복에는 여러 갈래의 기다랗고 얇은 핏자국이 새겨져 있었다. 이건 내 치유력이 많이 약해졌다는 의미였다.

나는 한참 동안 핏자국을 바라보다가 오른쪽 팔뚝을 구부려보았다. 색은 하얗지만 전과는 비교할 수 없을 정도로 근육과 알통이 잡힌 탄탄한 팔뚝이 눈에 들어왔다. 처음 이곳에 왔을 때의 깡마른 몸과는 비교할 수 없을 정도로 근육이 늘었는데도 오히려 상처는 더욱 오래간다는 사실이 나를 속상하게 했다.

"후우……."

나는 긴 한숨을 내쉬며 바지 주머니에 늘 넣고 다니는 연고를 꺼냈다. 구슬처럼 동그란 통을 비틀어 열면 그 안에 하얗고 단단한 연고가 들어 있었다. 아주 옛날부터 우리 집안사람들이 개발해낸 자상刺傷, 즉 칼로 베인 상처에 즉효가 있는 약이었다. 수많은 약재를 달이고 졸인 특효약은 우리 집안 어른들밖에 만들지 못하는 귀한 것이었다. 이 약 한 통을 만들기 위해 나의 어머니가 몇 달 동안 얼마나 고생했는지 나는 잘 알고 있었다.

아껴 써야 할 소중한 연고를 조심스럽게 손가락에 묻혀 피가 멍울진 상처에 발랐다. 앞쪽 상처에는 바르기가 쉬웠지만 보이지 않는 등의 상처에는 약을 바르기가 어려웠다. 이곳이 집이라면 여동생이나 어머니가 발라주었겠지만 집을 떠난 뒤로 혼자 약을 바르는 것도 꽤나 일이었다.

"영철아! 영철아!"

등에 약을 바르고 주섬주섬 옷을 입는데, 나를 부르는 사형의 목소리가 들려왔다.

"아, 네! 갑니다!"

나는 크게 소리를 지르며 부리나케 밖으로 뛰어나갔다. 바로 위의 사형이 마당에 서서 나를 부르고 있었다. 지붕이 낮은 기다란 기와집 앞에 휑할 정도로 넓은 마당이 있었다. 마당은 아침부터 내린 서리로 흰빛이 어른어른 반짝이고 있었다.

"이 녀석아, 또 몰래 창고에서 잤냐? 아니, 뜨뜻한 방을 두고 왜 저런 창고에서 자는 거야? 정말 이해를 못하겠군!"

형은 내가 숙소를 빠져나와 창고로 도망치는 날이면 매번 그러듯 '도저히 이해 못할 녀석'이라고 나무랐다. 따뜻하고 아늑한 잠자리를 두고 창고 구석에서 뼈 부러지는 소리를 내며 일어나는 나를 보니 역정이 나는 모양이었다. 나를 걱정해서 화를 낸다는 걸 알기 때문에 기분이 썩 나쁘지는 않았다.

사형이 아무리 나무라도 나는 이 괴상한 행동을 멈출 수가 없었다. 어쩌랴! 상처 때문에 여러 사람과 어울리기가 불편한 것을. 누구라도 내 상처를 보았다가는…… 아니, 내가 상처 입는 그 순간을 보았다가는 다들 혼비백산하며 나를 괴물처럼 바라볼 것이다. 그러니 나는 상처가 났다가 조금 아무는 동안에는 창고에서 지내는 게 편하다. 물론 이런 비밀을 간직하며 살기가 힘들긴 하지만 그 또한 어쩌랴! 상처에 대해 말했다간 그 이유에 대해 꼬치 꼬치 따질 테고, 그러면 나는 벙어리가 되어버릴 것이다. 혹시라 도 사실대로 말하더라도 우리 사형들은 나를 이상한 놈, 미친 놈 취급할 것이 뻔하다. 그러니 함부로 말할 수도 없는 노릇이지 않 은가.

나는 사형의 잔소리를 한 귀로 듣고 한 귀로 흘려버리면서 그 순간을 모면하기 위해 바보 같은 웃음을 지었다. 사람 좋은 사형 은 그런 웃음 한 번이면 늘 그렇듯 더 이상 캐묻지 않았다.

"에헤헤…… 난 저기가 편해요, 사형. 헤헤헤……."

"어이구, 참! 못 말리는 녀석이라니깐! 얼른 물 길어 와. 나는 뒷 마당에서 장작 패놓을 테니."

"네, 알았습니다. 사형!"

나는 멋지게 경례를 올려붙인 뒤 부엌을 향해 뛰었다.

사형들과 내가 지내는 곳은 각종 무기를 만드는 기기창機器創이 었다. 말하자면 깊은 산속에 있는 일종의 대장간이다. 우리 스승 님이 대단한 솜씨를 가진 환도장環刀匠 인간문화재이기 때문에 나 외에도 두 명의 사형이 스승님 밑에서 일을 하며 배우는 중이다. 조선시대만 해도 기기창에 많은 제자가 있어서 기숙방 가득 사람 이 찼다고 한다. 그 때문에 기기창 건물은 생김새가 조금 이상하 다. 지붕은 높지 않으면서도 이상하게 옆으로 길쭉해서 작고 좁 은 방이 여러 개 늘어선 모양이었다. 지금은 사형들과 내가 가장 넓은 방에서 기숙하는 중이고, 나머지 방들은 텅 빈 채 제기능을 못했다.

사실 두 사형에게는 죄송하지만 나는 인간문화재인 스승님에게 무기 만드는 법을 배우러 온 진짜 제자가 아니다. 나는 본래 이곳에 머물 계획이 없었다. 초등학교를 졸업한 그날, 나는 몇 년 동안 생각해온 것을 우리 가족, 그러니까 어머니와 여동생에게 털어놓았다. '이렇게 하루하루 사는 게 지옥 같은데 공부를 하고 학교를 다니는 것이 의미가 없다'는 말이었다. 어머니는 내가 고등학교까지 졸업하기를 바랐다. 나는 매번 상처 난 몸으로 학교를 빠지기 일쑤인 상황에서 졸업이 무슨 의미가 있느냐고 어머니를 설득했다. 그동안 남몰래 고민해오다가 그 말을 꺼낸 것이었다. 나의 상황에서 조금이라도 벗어날 방법에 대해 고민하고 또 고민한 끝에 내린 결론이었다. 어머니와 여동생은 내 마음을 받아주었고, 2년 전에 나는 이 산속으로 들어오게 되었다.

애초에 내가 가려던 곳은 이곳 기기창이 아니었다. 봉우리 하나 너머에 있는 작은 절, 선무사仙霧寺였다. 선무사는 아주 크고 유명한 절은 아니지만 내로라하는 엄청난 고수들이 살고 있는 곳이었다. 특히 아주 오래전부터 보통 사람들에게는 공개하지 않은 채 비밀리에 전해 내려오는 엄청난 무술을 전수받고 전수하는 초절정의 고수들만 있는 절이다. 영력靈力이 뛰어난 어느 스님이 내 처지를 알고는 나를 불쌍히 여겨서 비밀스러운 선무사에 대해 살짝 귀띔해주었다.

'그놈'과 싸워서 이기려면 이곳에서 무술을 연마하는 방법밖에 없겠다고 생각한 나는 고작 열세 살의 나이에 무작정 짐을 싸들고 이곳 산속으로 들어왔다. 하지만 예상대로 절에서는 나 같은 비쩍 마른 꼬마 따위…… 무술의 '무' 자도 모르는 녀석을 제자로 받아주지 않았다. 스님은 내 말을 더 들어보지도 않고 단칼에 거절했다. 나는 죽을 각오를 하고 죽기 살기로 매달렸고, 끝내 허락을 받아냈다. 단, 진짜 허락을 받기 위해서는 한 가지 조건이 있었다. 그건 바로 이곳 기기창에서 3년을 버티면 수련할 기회를 주겠다는 것이었다. 아무래도 스님은 나의 인내력을 시험해보려는 모양이었다.

새벽 4시면 일어나 물을 긷고 장작을 패고 불을 지핀다. 낮에는 몸이 부서져라 철을 고르고 때리고 만지다가 저녁에야 간신히 쉴 수 있는 힘들고 고단한 생활이지만 나는 선무사에 들어가겠다는 희망 하나로 매일매일 최선을 다해 기기창의 일을 돕고 있다.

솔직히 처음 한 달간은 이따위 풀무질을 때려치울까 하는 생각을 하루에 열두 번도 넘게 했다. 당장이라도 기기창에서 달아나 버리고 싶은 마음이 굴뚝같았지만 언젠가 첫째사형이 해준 말 때문에 나는 고된 하루하루를 버틸 수 있게 되었다.

'영철아, 난 이미 선무사 스님들이 널 제자로 키우기 시작했고, 넌 수련을 시작한 거라고 생각해. 이곳에서 무기를 만들고 다루는 것은 네가 앞으로 훌륭한 무술인이 되는 데 둘도 없는 경험이 될 거야. 원래 진짜 무인武人은 스스로 도刀와 검劍을 돌보고, 가꾸고, 만질 수 있는 사람이라잖아. 조선시대에도 우리 스승님 같은 환도장인은 전국에 서른 명도 없었대. 지금은 더 심해서 우리 스승님을 제외하고는 칼이나 도를 제대로 다루는 사람이 거의 없어. 너는 돈으로도 사지 못할 경험을 여기서 하는 거야. 만약 지금 너한테 누가 구경도 못해볼 만한 천하의 명검名劍을 줬다고 해봐라. 네가 그걸 들고 무얼 하겠냐? 하지만 적어도 3년간 이곳에서 일하면 너는 명검을 구분할 수 있고, 명검과 이야기할 수 있고, 명검을 네 것으로 관리할 수 있는 모든 노하우를 알게 될 거야. 그러니 중도에 포기하지 말고 열심히 해라. 힘내자!'

스님들이 비밀스러운 궁극의 무술을 가르치기 위해 이곳에서 나를 수련시키는 것이라는 큰사형의 말을 나는 지금도 절대로 잊을 수가 없다. 그때 하루하루 버티기가 힘들었던 나는 큰사형 덕분에 용기를 얻어 벌써 2년이 지나도록 결코 포기하지 않고 즐겁게 하루하루를 보내고 있었다. 그렇기에 나는 오늘도 아픈 몸을 이끌고 산길을 뛰어다니며 물을 긷고 한없이 기쁘고 밝은 생각만 하려고 애쓰면서 하루를 시작하는 것이다.

2

모든 사물이 꽁꽁 얼어가고 추위에 비쩍비쩍 말라가는데도 우리 기기창만큼은 사시사철 붉디붉은 불과 불을 머금은 쇳덩이들이 활활 타오르며 '까앙, 깡' 소리를 쉼 없이 냈다. 그것이 비록 생명 없는 고철 덩어리의 소리일지라도 붉은 철이 이리저리 불을 뿜어내며 고통을 당하다가 끝내는 원래 형태를 알아볼 수 없을 만큼 멋진 모습으로 변하는 것에 나는 생명의 경이로움을 느꼈다. 그것은 모진 고뇌와 고통을 딛고 일어서야만 완성되는 하나의 기적으로, 탄생의 신비와 다를 바 없었다. 그것은 고통 속에서 꿋꿋이 일어나는 놈만 끝내 광채를 발할 수 있다는 만고의 진리를 몸소 보여주는 일이기도 했다.

나는 멋지게 태어나는 쇠붙이들을 보면서 매일매일 크나큰 위안을 받는다. 지금의 내 고통은 나를 단련시켜서 훌륭한 하나의 인간으로 만들어내기 위한 과정일 거라고, 그러니 고통을 두려워하다가 부러지는 대신 반드시 시련을 이겨내고 떳떳한 한 사람으로 살아내겠다고 다시 한 번 다짐했다. 그래야 어머니와 동생 영아에게 걱정과 번민이 아니라 희망과 기쁨을 주는 사람이 될 테니까……

따앙…… 따앙…… 따앙…….

우리 스승님은 칠순을 넘긴 노구老軀인데도 검을 만드는 일에서는 힘센 장정도 결코 따를 수 없는 실력과 힘을 가지고 있다. 작업이 시작되면 늘 낡은 한복을 입고 기다란 끈으로 이마를 동여매고는 한마디 말씀도 없이 검을 만드는 데 집중한다.

따앙…… 따앙…… 따앙…….

나는 형님들과 함께 잔심부름을 하며 바쁘게 어두컴컴한 대장간 안을 오가는 중에도 스승님의 솜씨를 보면 순간순간 나 자신이 그분의 손에 매만져지는 검이라도 된 것처럼 찌릿찌릿한 느낌을 받는다.

스승님은 우리나라는 물론이고 일본이나 동남아시아에서도 손님들이 찾아올 정도로 대단한 분이지만 제자는 아주 극소수만 받아준다. 아무것도 모르는 내가 이곳에서 잔심부름이라도 할 수 있는 건 모두 선무사 스님 덕분이었다. 무술을 하는 진짜 무인이라면 한 번쯤 들러야 할 만큼 이곳은 산속의 성지라고 한다.

따앙…… 따앙…… 따아아앙…….

쇠와 쇠가 부딪치는 소리는 새벽부터 시작되어 깊은 산골의 곳곳을 울리다가 한낮이 조금 지나면 고요해진다. 워낙 혼을 빼는 노력이 필요한 만큼 내일을 위해 언제나 이 시간이 되면 스승님은 사형들도 모두 쉬게 했다. 새벽 4시부터 한낮까지 이런저런 잡일로 불이 나게 돌아다니는 내게도 한낮의 휴식은 사형들과 마찬가지로 공평하게 주어진다.

휴식 시간이 되면 스승님은 홀로 명상을 하거나 오수를 취하면서 피곤한 몸을 재충전하고 아직 젊고 패기 있는 사형들은 작업실에 남아 좀 더 공부를 하거나 연마를 한다. 그러나 나는 그 시간만큼은 작업실에 머물지 않는다. 오후가 되면 나는 언제나 다람쥐처럼 쪼르르 기기창을 빠져나와 산봉우리 하나를 건너 맞은편 봉우리 꼭대기쯤에 있는 절간으로 달려간다.

절 안을 몰래 훔쳐본다며 혼이 나기도 했지만 나는 기기창에 들어온 뒤 하루도 거르지 않고 이곳으로 달려왔다. 때문에 이제는 스님들도 내가 구경하더라도 모른 척 내버려두었다. 나는 늘 그렇듯 선무사 뒤편의 높은 밤나무 꼭대기로 기어 올라가 절 안을, 스님들을, 그리고 그분들의 대련 모습을 훔쳐보았다.

오늘도 나는 절간으로 달려갔다. 높은 봉우리 위에 세워진 선무사는 늘어진 밤나무, 아카시아나무, 삼나무 때문에 산 아래에서는 그 모습이 잘 보이지 않았다. 그래서인지 선무사에 대해 아는 사람은 많지 않았다. 나 역시 날 불쌍히 여긴 스님이 아니었다면 이런 절이 있다는 것도 까맣게 몰랐을 것이다.

나는 자그마한 절간 지붕 아래까지 늘어진 300살 먹은 거대한 밤나무에 올라갔다. 그리고 절간으로 가장 깊이 뻗은 커다란 가지에 나무늘보처럼 길게 엎드리고는 숨죽여 스님들의 훈련 장면을 바라보았다.

대웅전을 지나 넓게 뻗은 평평한 운동장 모양의 뒤뜰이 바로 스님들의 훈련장이었다. 스님들은 단 하루도 빼놓지 않고 아침저녁으로 뒤뜰에서 무공을 키워나갔다. 오늘도 어김없이 수련이 시작되면서 스님들이 구호에 맞춰 몸을 풀었다. 작은 절이지만 스님은 열댓 분이나 되었다. 그런데 오늘은 유독 한 분이 눈에 팍 들어왔다. 스님들 속에서도 승복이 좀 더 밝은 회색을 띤 젊은 스님이었다.

그분은 처음 보는 얼굴이었다. 진한 눈썹에 굳게 입술을 다문 모습이 굉장히 인상적이었다. 게다가 한 동작, 한 동작이 너무나 매끄럽고 분명해서 아름답게 느껴지기까지 했다. 외부에서 수련을 하기 위해 이곳을 찾은 스님인 모양이었다. 이곳 선무사는 워낙 폐쇄적이어서 다른 절의 스님이 함께 훈련을 받는 모습은 거의 본 적이 없었다. 그래서인지 낯선 스님의 등장이 꽤 신기하게 느껴졌다.

탁. 탁. 탁.

십수 명이 열을 지어 수련 중인 스님들의 맨 앞에서 '지도 스님'이 한 손에 든 대나무를 다른 쪽 손바닥에 두드렸다. 동작을 멈추라는 뜻이었다. 죽비 소리가 마당으로 퍼지자 모든 스님이 일제히 동작을 멈추었다.

지도 스님은 모든 대련과 수련을 총괄하는 분이었다. 과거에는 한반도를 뒤흔들 정도로 유명한 무술인이었지만 환갑이 넘은 지금은 축적된 지식을 후학들에게 전수하며 수련을 총괄하는 역할을 맡고 있다. 지도 스님 밑에는 20대부터 30~40대까지 젊은 스님이 몇 분 있는데 개별 훈련은 그분들이 담당했다.

"모두……."

지도 스님은 스님들을 향해 뭔가를 지시하고 있었지만 내 귀에는 그 소리가 잘 들리지 않았다. 나는 시력은 꽤 좋은 편이지만 지난 2년간 커다란 쇳소리를 매일매일 들은 탓에 귀가 작은 소리에 민감하지 못했다.

지도 스님의 말씀이 끝나자 줄서 있던 스님들이 가운데에 커다란 공간을 만들고 사방으로 둥그렇게 자리를 잡았다. 아마도 지도 스님이 '대련'을 지시한 모양이었다. 대형을 보니 단체 대련이 아닌 일대일 대련임에 틀림없었다.

일대일 대련은 자주 실시하는 일이 아니라서 내 눈은 순식간에 커다랗게 확대되었다. 일대일 대련이 시작되면 마치 진짜 결투라도 보는 것처럼 나는 진땀이 나고 흥분이 되고 마음이 조마조마했다. 나 자신이 결전자라도 되는 것처럼. 때문에 이런 날에는 밤나무 아래에서 일어나는 모든 광경을 지켜보느라 눈을 깜빡이는 것까지 잊어버릴 지경이었다. 어느 날은 밤에 잠자리에서 눈알이 뻑뻑해 눈물이 줄줄 흐른 적도 있었다. 그만큼 일대일 대련은 최고의 구경거리였다.

"……하라!"

지도 스님이 외쳤다. 둥근 원 모양으로 앉아 있는 스님들 중에 연회색 승복의 젊은 스님이 일어났다. 그 상대로 꽤나 실력 있는 또 다른 젊은 스님이 일어섰다. 외부에서 온 스님에 맞서는 스님은 적어도 이곳에서 다섯 손가락 안에 드는 분이었다. 어떻게 될까? 과연 저 대단한 스님을 외부에서 온 스님이 이길 수 있을까? 아마도 그러기는 힘들 거라고 예상하며 나는 두 눈을 반짝였다.

"헙!"

지도 스님의 짧은 고함 소리와 함께 서로 반대편에 꼿꼿이 서 있는 두 스님이 깊이 머리를 숙였다. 두 분은 서로를 존중하는 의미로 인사한 뒤 곧이어 대련을 시작했다. 두 스님은 서로를 경계하고 탐색하며 조심스러운 발걸음으로 다가서더니 상대방의 작은 움직임도 놓치지 않으려는 듯 두 눈을 빛냈다.

"이여업!"

먼저 기합을 지른 쪽은 선무사 스님이었다. 스님의 두 발이 허공을 가르더니 순식간에 맞은편의 연회색 승복을 입은 스님을 향해 바람처럼 빠르게, 사마귀처럼 예리하게 날카로운 공격을 시도했다. 순식간에 다가오는 빠른 발차기는 그야말로 백발백중의 절묘한 묘기와도 같았다. 아마도 낯선 스님은 저 발차기에 맞아 바닥을 한 바퀴 구를 것이다.

"와앗!"

하지만 나의 예상은 보기 좋게 빗나갔다. 순간 나도 모르게 신음을 내질렀다. 내 눈에 비친 그것은 한 폭의 그림과도 같았다. 선무사 스님의 진회색 훈련복이 바람을 가르며 공중으로 날아오르는 모습은 한 마리 매가 두 발로 땅을 차오르며 먹잇감을 낚아채는 예리한 동작이었다.

더욱 놀라운 것은 바로 그다음이었다. 정체를 알 수 없는 낯선 스님은 선무사 스님의 움직임을 감지하고 그 예리한 공격을 흐르는 물처럼 유려하고 부드럽게 방어했다. 선무사 스님의 날카로운 발차기가 들어오자 낯선 스님은 회오리처럼 재빨리 공격 방향으로 돌아서면서 상대방의 공격력을 반감시켰다. 그러고는 도리어 단단하게 언 땅을 토끼처럼 뛰어올라 날카로운 독수리 부리처럼 구부린 손끝과 발끝으로 선무사 스님의 목과 어깨, 그리고 복부를 강타하며 황토빛 뜰로 깃털처럼 사뿐히 착지했다.

"허어억!"

나는 터져 나오는 신음을 숨기기 위해 두 손으로 입을 틀어막았다. 선무사 스님은 단 한 번의 공격으로 목부터 복부까지 한 군데도 방어하지 못한 채 모조리 타격을 받았다. 게다가 자신의 위력적인 발차기 탓에 날아오른 지점에서 수 미터나 미끄러진 채 중심을 잃고 비틀거렸다.

"세상에나, 세상에나!"

나는 이 믿을 수 없는 광경에 입이 벌어져서 더 이상 말이 나오지 않았다. 저 낯선 스님이 선무사 스님보다 더 대단한 실력을 가졌다는 사실에 나는 그저 놀랍기만 했다. 실력 차이가 너무나 분명했기 때문인지 그것으로 대련은 끝이 났다. 선무사 스님과 연회색 승복의 스님은 서로 깊이 인사하며 결전을 마쳤다. 나는 두 분이 인사를 하고 자리로 돌아가는 모습을 보면서도 온몸에 돋은 소름이 사라지지 않았다. 도저히 믿을 수 없는 엄청난 무술 실력에 나는 눈을 깜빡이는 것조차 잊고 있었다.

그것이 끝은 아니었다. 지도 스님의 나무 막대가 차가운 겨울 하늘을 가르며 "타악, 탁!" 하고 울리자 이번에는 선무사 수련승들 중 최고의 실력이라는 무량 스님이 앞으로 나섰다. 워낙 출중한 고수이기에 다른 스님들은 몰라도 그 스님의 이름만은 유심히 듣고 외워두었다. 항상 지도 스님 옆에서 모든 스님의 훈련을 돕고 대련을 지도하는 무량 스님……. 그분의 실력은 우리나라 최고라고 할 수 있을 정도로 유명하다는 이야기를 주워들었다. 가장 출중한 무예를 자랑하는 무량 스님이 연회색 승복의 스님과 겨루다니……. 나는 손바닥에 땀이 진득하게 배어 흐르는 것을 느꼈다.

지도 스님보다 높은 무공을 자랑하는 최고의 실력자인 무량 스님이니 당연히 그분의 승리로 끝나겠지만, 처음 보는 저 젊은 스님도 아마 쉽게 물러나진 않으리라는 생각이 들었다.

나는 조금의 의심도 없이 무량 스님의 승리를 확신하고 있었다. 다만 내가 긴장하는 것은 좀처럼 보기 힘든 저 위대한 무술가의 대련을 볼 수 있다는 사실 때문이었다. 나는 무슨 일이 있어도 무량 스님의 대결을 내 머릿속에 단단히 새겨두겠다고 결심했다. 나는 정말 눈 한 번 깜빡이지 않고 두 분의 모습을 바라보았다.

지도 스님의 지시에 따라 두 스님은 서로 맞절을 했고 다시 대련이 시작되었다.

"아앗! 마, 말도 안 돼!"

나는 입을 가렸지만 튀어나오는 신음을 막기에는 역부족이었다. 다행히도 나의 신음은 절 안에 모여 있는 다른 스님들의 신음과 뒤섞여 들키지 않았다. 나도, 선무사의 모든 스님도 눈앞에서 벌어진 대련에 경악을 금치 못했다.

처음부터 무량 스님은 예리하고도 날카로운 동작으로 연회색 승복의 스님을 공격했다. 무량 스님이 먼저 그렇게나 적극적으로 상대를 공격하는 건 처음 보았다. 언제나 상대를 배려해 공격을 고스란히 받아주기만 하는데 오늘은 이상하게도 무량 스님이 더 적극적으로 공격을 펼쳤다.

물론 평소라면 무량 스님의 치밀하게 계산된 예리한 공격이 상대방의 전의를 떨어뜨리면서 작지만 큰 상처를 남겼겠지만, 오늘은 전혀 그러지 못했다. 단 한 번의 공격도 연회색 스님에게 먹혀들지 않았다. 정확히 말하면, 선무사 제일의 무승인 무량 스님이 연회색 스님의 승복 자락조차 건드리지 못하고 있었다. 불경한 말이겠지만 처음 보는 젊은 스님이 무량 스님이고, 무량 스님이 대련 수업을 받는 어린 스님처럼 보였다. 그 모습을 보는 나도, 다른 스님들도 모두 경악에 찬 신음을 내지르고 말았다.

젊은 스님은 계속되는 무량 스님의 공격을 막으며 한 걸음씩 뒤로 물러섰다. 그런 모양새는 실력 차이로 밀리는 게 아니라 모든 공격을 막아내며 조금씩 양보하는 것처럼 보였다. 중앙에서 시작된 대련이 연회색 승복을 입은 스님 쪽으로 이동해버렸다. 스님의 고개가 옆으로 슬쩍 이동하는 것처럼 보였다. 그는 대련을 구경하는 다른 스님들의 모습을 확인하는 것 같았다. 정말 말도 안 되는 일이었다. 감히 무량 스님과 대련하면서 주변을 돌아볼 여유가 있다니!

무량 스님의 모든 공격을 막아내던 연회색 스님은 잠시 후 두 발에 시간 차이를 두어 방향을 틀었다. 그 순간 성공적이지는 못했지만 적어도 완벽하게 파고드는 무량 스님의 공격이 빈 공간에 머물렀다. 그 순간 젊은 스님은 하늘에 계단이 있는 것처럼 뭔가를 다닥 밟고 올라가더니 무량 스님의 안면을 향해 발을 뻗었다.

쐐애액!

젊은 스님의 발길질 소리가 얼마나 강력한지 허공을 가르는 소리가 내가 있는 나무줄기까지 생생하게 전해졌다. 내가 몸을 움직여 나뭇가지가 움찔거리는지, 발차기 공격에 나뭇가지가 흔들리는지 도통 구분되지 않을 정도였다. 순간적으로 나는 몸을 뒤로 움직였다. 젊은 스님의 공격을 저도 모르게 피하려 했던 것이다. 나뿐이 아니었다. 대련을 바라보는 스님들의 허리가 일제히 뒤쪽으로 휘청거리는 모습이 보였다. 믿을 수 없을 정도로 굉장한 공격이었다.

아마도 그 발길질을 정면으로 받았다면 무량 스님의 얼굴은 완전히 엉망이 되어버렸을 것이다. 다행히도 젊은 스님의 발끝은 무량 스님의 이마 바로 앞에서 멈추었다. 놀라운 일이었다. 그 공격은 분명히 무량 스님의 코앞까지 다가갔다. 너무나 강력해서 멈추는 게 불가능해 보였다. 그런데 젊은 스님은 멈추었다. 한순간에 공격을 거둬들였다. 감히 무량 스님을 한 수 배려하며 대결에 임할 정도로 연회색 스님은 엄청난 경지에 오른 것이 틀림없었다. 도저히 믿을 수 없는 일이었다.

나뿐만이 아니라 그곳에 모인 스님들과 직접 대련에 나선 무량 스님도 놀란 것 같았다. 선무사 스님들은 모두 최고 실력자인 무량 스님이 대결에서 졌다는 것, 그것도 상대방의 옷깃 하나 스쳐보지 못하고 대련을 마쳤다는 사실에 어리둥절해했다.

탁, 탁, 탁.

지도 스님의 죽비 소리가 고요한 사위를 울렸다. 모두들 믿을 수 없는 광경에 멍한 그때, 대련을 총괄하는 지도 스님만 평상시 모습대로 대련의 종료를 선언했다. 그분의 표정은 너무 멀어서 잘 보이지 않았지만 유일하게 당황하지 않은 것 같았다.

연회색 스님과 무량 스님은 서로를 향해 깊숙이 절을 하고 본래의 자리로 돌아갔다. 연회색 승복의 스님은 아무 일도 없었던 것처럼 뒤쪽으로 물러났고, 무량 스님은 아쉬움에 고개를 좌우로 흔들며 지도 스님 곁으로 돌아갔다. 무량 스님 외에도 지도 스님 밑에서 훈련을 도맡고 있는 스님들이 무량 스님 곁으로 다가가 두런거렸다. 무량 스님이나 다른 스님들이 허탈한 표정으로 웃으며 고개를 흔드는 모습을 보니 모두들 젊은 스님의 실력에 혀를 내두르는 모양이었다.

무량 스님의 대련 후에도 일대일 대련은 계속되었지만 어찌 된 일인지 그 후로는 내 머릿속에 아무것도 들어오지 않았다. 나는 자꾸만 연회색 승복을 입은 젊은 스님의 행동 하나하나를 머릿속으로 그리고 또 그리며 되새겼다. 오늘 밤 잠이 들어도 그분의 움직임 하나하나를 도저히 잊을 수 없을 것만 같았다. 특히 그분의 처음이자 마지막 공격이란! 순식간에 몸을 비틀며 하늘을 밟고 올라서던 믿을 수 없는 몸놀림을 나는 절대로 잊지 못할 것 같았다.

"와아……."

나는 긴 한숨을 내쉬며 그분의 모습을 뚫어져라 내내 쳐다보았다. 대련을 마친 그분은 아무 일도 없었던 듯 다른 스님들 사이에 고요히 앉아 있었다. 그 모습이 너무나 멋지고 존경스러워서 나는 그분에게서 눈을 떼지 못했다.

'나도…… 나도 저런 실력자가 될 수 있을까? 그래서 언젠가 그 놈을 이길 수 있을까?'

나는 눈이 부시도록 멋진 스님을 뚫어져라 바라보았다. 덕분에 휴식 시간이 지나고 또다시 기기창의 일과가 시작되었다는 사실도 까맣게 잊어버리고 말았다.

3

나는 스님들의 오후 수련이 끝나는 초저녁까지 나무 아래로 내려오지 않았다. 대련이 끝나고 한참이 지났지만 연회색 승복의 스님이 스쳐 지나가는 모습이라도 볼 수 있을까 싶어 내내 숨죽여 선무사 뜰 안을 지켜보았다. 말이라도 한번 걸어볼까 기대한 것은 아니었다. 아니, 뭔가를 해볼 생각 따위는 없었다. 그저 유명한 가수를 기다리는 팬처럼 얼굴이라도 더 보겠다는 마음으로 그 자리를 지켰다. 시간을 잊은 채 스님의 모습을 기다렸지만 하늘이 어둑해질 때까지 연회색 승복의 스님을 볼 수는 없었다. 어둑해지는 하늘을 보고 깜짝 놀란 나는 다시 기기창을 향해 산봉우리 하나를 후딱 넘었다.

따앙…… 따앙…… 따앙…….

산봉우리를 넘어올 때부터 들려오기 시작한 쇳소리가 점점 크고 청아하게 퍼졌다. 하늘을 향해 올라오는 희고 맑은 연기도 검게 물들어가는 숲 속에 퍼졌다. 그 맑은 소리와 하얀 연기는 우리 사형들이 불에 달군 쇳덩이로 좋은 기기機器와 병기兵器를 만들기 위해 쉬지 않고 애쓰고 있다는 증거였다. 나는 있는 힘을 다해 달렸다. 지금은 장작더미와 온갖 쇳덩이가 잔뜩 쌓인 뒷마당이 나의 수련터임을 잊어서는 안 된다!

나는 매일매일 절간의 수련 장면을 훔쳐보고 기기창으로 달려왔다. 이렇게 대련이 있는 날에는 훔쳐본 것들을 머릿속으로 계속 되풀이하고 또 되풀이했다. 그렇게 머릿속으로 완벽하게 그림이 그려지면 공터에서 혼자 스님들의 흉내를 내곤 했다. 그것이 바로 나만의 훈련 방식이었다.

나는 늦은 만큼 더욱더 열과 성을 다해 스승님과 사형들의 작업을 도왔다. 붉디붉은 장작불을 한없이 높게 때고, 차갑고 맑은 물을 계속 길어왔다. 아무리 추운 날이라도 이렇게 일하다 보면 단 몇 시간 만에 온몸이 땀으로 범벅되었다.

오후 작업은 길지 않았다. 하늘이 검게 변하기 전에 모든 작업이 끝났다. 때문에 해가 금세 떨어지는 겨울에는 작업이 빨리 끝나고, 해가 긴 여름에는 좀 더 오랫동안 작업이 이어졌다. 스승님은 절대로 그 이상 작업을 하지 않았다. 스승님은 늘 자연의 흐름에 몸을 맞추는 것이 매우 중요하다고 말했다. 덕분에 이런 겨울날에는 나만의 시간이 조금 늘어났다.

모든 작업이 끝나고 저녁 식사도 마친 그때, 온전히 하루를 마감한 그때부터 뒤뜰로 나가 혼자 수련을 했다. 내내 머릿속에서 반복하고 또 반복하던 동작을 혼자서 해보는 것이었다.

'여기서 두 발을 차고 올라가 오른발로 목을, 왼발로 가슴을, 다시 오른발로…….'

나는 오늘 처음 본 젊은 스님의 동작을 머릿속으로 되뇌며 어설프게 땅을 차고 올라가보기도 하고 참나무를 오른쪽, 왼쪽으로 공중에서 차보기도 했다. 하지만 보는 것과 직접 하는 것은 어마어마하게 달랐다. 어쩌면 사람이 자기 키보다 훨씬 높이 뛰어오를 수 있고, 어쩌면 그 공중에서 정지한 것처럼 자유자재로 움직일 수 있는지……. 기억을 더듬으며 하나하나 따라 해볼수록 나는 그 낯선 스님의 동작들이 그저 놀랍기만 했다.

"세상에, 그게 인간인가?"

나는 크게 한숨을 내쉬며 머리를 흔들 수밖에 없었다. 도저히 내가 흉내 낼 수 있는 동작들이 아니었다. 심지어 무량 스님 같은 고수를 한순간에 제압했는데……. 나는 몇 번이나 그분의 동작을 반복하다가 곧 포기하고 평소대로 스님들의 훈련 동작을 시작했다.

"이얏! 이얍!"

나는 크게 기합 소리를 내며 매일매일 눈으로 익힌 스님들의 기본동작을 반복했다. 정식으로 배운 게 아니라서 그 동작들의 이름이 무엇이고, 언제 사용하는지 몰랐지만 그것들을 똑같이 흉내 내는 것에 왠지 모를 뿌듯함을 느낄 수 있었다. 그렇게 내가 정신을 집중하고 수련 동작을 차례로 반복하고 있을 때였다.

"혼자서 수련을 하는 모양이구나?"

뒤쪽에서 낯선 남자의 음성이 들려왔다. 귀에 익은 사형들의 목소리가 아니었다.

"……?"

누가 이 깊은 숲 속에서 남의 수련을 방해하는지 뒤를 돌아본 순간! 나는 정말 온몸이 꽁꽁 얼어버린 채로 벼락을 맞은 것처럼 놀라고 말았다. 내 뒤에 나타난 사람은 바로 오늘 낮에 믿을 수 없는 시연을 보여주었던 어마어마한 고수, 그 연회색 승복의 스님이었다!

"혼자 수련을 하다니 애쓰는구나."

스님의 등 뒤에는 기다란 보퉁이 두 개가 매달려 있었다. 그분은 멀리서 볼 때보다 훨씬 진한 눈썹에 반짝이는 눈동자를 가지고 있었다. 초고수의 등장에 내 심장은 제정신이 아니었다. 그 순간 나는 100미터 달리기를 마친 것보다, 무언가를 도둑질한 직후보다 더욱더 펄떡이는 심장박동을 느꼈다.

"좀 더 허리를 펴고…… 오른발을 땅에 밀착시켜. 그리고 몸에서 힘을 빼고."

게다가 그 스님이 다가와 나의 허리와 팔을 잡아당기고 누르면서 자세를 바로잡아줄 거라곤 꿈에도 상상하지 못했다. 나는 너무 놀라 심장이 입 밖으로 튀어나올 것만 같았다.

"오른손을 더 높이 들어. 힘껏 쭉 뻗고. 그래, 그렇지."

스님은 내 손을 붙잡으며 손수 동작을 고쳐주기까지 했다. 나는 지금이 밤이라는 게 고마웠다. 안 그랬으면 새빨갛게 달아오른 괴상한 내 얼굴을 스님에게 고스란히 들켜버렸을 테니까. 이 기적 같은 순간에 오히려 나는 평소보다도 몸이 움직이지 않았다. 너무나 긴장해서인지 스님의 조언대로 몸에서 힘을 빼는 게 거의 불가능했다. 잘하고 싶은 마음과 달리 내 몸은 평소보다도 엉망으로 자세를 잡고 있었다. 그런 내 모습을 스님은 한참 동안 조용히 바라보았다. 그러더니 갑자기.

"잠깐만. 미안하지만 실례 좀 해야겠다."

다음 순간 스님의 행동에 나는 무척이나 놀랐다. 스님은 어색하게 움직이는 내 몸을 휘릭 돌리더니 내 두 팔을 가볍게 머리 위로 올렸다. 뭐가 뭔지 정신을 차릴 수도 없는 사이에 그분은 몇 겹이나 되는 내 윗옷을 모두 모아 순식간에 머리 위쪽으로 쑤욱 올려버렸다.

"으, 으악!"

내가 깜짝 놀라 소리를 지른 건 몇 초쯤 지나서였다. 무슨 일이 벌어졌는지 깨달은 순간 나는 벌거벗은 웃통을 두 손으로 감싸 안았다. 하지만 어두컴컴한 하늘 아래에서 이미 스님은 내 몸의 상태를 파악한 후였다.

"세상에……."

그분은 나의 자세를 보고 내 몸에 심각한 이상이 있음을 직감한 것인지 갑자기 옷을 벗겨냈고, 나는 어머니와 영아 외에는 그 누구에게도 내보인 적이 없는 최악의 상처를 보이고 말았다.

"이럴 수가…… 대체 누가 이런 짓을!"

스님은 내 팔을 바짝 당긴 뒤 등과 어깨의 자상을 살펴보았다. 당연한 이야기지만 스님은 '그놈'이 만들어낸 내 등짝의 상처를 보고 매우 놀란 표정을 지었다. 보름마다 벌써 몇백 번이나 찢기고, 잘리고, 파인 등짝은 온통 새까만 칼자국으로 빈틈 하나 없이 빼곡할 테고 그 끔찍한 상처에 놀라지 않을 사람은 없을 것이다. 나 자신조차 너무 징그러워 절대로 거울에 비춰보지 않으려고 하는 그 끔찍한 상처 자국에 스님이 말을 잃고 움직이지 않았다.

"자상이구나. 대체 누가 이런 짓을 한 거냐?"

스님은 단번에 그 상처들이 칼에 의해 생겼다는 걸 알아챘다. 스님이 진지한 얼굴로 쳐다보았지만 나는 아무런 대답도 할 수 없었다. 나는 벌거벗겨진 몸을 가리며 얼굴을 돌렸다. 누구에게도 말할 수 없는 나만의 비밀을 털어놓을 용기가 나지 않았다.

4

오늘 아침에도 나는 아궁이 옆에서 혼자 눈을 떴다. 밤중에는 사형들과 함께 한방에 누웠다가 사형들이 잠들면 몰래 빠져나와 아궁이 옆에서 담요를 덮고 잠이 들었다. 새벽이 되면 사형들이 눈뜨기 전에 서둘러 몸을 일으키고 잠든 흔적을 치웠다. 언제나와 같이 싸늘한 아침 공기와 빼곡한 참나무 숲이 겨울 내음을 뿜어내는 산자락은 평소와 다름없었지만 며칠 전부터 달라진 것이 하나 있었다.

"후욱. 후욱. 후욱!"

새벽이면 제일 먼저 눈을 뜨는 나보다도 먼저 일어난 사람이 있었다. 마당 한쪽에서 바람처럼 날렵한 몸으로 허공을 차오르며 수련에 전념하는 연회색 승복의 스님……. 그분이 있다는 것이 바로 얼마 전의 아침과 사뭇 달라진 것이었다. 어스름한 새벽녘에 새처럼 날아오르는 그분의 모습을 본다는 건 환상과도 같았다. 도저히 현실로 느껴지지 않는 놀라운 모습이었다.

"부지런하구나."

연회색 승복을 펄럭이며 마치 새처럼 하늘로 날아오르던 그분은 나의 기척을 알아챘는지 먼저 인사를 건넸다.

"아, 네에!"

순간 나는 얼굴이 벌겋게 달아오르는 것을 느끼며 잘 주무셨느냐는 인사도 제대로 못한 채 부리나케 도망쳤다. 스님이 이곳에 머문 지 사나흘이 넘어가는데도 나는 여전히 그분이 어색하고 어려웠다. 며칠 전 나의 자세를 교정해주고, 누구에게도 보인 적 없는 나의 비밀까지 알아버린 스님은 내가 상처에 대해 말하기를 꺼려하며 난처해하자 더 이상 아무것도 묻지 않았다.

저분은 남을 배려하는 법을 알고 있는 무술인임에 틀림없었다. 검을 다루는 무술인이라면 내 몸의 상처가 검에 의해 생긴 것이고 한두 번이 아니라 수십 번, 수백 번을 계속적으로 베인 오래된 상처임을 알아챘을 텐데도 스님은 내가 난처한 표정을 짓자 더 이상 캐묻지 않았다. 나로서는 너무나 감사하고 고마운 일이었다.

스님은 우리 스승님과 아는 사이였다. 스님이 스승님과 대면했을 때 나는 속으로 무척 놀랐다. 우리 스승님은 언제나 과묵하고 웬만해서는 표정 변화도 없는데, 신기하게도 연회색 승복의 스님을 보자 환한 미소까지 지으며 환대했다. 그리고 오랫동안 비워 둔 스승님의 곁방을 흔쾌히 내주었다. 나는 그토록 스승님이 반기는 무예인을 처음 보았다.

"정현아, 정현이가 왔구나!"

스승님이 스님의 어깨를 감싸며 반가운 목소리로 부른 덕분에 나는 그분의 이름을 알게 되었다. 정현…… 이름까지도 한없이 멋지게 들렸다. 그렇게 정현 스님은 우리 기기창에 머물게 되었다. 그분은 새벽에 스승님의 작업을 도왔다. 오전이 끝나갈 무렵 선무사 스님들이 찾아오면, 정현 스님은 선무사 스님들의 무술 수련을 돕기 위해 자리를 옮겼다. 그랬다가 저녁이 되면 다시 기기창으로 돌아와 스승님의 작업을 돕고 스승님과 이런저런 이야기를 나누었다.

정현 스님은 젊은데도 스승님의 대화 상대가 될 정도로 검과 무기에 대해 아는 것이 많았다. 두 분은 특히나 스님이 가져온 장검 두 자루를 두고 오랫동안 이야기를 나누었다. 스승님은 그 두 자루의 검을 '생명의 검'이라 부르면서 마치 살아 있는 생물처럼 이야기했다. 정현 스님 역시 두 자루의 검에 생명이 담긴 것처럼 말했다. 그렇게 즐겁게 대화하는 스승님을 본 것은 처음이었다. 모든 것이 어리둥절하고 신기하기만 했다.

정현 스님과 만난 후로 나는 잠시 날짜가 지나가는 것을 까맣게 잊어버렸다. 하지만 어떤 새로운 일이 생기더라도 시간은 멈추지 않고 지나갔다. 아아, 시간은 어찌도 이렇게나 빨리 지나가는 것일까! 놈이 나에게 다시 돌아오는 그 악몽 같은 시간이 또다시 나를 향해 다가오고 있었다.

내 나이 여섯 살, 아무것도 모르던 그 어린 날부터 나의 끔찍한 형벌이 시작되었다. 절대로 벗어날 수 없는 그 끔찍한 형벌을 나는 영문도 모르던 그 시절부터 받아야 했다. 한 달에 한 번, 만월이 떠오르는 날이면 언제나 다가오는 그 형벌은 아무리 시간이 흐르고 경험이 쌓여도 절대로 익숙해지지 않았다. 이 끔찍한 악몽을 멈출 수만 있다면 나는 무슨 일이라도 할 수 있을 것 같았다. 심지어 그것이 죽음일지라도!

하지만 나는 죽을 수조차 없었다. 내가 죽으면 이 끔찍한 고행이 내 여동생에게 이어질 것임을 알기 때문이었다. 아버지가 돌아가신 뒤 그 끔찍한 고행이 아버지에게서 어린 나에게로 이어진 것처럼. 내가 죽으면 이제 우리 가문에 하나 남은 여동생이 나 대신 죽기보다 힘든 이 일을 당해야 한다.

그래도 나는 남자이고 나이도 마냥 어리지는 않기 때문에 이런 상처를 참을 수 있지만 어린 여자아이의 몸에 깊은 칼자국이 새겨진다는 건 상상할 수도 없는 일이었다. 그래서…… 나는 죽을 수도 없었다.

아아, 끔찍한 시간은 다시 나를 찾아왔다. 만월이 뜨는 오늘, 나는 또다시 검은 밤 아래 깊이 잠든 사형들의 몸 위를 넘어 문을 열고 나왔다. 깊은 숲, 검은 밤하늘에는 어김없이 둥근 달이 차올라 휘영청 밝은 빛을 내쏘고 있었다. 매일 밤, 나는 사형들이 잠들면 이렇게 마당으로 나와 부엌 옆에 있는 짚을 쌓아둔 창고로 직행하여 지푸라기를 덮고 잠이 들곤 했지만 오늘은 보름……. 오늘 내게 '잠'이라는 낱말은 너무나도 어울리지 않았다.

나는 무거운 발걸음으로 부엌 옆 창고에 들어가 단단히 문을 걸어 잠갔다. 혹시라도 내가 지르는 작은 신음이 문밖으로 빠져나가지 않도록 문을 비틀어 잠갔다. 워낙 옛날에 지어진 창고라 비틀린 나무 문 틈으로 하얀 달이 보였다.

벌써 수십 번, 수백 번 겪어왔는데도 오늘 역시 내 손은 바들바들 떨고 있었다.

'아아, 차라리 죽어버렸으면!'

하루하루를 열심히 살다가도 이날이 오면 언제나 되풀이되는 '죽음'에 대한 유혹이 스멀스멀 내 머릿속을 뒤흔들었다. 아아, 그러나 나는 죽을 수 없다. 내가 죽으면…… 내가 겪어야 할 이 잔인한 형벌이 여리고 불쌍한 어린 동생 영아에게 전해질 것이다. 그녀석이 여자의 몸으로 온몸에 칼자국을 새기며 괴로워할 것을 생각하면…… 나는 절대로 죽을 수가 없었다.

휘오오오!

창고 밖에서 거센 바람이 온 세상을 훑고 지나가는 소리가 들려왔다. 차가운 공기, 매서운 바람, 싸늘한 달빛……. 나는 본능적으로 '놈'이 다가왔다는 것을 느꼈다. 나는 짚더미 위에 무릎을 꿇고 윗도리를 하나하나 벗어 한쪽에 치워놓았다. 그리고 어머니가 만들어준 두꺼운 하얀 손수건을 곱게 접어 입에 꽉 물었다. 신음이 새어나가지 않도록. 모든 것이 형벌에 대한 나의 준비였다.

속옷 하나 걸치지 않은 나의 어깨, 나의 팔, 나의 손은 바르르 떨고 있었다. 차가운 밤바람이 일으키는 추위 때문이 아니었다. 놈에 대한 공포가 내 몸의 세포 하나하나를 깨우고 있었다.

다시 한 번 강한 바람이 스쳐 지나갔다. 이번에는 바람이 더욱 거세져 창고 문이 덜컹거릴 정도였다.

'왔구나!'

나는 알 수 있었다. 녀석이 이제 내게 거의 다가왔음을…….

쐐애애액!

드디어 놈의 소리가 울려 퍼졌다.

촤아아악!

"크으윽!"

죽음보다 더한 형벌이 시작되었다. 간신히 상처가 아문 나의 등짝에 또다시 원한의 칼부림이 시작되었다. 왼쪽 어깨로부터 오른쪽 허리까지 주욱 지나치는 서슬 퍼렇고 차디찬 기운과, 살갗이 뜯어지고 갈라지며 피를 튀기는 끔찍한 고통 속에서 나는 비명을 질러댔다. 나의 비명은 입에 물린 하얀 손수건에 흡수되었지만 고통의 눈물은 또다시 흘러내리고야 말았다.

쐐애애액!

아아! 잠시의 틈도 주지 않고 그놈의 두 번째 공격이 상처로 엉망인 나의 등으로 달려오는 소리가 들렸다. 나도 모르게 오른쪽 눈에서 커다란 눈물방울이 툭 하고 떨어졌다.

카앙!

바로 그때였다. 분명 그놈의 공격이 내 등짝의 살을 파고 들어가는 소리와 미칠 것 같은 통증이 밀려와야 하는데, 어떻게 된 일인지 내 귀에는 두 개의 금속이 서로 맞부딪치는 소리가 들려왔다. 내 등에서는 어떤 고통도 느껴지지 않았다.

"뭐…… 뭐지?"

나는 하얀 손수건을 입에 문 채로 고개를 돌렸다. 수년째 형벌이 계속되는 동안 한 번도 들어본 적이 없는 금속성이었다. 나에게 닥칠 형벌을 기다리던 그 짧은 시간 동안 무슨 일이 벌어졌는지 뒤를 돌아본 순간! 나는 창고 문이 반쯤 열려 있는 것과, 그 문을 통해 눈이 부시도록 하얀 달빛이 비쳐들고 있는 것을 보았다. 분명 단단히 잠가둔 문이 열려 있고 새하얀 달빛 아래 사람의 그림자가 창고 문 안쪽으로 드리워져 있었다. 그 검은 그림자의 한 손에는 길고 날카로운 검이 새하얀 은빛으로 번쩍거리고 있었다.

반짝이는 달빛을 등지고 나타난 사람은 바로 정현 스님이었다! 믿을 수 없게도 그분은 나를 공격하는 실체도 없는 그놈의 칼끝을 검으로 튕겨낸 것이었다.

"너는 무어냐! 대체 무엇이기에 힘없는 사람을 이토록 잔인하게 괴롭히는 것이냐!"

그분은 내 벗은 몸을 단단히 막아섰다. 그리고 놈과 나의 중간에서 서슬 퍼런 분노를 발하고 있었다.

"스, 스, 스님!"

순간 나는 목이 막히는 것 같은 알 수 없는 울렁거림에 스님의 거친 승복을 부여잡았다. 믿을 수가 없었다. 하얀 달만 괴괴하게 떠 있는 한밤중에 벌거벗은 채 놈에게 당하는 나에게 누군가가 달려와주었다는 사실을, 그리고 무엇보다 그 사람이 되레 겁을 집어먹고 '귀신이다', '유령이다'라며 달아나지 않고 맹렬히 놈의 분신을 쳐내고 내 손을 부서질 것처럼 꼭 잡아주었다는 사실을 나는 믿을 수가 없었다.

스님은 놈과 나 사이를 막아섰다. 스님은 허공에 두둥실 떠 있는 칼을 노려보면서도 놀라지 않았다. 내가 처음으로 저 허공에 떠 있는 칼을 보았을 때 나는 한동안 제정신을 차리지 못했다. 누구든 깜짝 놀랄 일이지만 어찌 된 일인지 스님은 모든 것을 담담히 받아들이는 모양이었다.

"보통 칼이 아니구나. 죄인을 벌하는 형구刑具로구나!"

스님은 어둡고 차가운 하늘 아래에서 허공에 둥둥 떠 있는 괴상한 칼을 앞에 두고도 도무지 당황하는 기색이 아니었다. 차가운 이성으로 칼을 바라보고는 그것이 과거에 죄인을 벌할 때 쓰던 칼이라는 것도 알아보았다. 나는 이미 그 칼이 조선시대에 죄인을 사형할 때 쓰던 행형도자行刑刀子라는 것을 알고 있었다. 죄인의 목을 내리치던 그 무시무시한 칼. 무사의 검과 달리 두꺼운 낫처럼 생긴 그 칼은 사람의 목을 단번에 자르기 쉽도록 몸체가 두껍고 무겁게 만들어졌으며, 칼날의 끝부분은 급한 굴곡이 있고, 칼날 반대쪽에는 둥근 고리가 매달려 있었다.

이 무시무시한 칼이 눈앞에서 슬슬 움직이며 춤을 추기 시작했다. 마치 죽음을 맞을 죄인 앞에서 막걸리를 걸친 망나니가 바람에 칼을 돌리며 춤을 춰대는 것처럼 칼은 혼자서 빙글빙글 돌아가며 우리를 위협했다.

"진정 무엇이기에 이 애를 괴롭히는 것이냐!"

보름밤이면 나에게 다가오는 형벌…… 그 형벌을 집행하는 귀신 들린 검이 새하얀 달빛 아래에서 모든 것을 얼릴 것처럼 냉기를 뿜어내는데도 정현 스님은 조금도 물러서지 않았다. 이 끔찍한 칼을 향해 눈 한 번 깜빡하지 않고 되레 호통을 치는 사람은 다시없을 것이다. 나는 정현 스님의 흔들림 없이 굳건한 어깨를 바라보며 가슴이 뜨거워졌다. 누구도 믿을 수 없고 누구도 의지할 수 없던 내게 나를 지켜주려는 너무나 단단한 어깨가 생긴 것 같았다. 이를 악물며 참아온 설움이 가슴 저 밑바닥에서 솟구쳐 올랐다.

"스, 스님…… 어떻게…… 아셨나요……?"

나는 울먹이며 간신히 물었다. 귀신 들린 칼과 나 사이를 막아
선 연회색 승복 너머로 정현 스님의 목소리가 들렸다.

"나의 검은 그냥 검이 아니라 '생명의 검'이다. 서로가 깊이 정
을 나눈 쌍둥이 검일 뿐만 아니라 세상의 음기와 양기를 느끼며
그 평형이 깨진 곳을 찾아낼 수 있다. 쌍둥이 검은 처음 너를 만났
을 때부터 네 주위에 음기가 강하다는 것을 느꼈다. 네 몸의 자상
을 봤을 때부터 범상치 않은 일이 있을 거라 예상했지만…… 이
런 일일 줄은 생각지도 못했다!"

스님은 여전히 허공에 떠 있는 커다란 칼에서 눈을 떼지 않았
다. 놈도 정현 스님의 실력을 눈치챘는지 함부로 스님에게 달려
들지 않았다. 허공에 뜬 그놈의 분신과 정현 스님의 번쩍이는 쌍
둥이 검은 서로를 매섭게 노려본 채 팽팽한 긴장감을 자아내고
있었다.

"대체 언제부터 이런 일이 계속된 거냐? 또 왜 이런 일이 일어
나게 된 거냐? 네가 아는 것을 모두 말해줬으면 좋겠다."

정현 스님은 무시무시한 살기 속에서 고개도 돌리지 않은 채
나에게 물었다. 나의 흉터를 보고, 내가 형벌을 받는 장면을 목격
하고, 허공에 뜬 놈의 기다란 검까지 똑똑히 지켜본 이상 내가 정
현 스님에게 감출 것은 없었다. 나는 모든 것을 털어놓았다. 철이
들고 나서 처음으로 나의, 아니 우리 집안의 기나긴 형벌의 역사
를 들려주었다.

"저…… 저건 우리 집안의 철천지원수예요. 조상님에게 복수를

하기 위해 귀신이 되었대요. 조상님이 의금부에서 벼슬을 했는데, 어느 날 큰 죄를 짓고 의금부에 들어온 다섯 양반의 목을 쳐야 했대요. 하지만 그 일을 할 사람이 없어서 우리 조상 할아버지가 사형당할 중죄인들을 가둔 감옥에 들어가 약속을 했대요. 다섯 죄인의 목을 베어주는 사람은 천민으로라도 살 수 있게 풀어주겠다고요. 그래서 죄인들 중 한 명이 망나니가 되어 그날 다섯 명의 목을 벴대요. 그런데요……."

나는 내가 알고 있는 모든 이야기를 풀어놓기 시작했다. 오랜 옛날부터 이어져 내려온 이야기였다. 아버지는 어머니에게 이 모든 비밀을 털어놓았고, 어머니는 내가 말이 통하던 그때부터 우리 집안의 끔찍한 고통이 대물림되는 이유를 말해주었다. 아무도 믿지 않을 법한 이야기를 나는 정현 스님에게 전혀 감추지 않고 줄줄 쏟아냈다.

"제 조상님이 약속을 어겼대요. 다섯 명의 사형이 집행되고 나서 약속대로 망나니가 되었던 죄인 아저씨를 풀어주려고 했는데, 갑자기 의금부에 가둔 다섯 양반을 사면한다는 어명이 내려왔대요. 의금부 사람들은 다 놀라 어쩔 줄 몰라 했겠죠. 어명을 어기고 이미 사형을 집행해버렸으니까요. 의금부는 발칵 뒤집혔대요. 그리고 모든 일에 책임질 사람을 찾았대요. 할아버지와 다른 관리들은 바로 망나니가 되어 다섯 명의 목을 벤 그 죄인에게 모든 죄를 뒤집어씌웠대요."

나는 뚝뚝 떨어지는 눈물을 훔쳤다. 조상님도 단 한 번의 실수로 오랜 세월 자손 대대로 고통을 당할 줄은 몰랐을 것이다. 그러나 아무리 그렇더라도 이런 끔찍한 일의 원인이 되었던 조상 할아버지에 대한 원망을 멈출 수는 없었다. 나는 원망과 두려움과 괴로움이 뒤범벅되어 숨을 헐떡거렸다.

"할아버지와 의금부 관리들은 망나니가 되어 다섯 양반의 목을 벤 죄인 아저씨에게 약속대로 자유를 주기는커녕 도리어 그 아저씨의 목을 벴대요. 다른 사람들이 알기 전에 서둘러서요. 이때도 망나니가 없어서 우리 조상 할아버지가 그 일을 했대요. 자유를 주겠다고 약속하고는 커다란 행형도자로 그 사람의 목을 쳤던 거죠. 그 사람은 죽으면서 할아버지를 저주했대요. 죽어도 잊지 않고 복수하겠다고요. 심지어 할아버지에게 베인 목이 바닥을 데굴데굴 구르는 동안에도 입술이 움직였대요. 구경하는 사람들도 무서워서 벌벌 떨 정도였대요.

할아버지는 그날부터 역병에 걸린 것처럼 심하게 앓다가 돌아가셨대요. 돌아가시기 전까지 귀신을 본 것처럼 도망을 치고, 소리를 지르고, 겁에 질렸대요. 다른 사람들에게는 보이지 않는 형상을 본 것처럼 허공에 빌고 절하고 도망치다가 금세 돌아가셨대요. 하지만…… 그게 끝이 아니었어요.

그 뒤로 우리 집안은 대대로 누군가에게 저 칼이 나타났어요. 지금 저에게 나타난 것처럼요. 아마도 저 칼은 망나니 아저씨의 목을 벤 행형도자일 거예요. 그 칼에 귀신이 들려 저렇게 우리를 괴롭히고 있어요. 저주에서 벗어나기 위해 우리 집안은 대대로 안 해본 일이 없대요. 유명한 무당, 스님, 퇴마사, 신부님, 목사님…… 정말 안 만나본 사람이 없대요. 가산까지 전부 탕진했지만 누구도 저 칼을 떼어낼 수가 없었대요. 으윽. 윽…….”

나는 내가 부모님에게 들었고, 아버지가 할아버지에게 들었고, 할아버지가 증조할아버지에게 들었고, 증조할아버지가 고조할아버지에게서 들었을 기나긴 우리 집안의 업과 고통의 역사에 대해 이야기했다. 생전 처음 남에게 우리 가족의 이야기를 꺼내놓은 나의 눈에선 쉴 새 없이 축축한 눈물이 흘러내렸다.

비밀스러운 이야기를 털어놓은 나는 심장에 빼곡하게 박혀 있던 날카로운 철심들이 툭툭 떨어져나오는 것 같은 알 수 없는 후련함을 느꼈다. 심장을 짓누르던 철 조각들이 마침내 나의 목구멍 밖으로 튀어나오며 형용할 수 없이 뜨거운 울분으로 쏟아져내렸다.

“말…… 해줘서 고맙다.”

고개를 숙이고 울컥거리는 나의 목덜미로 따스한 손이 느껴졌다. 검을 들지 않은 정현 스님의 한 손이 헝클어진 나의 머리카락과 뒷덜미를 쓰다듬어주었다. 한마디 말보다도 훨씬 따스하고 푸근한 그 느낌에 나는 심장이 다 녹아내리는 느낌이었다.

“스님…… 스님…… 정현 스님…….”

나는 스님의 연회색 승복을 붙잡고 참았던 눈물을 왈칵 쏟았다. 나는 더 이상 눈물을 참지 않았다. 펑펑 쏟아져 나오는 저 깊은 울부짖음도 감추지 않았다. 제대로 울음소리조차 낼 수 없었던 내가 처음으로 내 안의 모든 것을 쏟아내고 있었다.

5

새하얀 만월이 어두운 창고를 환히 비추었다. 허공에 둥실 떠 있는 육중한 칼날이 달빛 아래에서 일렁일렁 춤을 추었다. 놈은 금방이라도 모든 것을 벨 것처럼 무시무시한 냉기를 쏟아내며 정현 스님과 나를 바라보고 있었다. 처음 보는 사람이라면 누구나 잔뜩 공포에 움츠러들 상황에서도 내 앞을 막아선 젊은 스님은 조금도 떨지 않았다. 그분은 따스한 손으로 울음에 파묻힌 나를 달래며 끔찍한 칼날에서 눈을 떼지 않았다.

"왜 네가 혼자 수련을 했는지, 왜 온몸에 자상이 가득한지 이제 야 모든 것이 이해되는구나."

정현 스님은 천천히 나의 뒷목에서 손을 뗐다. 그 커다란 손이 등에 멘 또 다른 쌍둥이 검 쪽으로 향했다.

"네가 언젠가 분명 저놈을 없앨 수 있을 거라고 믿지만…… 지 금은 내가 저 녀석을 용서할 수 없구나. 미안하다, 네가 처리해야 하는데……. 내가 그 기회를 빼앗아야 되겠구나."

차라랑.

청아한 금속성이 사방으로 퍼져나가는 순간, 새하얀 달빛 아래 눈부시게 아름다운 두 자루의 검이 모습을 나타냈다.

"우웃!"

나는 순간적으로 강한 빛에 두 눈을 감았다. 눈꺼풀 너머로 은빛의 유려한 두 선이 너울거렸다. 내가 눈을 비비며 다시 떴을 때는 정현 스님이 아름다운 두 검과 함께 창고 밖으로 걸어가고 있었다. 문밖에는 기회를 엿보며 춤을 추는 무시무시한 행형도자가 이쪽을 노려보고 있었다.

"이여허업!"

정현 스님이 창고의 문턱을 밟은 순간이었다. 순식간에 연회색 승복이 하늘로 솟구쳤다. 그 승복이 새하얀 달을 가렸다. 달빛 대신 스님의 양손에 들린 아름답고 순수한 은빛 검들만 보였다. 두 자루의 검이 새하얀 빛을 발하며 하늘을 가르는 순간.

카강!

너무나도 날카로운 금속성이 빈 하늘로 울려 퍼졌다. 밤하늘을 가르는 은빛 검은 탁하고 검은 철검의 허리를 베어냈다.

세 자루의 검이 부딪치며 불꽃이 사방으로 터져 나왔다.

"죽어서도 복수심을 누르지 못하고 이토록 잔인한 짓을 하다니 가엾구나! 죽음으로 용서와 화해의 방법을 찾았다면 좋았을 것을 대대로 앙갚음하고 있으니, 너의 영혼은 이미 복수의 하수가 되었겠구나. 이제 너는 궁극의 악귀가 되었으니, 너와 같은 원혼은 아무리 복수를 하고 또 해도 만족이라는 것을 알지 못할 것이다. 그러니 네게 사멸 외에는 다른 방도가 없다!"

정현 스님의 음성은 낮고 차가웠지만 그 안에서는 깊은 분노가 느껴졌다. 놈은 정현 스님의 말을 알아들었는지 갑자기 미친 듯이 허공을 휘젓기 시작했다. 거대하고 육중한 철검은 갑자기 현란한 움직임으로 공간을 가르더니 한순간 스님의 사지를 향해 내리꽂혔다.

쐐액!

세차게 바람을 가르는 끔찍한 녀석의 소리를 들을 때마다 나는 내 등이 또다시 푹 파이는 느낌을 받았다. 수년 동안 나를 괴롭혀온 놈의 소리를 들을 때마다 나는 거의 반사적으로 두 눈을 감았다.

눈을 다시 떴을 때는 무시무시한 철검을 가볍게 피하는 정현 스님의 모습이 비쳤다. 또다시 바람 소리가 들리고 철검은 스님의 복부와 옆구리를 향해 날아갔다. 그러나 다시 눈을 감았다 뜨면 어느새 철검과 거리를 두고 펄쩍 날아가버린 정현 스님의 모습이 보였다. 스님은 마치 순간이동을 한 것처럼 동에 번쩍 서에 번쩍 하며 허공을 휘젓는 철검의 공격을 모두 피했다. 놈은 정현 스님의 털끝도, 옷자락조차 건드리지 못했다. 아무리 귀신이라도 귀신보다 더한 정현 스님의 무공은 따를 수 없는 모양이었다.

"아아…… 아아아……."

처음에는 금방이라도 스님의 목이 베일 것 같아 조마조마했던 나는 이제 바람을 가르는 철검 소리가 들려도 눈을 질끈 감지 않게 되었다. 더 이상 살이 뜯기는 느낌도 받지 않았다. 조금의 의심도 없이 정현 스님의 승리를 믿었다.

철검의 움직임이 줄어들었다. 검에 표정이 있을 리 없지만 나는 철검의 표정이, 그 감정이 보이는 것만 같았다. 놈은 몹시도 당황하고 있었다. 마지막 형을 집행하기 전에 이리저리 맴을 돌며 춤을 추는 망나니처럼 요란하게 허공을 휘젓던 철검의 움직임이 확연히 줄어들었다. 놈은 눈앞의 정현 스님을 이리저리 살피는 것 같았다. 그리고 마지막으로 모든 힘을 짜내어 스님의 미간을 향해 날아왔다.

그러나 아아…… 참으로 놀라운 일이 벌어졌다. 스님은 몸을 둥글게 돌리며 거대한 철검의 공격 방향을 바꾸었다. 동시에 은빛 검이 빙그르르 돌던 철검을 단단한 바닥으로 내리꽂았다. 철검은 흙 속으로 쑤욱 박히고 말았다. 그 거대한 날이 전부 흙 속으로 사라졌다.

땅속 깊이 박힌 칼이 온몸을 떨며 요동치는 게 느껴졌다. 하지만 정현 스님의 은빛 검 두 자루가 가위 모양을 만들면서 땅에 박힌 철검의 위를 단단히 막았다. 철검은 두 검 사이에서 완전히 포박된 것처럼 움직이지 못했다. 정현 스님은 몸을 부르르 떠는 철검을 바라보다가 다시 내 쪽을 바라보았다.

"미안하구나, 너의 기회를 빼앗아서."

정현 스님은 다시 내게 용서를 구했다. 그분은 내가 무술을 배우기 위해 노력하는 이유가 철검을 이기기 위해서라는 것을 눈치챈 모양이었다. 그래서 내게 그 기회를 빼앗은 것을 용서해달라고 말하고 계신 듯했다.

"아니요, 스님. 이건 용서가 아니라 크나큰 은혜인 걸요…….'
나는 흐르는 눈물을 닦았다.

정현 스님은 나를 향해 고개를 끄덕이더니 철검을 막고 있던 두 자루의 검을 다시 허공으로 뽑았다. 은빛 검이 길을 터주는 순간, 흙더미를 파헤치며 묵직한 철검이 위로 솟아올랐다. 놈은 분노로 가득해 포효하는 것 같았다.

"사람이건 귀신이건, 해의 검과 달의 검을 피할 수는 없으리라! 이제 그만 세상과 마지막 작별을 해라, 사악한 영혼아!"

정현 스님은 은빛으로 번쩍이는 살아 있는 쌍둥이 검으로 솟구치는 검은 철검을 곧게 내리그었다. 너무나도 아름다운 은빛 곡선이 선명한 검의 길을 따라 아래로, 아래로 내려앉는 모습은 정말로 아름다운 한 폭의 그림 같았다.

철과 철이 부딪치는 요란한 금속성이 고요한 밤하늘에 퍼졌다. 그것은 단말마의 비명이었다. 마지막 순간 요란하게 비명을 질러대는 원혼의 울부짖음이었다. 기다란 철검이 울어대는…… 아니, 끔찍한 악귀가 만들어내는 비명이었다.

후두두둑.

정현 스님의 은빛 검이 마치 아무 일도 없었던 것처럼 등 뒤의 검집으로 얼굴을 감추는 동안 허공을 떠돌던 철검은 산산이 부서져 바닥으로 떨어졌다. 하얀 달빛 아래 황토빛 마당에 검은 철 조각이 널브러졌다.

아아, 드디어…… 지금껏 나와 아버지와 할아버지들을 괴롭혔던 기나긴 원혼의 복수가 끝났다. 예기치 않았던 시간에 믿을 수 없는 은혜와 은총이 나를 찾아왔다.

"스, 스님! 스님!"

나는 정현 스님의 품으로 달려 들어갔다. 그러고는 넓은 연회색 승복에 얼굴을 파묻었다. 나는 그대로 매달려 한없는 감사와 기쁨의 눈물을 흘렸다.

"고생 많았다. 이제 다 끝났다."

스님은 나의 상처 난 등을 어루만지며 위로했다.

이분은 내게 온 천사님이었다. 이분은 나를 구하러 온 구원자였다. 나는 도저히 믿을 수 없는 사실에 심장이 폭발할 것처럼 감격스러웠다.

"이제 이렇게 고생하지 않아도 된다. 이렇게 가족과 떨어져 살지 않아도 된다. 이제 그만 고생을 멈추렴. 가족 곁으로 돌아가거라."

스님은 내 이야기를 알고 있는 듯 그렇게 말했다. 그래, 스님의 말이 옳다. 내가 이 기기창에서 새벽부터 밤까지 매일매일 애를 쓰고 힘들게 버티는 것은 저 무서운 칼로부터 조금이라도 해방되고자 하는 마음에서였다. 그 마음 하나로 어머니와 여동생을 두고 멀리 산속까지 들어왔다. 하지만 나는 가족에게로 돌아가지는 않을 것 같다. 물론 어머니와 동생에게는 이 기적 같은 일을 당장이라도 알릴 것이다. 그러나…… 나는 이 산을 떠나지 않을 것이다.

나는 더욱더 세게 정현 스님의 허리를 붙잡았다. 그리고 스님의 허리가 부러질 정도로 끌어안았다. 나는 헐렁한 승복의 까슬

한 촉감에서 한없는 포근함을 느꼈다. 이 순간 내게는 꿈이 하나 생겼다. 어제까지만 해도 소원이라곤 칼로부터 해방되는 것이 전부였는데…… 바로 오늘 밤, 나는 믿을 수 없을 정도로 분명한 꿈 하나를 갖게 되었다.

나는 정현 스님과 같은 무술인이 될 것이다. 위대한 무도인이 되어 사람은 물론 영혼에게까지 검기劍氣를 행할 수 있는 사람이 될 것이다. 그리고 어딘가에 있을 나와 같은 사람들을 도울 것이다. 그런 무도인이 되어 정현 스님의 은혜를 조금이라도 갚을 것이다. 내 생명을 걸고 맹세할 수 있다. 나는 평생토록 이분의 은혜를 잊지 않을 것이다. 그리고 이분과 같은 사람이 될 것이다!

나는 정현 스님의 승복에 코를 박았다. 차갑고 맑은 그분의 체취가 느껴지는 것 같았다. 스님의 허리를 붙잡고 끌어당기자 그분의 등에 매달린 기다란 검들이 손에 닿았다. 가죽 검집에 들어 있는 아름다운 은빛 검들에게도 나는 한없는 감사와 고마움을 전했다.

정현 스님은 품을 파고드는 내 마음을 아는지 상처로 가득한 나의 등을 토닥여주었다.

차가운 밤, 내 마음은 불을 지핀 아궁이보다도 따스했다.

제 4 화

약속의 땅

1

클라크 타운은 '약속의 땅'이었다.

클라크에 대한 우리의 신망은 두터웠다. 아니, 두터운 정도가 아니었다. 그는 우리 모두의 구원자였으며 진정한 신의 아들이었다. 우리는 온 세계가 믿고 따르는 요상한 이름의 선지자들은 모두 거짓이라고 믿었다. 신의 아들은 단 한 사람, 클라크뿐이건만 「요한계시록」의 말씀 그대로 여기저기에서 거짓된 이름의 구원자들이 회자되고 있는 것이라고 생각했다. 우리는 한 치의 의심도 없이 그렇게 믿었다.

클라크의 등장은 우리 모두에게 기적과도 같은 일이었다. 하루하루 연명하기도 힘겨웠던 끔찍한 빈민굴에도 그의 환한 햇살이 들어오다니. 멋진 옷차림의 고귀한 백인 남자가 처음으로 수프와 빵을 줄 때만 해도 우리는 반신반의했다.

그는 그저 먹을 것을 나눠주는 봉사자들과 달랐다. 그는 시커 멓게 썩어가는 시궁창 위에 공장을 지었고, 하루하루 끼니조차 해결하지 못하는 우리에게 일자리를 제공했다. 클라크의 공장에서 일하는 사람들은 내일을 걱정하지 않아도 된다는 생각에 가슴이 부풀었다. 그게 끝이 아니었다. 공장을 건립한 클라크는 연이어 건물 하나를 더 세웠다. 아침부터 저녁까지 공장 일을 하는 부모를 대신해 아이들을 키워주는 탁아소였다. 빈민굴에서 욕과 싸움, 소매치기와 강도짓을 배우던 어린아이들이 적절한 영양을 공급받으며 글자와 음악을 배웠다.

그가 세 번째로 건립한 것은 성전이었다. 글자와 노래를 배운 아이들은 주말이면 모두 성전으로 몰려갔다. 우리는 그곳에서 성가를 배우고 클라크에 관한 기적들을 배웠다. 진실한 구원자로서 그의 인생을 배우고, 예언서의 내용이 모두 그분을 가리킨다는 것을 배웠다. 성전은 우리에게 천국과도 같았다. 찌든 가난과 무지 속에서 한 번도 구경한 적이 없는 폭신하고 달콤한 케이크를 맛보았고, 목구멍을 짜르르 닦아주는 상큼한 오렌지 주스도 마셨다. 이 모든 것이 우리에게는 신세계였다. 소문을 들은 사람들은 삽시에 몰려들었다. 그러지 않아도 좁아터진 빈민굴의 골목골목마다 낯선 이들이 그득그득 늘어갔다. 모든 일이 채 5년도 걸리지 않아 이루어진 기적이었다.

도저히 더 감당할 수 없을 만큼 빈민촌이 가득 차자 우리의 '구원자'이며 '이긴 자'◆인 클라크는 모두를 이끌고 약속의 땅으로 이주할 것을 결정했다. 클라크는 비밀스러운 낙원에 우리만 들어갈 수 있는 아름다운 꿈의 도시를 만들었다고 말했다. 새하얀 집

◆성경의 「요한계시록」에 나오는 말이다. 자신을 예수(하느님의 아들)라 칭하는 적그리스도와 권세 마귀와 사탄의 시대 중에 인간이 영생을 얻고 구원을 받을 수 있는 유일한 방법이 바로 진정한 구원자를 따르는 것인데, 이 사람을 바로 '이긴 자'라고 칭한다. 이긴 자는 죽음의 시험에서 이긴 자이며, 사탄과 마귀의 유혹을 이긴 자다. 미래를 예언하는 「요한계시록」에 따르면 말세에는 스스로 구원자, 이긴 자라 칭하는 적그리스도가 곳곳에 출몰한다고 적혀있다.

에서 눈을 뜨고 드넓은 초원을 달리며 행복하게 살 수 있는 우리의 천국이라고 했다. 우리는 상상 속에 펼쳐지는 믿을 수 없는 그 광경에 환호했다. 그리고 우리의 유일한 신앙인 이긴 자를 따라 이주하는 데 한 치도 주저하지 않았다.

사람들은 좌석조차 없는 대형 버스 열 대에 미어터지도록 올라탔다. 클라크가 준비한 약속의 땅, 우리의 천국에 들어가지 못할까봐 숨을 쉬기가 곤란할 정도로 버스를 가득 채웠다.

바퀴가 터져나갈 정도로 말이 안 되는 인원을 태우고 버스는 우리를 약속의 땅으로 이끌었다. 정말 말도 안 되는 일이었지만 우리를 잡는 사람은 하나도 없었다. 창문에까지 얼굴을 들이밀고 꾸역꾸역 들어찬 우리를 바라보던 경찰도 버스를 잡지 않았다. 국경을 넘어 낯선 땅으로 들어가는 그 순간까지도 우리 앞을 막는 것은 아무것도 없었다. 이 말도 안 되는 일들이 우리는 클라크가 펼친 기적의 힘이라고 생각했다. 그분이 만들어낸 구원의 흔적임을 믿어 의심치 않았다.

수많은 사람이 멀미를 하고 두통을 호소했지만 3박 4일 동안 버스는 거의 쉬지 않고 내내 달렸다. 마침내 한 사람도 빠짐없이 더 이상 견딜 수 없다고 하소연을 하고서야 우리는 그곳에 도착했다. 처음 마주한 약속의 땅은 우리의 예상과 전혀 달랐다. 클라크가 이야기한 하얀 집과 넓은 정원, 푸르른 초원과 목장은 그곳에 없었다. 그곳은 첩첩산중 가운데가 뻥 뚫린 것처럼 만들어진 완벽한 분지 지형이었다. 그곳은 약속의 땅으로 들어오는 유일한 터널을 제외하고는 어디에도 길이 없는 커다란 요새였다. 그 분지의 중앙에 클라크가 말했던 새하얀 건물이 하나 있었다. 클라크를 위한 성전……. 그것 하나가 전부였다. 황폐한 땅덩이 위에 세워진 하얀 건물 하나…… 우리의 천국은 그랬다.

하지만 우리는 클라크를 믿었다. 그는 버스를 타고 온 수백 명의 사람들을 성전에 모이게 했다. 그러고는 지친 우리에게 생명의 물을 나눠주었다. 그 생명의 물은 새하얀 플라스틱 물통에 담겼지만 클라크가 기도하며 안수한 특별한 물이었다. 그 물은 꿀맛이었고 우리는 클라크의 말이 곧 진실이 될 거라고 믿었다. 그의 말을 진실로 만드는 것은 바로 우리이고 우리의 손발이었다.

우리는 낡은 천막에서 난민 같은 삶을 시작했다. 그리고 그가 말했던 새하얀 꿈의 집을 하나하나 짓기 시작했다. 남자들이 집을 짓는 동안 여자들과 어린아이들은 밭을 갈았다. 황폐한 땅에서 수많은 돌무더기를 끄집어내고, 흙을 고르고, 씨앗을 심었다. 밥을 짓는 데도, 곡식을 키우는 데도 물이 필요했다. 아이와 여자들은 산줄기를 타고 내려오는 지하수를 긷기 위해 먼 거리를 하루에도 수십 차례 오가야 했다. 그렇게 매일매일 클라크가 말하던 천국이 완성되어갔다. 비록 그 하얀 집들이 얇은 합판으로 지어져 여름에는 덥고 겨울에는 추운 최악의 주거지라고 할지라도 그곳은 우리에게 천국이었다. 아니, 천국이어야 했다.

그런데 집과 밭이 완성되어가면서 우리는 몇 가지 의문을 가지게 되었다. 하나는, 약속의 땅 주변에 우리의 이웃이 아닌 낯설고 건장한 청년들이 방패처럼 빙 둘러서 있다는 것이었다. 그들은 하나같이 기다란 장총을 어깨에 메고 있었는데, 클라크는 그들이 우리의 땅을 침입하려는 원수敵들을 막을 거라고 말했다. 하지만 이상한 점은 이 건장한 청년들이 늘 감시하고 주목하는 건 바깥 세계가 아니라 약속의 땅에 살기로 한 우리라는 것이었다. 그들은 항상 날카로운 눈으로 우리를 지켜보기만 할 뿐, 절대로 우리와 말 한마디 나누지 않았다. 그들이 대화하고 명령을 받는 사람은 클라크뿐이었다.

또 하나, 우리는 우리 중에 몇몇이 사라졌다는 것을 깨닫게 되었다. 보통 그들은 클라크에게 불만을 터뜨리는 사람들이었다. 그들은 대개 주변 사람들에게 클라크의 욕을 했지만 우리는 그 말을 듣기가 힘들었다. 모든 것을 포기하고 생명의 땅으로 들어온 우리는 클라크 외에는 믿을 사람이 없었다. 하지만 그들의 불만은 우리의 유일한 희망인 클라크를 자꾸만 의심하도록 만들었다. 우리는 그들을 '배도자'라고 불렀다.

"생각해봐. 우리가 사라진 그 빈민가는 어떻게 되었을까? 우리는 텔레비전도 없고 라디오도 금지되어 있지만 성전 구석방에는 라디오가 있었다고! 내가 지난번에 몰래 성전을 기웃거리다가 라디오에서 들려오는 소리를 들었어. 마침 우리가 살던 빈민 타운이 개발된다는 뉴스가 흘러나오고 있었어. 토지공사에서 빈민 타운의 땅을 매입해서 거대한 신도시를 만든다는 뉴스였어. 그런데 우리가 살던 빈민 타운의 그 땅은 대체 누구의 소유지? 누가 그 땅을 토지공사에 팔았을까? 토지공사는 누구에게 그 땅을 샀다는 거지?"

철저하게 바깥 세계의 이야기가 통제되고 성전의 서가와 찬송가만 허락된 우리에게는 너무나 듣기 힘든 이야기였다. 때문에 우리는 점점 더 그런 사람들을 멀리했다. 그런 사람들은 자연스럽게 분리되고 고립되었다. 그러다 보면…… 어느 순간 그들이 사라지고 없었다. 하룻밤 사이에 아무런 연락도, 예고도 없이 사라지는 것이었다. 심지어 가족이 있는데도 말 한마디 없이 사라지는 사람들도 있었다. 다행인지 불행인지 가족들조차 사라진 배도자를 찾지 않았다.

이해하지 못할 여러 가지 사건이 있었지만 우리는 그 의심들을 애써 접었다. 그러지 않으면 이 세계에서 살아갈 수가 없었다. 클라크 타운에 들어온 우리에게 다른 대안은 없었다.

시간이 지나면서 수백 명을 수용할 수 있는 수십 채의 새하얀 판잣집이 지어졌다. 동시에 여러 채의 작업장도 완성되었다. 집의 형태는 모두가 같았다. 얇은 판자로 얼기설기 지은 작은 집에는 모두 방이 하나였다. 잠을 자는 용도 외에는 아무것도 할 수 없는 집이었다. 잠잘 방을 제외한 식당도 화장실도 샤워실도 공동으로 사용하도록 만들었기 때문이다. 가족에게는 방 하나가 있는 집이 제공되었고 미혼인 사람은 네다섯 명이 함께 지내야 했다. 그러다가 그중 결혼하는 커플이 생기면 우리는 힘을 합쳐 또 하나의 집을 지었다.

수십 채의 집이 완성되면서 우리의 공간은 철저하게 분리되기 시작했다. 클라크는 성전에 기록된 말씀대로 약속의 땅을 구역으로 분리했다. 똑같은 모양의 집들은 총 여섯 개의 구역으로 구분되었고, 구역과 구역을 구분하는 철조망과 벽이 세워졌다. 분리된 구역은 철저하게 소통이 차단되었고, 유일하게 우리가 함께 모이는 성전에서도 서로 앉는 자리가 나뉘었다.

작업장에는 수많은 일거리가 있었다. 클라크의 공장에서 하던 여러 가지 잡다한 일이었다. 따로 전문 지식이 필요하지 않은 일거리들이라 글도 모르고 머리도 나쁜 빈민가의 비렁뱅이들도 할 수 있는 일들이었다. 우리는 스타킹을 짜고, 수건을 만들고, 운동화를 꿰맸다. 클라크가 보내주는 어떤 일이든 우리는 감사하게 생각했다. 어른부터 아이까지 모두가 마찬가지였다. 단 하루도 쉬지 못하고 밤을 새우며 일정을 맞추는 일이 다반사여도 우리는 불만을 말하지 않았다. 이 모든 일은 이긴 자의 승리를 위해 마땅히 우리가 할 일이었고, 우리는 이 지구 전체에 그분의 궁전을 건설하기 위해 노력해야 했다.

우리가 죽고 다음 세대가 태어나더라도 우리의 클라크는 신의 아들로 태어나 영생을 얻었으니 결코 죽지 않을 것이고, 우리의 아들들은 그의 성전을 건설하기 위해 최선을 다할 것이다. 이러한 희생의 대가로 그는 영생토록 우리를 천국으로 이끌 것이며, 우리는 그 약속에 대해 한 치의 의심도 품지 않았다.

2

　내가 위대한 신의 아들과 이 천국의 땅을 의심하기 시작한 것은 아주 우연한 계기 때문이었다. 어느 날 새벽 나는 요의를 참지 못하고 몸을 일으켰다. 나의 곁에는 아내와 세 아이가 피곤에 지친 얼굴로 누워 있었다. 그들의 얼굴은 파리하게 말라 보였다.

　공동 식당에서 제공되는 식단은 형편없었다. 내일의 밥을 걱정하지 않는다는 건 다행이지만 클라크의 엄명에 의해 우리의 식단에 고기는 올라오지 못했다. 고기도, 우유도, 달걀도 모두 금지되었다. 클라크는 이것이 생명의 식단이라고 말했다. 우리는 죽음의 식단인 육식을 중단하고 생명의 식단에 몸을 맞추어가고 있었다.

　묽은 죽과 채소로 우리 몸이 차츰 정화되는 것도 같았다. 우리 중에는 단 한 명도 비만이 없었다. 그래도 어른들은 나았다. 아이들도 이런 죽과 채소로 철저히 제한된 양을 먹다 보니 대부분이 뼈가 얇고 살이 거의 없었다. 마치 뼈에 살이 달라붙은 행색이었다. 이런 음식을 하루 두 끼 제공받으며 때로는 밤을 새워 공장 일을 하다 보니 체력이 떨어지는 것은 당연했다.

　더구나 공장 일 대부분이 한자리에 앉아 손만 쓰는 것이다 보니 우리의 다리는 특히나 얇고 보잘것없이 변했다. 몇 미터를 뛰어가는 것도 숨찰 정도로 힘든 것은 나와 같은 장정이나 여인이나 아이나 마찬가지였다. 클라크는 모든 것이 신체가 정화되는 과정이라고 말했다. 이런 과정을 지나면 우리 몸은 천사들처럼 새하얗고 맑아지면서 밤에도 알아볼 수 있을 정도로 광채가 날 것이라고 말했다.

그의 말은 사실이었다. 생명의 식단은 믿을 수 없을 정도로 신비한 기적을 만들어냈다. 그 증거가 바로 아기들이었다. 우리가 이곳, 이긴 자의 땅에 들어온 이후 태어난 아이들의 모습은 조금 달랐다. 우리는 그것을 기적이라고 생각했다. 아이들의 피부는 부모가 라틴계이건 아프리카계이건 상관없이 보다 하얗게 변해갔다. 이 땅에서 태어난 아이들의 피부는 마치 축복을 받은 것처럼 부모의 피부보다 밝고 하얬다. 마치 우리의 이긴 자인 클라크의 하얀 피부처럼…….

한편 어른들에게는 그런 변화가 더뎠다. 축복의 광채가 빛나기 전까지 성인들의 신체가 정화되는 모습은 그다지 보기 좋지 않았다. 나는 얼굴이 까맣게 타들어가는 것처럼 다크서클이 드리워진 아내를 물끄러미 바라보았다. 아내는 철저하게 생명식을 하는데도 왜 얼굴이 더 검게 변해가는지 알 수가 없었다.

나는 아내의 곁에 누운 아이들도 바라보았다. 아이들의 얼굴에는 확연한 차이가 있었다. 빈민굴에서 낳은 두 아들은 나와 아내의 피부처럼 까무잡잡했다. 그에 비해 막내의 얼굴은 사뭇 달랐다. 셋째아이만 축복의 땅에 들어와 낳았기 때문이다. 믿을 수 없게도 이곳에 들어와 낳은 막내아들은 빛이 환히 들어온 것처럼 얼굴이 하얗고 맑겠다. 클라크는 신체가 정화되면 다른 두 아들의 얼굴도, 그리고 그 아이들보다 더디긴 하겠지만 어른들의 얼굴도 차츰 밝게 후광이 비칠 거라고 말했다.

나는 아내와 아이들의 얼굴을 보다가 다시 요의를 느끼고 벌떡 일어섰다.

나는 공동 화장실에 가기 위해 차가운 새벽바람 속에 문을 열었다. 아직 어스름한 새벽이라 어떤 기척도 느껴지지 않았다. 나는 종종걸음을 치며 공동 화장실로 달려갔다. 볼일을 마치고 몸을 떨며 나오는데 새벽안개 저편에서 사람의 그림자가 얼핏 보였다.

"……?"

나는 이 새벽에 누구인가 싶어 조금 더 가까이 다가갔다. 열 걸음쯤 더 가니 자욱한 안개 속에서도 사람의 얼굴이 분간되었다.

"아, 자네……."

어딘가를 바라보는 키 큰 젊은이가 눈에 들어왔다. 그는 내가 아닌 다른 편의 안개를 뚫어져라 보고 있었다. 그 얼굴이 너무 심각하고 좋지 않아서 나는 그를 부르려다가 말았다.

그의 이름은 바트였다. 그는 까무잡잡하고 열정적인 라틴계 남자였다. 그런 열정 덕분에 얼마 전에는 아름다운 아가씨와 결혼을 하게 되었다. 바트의 아내는 모두 인정할 정도로 미모가 출중했다. 뾰족한 콧날에 부드러운 갈색 머릿결이 도저히 빈민가의 여인이라고는 상상도 되지 않을 정도로 아름다웠다. 이들 커플을 위해 집을 지어준 것도 얼마 전이었다. 그는 결혼한 이후로 항상 싱글벙글이었다. 다른 유부남들이 그렇게 좋으냐고 놀려대도 좋은 티를 감추지 못했다. 그런데 그날은 이상하게도 그의 얼굴에 웃음기라곤 하나도 없었다.

나는 대체 무슨 일인가 싶어 가만히 안개 저편의 바트를 지켜보았다. 잠시 후 바트 앞으로 다가온 것은 그가 눈에 넣어도 아프지 않다는, 사랑하는 그의 아내였다. 신혼의 달콤함으로 그녀의 얼굴만 바라보아도 녹아내릴 것만 같았던 바트의 얼굴이 분노로 가득했다. 정말 이상했다.

'그러고 보니…… 오늘은 바트의 아내가 당번이었던 모양이군.'

나는 이 새벽 성전 쪽에서 돌아오는 바트의 아내를 보며 그녀가 어디에 다녀온 것인지 짐작했다. 분명 그녀는 성전을 지키는 성스러운 일을 마치고 오는 모양이었다. 마을의 여인들은 한 명도 빠짐없이 이 성스러운 일을 하고 있었다. 매일매일 여인들은 당번을 정해 돌아가며 밤부터 새벽까지 성전을 닦고 정갈하게 했다.

여인들은 당번이 되는 날에는 공장 일을 쉬고 집에서 낮잠을 잔다. 그러고는 모두가 잠드는 밤에 일어나 성전 구석구석을 걸레로 닦으며 마음을 경건하게 하는 것이다. 이 신성한 일을 통해 자신의 마음을 닦고 우리에게 가장 소중한 장소를 청결히 유지하는 것이었다.

이 새벽에 성전 쪽에서 걸어오는 것을 보면 분명 바트의 아내가 오늘 성스러운 작업을 마치고 돌아오는 모양이었다. 그런데 바트의 앞에 선 그녀의 옷매무새가 조금 이상했다. 왜인지는 몰라도 어깨 쪽이 조금 흘러내려가 있었다. 안개 사이에서 잘 분간되지는 않았지만 여하튼 두 사람은 평소와 조금 다르게 보였다.

'부부 싸움이라도 했나?'

나는 더 이상 신경 쓰지 않는 게 좋을 것 같아 발소리를 죽이며 그 자리를 떠나왔다. 그리고 아내와 세 아이가 잠든 우리 판잣집으로 돌아왔다. 새하얗게 칠해진 판잣집은 비록 벽체 곳곳에서 찬바람이 술술 들어오지만 바깥보다는 훨씬 나았다. 클라크가 허락만 해준다면 판잣집 틈새를 고무나 스티로폼으로 채우면 좋겠다는 생각을 하며 나는 아내의 옆자리에서 눈을 감았다.

그리고 그날 꿈을 꾸었다. 바트의 아내와 바트가 안개 속에서 만나는 장면이었다. 새벽에 본 그 장면이 고스란히 꿈에 나타났다. 그런데 꿈이라는 것은 참 이상했다. 멀쩡한 정신에서는 보이지 않던 것이 보였다. 분명 깨어 있을 때는 바트의 아내가 왜 조금 이상하게 보였는지 알아챌 수가 없었다. 뭔가 평소와 다른 차림새라고만 생각했다. 그런데 꿈속에서는 그녀의 옷차림이 왜 이상한지 하나하나 눈에 보였다.

그녀의 원피스에는 점처럼 작은 잔꽃무늬가 새겨져 있었다. 종아리까지 내려오는 원피스의 앞섶에는 여러 개의 단추가 달려 있었다. 말하자면 단추를 채우는 슬리브리스 원피스였다. 그런데 치맛자락이 한쪽은 길고 한쪽은 조금 짧은 것 같았다. 즉 단추가 마지막까지 하나하나 짝이 맞도록 채워진 것이 아니라 급하게 채우다 실수한 것처럼 치맛자락이 한쪽은 길고 한쪽은 짧게 어긋나 있었다. 그래서 위의 단춧구멍이 채워지지 않은 쪽의 어깨가 아래로 흘러내려와 있었다. 평소에 단정해 보이던 그녀가 어쩐지 흐트러져 보인 이유는 바로 그것이었다.

단추 하나. 어긋난 단추 하나! 바트에게도 나에게도 의심의 실마리는 고작 그것 하나였다. 그 작은 의심 하나가 우리의 눈을 단단히 가리고 있던 두터운 막을 벗겨주었다.

이른 새벽, 우리의 바쁜 하루가 시작되었다. 아내와 나는 눈을 뜨자마자 좁은 방에서 기도를 드렸다. 지난 하루를 반성하고 오늘 하루를 위해 축복을 갈구하는 매일의 의식은 어떤 집이든 동일하게 진행되었다. 기도를 마친 우리는 아직 잠에 취해 있는 아이들을 일으켜 세워 클라크가 축복으로 배급해준 옷을 입혔다.

아이들은 13세까지 탁아소에서 함께 자라며 신학을 공부해야 했다. 탁아소에서는 우리 조합원 몇 명이 보조교사로 일했다. 빈민촌 사람들 외에도 이전부터 클라크 밑에서 그의 일을 하며 그의 신임을 받는 선생님들이 아이들을 가르쳤다. 아이들은 서로를 돕고 돌보며 기본 생활과 신학, 그리고 음악을 주로 공부했다. 13세에 교육이 모두 끝나면 아이들도 어른들처럼 협동공장에 배치되었다. 이때 개인의 생활 태도와 신앙심에 따라 서로 다른 일자리가 배정되었다.

탁아소의 남자아이들은 남색 유니폼에 종아리까지 오는 검은 양말을 신고 어깨에 새하얀 띠를 두른다. 여자아이들은 같은 남색 원피스에 가슴 부위에 하얀 리본을 달았다. 내 아이들은 모두 남자다. 축복의 땅으로 오기 전에 낳은 두 아이는 나와 아내를 닮아 남미 원주민처럼 까무잡잡하지만, 재작년에 축복의 땅에서 낳은 막내아이만은 마치 천사의 모습에 한 걸음 다가간 것처럼 얼굴이 뽀얗고 하얗다. 타고난 축복 때문인지 무얼 입어도 막내의 모습은 참 아름답고 고귀해 보였고, 아내도 막내아이를 유독 사랑했다.

우리는 아직 잠이 덜 깨 눈을 비비는 세 아이를 앞서거니 뒤서거니 밀고 끌며 탁아소로 향했다. 우리 구역 탁아소에 들어가니 비슷한 시간대에 깨어난 또래 아이들이 하나둘씩 도착하고 있었다. 클라크가 배급해준 똑같은 옷을 입고, 똑같은 양말을 신고, 똑같은 머리 모양을 한 아이들이 모이니 무언가 단정하고 가지런한 모습에 마음이 놓였다. 빈민굴의 엉망진창이던 모습보다 훨씬 보기 좋았다. 분명히 그랬다. 바로 어제까지만 해도.

나는 무슨 말부터 시작해야 할지 알 수가 없었다. 머릿속은 복잡해지고 말문은 막혔다. 지난 새벽에 보았던 것을 누구에게 어떻게 말해야 할지 알 수가 없었다. 나는 우선 아내에게 말해볼까 생각했다. 아이들을 탁아소에 보내고 돌아오는 동안 나는 아내의 눈치를 보았다. 아내는 늘 그렇듯 바쁘게 걸으며 내게 별 신경을 쓰지 않았다.

"여보, 그런데 말이야. 지난밤에 말이지, 새벽에 소피가 마려워서 잠이 깼지 뭐야."

나는 집으로 돌아가는 길에 넌지시 이야기를 시작했다.

"어머나, 세상에. 왜 그랬어. 당신 혹시 우리 이긴 자께서 주신 생명수 외에 다른 걸 마신 건 아니겠지? 이긴 자께서 주시는 안수 받은 물 외에 다른 물은 되도록 마시지 말라고 하셨잖아. 아침에 네 컵, 점심에 네 컵만 마시면 우리 몸에 충분하다고. 철저히 지켜야지. 왜 그랬어?"

아내는 내가 말을 꺼내자마자 새벽에 일어난 내 행동에 대해 비난을 퍼부었다.

우리의 몸을 정화시키기 위해 클라크는 물을 관리했다. 물은 인간의 몸을 구성하는 가장 중요한 성분이기 때문에 그는 우리가 마시는 물에 특별한 의미를 부여했다. 그래서 우리는 일반 물을 마시지 않았다. 펌프로 끌어올리는 지하수는 생활용수로만 쓰일 뿐, 마시는 물은 철저하게 클라크의 축복을 받은 안수 물로 한정되어 있었다. 물을 마시는 시간도 철저해서 아침 식사로 밥 대신 물을 네 컵 마시고, 점심 식사와 저녁 식사 사이의 공복에 네 컵을 마시도록 되어 있었다.

사실 그의 지시대로 마셨다면 아내의 말처럼 나는 새벽에 일어나지 않았을 것이다. 하지만 지난 저녁에는 왜인지 끓어오르는 공복감 때문에 지하수를 여러 잔 마셨다. 이어지는 비난 속에 하려던 말을 시작도 못한 채 나는 곧 입을 닫았다. 클라크의 모든 말이 길이며 진리인 아내에게 어제 보았던 요상한 일에 대해 말했다가는 좋지 않은 소리만 더 들을 게 뻔했다.

우리는 집에 도착해 방을 치우고 함께 청소했다. 그러고는 곧 작업복으로 갈아입었다. 아내는 먼저 자신의 작업장으로 떠났고, 나는 그녀보다 조금 늦게 집을 나섰다. 모든 것이 공용이고 함께 사용하는 것이므로 당연히 집의 문을 걸어 잠글 필요도 없었다. 그대로 문을 닫고 밖으로 나오는데, 마침 저편에 바트의 모습이 보였다. 우리 집과 똑같은 하얀 판잣집에서 나와 똑같은 작업복을 입고 길을 나서는 그의 얼굴이 창백했다. 바로 어제만 해도 감출 수 없는 미소 때문에 종종 놀림을 당하던 그가 말이다.

"이보게, 바트. 같이 가세."

나는 그를 불러세워 함께 길을 걸었다. 고작 2~3분이면 도착하는 곳에 작업장이 있지만, 나도 그도 최대한 속도를 늦춰 천천히 걸었다. 입을 앙다문 그의 얼굴은 여러 가지 생각으로 복잡해 보였다. 그만큼은 아닐지라도 나 역시 복잡한 생각에 머리가 아팠다. 아무리 천천히 걸어도 우리는 곧 작업장에 도착하고 말았다. 요즘 우리는 그곳에서 운동화 깔창을 꿰매는 일을 하고 있었다.

"이봐, 바트. 사실 말이야…… 오늘 새벽에 자네를 봤네."

나는 어렵게 말을 꺼냈다. 그 말을 하자마자 바트는 처음으로 내 얼굴을 똑바로 쳐다보았다. 그제야 나는 그의 눈동자가 새빨갛게 충혈되어 있는 것을 알았다. 그는 알 수 없는 분노로 눈이 붉게 물들어 있었다.

"실은…… 자네 부인도 봤네. 나는…… 나는…….."

나는 말을 다 잇지 못하고 다물었다. 무얼 어떻게 말해야 할지 알 수가 없었다.

"입 다물어요. 공장 안에서는 아무 말도 해선 안 돼요. 무슨 말을 해도 다 그 사람한테 전해질 테니까. 입 다물어요."

바트의 말에 나는 두 눈이 휘둥그레졌다. 그는 내가 무얼 말할지 알고 있는 것 같았다. 심지어 나조차 무얼 말해야 할지 알 수 없는 이 일에 대해서 그는 이미 모든 걸 아는 듯이 말했다. 나는 바트의 말대로 즉시 입을 다물었다. 그의 말이 옳았다. 부부끼리 주고받은 이야기라고 하더라도 모두 다 클라크의 귀에 들어가는 경우를 종종 보았다. 어떻게 그런 일이 가능한지 알 수 없지만, 바트의 말을 듣고 보니 사람들이 가까이 있는 곳에서는 절대 그 일에 대해 말해서는 안 되겠다는 생각이 들었다.

시간은 참으로 더뎠다. 나는 바트와 단둘이 얘기할 시간을 기다렸지만 그런 시간은 좀처럼 오지 않았다. 그제야 나는 깨달았다. 우리의 하루하루는 철저히 통제되어 있었다.

아침에 일어나 탁아소에 아이들을 데려다주고 작업장에 도착한다. 오전 일과가 시작되기 전에 안수받은 귀한 물을 마시고 오전에 작업을 한다. 오전 작업을 마무리하면 점심 식사가 시작된다. 공동 식당에서 제공되는 음식을 먹고 나면 우리는 몇몇 그룹으로 모여 우리의 아름다운 땅과 축복, 클라크의 성전에 대한 이야기를 나누며 기도를 드린다.

그러고 나면 오후 작업이 시작된다. 참, 그전에 신체를 정화하는 안수 물을 또다시 마신다. 오후 작업은 이른 저녁까지 계속된다. 특별한 밤샘 할당량이 없는 한, 4시 30분이 되면 모든 작업을 마치고 우리는 저녁 식사를 한다. 공동 식사가 끝나면 아내와 나는 아이들을 데리러 탁아소로 향한다. 아이들을 탁아소에서 데려오면 날이 어두워지기 시작한다. 잠을 자기 이른 시간이지만 우리는 찬송가를 부르고 경전을 읽은 다음 기도를 드리고 잠자리에 든다.

개인용 텔레비전이 없는 대신 토요일 오후에는 오래된 흑백영화를 볼 수 있다. 성전에서 토요일 저녁 예배가 끝나면 우리에게 꿈처럼 달콤한 시간이 주어진다. 영화가 상영되는 그 시간에 아이들에게는 달콤한 초콜릿 파이가, 어른들에게는 고소한 옥수수칩이 제공된다. 주말에 성전은 모든 이들의 피로와 고민을 풀어주는 곳이 된다. 우리의 정신적 지주인 클라크의 예배를 듣고 함께 어울리는 그 시간은 말할 수 없이 달콤하고 소중했다.

하지만 나는 알게 되었다. 그렇게 주말이 될 때까지 바트와 내가 얘기할 시간은 단 몇 분도 되지 않는다는 것을. 일단 집에 들어가면 마을을 돌아다니는 사람은 아무도 없었다. 혹시라도 마을을 돌아다니다가 들키면 좋지 못한 소문에 휩싸이게 된다. 만일 그런 소문이 지속되면 그 가족은 약속의 땅에서 모두 쫓겨나고 말지도 모른다. 그러니 바트와 내가 단둘이 만나 얘기할 시간을 도저히 찾을 수가 없었다.

그렇게 아무 얘기도 나누지 못하는 동안 바트의 얼굴은 점점 검게 타들어가는 것만 같았다. 그는 분노를 꾹꾹 참아내는 검은 황소처럼 변해가는 것 같았다.

주말 저녁이 되어 우리는 성전 앞마당에 모였다. 여기저기 앉을 수 있는 깔개가 펼쳐지고 어른들을 위한 간이 의자도 마련되었다. 오늘 상영되는 영화는 오드리 헵번이 나오는 〈티파니에서 아침을〉이었다.

나는 작은 접시에 제공되는 개인별 옥수수 칩을 받고 잔디밭 끝에 앉았다. 사람들을 둘러보니 여자들은 여자들끼리 모여 뭐가 좋은지 이런저런 이야기를 쑥덕거리며 웃어대고, 아이들은 아이들대로 영화보다는 초콜릿 파이에 신나하는 모습이었다.

나는 조금 떨어진 자리에서 그런 모습을 보다가 여자들 뒤쪽에 어두운 표정으로 앉아 있는 바트의 아내를 발견했다. 그녀를 자세히 볼 틈이 없었는데, 그동안 바트의 얼굴이 검게 타들어간 것만큼이나 그녀의 얼굴 역시 파리하게 변해 있었다. 둘 사이에 중대한 다툼이 벌어진 게 분명했다.

"저게 오드리 헵번이죠?"

그 순간 내 왼쪽에서 귀에 익은 목소리가 들렸다. 내 옆의 어른용 간이 의자에 바트가 앉아 있었다. 바트는 정원의 새하얀 화면에 걸린 오드리 헵번의 클로즈업된 얼굴을 가리키고 있었다. 그는 자연스럽게 내 쪽으로 등을 굽히며 말을 이어갔다.

"화면을 보세요. 이제부터 무슨 말을 하든 간에 화면을 보면서 해야 합니다. 나도, 다른 사람들도 보지 마세요."

바트의 낮은 음성에 나는 화면에서 눈을 떼지 않았다. 우리는 흥미로운 장면이 나올 때마다 자연스럽게 대화를 이어갔다. 가끔

손을 올리며 배우들을 가리키거나, 일상적인 듯 어깨를 으쓱거렸
지만 우리의 대화는 화면과 전혀 상관없었다.

"뭘 봤어요?"

나는 바트의 아내 쪽을 힐끗 쳐다보았다. 바트의 아내는 어두
운 얼굴로 아래쪽을 내려다보고 있었다. 주변의 여러 여자와 뒤
섞여 우리 쪽은 보지 않는 것 같았다. 대신 나와 눈이 마주친 것은
바트의 아내 주변에 앉아 있는 나의 아내였다. 아내는 어쩐지 날
카로운 눈빛으로 날 바라보다가 이내 눈을 돌렸다. 우연히 눈이
마주쳤을 뿐, 바트와 나를 주시하는 사람은 없는 것 같았다.

우리는 사람들에게 들릴까봐 목소리를 낮추고 또 짧게 말해야
했다. 마치 우리 두 사람이 이 많은 사람들의 눈을 속이고 스파이
짓이라도 하는 것처럼 심장이 두근거렸다.

"자네 아내와 자네."

"그게 왜요?"

"자네 부인이……."

나는 어떻게 말해야 할지 잠시 고민했지만 돌려 말할 시간이
없었다. 최대한 짧고 간결하게, 최대한 직접적으로 모든 용건을
말할 수밖에 없었다. 바트와 얘기할 시간이 절대적으로 부족하다
는 건 지난 한 주 동안 내내 느꼈으니까.

"옷의 단추가 어긋난 걸 봤네."

너무나 직접적으로 말한 걸까? 바트는 한동안 침묵을 지켰다.
그는 두 눈이 빠질 정도로 〈티파니에서 아침을〉을 응시하고 있었

지만, 지금 그의 머릿속에 영화 따위는 한 장면도 들어가지 않을 것이다.

"그날 아내는 성전에서 돌아오는 길이었어요."

"제단을 청소하고 지키는 당번이었겠지."

"아내는…… 청소만 한 게 아니었어요."

바트는 입을 다물었다. 나 역시 더 할 말이 없었다. 머릿속에서 절대로 상상하지 않으려 한 장면들이 재생되었다. 영화의 장면들이 흘러갔다. 낮에는 노인들에게 몸을 파는 오드리 헵번이 밤이면 늘씬한 청년과 함께 침대에 누웠다. 남자 주인공 역의 조지 페파드 역시 부인들에게 웃음을 팔았다. 영화에 나오는 남녀는 몸을 파는 일을 부끄러워하지 않았다. 방금 전까지 돈 많은 늙은이와 데이트를 하던 오드리 헵번이 새하얀 가운을 걸치고 조지 페파드의 침대로 빨려 들어가듯 몸을 누였다. 옷을 벗은 남녀가 한 침대에 누워 있는 그 장면이 나의 상상력을 부채질했다.

"나는…… 알아버렸어요."

한쪽 귀에 바트의 음성이 밀려들었다. 순간 나도 모르게 설설 고개를 저었다. 절대로 상상하고 싶지 않은 이야기가 내 머릿속에서 재생되는 걸 막고 싶었다.

"내 아내는…… 결혼 전에 이미…… 임신을 했어요."

화려하고 아름다운 오드리 헵번이 초라한 농부인 남편과 헤어지는 장면이 나왔다. 화려한 여인과 초라한 시골 출신 남편의 모습은 극히 대조적이었다. 그런 남편과 헤어지며 눈물을 흘리는 여인의 모습은 끔찍했다. 새하얀 얼굴에 흘러내리는 눈물이 차라리 비웃음보다 더 잔인하게 느껴졌다.

"거짓말."

나는 이를 악물었지만 바트의 대답을 듣지 않아도 알 수 있었다. 감추어져 있던 모든 진실이 그 순간 펑! 소리를 내며 깨져버렸다.

단추를 잘못 채우고 돌아오는 바트의 아내⋯⋯.

클라크에 대해 이야기하면서 황홀한 듯 밝아지는 내 아내의 얼굴⋯⋯.

나의 피부색과 달리 하얗고 환한 나의 셋째아들⋯⋯.

이곳으로 이주한 뒤에 태어난 모든 아이의 환한 피부⋯⋯. 백인의 피부⋯⋯.

나는 눈물을 흘렸다. 화면에서는 빗속에서 서로를 부둥켜안은 두 주연배우가 눈물을 철철 흘리고 있었다. 끔찍한 몰골이었다. 남자는 부유한 여자들과 데이트를 하며 돈을 벌고, 여자는 부유한 남자들과 만나 돈을 벌고. 그런 두 사람이 서로를 사랑한다며 부둥켜안고 있었다. 모두를 속이고 모두를 기만하는 끔찍한 사랑 이야기였다. 지금껏 아름답기만 했던 오드리 헵번의 얼굴이 몹시도 일그러져 보였다. 그와 동시에 나의 두 주먹이 부르르 떨려왔다. 나는 그런 모습을 숨기려고 황급히 팔을 감싸 안았다.

"거짓말, 믿을 수 없어!"

"당신도. 나도. 알아버리고 말았어요."

바트는 낮게 한숨을 쉬며 일어섰다. 아직 영화가 끝나지 않았는데도 그는 나의 옆자리에서 몸을 일으켜 어둠 속으로 터벅터벅 걸어갔다. 나는 두 팔을 감싼 채 굳은 얼굴로 영화만 노려보았다.

그렇게 한참이 지난 후에야 고개를 돌려 바트의 모습을 찾았다. 하지만 그는 이미 사라진 뒤였다. 의도하진 않았지만 나도 모르게 바트의 아내 쪽으로 고개를 돌렸다. 여전히 바트의 아내는 죄지은 사람처럼 고개를 푹 숙이고 있었다. 그녀의 주변에는 그녀를 토닥이며 어르는 여인들이 옹기종기 모여 있었다. 여자들은 바트의 아내를 부축하며 일으켜 세웠다. 마치 그녀가 임신했다는 이 끔찍한 비밀을 이미 알고 있는 것처럼! 결혼한 지 얼마 되지 않은 그녀가 바트의 말대로 임신했다는 것을 증명하듯 그들의 배려는 무척이나 세심했다.

동시에 몇몇 여인은 심각한 얼굴로 이야기하며 재빠르게 움직였다. 서로에게 귓속말로 전달하며 무언가를 준비하는 것처럼 보였다. 몇 명은 방금 전까지 예배를 드렸던 성전 쪽으로 빠르게 발을 놀렸고, 다른 몇몇은 바트가 사라진 어둠 속으로 조심스럽게 움직이기 시작했다. 이런 일련의 움직임을 면밀히 살피는 동안 나는 나를 향해 의구심 가득한 눈초리를 보내는 두 개의 눈동자와 맞부딪쳤다.

새까만 눈동자 두 개가 나의 눈과 정확히 마주쳤다. 머리를 올려 묶은 까무잡잡한 피부의 여자…… 바로 나의 아내였다. 아내는 다른 여자들과 함께 바트의 아내를 부축하고 있었다. 나의 아내는 무리의 리더처럼 굴었다. 바트의 아내를 어딘가로 보내고, 몇몇 사람을 성전 쪽으로 보낸 것도 아내였다. 그동안 전혀 모르고 있었다. 내 아내가 성전의 여자들에게 어떤 영향력을 가지고 있다는 것을. 대체 언제부턴지는 몰라도 내 아내는 그런 위치에 있는 것 같았다.

그런 아내의 눈동자가 나와 마주쳤다. 그녀의 미간이 찌푸려져 있었다. 그녀의 검은 눈동자에 여러 가지 이야기가 섞여 있었다.

'당신…… 이야기를 들었어? 어디까지 들었어? 어디까지 알고 있는 거야, 대체…….'

나는 아내의 눈을 황급히 피했다. 심장이 펄떡거리며 요동쳤다. 나는 눈에 들어오지도 않는 화면만 뚫어져라 바라보았다. 금방이라도 누군가가 나의 어깨를 붙잡고 내 공포를 끝장낼 것만 같았다. 무시무시한 토네이도가 내 머릿속에 있는 모든 것을 엉망진창으로 만들어놓았다. 차곡차곡 정리되어 있던 모든 축복과 믿음의 이야기가 송두리째 흔들렸다. 내 모든 믿음과 찬양은 검은 하늘로 휩쓸려갔고, 남은 건 폐허뿐이었다. 깊은 공포감을 숨길 수가 없었다. 나의 두 팔에 오톨도톨한 소름이 번졌다.

3

클라크가 빈민굴에 처음 등장했을 당시 우리는 모두 놀랐다.

은빛으로 물든 멋진 양복을 입은 백인 남자가 빈민굴의 중심가에 무언가를 세우기 시작했다. 그것은 지저분하고 칙칙한 어둠의 세계와는 걸맞지 않은 새하얀 건물이었다. 그리고 놀랍게도 그곳은 우리에게 일할 기회를 제공해주었다.

그의 건물이 세워진 뒤 우리는 처음으로 고정적인 월급이란 걸 받았고, 아이들을 맡겨 글자를 배우게 할 탁아소도 가지게 되었다. 그가 만든 성전에서 난생처음 꿀맛 같은 간식도 맛보았고, 그가 말하는 진정한 구원과 아름다운 미래에 대해 알게 되었다. 우리와 같이 저주받은 인생이야말로 천국에 들어갈 자격이 있다는 말과, 부자가 천국에 들어가는 것은 낙타가 바늘구멍을 지나가는 것보다 어렵다는 말을 들으며 우리는 우리의 가난에 감사했다.

빈민굴 중심에 솟아오른 클라크의 하얀 건물은 기적과도 같았다. 빈민가 사람들 모두가 그를 칭송하고 찬양했으며, 이 끔찍한 말세에 진정한 구원자가 우리를 찾아왔다고 믿었다. 그가 보여준 것은 오병이어五餠二魚의 기적◆이었다. 하루하루 먹을 걱정만 하던 우리가 내일을 기대하고 죽은 뒤 천국에서의 삶을 기대하게 만든 것은 그야말로 기적이 분명했다. 아무리 힘들고 고단한 날이 찾아와도 그 믿음은 흔들리지 않았다.

그토록 굳건했던 믿음이 고작 단추 하나…… 어긋난 단추 하나로 인해 산산이 부서지고 말았다!

◆「마태복음」에 나오는 이야기. 말씀을 듣기 위해 모인 5,000명이 다섯 개의 보리떡과 두 마리의 생선으로 배부르게 나눠 먹고도 남았다는 예수 그리스도의 기적 이야기다.

나는 유독 피곤한 기색을 보이며 일찍 잠자리에 들었다. 아이들이 잠자리에 들기도 전에 먼저 누웠다. 아내는 성전 마당을 정리하느라 아직 귀가하지 않았다. 가족마다 하나씩 주어지는 방 한 칸짜리 집…… 방 이외에는 아무것도 없는 하얀 집의 구석에 나는 드러누웠다.

세 아이가 나머지 공간을 차지했다. 아이들은 항상 그랬듯이 한구석에서 이런저런 장난을 하며 놀았다. 아직 막내는 어른 손이 가는 어린아이였지만 탁아소에서 함께 크는 아이들은 동생을 돌보는 데도 익숙했다. 아이들은 별다른 장난감이 없어도 자기들끼리 연극도 하고 놀이도 만들었다.

"얘들아, 엄마 왔다. 니들 아빠는 어디에……."

한참이 지난 후에야 아내가 돌아왔다. 평소 주말 영화 관람을 마치고 마당을 정리할 때보다 더 늦은 시간이었다. 아내가 나를 찾는 소리를 들었지만, 나는 벽 쪽으로 얼굴을 돌린 채 누워 꼼짝도 하지 않았다.

"아빠 아까부터 자요."

아이들의 얘기를 들은 아내가 잠시 아무 말도 없었다. 등 뒤에서 나를 물끄러미 쳐다보고 있을 아내의 눈동자가 느껴졌다. 그 눈빛이 왜 이토록 서늘하고 무섭게 느껴지는지 알 수가 없었다. 과연 내 등 뒤의 여자가 나와 살을 맞대고 살아온 그 여자가 맞는지 알 수가 없었다.

"……그래, 너희도 그만 자자."

무슨 생각을 하는지 도저히 짐작할 수 없는 차가운 음성이 들려왔다. 나의 곁에 이불 깔리는 소리가 나더니 아이들이 하나둘 자리에 눕는 소리도 들렸다. 그리고 가장 멀리 떨어진 자리에 아내가 눕는 게 느껴졌다. 보지 않아도 늘 그렇듯 저쪽 벽 끝에서 어린 막내아들을 품에 끼고 잠을 청하는 아내의 모습이 그려졌다.

몸은 얼음처럼 굳어 있었지만 정신은 너무나 말짱했다. 온갖 생각이 한꺼번에 내 뇌를 공격하는 것처럼 느껴졌다. 이제껏 당연하게만 받아들였던 모든 것이 들고일어나 머릿속을 들쑤셨다. 생각이 꼬리에 꼬리를 물었다. 몸을 뒤틀고 싶었지만 아내에게 들킬 것만 같아 움직일 수도 없었다. 끔찍한 밤은 길고 길었다.

"드릉……."

시간이 얼마나 지났을까. 반대쪽 벽에서 깊은 숨소리와 함께 낮게 코 고는 소리가 들렸다. 아내가 내는 소리였다. 그 순간 나는 펄떡거리는 심장이 잦아드는 느낌이 들었다. 아내는 깊은 잠에 빠져든 게 분명했다. 나는 몸을 살짝 틀어 반대쪽으로 돌아누웠다. 처음에는 용기가 나지 않아 눈을 뜨지 않았지만 고른 숨소리가 여전히 들려오는 것을 확인한 뒤 천천히 눈을 떴다.

스르르 눈이 열리자 내 옆에서 잠든 큰아들의 얼굴이 들어왔다. 올해 열 살이 되는 아들은 황토빛 얼굴에 유독 눈썹이 짙었다. 그 옆의 작은아들도 눈썹이 진하고 검었다. 아내와 나를 닮은 것이었다. 그리고…… 잠든 아내의 한쪽 팔을 베고 그녀의 품속에서 잠든 어린 막내가 보였다. 곱슬곱슬한 갈색 머리카락은 형들

의 검은 머리와 확연히 달랐다. 캄캄한 밤에 보니 더욱더 밝은 금
발로 보이는 듯했다. 이 어둡고 탁한 방 안에서 그 아이의 피부만
환하게 빛났다. 새하얀 얼굴…… 백인의 피가 섞인 얼굴이었다.
나의 피와는 상관없는 얼굴이 곤한 잠에 빠져 있었다.

'의심의 끝은 사망이라.'

그 순간 클라크의 음성이 귀에 울려 퍼졌다. 클라크가 가장 용
서치 못하는 행동은 바로 '의심'이었다. 무언가 내 안에서 울컥 솟
아올랐다. 두 주먹이 부르르 떨렸다. 심장이 파열될 것처럼 끓어
올랐다. 나는 덜덜 떨리는 두 손을 서서히 뻗었다. 그 자세 그대로
저쪽 벽 끝에 잠든 아내의 목에 손을 가져다 댔다. 너무 멀어서 닿
지 않았지만 나는 내 손과 그녀의 목이 시각적으로 겹치게 했다.
그런 다음 그녀의 목을 점점 더 세게 조였다. 내 눈 속에서 편안히
잠든 그녀의 목 위로 내 손이 좁혀 들어가는 게 보였다. 그저 시늉
만 하는데도 얼굴 한쪽에서 땀이 흘렀다.

탁!

그때였다. 작은 무언가가 우리 집 창문에 부딪힌 소리가 들렸
다. 나는 가슴이 쪼그라드는 것만 같아 몸을 웅크렸다. 눈도 감고
손도 이불 속에 감추었다. 그러고는 숨죽여 기다렸다.

"드릉……."

잠시 끊겼던 아내의 곤한 콧소리가 좁은 방 안에 울려 퍼졌다.
다행히 아내는 잠이 깨지 않았다. 나는 조심스럽게 몸을 일으켰
다. 방금 전에 들린 그 울림이 결코 우연한 소리가 아니라고 생각

했다. 최대한 어떤 소리도 내지 않도록 조심하며 방을 나섰다. 방문을 열 때도 바깥의 차가운 기운이 최대한 들어오지 않도록 아주 조금의 틈만 만들어 간신히 빠져나왔다. 그 짧은 시간이 영원처럼 느껴졌다. 나는 발소리를 죽이며 밖으로 나왔다. 바트의 아내를 보았던 그때처럼 주변에는 하얀 안개가 잔뜩 끼어 있었다. 산에 둘러싸인 병풍 같은 분지 지형이라 그런지 아침이 되면 자욱한 안개가 나타났다.

"쉿!"

바람 소리와 함께 누군가가 강한 힘으로 내 등을 붙잡고 입을 막았다. 나는 심장이 툭 떨어지는 것 같아 그 자리에서 꼼짝도 못 했다. 무시무시한 공포가 온몸을 엄습하고 사지를 얼음처럼 굳게 만들었다.

"살고 싶으면 날 따라와요."

자욱한 안개 속에서 나의 손목을 단단히 잡고 달리기 시작한 것은 바트였다. 나는 묻고 싶은 것이 산더미같이 많고, 또 그가 어디로 가는지 확인하고 싶었지만 거의 본능적으로 입을 다물고 그가 달리는 쪽으로 함께 달렸다. 지금은 말할 때가 아니라는 것을 나는 알고 있었다. 깊은 새벽안개 속에서 누군가에게 말소리가 들렸다가는 분명히 목숨을 부지하기 어려울 것이다. 갑자기 우리 곁에서 사라져버린 배도자들처럼…….

나는 한 치 앞도 보이지 않는 길을 달리고 또 달렸다. 새까만 암흑 속에서 높다란 벽도 나타나고 철조망도 나타났다. 옷이 찢기고 살이 베이는 아픔을 느끼면서도 우리는 벽을 넘고 철조망을 통과했다. 보이지 않아도 그곳이 우리의 영역을 구분해놓은 시설이라는 걸 알 수 있었다. 처음 이곳에 버스를 타고 들어와 여섯 개의 구역으로 나뉜 이후 한 번도 넘지 못한 경계를 바트는 넘고 있었다. 나는 이 위험한 일에 무작정 동참했는데도 그에게 별다른 질문을 던지지 않았다. 나는 본능적으로 알고 있었다. 이제 돌아갈 수 없다는 것을. 돌아가는 순간 나는 다른 배도자들처럼 사람들의 눈에서 사라지리라는 것을. 끔찍한 죽음과 조우한다는 것을. 의심의 끝이 정말로 사망이라는 것을……. 나는 설명도 없이 알 수 있었다.

우리는 그렇게 한마디 말도 없이 서로를 밀고 당기며 벽을 넘고 철조망을 통과해 자갈 더미를 지나쳤다. 그리고 검은 하늘 속에서도 유독 캄캄한 세계에 도착했다. 그건 우리의 천국을 둘러싸고 있는 거대한 병풍…… 드높은 산이었다.

"기억해요? 우리가 이곳에 온 그날부터 총을 들고 우리를 감시하던 사람들…… 그들이 이 산속에 있을 거예요. 절대로 몸을 세우지 말아요."

출발한 뒤로 바트가 처음으로 말했다. 어둠 속에서 나를 돌아본 바트의 얼굴이 번쩍거렸다. 땀에 젖은 그의 얼굴이 굳어 있었다. 내 얼굴도 그와 똑같을 것이 분명했다. 나는 말없이 고개만 끄덕였다. 험한 숲에 들어서자마자 우리는 네발짐승처럼 기기 시작했다. 어디나 안개가 자욱하고 나무가 가득한 정글일 뿐인데 누가 우릴 발견한다고 이렇게 기어야 되는지 우스꽝스럽기도 했지만 바트도 나도 허리를 펴지 않았다. 우리는 최대한 소리를 죽이며 전진했다. 바트는 나보다 앞서가며 가끔씩 움직임을 멈추고 귀를 기울였다. 혹시라도 들려올지 모르는 위험신호를 확인하려는 것 같았다.

얼마나 올랐을까? 얼마나 전진했을까? 나는 과연 우리가 산을 넘고 있는지, 아니면 산줄기를 타고 영 엉뚱한 곳으로 이동하고 있는지 짐작할 수가 없었다. 시간이 지날수록 두려움이 커지고 회의가 들었다. 이렇게 도망쳐서 어떡하나. 아내와 아들들은 어떻게 되는 것일까? 과연 이곳을 떠나 살아남을 수 있을까? 모른 척 다시 돌아가면 지금껏 살아온 대로 지낼 수 있지 않을까 하는 생각이 꼬리에 꼬리를 물었다.

혼란스러운 마음이 발걸음을 더디게 했고 나를 몹시도 지치게 했다. 자연히 바트와의 거리가 점점 멀어졌다. 그 때문에 내 목소리가 그에게 닿기 위해서는 커질 수밖에 없었다.

"바트, 대체 어디까지……."

나는 벌써 열 걸음은 앞서가는 바트를 불렀다. 바로 그 순간.

타앙!

매서운 총성이 나의 귀를 스쳤다. 설마 있을까 싶었던 숲 속의 감시자가 나를 발견한 것이다.

"달려요, 달려!"

바트의 다급한 음성이 들리기도 전에 나의 두 발은 내달리고 있었다. 나의 본능은 내 몸을 살리기 위해 초인적인 힘을 내기 시작했다. 정체불명의 적을 피해 내가 할 수 있는 일은 빠르게 달리는 것뿐이었다. 심지어 나를 앞지르던 바트의 등을 밀치며 먼저 몸을 날렸다. 바트의 발소리가 나의 귀에 울렸다. 그의 발소리인지 내 발소리인지 알 수 없는 다급한 소리가 뒤따라왔다.

타당! 탕! 타앙!

더욱더 요란하고 서슬 퍼런 총성이 우리를 향해 날아왔다. 아직 어스름한 새벽이 되지도 않았는데, 이 어둡고 침침한 숲에서 총알은 정확히 우리 쪽으로 날아왔다. 검은 하늘 아래에서도 우리의 펄펄 끓는 열을 감지할 수 있는 무기를 가진 모양이었다.

"으아악!"

마침내 총성과 함께 끔찍한 비명이 울려 퍼졌다. 나는 다리를 움직이면서도 고개를 돌려 바트를 바라보았다. 땀과 피에 젖은 그의 얼굴이 일그러져 있었다. 그의 한쪽 손이 반대쪽 팔을 움켜쥐고 있었다. 손가락 사이로 흘러내리는 새빨간 피도 보였다. 바트가…… 맞았다. 총에 맞았는데도 그는 멈추지 않았다. 이를 악물며 달리고 있었다.

쉬쉬쉭! 쉭!

보이지 않는 누군가가 바람 소리를 만들어냈다. 빠르게 움직이는 인간 사냥꾼들이 우리를 노리고 있었다. 먹음직스러운 사냥감을 앞에 둔 그들은 우리를 요리조리 쫓으며 즐기고 있었다.

'안 돼, 안 돼, 안 돼!'

불안이 커질수록 무릎이 말을 듣지 않았다. 다리가 점점 굳고 무릎이 굽혀지지 않았다. 나의 몸은 몇 번이나 숲을 구르고 또 굴렀다. 정글에 가득한 이름 모를 풀과 나무에 부딪히며 몸을 날렸지만 공포는 점점 우리를 조여왔다. 정체를 알 수 없는 인간 사냥꾼들의 소리가 점점 가까워졌지만 다리는 더뎠다. 바트도 마찬가지였다. 그는 피까지 흘리는 바람에 속도가 더 떨어지는 모양이었다.

"헉. 헉헉."

숨을 쉬는 것만으로도 토할 것 같은 그 순간, 우리를 쫓아오는 사냥꾼들의 발소리가 들렸다. 그저 수풀이 부딪히는 소리가 아니라 정확한 발소리였다. 그들의 발소리가 들릴 정도까지 거리가 좁혀진 것이다! 끔찍한 공포가 온몸에 퍼지는 그 순간, 나는 앞으로 고꾸라졌다. 공포로 얼어붙은 다리가 나의 몸을 따르지 못하고 뒤처졌다. 그런 나를 따르던 바트의 몸도 바닥을 굴렀다.

타앙! 타앙!

그리고 그 순간 우리가 서 있던 자리를 관통하는 세찬 바람 소리가 지나갔다. 그때 우리가 바닥을 구르지 않았다면 나도 바트도 정확히 총에 맞아 쓰러졌을 것이 분명했다. 우리는 진흙탕을 구르며 몸을 숙였다. 이제 더 이상 몸을 일으킬 기운도, 용기도 남아 있지 않았다.

투투투! 투투투투투!

숨을 헐떡거리며 모든 것을 포기한 우리의 귓가에 이번에는 낯선 총성이 울려 퍼졌다. 조금 전까지 우리를 따라오던 총성과 달랐다. 자동소총 소리 같은 것이 우리가 도망쳐온 반대쪽으로부터 울려 퍼졌다. 나도 바트도 영문을 몰라 서로를 바라보았다. 진흙탕에 빠져 엉망진창이 되어버린 우리는 하얀 눈동자만 반짝였다.

타앙, 탕!

투투투! 투투투투!

우리를 쫓아오는 인간 사냥꾼들의 총성과 반대쪽의 자동소총 소리가 어지럽게 울려 퍼졌다. 그 끔찍한 소리 속에서 우리는 서로를 잡고 고개를 숙였다. 지옥이 있다면 바로 이곳이리라. 끔찍한 지옥의 중간에서 우리는 두려움과 공포에 몸과 마음을 모두 잠식당했다. 그 끔찍한 시간은 영원처럼 계속되었다. 1초가 일 년처럼 길고 길었다.

"괜찮습니까?"

그때였다. 우리 곁의 사람 키만 한 수풀이 꺾이면서 검은 두건을 쓴 남자가 나타났다. 그는 머리끝부터 발끝까지 짙은 감청색 군복 차림이었다. 심지어 얼굴에도 감청색 마스크를 쓰고 있었다. 그는 나와 바트를 일으켜 우리가 도망치던 방향으로 전진하기 시작했다. 자동소총 소리가 우리를 엄호하듯 울려 퍼졌고, 등 뒤까지 따라오던 끔찍한 죽음의 그림자가 기적처럼 사라져버렸다.

산을 다 내려왔을 때는 이미 하늘이 밝아오기 시작했다. 우리가 건설한 천국의 반대쪽은 어떤 모습이었을까? 그곳은 우리가 버스에 가득가득 담겨 이곳으로 왔던 몇 년 전의 그날처럼 황폐한 몰골이었다. 허허벌판 가득 돌과 자갈밖에 없는 텅 빈 공간에서 군용 트럭이 우리를 기다리고 있었다. 군용 트럭 두 대에는 감청색 복장의 남자들이 나눠 타고 있었는데, 그들은 모두 망원경으로 산 쪽을 감시하는 중이었다.

바트와 나는 감청색 옷을 입은 군인들에게 이끌려 군용 트럭 한 대에 몸을 실었다. 그들은 무전으로 몇 마디를 주고받더니 우리를 병원으로 데려갔다. 바트의 팔에서는 멈추지 않고 피가 흘렀다. 우리는 그들이 이끄는 대로 군인 병원에 도착했다. 환자를 돌보는 의사와 간호사도 모두 계급장을 달고 있었고 환자도 모두 군인이었다. 의료진은 먼저 바트의 팔을 소독하고 붕대를 감았다. 시간이 오래 걸리진 않았다.

응급처치가 끝나자마자 우리는 어느 방으로 안내되었다. 차가운 시멘트벽에 철문만 하나 달려 있는 무시무시한 분위기의 방이었다. 방 한가운데에는 커다란 테이블과 의자만 놓여 있었다. 방에 들어간 후에야 나는 간신히 의자에 앉아 숨을 몰아쉬었다. 적어도 끔찍한 죽음의 그림자에서 벗어난 건 분명해 보였다.

"말해줘. 왜 날 끌고 온 거지? 어떻게 된 거야?"

나는 지금껏 침묵했던 질문들을 바트에게 쏟아붓기 시작했다. 바트 역시 겨우 한숨을 돌렸는지 자리에 앉았다. 이어 내가 알지 못했던 그간의 이야기를 풀어내기 시작했다.

"보신 대로예요. 아내의 모습에서 짐작하셨겠지만 아내는 클라크의 시중을 들었어요. 그리고 그의 아이를 임신했죠. 그걸 알면

167

서도 나와 결혼을 감행한 겁니다."

"그럴 리가……."

"믿고 싶지 않겠지만 그게 현실이었죠. 아내는 특별히 그의 관심을 많이 받았어요. 그래서 결혼 전에 위험한 일이 벌어진 거죠. 아내에게 결혼을 종용한 건 조합의 여자들이었어요. 그들은 모두다 알고 있어요. 한통속이죠."

"그럴 리가……."

어렴풋이 짐작하고 있던 끔찍한 현실이 바트의 입에서 나오자 나는 도저히 견딜 수가 없었다. 나는 그가 더 이상 말하지 않기를 바라면서도 그가 아는 모든 진실을 알아야겠다는 모순감정矛盾感情 속에서 어지러웠다. 진실을 알고 싶지만 그의 입에서 나올 끔찍한 이야기를 감당할 자신이 없었다.

"여자 조합원들이 일주일에 한 번씩 성전을 지키고 청소를 하는 동안…… 우리 모르게 이런 일이 계속되고 있었어요. 그가 원하는 여자들은 더욱더 자주 당번이 되어 그곳에 불려갔지요. 그들은 성전을 지키는 일뿐 아니라 클라크의 수발을 드는 일까지 했던 겁니다. 그런 당번인 줄 우리는 알지 못했지만요.

결혼 후에도 그녀가 자꾸만 성전 당번이 되는 게 이상했어요. 총각 때는 모든 여성이 번갈아가며 성전 당번이 되는 줄로만 알았는데…… 그렇지 않다는 걸 깨달았죠. 아내 차례가 돌아오려면 아직 멀었는데도 아내의 순번이 자꾸 돌아와서 이상했어요. 어느 날인가 나는 다른 여성 조합원이 아내에게 성전 당번이라는 말을 전해주는 장면을 봤어요. 아내는 이내 곤란한 표정을 지었죠. 독실한 신앙심을 가지고 있는 그녀가 미간을 찌푸리며 말했어요. '이긴 자님 말씀대로 전 이제 결혼했어요. 그런데 이렇게 자주 부르시면 정말 곤란해요. 이긴 자님께 잘 좀 말씀드려주세요.' 저는 그 몇 마디에 감추어졌던 비밀을 짐작하고 말았습니다. 그녀가 곤란한 것은 무엇일까? 왜 성전 당번이 곤란한 걸까? 결혼했기 때문에 곤란한 이유는 무엇일까? 그 몇 마디에 저는 진실을 알아버리고 말았습니다.

그리고 바로 그날…… 당신이 보았던 그날, 그녀는 제게 모든 것을 들켰습니다. 당신 말대로 아내의 흐트러진 옷차림이 모든 걸 말해주었죠. 내 아내는 그래도 양심이 있었어요. 제가 추궁하자 그녀는 속절없이 눈물을 흘리며 모든 걸 털어놓았습니다. 자신이 클라크의 아이를 임신하고 나와 결혼한 것까지 모두 실토했죠.

천만다행히도 그녀는 내게 죄책감을 가지고 있었습니다. 그래서 어제 영화를 보고 나서 나를 붙잡고 모든 비밀을 말하더군요. 오늘이 지나면 사람들이 나를 잡으러 온다는 사실을요. 그들이 나를 죽이거나 감금할 거라고요. 나와 얘기를 나눈 당신 역시 위험에 처했다고 실토하더군요. 더구나 당신을 의심하고 당신을 신고한 것은 당신의 아내라고도 하더군요. 아내의 신고로 배도자가 된 사람은 다시는 가족과 살 수 없다고 그녀가 말해주었습니다. 그래서 나는 당신을 깨워 목숨을 걸고 도망쳐온 겁니다."

나는 모든 것을 털어놓는 바트를 멍하니 바라보았다. 나의 머릿속은 또다시 혼란과 괴로움으로 엉망이 되어버렸다. 의문이 가득한 눈빛으로 나를 바라보던 아내의 모습이 눈앞에 어른거렸다.

"그곳에 들어온 뒤로 우리는 보았죠. 새로운 생명의 탄생을요. 그리고 그들 대부분이 새하얀 얼굴과 금빛에 가까운 머리카락으로 변하는 것을요. 그것이 신을 닮은 새 생명의 탄생이며 구원이라고 말했지만 하얀 피부와 금발은 바로 클라크의……."

"그만!"

나는 그가 더 말하지 못하게 소리를 버럭 질렀다. 나는 우리 사이에 놓인 커다란 책상을 부서뜨릴 것처럼 세게 쳤다. 믿을 수 없는 끔찍한 현실에 치가 떨렸다. 나는 한순간에 나의 신을 잃고, 나의 종교를 잃고, 나의 아내와 아들을 잃었다. 나의 모든 것을 잃어버리고 말았다. 내게 남은 것은 없었다. 막내를 낳았을 때…… 그 새하얀 얼굴을 바라보며 우리 가족도 구원을 받았다고 감사와 헌신을 맹세한 나의 멍청함에 치가 떨렸다. 현실이 이토록 끔찍할 줄 알았다면 차라리 아까 그 숲에서 죽어버리는 편이 나았을 것을. 나는 두 손으로 머리를 감싸고 고개를 숙였다.

"……여자들에게 우리는 필요한 존재가 아니었어요. 그녀들을 먹여 살리는 건 클라크 한 명이었으니까. 그녀들은 클라크의 왕국에 들어온 순간 각자의 남편을 버리고 단 한 명의 남편만 섬기게 된 겁니다. 클라크는 마을에서 벗어날 수 있는 유일한 사람이었고, 마을을 이끌어가는 유일한 왕이었지요. 우리에게 필요한 모든 것은 클라크로부터 나왔고 아내들의 요구를 들어줄 수 있는 사람도 그뿐이었던 겁니다. 클라크는 여자들에게 유일한 희망이고, 또 은총을 내릴 수 있는 유일한 존재였습니다.

우리는 그의 종에 불과했습니다. 우리는 그의 왕국을 건설하기 위한 도구일 뿐이었습니다. 여자들은 모든 남자를 속이고 마음속으로 단 한 명의 남편만 섬긴 겁니다. '우리를 구원하는 이긴 자와 영원히 혼인하는 자, 영생을 얻으리라'는 클라크의 말씀을 그대로 실천했던 겁니다."

나의 기나긴 침묵 속에서 바트의 말이 귀에 흘러 들어왔다. 그래, 그랬다. 그의 말을 듣고 보니 성전에서 배운 모든 말씀이 나를 기만하고 있었던 것이다. 나는 비통한 심정으로 두 눈을 감았다. 도저히 믿을 수 없는 현실에 아무 말도 할 수가 없었다.

그렇게 망연자실해 있는 사이에 군복을 입은 남자 두 명이 우리가 앉아 있는 방으로 들어왔다. 그들은 왜 우리가 산 너머에서 쫓겨 왔는지, 그동안 우리에게 무슨 일이 있었는지, 우리가 약속의 땅, 아니 클라크의 왕국에서 어떤 일을 하고 어떻게 살아왔는지 꼬치꼬치 물었다. 대답하지 못할 정도로 정신적인 충격을 받은 나와 달리 바트는 그들의 질문에 차분하게 대답했다. 그는 자신이 알고 있는 사실과, 우리에게 닥친 위험을 어떻게 알게 되었는지도 말해주었다. 모든 이야기를 들은 군인에게서 들려온 한마디는 그야말로 충격적이었다.

"그랬군요. 그래, 그래서 남자들에게 피임 성분을 먹인 거군요."

"뭐라고요?"

바트도 나도 동시에 되물었다. 군인은 나와 바트의 얼굴을 한 번씩 쳐다보았다.

"안수받은 물을 마셨죠? 생명수라는 물 말입니다. 그 물에 다른 성분이 섞여 있다는 걸 몰랐습니까?"

그의 말을 듣는 순간 머리가 쭈뼛 서는 것 같았다. 우리에게 주어지는 안수 물…… 거기…… 피임 성분이 들어 있었단 말인가? 말도 안 되는 이야기에 도리질을 했다.

그러고 보니 그랬다. 남자와 여자의 물은 정확히 구분되어 있었다. 우리의 집에는 방이 하나뿐이었다. 식당과 화장실 등 모든 것이 공용이었다. 우리는 하루에 두 번 공동 식당에서 함께 식사했다. 그런데 공동 식당에서는 남자들과 여자들의 출입문이 달랐다. 우리는 식당 입구에서 각각 생명의 물을 받아 마셨다. 오전, 오후 네 컵씩…….

간증을 하던 클라크가 안수를 하는 순간 여자들을 위한 물은 옅은 분홍빛으로 변하고 남자들을 위한 물은 옅은 하늘빛으로 변하는 기적이 일어난다고 했다. 투명한 물에 그가 손을 대고 은혜를 불어넣는 순간, 물은 그의 뜻에 따라 기적을 만들어내고 그 기적의 결과 물의 색깔이 약간 변한다는 놀라운 말씀이었다. 정말로 투명한 컵을 들어 빛에 비춰보면 남자들이 마시는 물에는 옅은 푸른빛이 감돌았다. 여자들의 경우도 그랬다. 빛에 비추면 옅은 분홍빛이 감돌았다. 우리는 그 물을 마셨다. 오전에 네 컵, 오후에 네 컵씩 매일……. 천국에 가기 위하여. 영원한 생명을 얻기 위하여……!

그런데…… 우리가 마신 물은 생명수가 아니었던 것이다. 그 물에는 우리를 불임으로 만드는 피임제가 녹아 있었다는 말이었다. 기가 막히고 치가 떨리는 사실에 나도 바트도 말문이 막혔다.

"역시 몰랐던 모양이군요. 참 기가 막힌 곳에서 도망쳐왔군요, 두 분 다."

두 명의 군인은 모든 조사를 마쳤는지 자리에서 일어서며 혀를 끌끌 찼다. 바트와 나는 서로를 바라보며 한마디 말도 할 수 없었다. 바트의 얼굴이 이상하게 일그러졌다. 내 얼굴 역시 괴상하게 일그러져 있을 것이다. 우리가 살았던 그곳이 천국인 줄 알았는데. 약속의 땅인 줄 알았는데……. 그곳은 끔찍한 비밀을 가진 지옥굴이었던 것이다. 나는 너무나 무섭고 치가 떨려 두 팔을 감쌌다. 사방이 막힌 방 안에서 엄청난 한기가 느껴졌다.

똑똑.

얼마 후 문 두드리는 소리가 들렸다. 이번에 우리 두 사람을 찾아온 것은 말쑥한 양복을 입은 배 나온 남자였다. 남자는 머리끝부터 발끝까지 기름기가 줄줄 흘렀다. 차림새나 얼굴만 봐도 높은 자리를 꿰찬 유복한 자라는 느낌을 주었다. 그는 우리에게 손을 내밀며 괜히 반가운 체했다.

"만나서 반갑습니다. 주州 하원의원인 마리오 루스라고 합니다. 이곳에서 일어나는 비합법적 강제 노동과 야만적 포교 활동을 조사하도록 지시한 사람입니다. 그동안 꾸준히 노력한 결과 온 국

민에게 널리 알릴 때가 된 것 같습니다. 하하. 참 놀라운 일 아닙니까? 수년 동안 종교 지도자라는 자가 비밀리에 일부다처제를 따르면서 신도들을 약물에 중독시키고 세균과 신약까지 실험했다니 말입니다. 텔레비전을 비롯한 모든 매체가 떠들어대는 엄청난 이슈가 될 겁니다, 이 사건은 말이죠!"

그는 마치 축제라도 벌어진 것처럼 과장되게 웃어댔다. 조금도 웃고 싶지 않은 우리 앞에서 흥분된 감정을 감출 줄 몰랐다. 자신이 이번 작전을 진두지휘하고 있다는 사실에 얼마나 자부심을 느끼는지가 작은 움직임 하나하나에 묻어났다. 그의 말을 듣고 있기는 괴로웠지만 바트도 나도 전혀 모르는 말이 튀어나와 조금 당황했다. 세균과 신약 실험이라니! 우리는 말을 섞고 싶지 않은 그 하원의원에게 묻지 않을 수가 없었다.

"세균이라니…… 실험이라니…… 그게 무슨 말입니까?"

"아아, 그거 말이죠, 하하. 정작 여러분은 모르고 있었겠군요."

그는 과장되게 웃어대며 우리를 바라보았다. 우리를 비웃는 듯한 웃음이었다. 그는 옆에 있는 군인들과 몇 마디를 나누더니 우리를 데리고 어딘가로 이동했다. 그는 군인 병원의 지하층으로 우리를 데려갔다. 지하층에 두 명의 군인이 단단히 지키고 있는 방이 하나 있었다. 그 방에는 두꺼운 통유리가 있어서 안쪽 상황이 훤히 보였다.

방 안에는 흡사 우주복처럼 생긴 하얀 옷을 위아래로 입고 눈만 투명하게 내놓은 의료진이 한 사람을 돌보고 있었다. 우주복을 단단히 입고 있는데도 의료진과 환자 사이에는 두꺼운 투명 커튼이 있었다. 투명 커튼은 텐트처럼 환자의 사방을 막고 있었다. 그와 바깥 세계를 차단하려는 듯한 모습이었다.

"저 사람을 혹시 압니까?"

나와 바트는 두꺼운 유리창 너머 창백한 얼굴의 남자를 살펴보았다. 산소마스크로 입을 가리고 손과 발에 도대체 몇 개인지 알 수도 없는 바늘을 꽂은 그 남자는 우리가 잘 알고 있는 사람이었다.

"제프!"

바트와 나의 입에서 동시에 그의 이름이 나왔다. 그는 6개월 전쯤 우리 눈앞에서 사라진 중년의 남자였다. 그는 우리에게 의심을 불러일으키는 말을 종종 던지고 다녔다. 우리가 살았던 빈민가가 사회개발계획에 따라 큰 변화를 겪게 되었으며, 건설 회사가 그곳에 엄청난 도로와 빌딩을 짓는다고 말한 것도 그였다. 그 엄청난 대지의 소유권을 행사한 것은 신의 아들이라 불리는 클라크였다는 말도 하고 다녔다.

제프는 우리가 약속의 땅으로 떠나오면서 서명한 서류에 우리의 모든 권리를 클라크에게 위임한다는 내용이 들어 있었고, 그 덕분에 클라크는 천문학적인 보상금을 우리 대신 받게 되었다고 떠들었다. 그는 클라크가 우리를 구원한 것이 아니라 우리가 클라크를 구원했다고 말했다. 그는 그렇게 클라크를 의심했다.

그렇게 떠들고 다니던 제프는 얼마 후 사라졌다. 그의 아내와 딸은 남겨둔 채였다. 제프가 사라졌지만 그의 아내는 그를 찾지 않았다. 아니, 오히려 제프가 곁에서 이런저런 말을 떠들고 다닐 때보다 훨씬 더 행복해 보였다. 우리는 자연스럽게 제프가 약속의 땅을 스스로 떠났다고 믿었다.

그런 제프가 왜 저 침대에 누워 있는지 알 수가 없었다.

"저분은 클라크를 의심하다가 배도자들을 모아놓는 구역으로 한밤중에 끌려갔다고 하더군요. 마을은 여섯 개의 구역으로 나눠져 있다지요? 우리가 조사한 바로는 그중 한 구역이 배도자들을 몰아넣은 구역이더군요. 그곳은 완전히 분리된 감옥 같은 곳이었어요. 그렇게 구역을 나눈 이유는 신약 실험을 하기 위해서였던 걸로 보입니다만, 좀 더 자세히 조사해봐야겠지요.

어쨌든 저분은 한밤중에 아내와 딸이 지켜보는 가운데 낯선 남자들에게 입을 틀어막힌 채 다른 구역으로 끌려갔다고 합니다. 그곳에는 이전에 사라졌던 배도자들이 다들 언제 죽을지 모를 몰골로 모여 있었다고 합니다. 배도자들의 마을에서 그들은 발목에 사슬을 묶고 아침이면 탄광에 끌려갔다가 밤에야 감옥으로 돌아왔다고 합니다. 여러 명의 발이 줄줄이 엮여 도망갈 수 없는 상황에서도 저 사람은 목숨을 걸고 자기에게 주어진 물과 약물을 챙겨 달아났습니다.

배도자들은 색이 다른 물약을 마시고 주사도 맞았다는데, 그 때문인지 다들 금세 기력을 잃고 시름시름 앓다가 죽어나갔다고 합니다. 우리는 저분이 천신만고 끝에 가져온 약물들을 분석해보았습니다. 하나는 피임 성분을 섞은 물이었고 다른 하나는 주사기였습니다. 그런데 주사기에는 정말 놀라운 것이 담겨 있더군요. 하하."

의원은 결코 웃을 타이밍이 아닌데도 큰 소리로 웃어댔다. 이런 끔찍한 일이 어째서 그에게는 우스운지 대체 알 수가 없었다.

"세균이었습니다. 세균. 인위적으로 만들어낸 병균. 그리고 더 놀라운 건 뭔지 압니까? WHO(국제보건기구)에 이 성분을 조사해 달라고 의뢰한 결과, 바로 중동 지역에서 발병한 죽음의 바이러스 M이라는 것이 확인됐습니다. 70퍼센트에 육박하는 살인적인 치사율, 신체적인 접촉은 물론 같은 공기를 흡입하는 것만으로도 옮겨지는 무시무시한 전염력으로 유명한 인류의 가장 끔찍한 재앙 말입니다! 어떻게 이런 초살인적 바이러스가 탄생했는지 오리무중인 이때, 우리는 그 바이러스의 근원지를 찾아낸 겁니다. 하하.

중동 지역의 바이러스는 우연히 발생한 것일까요? 변이 바이러스 때문에 자연적으로? 말도 안 되는 얘기죠! 철저한 실험과 연구를 거쳐 만들어낸 신종 바이러스였던 겁니다. 지금으로선 그 어떤 나라도, 어떤 단체도 치료제를 만들지 못하고 있는 이 끔찍한 바이러스가 이미 저 사람의 몸에 살고 있단 말입니다. 그에게 주사될 예정이던 주사기 안에도 말입니다!"

나와 바트는 의원의 눈을 멍하니 바라보았다. 그는 끔찍한 이야기를 하고 있었지만, 우리는 그의 말이 잘 이해되지 않았다. 클라크가 그토록 엄청난 무언가를 하고 있었다니, 믿을 수 없었다.

"클라크가 세계적인 백신 회사 A의 1대 주주라는 건 알고 있나요? 몇 년 전에 갑자기 등장한 신생 기업이죠. 이 백신 회사가 바로 이 죽음의 바이러스를 죽일 수 있는 안티바이러스를 얼마 전에 공개했습니다. 그 누구도 개발하지 못한 백신을 세상에 내놓았지요. 몇 년이 지나야 만들어낼 수 있는 백신을 이토록 짧은 시간에 개발해낸 겁니다! 중동의 갑부들은 살기 위해 이 백신을 사지 않을 수 없을 겁니다. 그 값이 얼마라고 해도 말이죠.

M 바이러스가 퍼지자 서아시아국가연합은 5억 달러의 기금을 마련해 해독제를 구입·개발하겠다는 성명을 발표했습니다. 그러니 백신 회사 A의 이익은 상상을 초월하겠지요. 모든 일의 배후에 바로 여러분의 마을이 있었다니 믿어집니까?"

우리의 빈민촌에 그가 세운 하얀 성전과 공장, 그리고 탁아소……. 그렇다, 클라크는 우리에게 오기 전부터 부자였다. 그리고 우리가 그를 따라 빈민굴을 떠나자 그는 더 큰 부자가 되었다.

고작 우리가 건설한 공장에서 만든 신발이나 옷만이 그의 부를 유지하고 늘려준 것은 아니었다. 그는 더욱더 엄청난 방법으로 부를 끌어모으고 있었던 것이다. 감히 상상도 못할 방법으로……. 우리 하나하나는 그의 실험체였던 것이다. 그 실험체를 통해 그는 엄청난 거부가 되었고 앞으로도 그럴 것이 분명했다.

나는 스산함에 몸을 떨었다. 덥고 습한 날씨 따위와는 아무런 상관없이 나는 지독한 추위를 느끼고 있었다.

하원의원은 다시 바트와 나를 데리고 군인 병원의 1층으로 올라왔다. 우리가 밖으로 나오자 마당에는 앞서 보았던 진청색 복장의 군인들이 열을 맞춰 서 있었다. 그들의 옆에는 방송국의 것으로 보이는 여러 대의 방송용 차량이 보였다.

"여러분이 오늘 산을 넘은 건 참 행운이었습니다. 마을을 점령하기 위해 여러 부대원이 산을 지키고 있었거든요. 우리는 오늘 마을로 들어갈 계획이었습니다. 오늘 이 모든 실황이 국내는 물론 전 세계에 생중계될 겁니다. 위험한 상황이 벌어지지 않도록 산을 둘러싼 무장 세력은 이미 일망타진되었습니다. 바로 두 분이 도망쳐오던 그때 말입니다. 이제 카메라와 함께 우리는 마을로 들어갈 겁니다. 그 선두에 제가 있을 거고요."

하원의원은 자신만만한 웃음을 지으며 우리를 바라보았다. 그제야 우리는 왜 우리의 목숨이 이제껏 붙어 있는지 깨달았다. 바로 오늘 바깥 세계에 있던 사람들이 우리가 천국이라고 불렀던 비밀스럽고 끔찍한 마을을 촬영하기로 되어 있었던 것이다. 그리고 우리 눈앞에 있는 이 남자는 엄청난 야망을 품고서 마을의 비밀을 고발하는 상황을 이용하려는 중인 것이다.

"그럼 저도…… 저희도 데려가주세요."

그 순간 나는 의원 앞에 무릎을 꿇었다. 어떻게 해서든 마을에 함께 들어가고 싶었다. 산에 있던 인간 사냥꾼들이 일망타진되었다니 클라크는 이 모든 사실을 알고 있을 것이다. 그가 알고 있다면 그의 측근이 알고 있을 것이고 나의 아내도…… 나의 아들들도……. 나는 복잡한 심경이었지만 한 가지만은 분명했다. 우리 식구들을…… 내 아들들을 당장 만나야겠다는 것, 그 바람만은 너무나도 또렷했다.

"잘됐군요. 내가 부탁하려던 일이거든요. 여러분과 함께 가는 편이 더 감동적인 장면이 나올 테니까요. 잘됐습니다. 같이 가십시다."

그는 기다렸다는 듯 우리를 트럭에 태웠다. 의원과 우리가 트럭에 타는 동안 검은 카메라들이 우리를 찍었다. 우리는 굳은 얼굴로 인상을 찌푸렸지만 하원의원은 환한 미소로 손을 흔들었다.

트럭이 시동을 걸고 달리기 시작했다. 여러 곳에서 보내오는 무전들이 슬쩍슬쩍 귀에 들어왔다. 모든 것이 준비되었다는 연락들, 무장 세력을 모두 제압했다는 보고들이었다.

마을로 들어가는 유일한 터널을 지나는데도 트럭을 막아서는 사람은 없었다. 대신 마을에는 낯선 군인 트럭이 여기저기 서 있었다. 이미 마을 안쪽으로 군인 무리가 밀고 들어간 모양이었다. 지난밤부터 아침나절까지 우리가 없었던 그 짧은 시간에 군인들이 약속의 땅에 들어간 것이었다. 클라크가 그토록 경계한 '악마들의 침입'이 시작된 것이다.

이 상상하지도 못했던 일에 마을 사람들이 얼마나 놀라고 얼마나 떨고 있을지 나의 가슴이 조여왔다. 아내와 아이들의 얼굴이 눈앞에서 어른거렸다. 아무리 뭐라고 해도 나의 가족을 버릴 수는 없는 일이었다.

마을 입구에서 트럭이 멈추었다. 먼저 기다리고 있던 군인들과 카메라가 우리 트럭으로 몰려왔다. 트럭에서 내린 하원의원은 더 이상 웃음을 띠지 않았다. 그는 진지한 얼굴로 우리를 이끌며 카메라 앞으로 나섰다.

"이 끔찍한 곳에서 도망쳐 나온 두 분입니다. 저는 군부대와 함께 이분들을 구하기 위해 면밀히 준비했습니다. 그리고 마침내 상상할 수조차 없는 인권유린의 현장에 도착했습니다. 이분들의 바람대로 저는 함께 마을로 들어갈 생각입니다. 인권유린의 현장을 멀리서 지켜볼 수만은 없기 때문입니다."

그는 청산유수로 말하더니 우리를 앞으로 밀며 마을 안쪽으로 들어갔다.

"여기는 안전한 지역입니까? 여러분이 살던 곳인가요?"

"예, 예에…… 예. 저기가 공동 공장이고, 저쪽이 성전입니다."

나는 하룻밤 사이에 낯설게 변한 마을을 가리켰다. 마을 곳곳에는 우리 조합 사람들 대신 감청색 옷을 입은 군인들만 보였다.

"그런데 사람들은 다 어디에……."

"지금 전부 교회에 모여 있다고 합니다."

"성전에……."

나와 바트는 서로를 바라보았다. 입안이 바짝바짝 말랐다. 언제나 축제장 같기만 하던 성전 안에서 모두들 얼마나 떨고 있을까. 그들은 신성한 클라크를 처단하기 위해 몰려든 악마와 사탄의 시험대에서 자신의 믿음을 걸고 두려움에 맞서고 있을 것이 분명했다. 그때였다. 마리오 의원의 무전기에서 다급한 음성이 들려왔다.

"안 돼! 그만둬! 큰일 났습니다! 말을 듣지 않습니다. 모두 약을 마시고 있습니다!"

총성 하나 들리지 않았지만 다급한 군인의 목소리가 울려 퍼졌다. 그 목소리를 듣자마자 나와 바트는 정신없이 달리기 시작했다. 급박한 목소리에 담겨 있는 끔찍한 모습이 바로 우리 눈앞에서 펼쳐지는 것만 같았다.

우리는 누가 먼저랄 것도 없이 성전을 향해 달렸다. 새하얀 성전. 우리가 약속의 땅에 도착했을 때에도 이미 지어져 있던 구원의 공간. 신의 아들이며 이긴 자인 클라크가 대부분의 시간을 머무는 신성한 공간……. 조합 사람들을 모두 수용하기에는 벅찬 그 공간에 어린아이부터 노인까지 모두 있었다. 그리고 그들은 끔찍한 악마를 보듯 창문을 통해 자신들을 둘러싸고 있는 짙은 녹빛 복장의 군인들을 바라보았다.

나와 바트가 그곳에 도착했을 때였다. 우리는 성전 입구에서 몇몇이 무언가를 나눠 마시는 모습을 보았다. 길고 좁은 실린더 모양의 병에 담긴 붉은 물약이었다.

"안 돼!"

우리는 그 물약의 정체가 무엇인지 알 것 같았다. 성전을 향해 뛰어드는 우리의 모습을 찍기 위해 함께 달리는 카메라맨들의 발소리가 울렸다. 반짝이는 반사판도 느껴졌다. 우리는 드라마를 촬영하는 배우가 아니었지만 그들은 우리의 모습을 극화하고 있었다.

하지만 우리는 성전으로 들어갈 수 없었다. 성전을 몇 미터 남기고 청자색 복장의 군인들이 몰려와 우리를 막아섰다. 바트와 나는 발악했지만 단단한 손에 붙잡혀 성전으로 들어갈 수가 없었다. 카메라는 우리의 애끓는 모습을 쉬지 않고 찍어댔다. 이 끔찍하고 가엾은 장면이 뭐가 그리도 볼 것이 있는지 카메라는 쉴 새 없이 돌아갔다. 정말 끔찍한 일이었다.

더욱더 끔찍한 일은 저 멀리 성전에서 일어나고 있었다. 붉은 물약을 마시는 사람들은 차례로 피를 토하며 쓰러졌다. 창가에서 물약을 받아 마신 사람들은 중심을 잃고 창밖으로 떨어졌다. 투명한 유리창에 얼굴을 뭉개면서 피를 토하고 쓰러지는 사람들의 모습도 보였다. 어른들 사이사이로 어린아이들도 보였다. 아마도 어른들의 손에 이끌려 물약을 삼켰을 가엾은 아이들이 피를 토하며 쓰러졌다.

아아, 신이여! 쓰러진 사람들의 위로 또다시 쓰러지는 사람들……. 남은 사람들은 그 모습을 보면서도 서로서로 붉은 약물을 건넸다. 이긴 자를 해치려는 악마들에게 붙잡히느니 다들 죽음을 택한 것이다.

뒤늦게 하원의원이 우리의 뒤를 따라 허둥지둥 달려왔다. 그 역시 눈앞의 광경에 하얗게 질린 얼굴이었다.

"헉, 헉! 어떻게 된 거야?"

"말씀하셨던 대로 화면을 내보냈습니다. 그런데 화면을 보는 동안 저 안쪽에서 독약을 돌린 모양입니다. 다들 독약인 줄 알면서도 마셔버렸습니다!"

하원의원의 물음에 군인이 대답했다. 나는 군인들에게 붙잡힌 채로 그가 가리킨 화면 쪽으로 고개를 돌렸다. 커다란 트럭 위의 대형 스크린이 성전을 향하고 있었다. 그곳에 클라크의 얼굴이 나왔다. 그리고 우리가 떠나온 빈민가가 변화하는 모습이 보였다. 건설 회사 사장과 악수하는 클라크의 모습도 보였다. 우리가 알지 못했던 비밀들이 화면을 통해 흘러나오고 있었다. 우리의 땅을 팔아버린 클라크. 수많은 비리와 범죄를 저지른 클라크. 심지어 배도자들에게 인체 실험을 감행한 클라크. 침대에 누워 있는 제프와 더듬더듬 이어지는 그의 실토…….

하지만 나는 알고 있었다. 그 어떤 말로도 마을 사람들을 설득할 수 없다는 것을. 그들은 자신의 종교를 버리는 대신 죽음을 택한 것이다. 만일 내가 마을을 벗어나지 않았다면…… 이렇게 스스로 의심을 시작하지 않았다면 나 역시 그렇게 했을 것이다.

이긴 자는 수많은 적그리스도로 인해 고통받을 것임을 우리는 성경 속에서 이미 수없이 읽고 또 읽었다. 그러니 우리 조합원들은 화면에 나오는 모든 것이 사실이 아니라 이긴 자를 핍박하는 악마의 음성이라고 생각할 것이 분명했다. 그들은 그 끔찍한 화면을 보면서 이긴 자를 의심하기보다 죽음으로써 자신들의 믿음을 증명하기로 결심한 것이다. 목숨을 다해 이긴 자를 따름으로써 그가 예비한 영원한 천국의 땅으로 들어갈 수 있을 거라고 한 치의 의심도 없이 믿고 있었다.

"으아아아아!"

나는 외마디 비명을 지르며 주저앉았다. 보이지 않는 저 어딘 가에서 나의 어린 아들들도 그런 운명을 받아들이고 있을 것이 다. 단 하루 만에 이토록 끔찍한 일이 일어나다니, 믿을 수가 없었 다. 꿈이라면 제발 깨기를, 이런 끔찍한 꿈은 다시는 꾸지 않기를 나는 기도했다.

"교회 뒤쪽으로 클라크가 나오고 있습니다!"

그때였다. 의원의 무전기 너머로 군인의 목소리가 들렸다. 나 는 정신을 잃은 것처럼 축 늘어졌다. 그리고 그대로 몸을 바닥에 눕혔다. 내가 힘없이 쓰러지자 내 팔을 잡고 있던 군인들의 손이 느슨해졌다. 그들은 내가 충격으로 정신을 잃은 거라고 생각했 다. 나는 그 틈을 이용해 옆쪽으로 굴렀다가 벌떡 일어나 미친 듯 이 성전 뒤뜰로 달렸다.

그곳에는 클라크가 포교나 사업을 위해 세계 곳곳으로 떠날 때 이용하는 전용 헬리콥터가 있었다. 미친 듯이 달리는 내 눈앞에 잘 가꾼 푸른 잔디가 펼쳐졌다.

그곳에…… 클라크가 있었다. 그리고 아내가…… 아내가 있었 다!

클라크는 우리의 성전에서 예배를 드릴 때처럼 위아래로 하얀 양복을 입고 있었다. 그리고 그의 고귀함을 상징하는 금빛 휘장을 어깨에 두르고 있었다. 클라크는 이 상황에서도 새파란 눈을 굴리며 머리를 짜내는 것처럼 보였다. 그는 한 치도 물러서거나 포기할 생각이 없는 것 같았다.

여자 조합원들은 원형으로 클라크를 둘러싸고 조금씩 뒤뜰을 가로지르고 있었다. 나의 눈에 클라크를 돌보는 막강한 여성 조합원 다섯 명이 들어왔다. 그중에 나의 아내가 있었다.

"여, 여보!"

그녀를 확인하는 순간 다리의 힘이 풀렸다. 나는 무릎의 힘이 빠지면서 비틀거렸다. 내가 쓰러지는 순간 다시 우악스러운 손이 내 팔을 붙잡았다. 내 뒤를 따라 달려온 군인들이 더 이상 접근할 수 없도록 붙잡은 것이다. 나는 목청껏 아내를 불렀다. 클라크를 막아선 아내가 마침내 나를 발견했다. 어찌 되었든 십수 년을 함께한 아내였다. 그녀를 설득해 살리고 싶었다. 우선은 그것밖에 생각나지 않았다.

"아이들을 생각해! 제발 거기서 나와! 클라크는 당신이 생각하는 구원자가 아니야! 신의 아들도 아니야! 전부 거짓말이라고!"

그녀는 나를 바라보았다. 그 눈빛에는 조금의 흔들림도 없었다. 그녀는 지저분한 구정물을 보는 것처럼 얼굴을 찌푸렸다. 더럽고 추잡한 것을 보는 표정이었다.

"가엾은 영혼아, 사탄의 유혹에 빠진 영혼아!"

그녀는 차가운 눈동자로 나를 바라보았다. 그러고는 이내 군인들을 향해 소리쳤다.

"이긴 자님에게 다가오지 마라! 그랬다가는 너희 모두 끔찍한 죽음을 맞이할 것이다. 우리의 손에 들린 것은 죽음의 바이러스다! 보아라, 죽음을 불사한 우리의 믿음을!"

아내를 비롯한 다섯 여자의 손에는 아까 성전에서 보았던 붉은 액체와는 다른 것이 들려 있었다. 유리병이 아니었다. 그것은…… 주사기였다! 그 순간 나는 머리털 하나하나가 곤두서는 것 같았다.

'주사기에는 정말 놀라운 것이 담겨 있더군요. 하하.'

아까 들었던 의원의 말이 내 귓속에 울려 퍼졌다.

'중동 지역에서 발병한 죽음의 바이러스 M이라는 것이 확인됐습니다. …… 철저한 실험과 연구를 거쳐 만들어낸 신종 바이러스였던 겁니다. 지금으로선 그 어떤 나라도, 어떤 단체도 치료제를 만들지 못하고 있는 이 끔찍한 바이러스가 이미 저 사람의 몸에 살고 있단 말입니다. 그에게 주사될 예정이던 주사기 안에도 말입니다!'

투명한 주사기 안에 무엇이 들었는지 나는 알고 있었다.

"안 돼!"

찢어지는 비명은 아무 소용이 없었다. 다섯 여자는 자신의 팔에 주사기를 박았다. 그러고는 그 안의 약물을 몸 안에 밀어 넣었다. 그와 동시에 내 곁에 서 있던 군인들도 더 이상 나를 막지 않았다. 그들은 뒤로 주춤주춤 물러서며 어딘가로 바삐 보고하기 시작했다. 나는 군인들을 바라보았다. 내 등 뒤에서 욕설을 중얼거리며 방독면을 눌러쓰는 의원의 모습이 보였다. 진청색 군복을 입은 군인들 역시 방독면을 가져다 쓰기 시작했다.

미처 방독면을 준비하지 못한 방송국 사람들만 우왕좌왕하기 시작했다. 지금까지 모든 상황을 카메라에 담은 그들은 이 결정적인 순간을 카메라에 담아야겠다는 생각과, 방송에 목숨을 걸 필요는 없다는 생각 사이에서 흔들리고 있었다.

"우리를 죽이면 피가 튄다. 바이러스가 공중에 퍼지면 이 지역 전체가 오염될 것이다. 우리도 너희도 살아남을 수가 없다. 다가오지 마라! 어떤 공격도 소용없다. 우리를 공격하는 순간 이 지역과 이 나라 전체가 오염될 테니까!"

그들은 똑똑히 알고 있었다. 자신의 몸에 주입한 주사기의 내용물이 무엇인지. 그것이 엄청난 치사율과 함께 무시무시한 전염력을 자랑하는 죽음의 바이러스라는 것을 그들은 모두 알고 있었다. 그럼에도 그 끔찍한 죽음의 바이러스를 자신의 몸에 밀어 넣은 것이다. 오직 클라크를 살리기 위해서!

아내와 여성 조합원들이 원하는 것은 하나였다. 성전 뒤뜰에서 이륙을 준비하고 있는 헬리콥터에 클라크가 안전하게 탑승하는 것. 그리고 클라크가 위험에서 벗어나는 것. 그렇게만 된다면 수많은 사람의 도움으로 우리의 클라크는 완전히 사라져버릴 수 있을 것이다. 신분을 위조하고 얼굴을 바꿔 새로운 삶을 살게 될지도 모른다. 그가 쌓은 엄청난 재산이 그런 일을 가능하게 만들 것이다. 아아, 눈이 붉게 충혈된 조합의 여자들은 미쳐 있었다. 클라크에게. 완전히!

"철수해, 모두!"

결국 이 아비규환에서 제일 먼저 뒷걸음친 것은 방독면이 없는 방송국 관계자들이었다. 하나둘씩 떠나가는 그들을 지켜보던 의원은 안절부절못하더니 역시 뒤쪽으로 슬슬 몸을 뺐다.

"안전거리를 유지해라. 결코 도발하지 마라. 공기 전파의 위험이 있다. 안전거리를 유지하라."

군인들 역시 섣불리 다가가지 못했다. 군인들도 이 바이러스의 위력을 알고 있는 것이 분명했다. 방독면을 착용했더라도 어딘가 노출되어 있는 피부를 통한 감염을 생각하면 결코 함부로 움직일 수 없었다. 여자들을 죽일 수도 없었다. 그들 스스로 죽게 할 수도 없었다. 이 지역 전체가 오염되게 내버려둘 수는 없는 일이니까.

여자들 사이에서 새하얀 옷을 위아래로 빼입은 클라크가 보였다. 유독 새하얀 얼굴에서 파란 눈동자가 의미심장한 웃음을 띠고 있었다. 놈의 눈앞에서 1,000명에 달하는 우리 조합원이 지금 죽음에 이르렀는데…… 놈은…… 웃고 있었다. 우리의 신은 우리의 희생 앞에서 미소를 짓고 있었다. 놈은 방독면을 쓰지 않았는데도 여유롭게 웃고 있었다. 죽음의 바이러스를 치료할 유일무이한 신약 개발……. 놈은 그 신약 백신을 투여받은 게 분명했다.

"으아아, 미쳤어! 다들 정신 차려! 정신 차리라고!"

나는 미친 듯이 소리치며 클라크를 향해 내달렸다. 놈의 목을 조여 내 아들과 우리 조합원들이 느꼈을 죽음의 공포를 맛보여주고 싶었다.

"으아아아!"

하지만 나의 몸부림은 방독면을 쓴 군인들에 의해 제압되고 말았다. 그들은 클라크 무리를 도발하는 행위를 용납하지 않았다. 나는 가느다란 손발을 군인들에게 붙잡힌 채 바닥에 엎어지고 말았다. 군인들에게 사지가 짓눌려 있으면서도 나는 발악했다.

"다들 정신 차려! 놈은 웃고 있어, 웃고 있다고! 우리를 이 지경으로 만들어놓고도 우리의 신은 웃고 있다고! 눈을 뜨고 보란 말이야!"

피를 토하는 나의 절규는 허공으로 흩어졌다. 나의 어떤 말도 클라크와 그를 감싼 여자들의 움직임을 멈추지 못했다. 그들은 군인들이 일단 정지한 사이 빠르게 이동했다. 클라크를 기다리고 있는 헬리콥터의 엔진이 거친 소리를 내며 돌아가기 시작했다. 하지만 군인들은 탈출을 시도하는 클라크를 잡을 생각이 전혀 없는 것 같았다.

오히려 그들은 헬리콥터로 달아나는 클라크를 내버려두고 철수하기 시작했다. 끔찍한 바이러스 때문인지, 내 몸을 누르고 있던 군인들을 마지막으로 모든 군인이 썰물 빠지듯 약속의 땅 밖으로 사라지기 시작했다. 버림받은 이 땅에 남은 건 나와 바트뿐이었다. 바트는 비틀거리는 걸음으로 내 곁에 다가왔다. 우리는 눈앞의 광경을 보면서도 아무것도 할 수가 없었다.

"안 돼…… 안 돼……."

우리는 들릴 듯 말 듯 웅얼거렸다. 하지만 손가락 하나 까딱할 수 없었다. 이 끔찍한 현실 속에서 우리는 무엇을 해야 하는지, 또는 무엇을 할 수 있는지 알 수가 없었다.

오늘 새벽 인간 사냥꾼들의 총알에서 벗어났을 때만 해도 죽지 않고 살아 있는 것이 기적 같았는데, 이제는 살아 있는 것이 끔찍한 고문처럼 느껴졌다. 너무나 끔찍해서 내 아이들이 죽었는지 살았는지를 확인할 엄두조차 나지 않았고, 클라크를 좇는 아내를 말릴 힘도 없었다. 우리는 완전히 얼이 빠져 무기력하게 멈춰 있을 뿐이었다.

쏴아…….

갑작스럽게 바람이 불어왔다. 성전에서 뒤뜰로 불어오는 바람 속에 쇠 냄새가 섞여 있었다. 쇳가루가 가득 담긴 피 냄새…… 끔찍한 죽음의 냄새가 배어 있었다.

내 아들들의 죽은 얼굴이 머릿속에 떠올랐다. 가장 먼저 첫째가…… 그 뒤를 이어 둘째가…… 그리고 마지막으로 막내가 붉은 액체를 마신다. 그러고는 갑자기 그 어린것들이 새빨간 피를 토하며 기침을 해댄다. 어린아이들은 자신에게 무슨 일이 일어났는지 몰라 어리둥절한 얼굴로 주변을 둘러본다.

하지만 아이들 곁에는 아무도 없다. 아비인 나는 도망쳤고 어미는 클라크를 따라다니느라 아이들을 내팽개쳤다. 아이들은 제 몸에서 무슨 변화가 일어나는지도 알지 못한 채 고통에 몸부림친다. 목을 붙잡고 울어댄다. 아아, 얼마나 아프고 얼마나 괴로울까! 아아, 얼마나 고통스러울까!

아이들의 입에서 피가 터진다. 아이들은 제 입에서 튀어나오는 선혈을 보며 의문 가득한 표정을 짓는다. 그리고 고꾸라진다. 쓰러진 아이들의 몸으로 고통이 밀려든다. 끔찍한 고통에 어린 몸은 여러 번 버둥거린다. 마침내 뻣뻣하게 죽음이 찾아온다.

"우욱! 우와악! 우와아아……."

끔찍한 냄새를 맡으며 나는 구토를 시작했다. 먹은 것이 없어서 투명한 액체만 목구멍을 타고 넘어왔다. 미친 듯이 토하는 나의 두 귀로 '투타타타……' 하는 시끄러운 기계음이 들려왔다. 성전 뒤뜰에서 새하얀 몸체를 가진 헬리콥터가 떠오르는 중이었다.

나는 주위를 둘러보았다. 살아 있는 사람이라곤 바트와 나뿐. 주변에 있던 군인들과 의원, 그리고 방송국 사람들까지 죄다 사라지고 아무도 없었다. 쥐새끼 한 마리 남아 있지 않았다. 다섯 여자의 호위를 받은 클라크가 마침내 헬기에 올라탔다.

"아, 안 돼…… 안……."

나는 하늘 위로 올라가는 새하얀 헬기를 향해 손을 뻗었다. 나의 거친 손가락 사이에서 새하얀 헬기가 푸르른 하늘로 올라가고 있었다. 클라크는 내 손가락을 빠져나가듯 약속의 땅을 빠져나가고 있었다. 그는 그렇게 자신을 추적하는 정부와 기관들을 비웃으며 모든 위협에서 빠져나갈 것이다.

클라크의 설교가 나의 귀를 스쳐갔다.

'나에게 권능을 부여한 하늘의 아버지께서 기적을 베푸시어

나를 위험에서 구하시고 나에게 영원한 생명과 영화를 약속하셨나니.'

"안 돼……."

우리의 죽음과 희생을 밟고 영원한 생명과 영화를 가질 그를 향해 내가 할 수 있는 건 의미 없는 절규밖에 없었다.

4

모든 것이 죽음에 휩싸인 약속의 땅은 더 이상 어떤 생명의 징후도 없는 버려진 땅이 되어버렸다. 단 몇 시간 만에 모든 것이 그렇게 변해버렸다. 성전에 모여 있던 사람들은 모두 시체가 되었다. 클라크를 호위한 다섯 여자를 제외하고는 어떤 생명의 신호도 들리지 않았다. 그 다섯도 살았다고 말할 수는 없었다. 그들의 몸에 주입된 무시무시한 바이러스의 잠복 기간이 지나면 그들 역시 주검이 될 것이다.

하늘로 뻗은 나의 손가락 사이로 새하얀 헬기가 둥실 떠올랐다. 아무리 손가락을 굽혀도 내 손으로는 잡을 수 없는 커다란 헬기가 하얀 얼굴에 파란 눈을 가진 금발의 클라크를 태우고 하늘로 오르고 있었다.

무기력하게 절규만 하던 나의 손가락 사이로 바람이 불었다. 폐허가 되어버린 우리의 분지에 새빨간 바람이 불었다. 진한 피

193

냄새가 섞인 붉은 바람, 새빨간 꽃잎이 뒤섞인 붉은 회오리바람이 불었다. 세찬 회오리 속에서 빙글빙글 돌아가는 여자의 모습이 있었다. ……새빨갛게 붉은 여인.

그건 불가능한 일이었다.

꿈이 아니라면 도저히 존재할 수 없는 모습이 눈앞에 나타났다. 회오리바람 속에서 머리끝부터 발끝까지 붉디붉은 여인이 붉은 꽃잎에 휩싸인 채 두 팔을 펼치고 날아오고 있었다. 마치 십자가에 매달린 것처럼 두 팔을 곧게 벌린 붉은 여인이 바람의 수호를 받으며 하늘에서 날아왔다.

바람은 그녀의 편이었다. 신의 권세와 권능을 업고 세상의 모든 것을 좌지우지하며 영생을 얻은 클라크의 편이 아니었다. 붉은 여인이 몰고 온 붉은 꽃잎의 바람이 하늘로 날아오르는 새하얀 헬기를 휘감았다. 어찌 된 일인지 저 멀리 유리창 안으로 클라크의 얼굴이 똑똑히 보였다. 약속의 땅을 버리면서도 전혀 아쉬움도 두려움도 없는 그가 빙긋 웃음을 짓고 있었다. 그러나 헬기를 휘감은 기이한 바람에 헬기가 이리저리 흔들거리자 그의 얼굴이 공포에 휩싸였다. 그에게 주어진 영생이라는 약속은 완전히 거짓말인 것처럼 그는 죽음의 위협 아래 잔뜩 겁에 질린 눈동자였다.

"저…… 저게 뭐예요?"

바트가 슬금슬금 내 곁으로 다가와 물었다. 하지만 내가 대답할 수 있는 것은 아무것도 없었다. 대체 눈앞에 나타난 저 붉은 여인은 누구란 말인가. 우리가 배우고 공부한 성전의 어디에도 하늘에서 내려오는 붉은 여인에 대한 말은 없었다.

머리카락 한 올 한 올까지 불타는 듯한 붉은색의 여인은 하늘거리는 얇은 옷을 입고 있었다. 그녀의 몸이 사뿐히 땅에 내려서는 동안 클라크의 새하얀 헬기는 기우뚱하더니 마치 땅 아래의 단단한 밧줄에 묶인 것처럼 제자리를 뱅글뱅글 돌았다. 한동안 같은 자리를 맴돌던 헬기는 결국 요란한 소리를 내며 땅바닥에 주저앉고 말았다. 푸르르 흩어지는 흙더미 사이로 헬기 문이 열렸다. 빙글빙글 돌아가는 프로펠러 사이로 나타난 것은 클라크와 헬기 조종사였다.

클라크의 헬기를 떨어뜨린 것은 붉은 여인이 틀림없었다. 붉은 머리카락을 길게 늘어뜨린 눈부신 여자가 대체 어떻게 했는지 알 수는 없지만 분명히 바람을 조종한 것이었다. 붉은 여인과 클라크는 차가운 바람을 사이에 두고 서로를 응시했다.

나와 바트는 비틀비틀 일어나 그들 앞으로 다가갔다. 그들의 모습을 가까이에서 두 눈에 넣어야 한다는 알 수 없는 의무감 때문이었다. 그들에게 다가가는 것은 우리만이 아니었다. 자기 팔에 스스로 죽음의 바이러스를 주사한 다섯 명의 여자도 나타났다. 결국 클라크만 헬기에 타고 자신들은 약속의 땅에 버려지고 말았는데도 그들은 여전히 클라크의 편에 서는 것을 주저하지 않았다. 그들은 클라크의 앞에 서서 붉은 여인을 쏘아보았다.

"다가오지 마라. 우리의 몸에는 세균이 있다. 공기 접촉으로도

195

옮길 수 있는 무시무시한 바이러스다. 다가오지 마라!"

다섯 여자는 서슬 퍼런 얼굴로 붉은 여인을 협박했다. 바트와 나는 그들의 모습이 잘 보이는 지점에 멈춰 섰다. 클라크를 지키는 여자들에게서도, 처음 보는 붉은 여인에게서도 느껴지는 무시무시한 기운이 우리의 발을 붙잡았기 때문이다. 소름이 끼치고 오한이 들었다.

"어쩌면 너희 인간은 무지한데다 오만하기까지 한지!"

붉은 여인이 활짝 폈던 두 팔을 거두더니 우스꽝스러운 쇼를 바라보듯 팔짱을 꼈다. 붉은 여인은 새빨간 입술을 비틀며 다섯 여자와 클라크를 바라보았다.

"무지몽매한 인간이 인간을 죽이는 방법밖에 모르는 인간을 섬기고 그에게 울부짖으며 생명을 달라고 애원하다니. 눈이 있어도 보지 못하고 입이 있어도 말할 줄을 모르는구나. 아하하."

붉은 여인은 눈앞의 여자들을 바라보며 차갑게 웃음 지었다. 분명 두 귀에는 웃음소리가 들렸지만 붉은 여인은 웃는 것처럼 보이지 않았다. 그녀의 웃음소리가 얼마나 섬뜩한지 나의 두 팔이 새파랗게 질렸다. 온몸으로 심한 소름이 번졌다. 그런 여인 앞에서도 다섯 여자는 겁을 먹지 않았다. 그들의 강한 믿음이 공포마저 삼켜버린 모양이었다.

"감히 이긴 자를 능멸하다니! 그의 위엄에 무릎을 꿇을지어다!"

"너 이단의 앞잡이야, 적그리스도의 증인아! 주의 권능 앞에 고개를 숙일지어다!"

"우리는 너 따위 악마의 수호자가 두렵지 않다. 이긴 자의 권능으로 우리는 죽어도 살고, 살아도 죽지 않는 영생을 얻었으니 이긴 자를 경배하라!"

다섯 여자는 굽히지 않았다. 그들 역시 끔찍한 공포를 온몸으로 느끼고 있을 법도 한데 전혀 물러서지 않았다. 그들은 몸에 죽음의 바이러스를 주입한 이상 그 무엇도 두렵지 않은 모양이었다.

"인간이란 것들은 대우주의 법칙을 모르고 스스로의 무덤을 파헤치고 있으니 세상에서 가장 어리석은 종족이구나."

다섯 여자의 말을 코웃음으로 넘기던 붉은 여인이 서서히 한 팔을 들어올렸다. 그녀의 붉은 옷 사이에서 새하얀 팔이 드러났다. 하지만 그뿐이 아니었다. 그녀의 팔을 빙글빙글 감고 있는 무언가가 보였다. 금빛으로 반짝이는 굵은 밧줄 같은 것이 스르르 움직이는 순간 나는 그것이 금빛 뱀이라는 것을 깨달았다.

"릴리스의 뱀이여, 너의 위대한 지혜로 대우주의 법칙을 알려다오! 너를 둘러싼 내 결계의 힘을 제거하노라!"

여인이 두 손을 치켜드는 순간 꼿꼿이 고개를 쳐든 금빛 뱀이 허물을 벗듯 얇은 금빛 막을 쩍쩍 벗기 시작했다. 그리고 갈라진 허물 속에서 짙은 초록색 뱀이 쉭쉭 공포의 소리를 내며 허공으로 떠오르기 시작했다.

"꺄악!"

클라크를 지키고 있던 다섯 여자가 비명을 질렀다. 그들을 향해 입을 벌리며 쉭쉭거리는 초록 뱀이 얼마나 또렷한 살의를 가지고 있는지 여실히 느껴졌다. 그것은 죽음의 공포 이상이었다.

"우리에게는 죽음의 바이러스가 있다. 우리를 건드리면 너도 죽음을 면치……!"

쉭쉭!

클라크의 앞을 막아선 여자의 외침에도 초록 뱀은 살기를 감추지 않았다. 그리고 조금도 망설이지 않고 여성 조합원의 목을 물었다. 초록 뱀이 목을 물어뜯은 순간 그녀의 피가 사방으로 흩어졌다. 그 붉은 피는 클라크에게도 붉은 여인에게도 닿았다. 붉은 여인은 그 피가 얼마나 끔찍한 것인지를 아는지 모르는지 자신의 얼굴에 묻은 붉은 피 한 방울을 혀로 핥았다.

"더러운 쥐새끼가 득시글거리는 피로구나."

그녀는 잔인한 웃음을 지으며 클라크를 응시했다. 다음으로 뱀이 공격할 대상이 클라크라는 듯 그녀의 눈이 웃고 있었다.

"클라크 님!"

클라크의 하얀 양복에 붉은 피가 튀자 여자들은 불안한 눈동자로 그를 올려다보았다. 클라크는 그런 여자들을 두 손으로 막으며 동요하지 않으려 애썼다. 대신 그는 붉은 여인을 부드럽게 바라보며 달콤한 목소리로 이야기하기 시작했다. 그가 주말의 성전에서 우리에게 성스러운 이야기를 들려주듯 너무나도 부드럽고 청명한 목소리로 붉은 여인을 향해 말을 걸었다.

"천사와 악마의 기로에 선 여인이여, 그대에게 나를 따를 영광을 드리리다. 나는 신의 은총을 받은 유일하고 합법적인 아들입니다. 하나뿐인 하늘의 신으로부터 영생의 권능을 받고 구원과 심판의 권한을 위임받은 유일한 장자지요. 그러니 여인이여, 그대도 나에게 충성을 맹세하시오. 그러면 나는 그대에게 생명의 은총을 내릴 것이오.

온 지구가 벌벌 떠는 무시무시한 바이러스를 해독할 수 있는 유일한 능력을 내가 가지고 있으며 사람들을 살리고 죽일 모든 권한이 내게 있으니, 그 권한을 그대에게 할애하리다. 그대를 구원하리니 나를 믿고 따르시오. 그 대가로 나는 그대에게 영생은 물론이고 이승과 저승의 부귀영화까지 건네주리다."

새하얀 옷에 붉은 피가 점점이 번진 클라크는 최대한 은혜롭고 인자한 얼굴로 여인에게 말을 걸었다. 하지만 나는 클라크의 모습에서 숨겨진 두려움을 읽을 수 있었다. 그는 조합 여자들 틈에서 한 걸음도 붉은 여인을 향해 내딛지 않았다. 보통 그가 설교할 때는 자신의 말을 주입하듯 우리 쪽으로 다가오며 강력한 몸짓을 보여주었다. 그런데 지금 클라크는 붉은 여인을 향해 다가가지 않았다. 과도한 행동도 없었다. 게다가 그는 우리에게 말하지 않았던 여러 가지 비밀을 털어놓으며 그녀를 유혹하고 있었다.

우리를 향해서는 부자가 천국에 들어가는 것이 얼마나 어렵고 불가능한 일인지, 믿음이 없는 자에게 얼마나 끔찍한 저주와 영원한 고통이 이어지는지를 역설하던 그가 해독제를 제공하고 부귀영화를 주겠다는 달콤한 말로 여인을 유혹하고 있었다. 부드러운 음성과 태도로 감추려 했지만 그의 심장이 바짝바짝 타들어가는 모습이 보이는 것만 같았다.

"그대가 나를 따르면 이승의 부귀와 영생의 부귀 모두를 갖게 될 것이다. 그대가 무엇을 상상하든 나는 그 이상의 기적을 보여 주리라."

"풋."

클라크의 유혹에 여인은 실소를 머금었다. 인자함으로 가장하던 클라크의 눈동자가 흔들렸다. 그의 새파란 눈동자 속에 걷잡을 수 없는 공포가 번지기 시작했다. 그는 어떤 감언이설로도 붉은 여인을 유혹할 수 없다는 걸 깨닫고 있었다.

"헤르메스의 창이여. 죽은 자에겐 삶을, 산 자에겐 죽음의 기회를 줄지어다!"

여인의 길고 하얀 팔이 허공을 향해 떠오르는 순간 나는 이 모든 것이 꿈일 거라고 생각했다. 꿈이 아니고서는 도저히 이루어질 수 없는 끔찍한 이야기가 눈앞에 펼쳐졌으니까.

초록 뱀이 몸을 비비 꼬며 대가리를 들었다. 여인의 하얀 팔뚝을 둘둘 말고 있던 거대한 뱀은 그 무엇도 없는 허공으로 몸을 세웠다. 초록 뱀이 허공의 어딘가를 비집고 들어가듯 안간힘을 쓰는 것 같았다. 우리의 눈에는 아무것도 없는 허공이었지만 뱀에게는 그곳에 무언가가 있는 모양이었다. 허공에서 목을 비틀며 대가리를 밀어 넣는 뱀의 몸에 순간 희뿌연 형상이 언뜻언뜻 비쳤다.

내 눈에는 뱀이 모가지를 비틀며 들어간 그곳의 모습이 반투명한 막처럼 보이기 시작했다. 그 막이 빠지직 틈을 내며 갈라지고 있었다. 뱀은 틈을 더 벌리기 위해 힘껏 대가리를 밀어 넣는 중이었다. 이어 초록 뱀의 몸을 타고 무언가 진득하고 걸쭉해 보이는 액체가 뚝뚝 흘러내리기 시작했다.

쉬이익!

뱀의 꼬리가 세차게 허공을 휘감았다. 초록 몸뚱어리를 타고 흘러내리던 걸쭉한 액체가 사방으로 번져나갔다. 나는 그 모습을 눈도 깜박이지 않고 바라보았다.

"으, 으악! 으아아악!"

그 반투명한 액체의 정체를 먼저 알아낸 것은 클라크였다. 뱀의 몸을 타고 내려온 액체가 뭉글뭉글 모이면서 어떤 형상을 만들어내기 시작했다. 클라크는 그것이 무엇인지 단번에 알아챈 모양이었다. 그가 두 손으로 머리를 감싸며 땅바닥에 주저앉았다. 지금껏 가면처럼 감정을 가장하고 있던 그의 두꺼운 얼굴이 산산이 깨어지고 공포와 두려움에 휩싸인 인간…… 그렇다, 신의 아들이 아닌 그저 보잘것없는 한 인간이 그곳에 나타났다.

"꺄아악!"

다음으로 소리를 지른 것은 나의 아내였다. 여전히 클라크의 곁에서 그를 단단히 지키고 있던 나의 아내가 뭉글거리는 반투명한 모양을 향해 자지러지게 소리치기 시작했다. 나 역시 괴로움과 고통에 찬 신음을 토해냈다.

아아, 그럴 수밖에 없었다. 우리의 눈앞에 나타난 것은 나의 둘째아들이었다. 뭉글거리는 액체가 불룩불룩 뭉치고 흩어지면서 만들어낸 형상들 중 하나에 지난밤까지도 내 곁에 곤히 잠들었던 나의 아들이 있었다. 바람 소리 외에는 어떤 소리도 들리지 않았지만 나는 그 아이의 소리가 들렸다. 내 고막을 찢을 것처럼 아프게 소리치는 아들의 음성이 들렸다.

'왜 나를 죽였어요? 왜 나한테 거짓말을 했어요? 왜 나를 지옥 불 속에 처넣었어요?'

"꺄아아악!"

아들은 아내를 향해 한 발 한 발 다가갔다. 뭉글거리는 젤리 같은 형상의 아들은 고통과 괴로움에 일그러진 얼굴이었다. 짧은 그 말이 뭘 의미하는지 알 것 같았다. 아아, 이 무지하고 몽매한 아비와 어미를 둔 죄로 저 아이는 꽃 한 번 피어보지 못하고 생을 마감해버린 것이다. 우리가 믿고 있었던, 그래서 아이들에게도 주입했던 모든 거짓과 진실을 알아버린 아이는 자신에게 죽음의 약을 건네고 진실을 감춘 제 어미를 원망하고 있었다.

뭉글거리는 형상은 아들뿐이 아니었다. 초록 뱀의 몸을 타고 흘러내린 영혼들이 사방에 들어찼다. 그들 중 몇몇은 손안에 주사기를 들고 있었다. 우리의 눈앞에서 한순간 사라졌던 배도자들이었다. 클라크를 의심하며 사람들을 선동하던 그들, 갑자기 우리 눈앞에서 사라졌던 그들은 죽지 않고 실험 대상이 되었던 것이다. 클라크의 끔찍한 야욕을 위해 실시되었던 세균 실험의 대상자로 그들은 죽음을 맞은 게 분명했다. 불투명한 그들의 손아

귀에 죽음의 주사기 형상이 잡혀 있는 것이 바로 그 증거였다.

'너의 사악한 입에서 나온 모든 거짓을 진실이라고 믿었다니!'

'너 하나의 영달을 위해 우리의 생을 쥐어짜고 희생시켰다니!'

'너를 저주한다. 영생토록 너를 저주할 것이다.'

죽음의 세계에서 진실을 알게 된 수많은 영혼이 클라크에게 두 팔을 뻗으며 점점 그를 에워쌌다. 삶이나 죽음에 속한 모든 이들을 속이고 우리의 믿음과 희생을 발판으로 용서받지 못할 짓을 저지른 클라크는 자신의 죗값대로 공포에 질려 있었다. 그를 둘러싸고 있는 네 명의 여인도 죽은 영혼의 모습과, 두려움에 벌벌 떠는 자신들의 신을 보는 순간 모든 진실을 직시하고 말았다.

고통 속에 절규하고 괴로워하는 그들을 향해 끔찍한 재앙과 불행의 저주가 덮쳤다. 어떤 의심도 없이 믿고 따르던 1,000여 명의 조합원을 속이고 그 희생을 발판으로 개인적인 치부와 끔찍한 세균 실험까지 감행한 클라크를 향해 원망과 저주, 그리고 후회가 뒤덮었다.

"으악! 으아아아악!"

클라크는 자지러지는 비명을 지르며 버둥거렸다. 하지만 그가 도망칠 곳은 없었다. 그를 향해 밀려오는 수많은 영혼의 힘에 눌리고 밀리며 그의 얼굴은 이상스럽게 일그러지고 뭉개졌다. 그와 함께 클라크를 감싸고 있던 여자들도 고통과 괴로움의 비명을 질러댔다.

쉬이익!

거대한 쇳소리를 내며 초록 뱀이 한 번 더 몸을 비틀었다. 뱀은 지금껏 머리를 디밀고 있던 공간 사이의 틈을 빠져나와 다시 붉은 여인의 팔을 타고 빙글빙글 돌았다. 초록 뱀의 금빛 눈동자가 수많은 영혼을 날카롭게 노려보았다.

무엇이 어찌 되었는지 알 수는 없지만 적어도 저 뱀이 수많은 영혼을 끄집어낸 것은 분명했다. 저 초록 뱀이 무엇인지는 몰라도 산 사람과 죽은 사람의 세계에 머리를 디밀고 이미 죽음의 세계에 발을 디딘 가엾은 사람들을 우리의 세계로 불러낸 것만은 분명했다.

"대우주의 법칙에 따라 네가 베푼 그대로를 받게 될 것이다. 그리고 너와 네 인간들 역시 그동안 쌓아온 모든 것에 대해 고스란히 되갚음 받을 것이다!"

붉은 여인이 클라크와 영혼들을 바라보며 외쳤다. 그녀의 목소리에 담긴 스산한 기운이 이 세계를 모두 얼려버릴 것만 같았다. 나는 그 스산한 기운에 몸을 떨었다. 두 팔을 마주 붙잡고 그런 여인을 바라보았다. 허리 아래까지 내려오는 굽실거리는 붉은 머리카락과 하늘거리는 붉은 옷 사이로 그녀의 길게 뻗은 몸이 차가운 칼처럼 느껴졌다. 그 무시무시한 칼이 나를 비롯한 모든 세계를 단죄하는 것만 같았다. 내가 가진 무지와 맹목이 그 여인의 앞에서는 끔찍한 죄처럼 느껴졌다. 클라크를 믿고 따른, 그 때문에 죄 없는 어린아이들까지 죽음으로 몰아넣은 나의 죄가 비참하도록 끔찍했다.

"다…… 당신은 이 세계를 멸망시키러 온 적그리스도인가요? 아니면…… 당신은 악마인가요? 사탄의 딸인가요? 당신은 이 세계를 멸망시키려고 왔나요?"

나의 옆에서 목소리가 들렸다. 바트 역시 나처럼 심한 두려움 속에서 오한을 느끼는 모양이었다. 그는 두 팔로 자신의 팔을 감싸 쥐며 갈라진 목소리로 여인에게 물었다.

"아하하하……."

여인은 바트의 질문이 터무니없다는 듯 자지러지게 웃어댔다. 그녀는 새빨간 눈동자로 바트를 쳐다보았다. 그녀의 강렬한 눈빛이 너무나 냉혹하고 서슬이 퍼래서 나도 바트도 눈을 내리깔았다.

"어리석구나. 어디에 사탄이 있고 어디에 악마가 있단 말이냐. 그런 것이 사는 곳은 바로 너희 인간의 심장이 아니더냐."

그녀는 붉은 눈동자로 클라크와 그를 지키던 무리가 원한에 찬 영혼들 사이에서 서서히 죽음의 문턱을 넘는 것을 바라보았다.

"인간이 인간을 속이고 그 고혈을 빨고 잔혹하게 죽이는 것을 눈앞에서 보지 않았느냐. 멸망이라는 것은 누가 가져오는 것이 아니다. 악마라는 것도, 세상을 멸망시키는 것도 바로 인간 자신이다."

그녀의 차가운 음성이 우리를 가리켰다. 바트도 나도 할 말이 없었다. 우리를 이토록 끔찍한 멸망으로 내몬 것은 우리 자신이었다. 그것은 클라크였고, 클라크를 따른 우리였다. 모든 것이 우리가 저지른 행위의 대가였다. 우리 눈앞에 나타난 붉은 여인과 초록 뱀은 그저 저승으로 넘어간 사람들에게 작은 문을 열어준 것뿐이었다. 그녀의 말대로 모든 시작과 끝은 우리가 자초한 것이었다.

그 순간이었다. 분노에 찬 영혼들 사이에서 핏줄기가 사방으로 터져 나왔다. 영혼들 사이에서 망가져가던 산 사람의 혈관이 더 이상 버티지 못하고 사방으로 터졌다. 끔찍한 단말마의 비명과 함께 클라크와 그를 감싼 이들의 형상이 피와 살로 분리되어 사방으로 흩어졌다. 그 끔찍한 핏덩이들은 바트와 내게도 날아왔다. 우리 두 사람 모두 순식간에 피투성이로 변하고 말았다.

눈에 튄 핏덩이를 닦으며 시선을 돌렸을 때는 우리 눈앞에 서 있던 붉은 여인도, 초록 뱀도 사라진 후였다. 남은 것이라곤 세찬 바람 한 줄기뿐이었다. 붉은 꽃잎과 함께 여인은 흔적도 없이 사라지고 말았다.

"우리는…… 이제…… 어떻게 되는 걸까요?"

바트가 물었다. 바트도 나도 보고 있었다. 클라크의 몸을 터뜨린 영혼의 무리가 이번에는 우리 쪽으로 다가오는 것을. 클라크의 죽음으로도 그들의 원한과 복수심이 풀리지 않았음을 느낄 수 있었다. 그들은 살아남은 우리에게도 원망과 복수심이 가득할 뿐이었다. 풀리지 않은 원한을 되갚기 위해 그들은 산 사람을 찾고 있었다.

"바트, 차라리 이게 나은지도 몰라."

나는 그와 나를 향해 서서히 다가오는 나의 아들들과 마을 사람들의 얼굴을 바라보며 중얼거렸다.

"살아봤자…… 우리는 세균의 숙주가 될 거야. 이미 우리 몸은 죽음의 바이러스로 흠뻑 젖어 있는 걸. 차라리 이대로 죽는 게 나을지도 몰라."

"안 돼…… 그럴 수는 없어!"

나의 옆으로 숨 가쁘게 달려가는 발소리가 들려왔다. 바트는 뒤도 돌아보지 않고 마을 밖을 향해 맹렬히 내달렸다. 그는 아직도 살고 싶은 모양이었다. 이 끔찍한 세상을 다 보았으면서도 아직 삶을 포기할 마음이 들지 않는 모양이었다. 하지만 얼마나 도망갈 수 있을까. 끔찍한 현실 속에서. 진실이 모두 밝혀진 이 현실보다 더 끔찍한 지옥이 없는 것을.

나는 눈앞으로 다가오는 아들의 얼굴을 바라보았다. 둘째아들의 얼굴이 점점 가까이 다가왔다. 그 뒤로 장남의 얼굴이…… 그리고 의심과 의혹으로 가득한 가엾은 막내아들의 모습까지 뭉글거리는 영혼의 모습으로 다가왔다. 세상에 어떤 고민도 두려움도 없이 말갛기만 하던 우리 아이들의 모습은 온데간데없이 괴로움과 고통 속에 사그라진 가엾은 영혼만 남아 있었다. 괴로움을 조금이라도 덜기 위해 증오와 고통의 대상을 찾는 나의 아들들이 나를 향해 다가오고 있었다.

나는 눈을 감았다. 그리고 기다렸다. 세상의 어두움을 모르고 행복하게 살도록 만들어주지 못한 것은 나이기에. 모든 책임이 나에게 있다는 것을 알기에 나는 피하지 않았다. 죽음이 다가오고 있었다. 나는 붉은 여인이 내뱉은 마지막 말을 되뇌었다.

'멸망이라는 것은 누가 가져오는 것이 아니다. ……세상을 멸망시키는 것은 바로 인간 자신이다.'

인간을 향해 다가오는 죽음의 그림자……. 그것은 온전히 인간의 책임이라는 것을. 우리가 상상하던 악마도, 사탄도, 적그리스도도 아니라는 것을 나는 죽음이 코앞에 닥쳐서야 겨우 깨달았다.

제 5 화

낯선 얼굴

1

중국 시난西南 지방의 깊고 깊은 고산지대는 사람의 왕래가 쉽지 않았다. 역사적으로도 험하고 악한 지형적 특성으로 인해 탐험가의 발자취조차 허용하지 않는 높디높은 산맥이었다. 이 깊고 깊은 산맥의 어느 줄기에 라마승들의 작은 마을이 있었다. 영혼의 자유를 위해 고요히 숨어 있던 그들은 어느 순간부터 이 땅을 떠나거나, 아니면 이 땅에서 생을 마감해야 했다.

원래 살던 사람이나 이곳을 지나치는 사람에게 언제부턴가 퍼지기 시작한 흉흉한 소문은 더욱더 사람들의 발길을 차단했다. 산맥을 중심으로 수천 년 동안 단 한 번도 나타나지 않은 사막화가 진행된 것도 사람의 왕래를 차단하는 또 하나의 이유였다. 마치 산맥으로 들어오는 모든 입구를 끊으려는 듯 인위적이고 비자연적인 현상이 나타났다.

사막화와 동시에 사막 안쪽으로 들어서는 사람들 사이에서 끔찍한 괴물을 보았다는 말도 흘러나왔다. 그래 봤자 워낙 적은 수의 사람들만 전하는 소문이라 널리 퍼지지는 않았지만 흉흉한 이야기만큼이나 주변이 모두 폐허처럼 변해버렸다.

주변의 땅은 그런 소문이 없어도 선뜻 가까이할 마음이 들지 않았다. 사막 안쪽으로 발을 들여놓는 순간 방금 전까지도 푸르고 맑기만 하던 하늘이 황토빛으로 변해버리고, 쾌쾌하고 진득한 죽음의 향기가 풍겼다. 사막 곳곳에 검게 타버린 나무와 풀이 있고 그 사이사이 썩어가는 짐승들의 사체에서 죽음의 냄새를 맡고 몰려든 독수리들만 마른 땅 위를 펄럭거렸다.

조장鳥葬◆ 풍습 때문에 독수리들은 인간의 사체를 먹는 데 익숙했다. 이 독수리 무리는 오랜 세월 친절하게 썰어주고 토막내주는 인간들의 배려에 익숙해져 있었다. 그러나 어느 날부턴가 인간의 마을이 사라지면서 먹을 것도 사라지고 말았다. 마을은 사라졌지만 독수리 떼의 숫자는 줄어들지 않았다. 이제는 인간 대신 다른 존재가 독수리들에게 사체를 대주고 있는 탓이었다.

죽음의 땅으로 변해버린 시난의 고산지대가 갑자기 부산해진 것은 이틀 전이었다. 군용 트럭 몇 대와 낯선 사람들의 그림자가 헐벗은 사막의 가장자리에 모여들기 시작했다. 그들의 등장은 부자연스러운 사막화로 죽음의 땅이 되어버린 이 지역의 문제를 해결하기 위해서였다.

◆예로부터 티베트 라마승들은 망자의 육체를 새에게 바치는 조장 풍습을 가지고 있었다. 사체를 먹고 분해하는 독수리에게 망자의 살과 뼈를 제공하여 마지막까지 육체의 본분을 다하고 떠나가는 것을 축복으로 생각했기 때문이다. 장례를 집행하는 제사장은 망자의 사체를 제단에 올려 새들이 먹기 좋도록 피부 곳곳에 홈을 내고 독수리들은 한두 시간 만에 망자의 피부를 빠르게 처분한다. 사체의 살이 사라지고 나면 남은 뼈를 단단한 도구로 잘게 부수어 새들에게 바친다. 새들은 잘게 부서진 뼈까지 흡입하며 망자의 육체와 영혼을 모두 처분하는 분해자 역할을 한다. 조장 풍습에서는 새들이 사체의 모든 부분을 남김없이 먹을수록 더욱더 축복받은 것으로 여긴다. 자연에서 태어나 자연을 위해 모든 것을 베풀고 가는 장례 풍습은 척박한 환경에서 자연과 인간이 공생하는 방법을 여실히 보여준다.

한낮인데도 시간을 알 수 없을 정도로 하늘이 어두웠다. 하늘을 저토록 흐리게 만든 것 역시 자연적인 현상은 아니었다. 고산지대에 가까워질수록 접근을 막는 짙은 독기毒氣 탓이었다.

검은 트럭들 중 한 대에서 내린 하늘빛 도복의 남자가 진한 눈썹을 찡그리며 하늘을 바라보았다. 그는 무릎을 꿇더니 흙을 매만졌다. 단 몇 달 사이에 갑작스럽게 사막화된 땅이었다. 불어오는 바람에 마른 흙을 날리는 그의 표정은 어두웠다.

"지장 님, 느끼셨죠?"

그에게 다가온 것은 금발을 펄럭이는 아름다운 청년 미카엘이었다. 눈부시게 새하얀 그의 블라우스마저 어둡고 컴컴한 하늘 아래에서는 탁하게 보였다. 미카엘은 파란 눈빛을 반짝이며 푸른 도복의 선인에게 다가왔다. 지장선인은 목까지 올라오는 차이나 칼라에 새하얀 버선, 발목까지 내려오는 장옷을 입고 있었다. 그의 검은 머리는 귀밑을 지나 목 아래까지 내려왔고, 장발의 반은 옷과 같은 하늘색 천으로 질끈 묶여 있었다.

미카엘이 가장 아름답고 싱싱한 20대 초반쯤이라면 지장선인은 좀 더 연륜을 쌓은 40대 중반쯤으로 보였다. 그의 진한 눈썹 사이에는 경험과 세월에 의해 만들어진 깊은 '내 천川' 자의 주름이 있었다.

"독기군요. 이 넓은 땅을 황폐화시킬 정도니, 그 힘은 가히 상상하기 힘들 정도입니다."

"네, 그래서 지장 님과 저를 한꺼번에 투입한 것이겠죠."

"그놈을 포획하라는 거죠?"

"네, 그렇게 들었습니다."

미카엘과 지장선인은 봉선의 날에 소호산에서 만난 이후 다시 이곳 시난 지방에서 만나게 되었다. 봉선의 날에 신인神人으로 지목되었던 두 사람은 이제 독기로 자욱한 산등성이를 바라보았다. 높디높은 고산 위로 자욱한 독기가 심하게 번져 있었다. 이 정도의 독기를 내뿜는 포악한 짐승을 죽이지 말고 산 채로 포획하라니, 꽤 어려운 요구였다.

"몰아만 주시면 놈을 가두는 건 제가 맡겠습니다."

지장선인과 미카엘의 뒤에서 낮은 음성이 들려왔다. 두 사람은 목소리가 들려온 쪽으로 고개를 돌렸다. 갈대로 엮은 삿갓을 턱 아래까지 깊숙이 쓰고 나타난 것은 두껍고 굽은 지팡이 하나를 손에 든 결계사였다. 얼굴 전체를 삿갓으로 단단히 감춘 낡고 빛바랜 도복 차림의 결계사는 안거선인安居仙人이 틀림없었다.

"음……."

지장선인은 낮게 신음했다. 신인의 가능성을 가지고 봉선대에서 만났던 지장선인과 미카엘은 모두 신성한 집행자들의 대표적인 특급 수행자이고, 삿갓을 쓰고 나타난 안거 역시 특급 인스펙터 중에서도 최고의 결계사였다. 이 정도의 인원이 한꺼번에 동원되는 경우는 굉장히 드물었다. 그동안 이곳에 투입된 요원들이 실패를 거듭하다가 결국 이들이 동원되었다는 것은 상대가 그만큼 위험하고 포악하다는 의미였다. 한 사람의 힘으로도 소멸시킬 수는 있겠지만 생포를 하기에는 꽤 까다로운 상대로 여겨졌다.

그들이 포획할 대상은 지금 이승에 있어서는 안 되는 존재였다. 놈은 저승에서 저 강한 독기를 뿜어내고 있어야 했다. 저 거대한 괴물이 이승과 저승의 경계를 깨고 저승에서 이승으로 빠져나온 것은 모두 결계를 벗어난 반쪽짜리 헤르메스의 창이 만들어낸 혼란 탓이었다. 이승과 저승의 경계를 허물며 두 세계를 오가는 존재가 날이 갈수록 커다란 위험을 야기하고 있었다.

"지옥에서 빠져나온 짐승입니다. 각별히 조심하십시다."

지장선인의 말에 모두 고개를 끄덕였다.

"혹시 이 지역을 빠져나가기라도 하면 대륙 전체가 걷잡을 수 없는 혼란에 빠질 겁니다."

"사막을 기점으로 저와 제자들이 결계를 치겠습니다."

미카엘의 걱정에 결계사 안거가 낡은 도복을 흔들었다. 그러자 그의 어깨 뒤로 푸른 도복을 입은 네 명의 젊은이가 나타났다.

"그럼 산맥의 서북쪽에서 동남쪽 끝으로 몰아가겠습니다."

"동남쪽 계곡에서 포획을 준비하지요."

"독기로 휩싸인 지역입니다. 음기가 강해지면 좋지 않을 겁니다."

"되도록 빠르게, 속전속결합시다."

"좋습니다."

최고의 능력자들이다 보니 몇 마디를 나누지 않고도 그림이 나왔다. 서로의 생각이 간소한 대화 몇 번으로 모두 전해지고 이해되는 것이 신기할 정도였다. 생각이 정리되자 세 사람은 각자의 위치로 이동하기 시작했다. 미카엘은 산맥의 서쪽 끝으로, 지장 선인은 북쪽 끝으로, 결계사 안거는 남쪽 끝으로 흩어졌다.

사막지대를 지나 발을 디디기도 힘들 만큼 나무와 풀이 가득한 고산지대로 들어서니 사방에서 놈의 진득한 독기가 느껴졌다. 거대한 나무줄기, 넓은 이파리, 땅에 깊이 박힌 나무뿌리에까지 놈의 체취가 그득했다. 온 사방이 자욱한 독기다 보니 체취로 놈의 위치를 파악하는 것은 거의 불가능에 가까웠다. 미카엘은 푸른 눈을 가늘게 감았다. 산의 서쪽 끝에서 남쪽 끝까지 짙은 악취가 풍겨왔다. 놈이 내뱉는 고약한 죽음과 주독呪毒의 기운이 신성한 신의 은총을 더럽히려 했다.

"천상군대 무적의 영도자, 성 미카엘 대천사여, 당신의 빛으로 우리를 비추소서!"

미카엘은 자신을 둘러싸고 있는 빼곡한 숲 위로 고개를 들었다. 두 팔을 펼쳐 은혜와 은총의 기운을 온몸으로 발산하자 미카엘을 중심으로 희미한 빛의 무리가 뿜어져 나왔다. 그의 주변만 지독하게도 어둡고 침침한 숲의 기운이 사라지고 맑고 반짝이는 무지갯빛으로 물들었다.

"성 미카엘 대천사여, 당신의 날개로 우리를 보호하소서! 당신의 칼로 우리를 방어하소서!"

그가 두 팔을 벌려 대지를 누르자 새하얀 날개가 그의 등에서 솟아나 펄럭거렸다. 그 순간 미카엘의 몸은 땅에 갇혀 있었지만 그의 영혼은 거대한 날개를 달고 숲 위로 날아올랐다. 천상군대의 천사장을 등에 업은 미카엘의 영혼이 지독한 독기에 휩싸인 숲 위를 빠져나와 자욱하게 흐려진 사방을 바라보았다. 검게만 보이던 우거진 수풀 사이로 짙은 죽음의 그림자가 느껴졌다. 자욱한 독무毒霧를 물리치며 신성한 은총의 기운이 퍼져나가는 것이 보였다.

저 멀리 북쪽 끝에서 끔찍한 독의 기운이 조금씩 사라지는 것도 느껴졌다. 지장선인이 놈의 독기를 몰아오는 것이리라. 거대한 날개를 펄럭이던 미카엘의 영혼은 그대로 수풀 높이에서 아래쪽을 바라보았다. 자욱한 독기 중에서도 진하디진한 중심을 찾기 위해 영혼의 푸른 눈이 환히 빛났다. 그 순간 멀리 계곡 끝에서 모든 빛을 집어삼킬 듯한 짙은 빛깔의 검은 눈동자가 느껴졌다.

"저곳이다!"

미카엘의 길고 곧은 다리가 계곡을 향해 달리기 시작했다. 그의 하얀 블라우스가 바람에 펄럭였다. 바람처럼 빠른 속도로 전진하면서도 숲의 모든 상황이 그의 눈에 들어왔다. 북쪽 끝에서도 움직임이 빨라졌다. 지장선인 역시 놈의 위치를 파악한 게 분명했다.

"불결한 신이여, 너의 모든 힘과 지옥의 원수들의 모든 공격과, 마귀의 모든 군단과 동맹과 씨족을 추방하노라!"

미카엘은 숲을 향해 신의 은총을 쏟아냈다. 지옥에서 도망친 놈의 촉수가 자신을 향해 다가오는 고결한 신의 권능을 느끼도록 하기 위해서였다. 그렇게 놈을 안거가 준비해놓은 벗어날 수 없는 결계 쪽으로 이동시킬 생각이었다.

크워어어어!

북쪽에서도 괴상한 짐승의 울음소리와 함께 요란한 기운이 뿜어져 나왔다. 자욱한 숲을 마구잡이로 헤치며 헝클어뜨리는 고약한 짐승이 하나 있었다. 숲 위로 드문드문 고개를 들고 일어섰다가 다시 사라지는 무시무시할 정도로 길고 거대한 짐승이었다.

그 짐승에게서 느껴지는 기운은 이곳을 가득 채운 독기와 사뭇 달랐다. 그 길고 커다란 몸이 움직일 때마다 공기를 정화시키는 청아한 기운이 퍼져나갔다. 공중에 떠 있는 미카엘의 영혼이 그 짐승을 물끄러미 쳐다보았다. 그것의 정체는 거대한 청룡이었다. 진한 남빛을 출렁거리며 수풀에서 솟아오른 청룡의 정수리에는 두 개의 뿔이 반짝거렸다. 고매한 환상 속의 동물은 길게 째진 눈으로 미카엘 쪽을 힐끗 쳐다보더니 본척만척했다. 콧대 높은 청룡이 말을 듣는 유일한 대상은 지장선인뿐이었다.

하늘로 날아오른 미카엘의 영혼은 날개를 펄럭이며 모든 광경을 바라보았다. 북쪽으로부터 서서히 좁혀오는 청룡의 기운과 서쪽을 밝히는 미카엘의 움직임 속에서 멀리 계곡에 웅크리고 있던 죽음의 기운이 드디어 움직이기 시작했다. 마침내 죽음의 짐승은 감추었던 몸을 일으켜 서북의 반대쪽으로 서서히 이동하기 시작했다. 의도한 대로 모든 것이 진행되고 있었다.

숨어 있던 놈이 이동하기 시작하자 지장선인이 조종하는 청룡이 더욱더 매서운 소리를 내며 북쪽 숲을 누볐다. 미카엘 역시 환한 은총의 기운을 더욱더 세게 흩뿌렸다. 죽음의 짐승이 또렷하게 느낄 수 있도록.

크아아아앙!

동남쪽으로 향하던 죽음의 짐승이 갑자기 방향을 틀었다. 무언가를 느꼈는지 결계사가 기다리고 있는 곳으로 다가가기 전에 뒤돌아섰다. 너무나 완벽하게 은닉되어 결계가 있다는 것을 도저히 알아차릴 수 없었을 텐데도 놈은 이상한 낌새를 느낀 모양이었다. 놈은 먼저 북쪽 숲에서 다가오는 청룡의 기운을 향해 미친 듯이 소리쳤다. 앙칼진 짐승의 포효가 온 대지가 떠나가도록 울려 퍼졌다.

크아아아앙!

놈은 요란한 소리를 내며 우거진 숲 위로 펄쩍 뛰어올랐다. 드디어 단단히 가려져 있던 죽음의 짐승이 모습을 드러냈다. 바람에 흩날리는 갈기와 매서운 눈매, 그리고 옆으로 째진 거대한 입은 분명 사자와 같았다. 길고 풍성한 갈기를 흔들며 포효하는 소리도 사자와 흡사했다. 그러나 늘씬하게 뻗은 몸뚱어리에는 호랑이처럼 얼룩무늬가 새겨져 있고, 몸 뒤쪽에는 두껍고도 탄력 있는 거대한 도마뱀의 꼬리가 솟아 있었다.

이승에 있는 여러 동물의 모습을 한데 섞어놓은 듯한 놈은 한눈에도 이 세계에 속한 짐승이 아니라는 것을 알 수 있었다. 놈의 몸은 인간세계의 숲에 숨기기에는 너무 거대했다. 코끼리보다 큰 집채만 한 몸뚱어리가 한 번 튀어 오를 때마다 커다란 나무들조차 놈의 모습을 가리지 못했다. 놈이 뿜어내는 독기에 숲 이곳저곳이 죽음으로 가득 찼다.

거대한 독기를 가득 담은 어마어마한 생명체가 저승의 문을 넘어 이승으로 이동했다는 건 보통 일이 아니었다. 이승과 저승 사이에 벌어진 틈으로 이토록 엄청난 존재가 빠져나올 정도라면 죽음에 속한 이들 중에 얼마나 많은 수가 이 세계로 건너올지 상상하기도 끔찍할 정도였다. 이 때문에 죽었던 사람이 다시 살아나고 살아야 할 사람들이 죽어갔다. 놈이 이승에서 죽음의 냄새를 풍길수록 갈라진 틈은 점점 커지고 혼란은 가중될 것이다.

미카엘의 미간이 좁아졌다. 수천 년간 유지되던 이승과 저승의 법칙들이 무너지고 있었다. 이러한 현상의 배후에는 두 세계를 왕래할 수 있는 헤르메스의 창이 존재했다. 헤르메스의 창을 반만 빼앗겼을 뿐인데도 이 정도라면 과연 나머지 반쪽까지 흑단인 형에게 넘어갈 경우 얼마나 끔찍한 일이 생길지 상상도 되지 않았다.

카아아앙!

귀를 찢을 것 같은 포효가 숲을 메웠다. 거대한 몸뚱어리가 청룡을 향해 총알처럼 튀어나갔다.

"지장선인, 청룡등천!"

놈이 청룡의 등 위로 튀어 오른 순간 기다란 청룡의 몸이 하늘로 솟구쳐 올랐다. 천둥소리인지 바람 소리인지 모를 소리가 하늘을 갈랐다. 하늘을 가를 정도로 강력한 영적 파동이었다. 길쭉한 남빛 물결이 일렁거리면서 반짝이는 비늘을 가진 아름다운 짐승이 하늘로 솟아올랐다.

크아악!

날아오르는 청룡의 꼬리를 향해 거대한 사자의 발톱이 날아갔다. '휘잉' 하고 바람을 가르는 소리가 매서웠다.

"주님의 권능!"

놈의 날카로운 발톱이 청룡의 꼬리 비늘을 긁으려는 순간 미카엘의 두 손에서 하얀 빛이 쏟아졌다. 노란빛이 감도는 동그란 빛의 덩어리가 지옥의 짐승 앞발을 향해 날아갔다.

새하얀 빛이 꽂히는 순간 짐승의 앞발은 방향을 잃고 허공을 긁었다. 동시에 놈의 분노한 눈동자가 미카엘에게 꽂혔다. 작고 어린 인간이 독기 어린 숲 가운데에서 빛나는 머리카락을 흩날리며 놈을 노려보고 있었다. 그뿐이 아니었다. 작은 인간의 뒤로 영롱하고 환한 빛의 무리가 퍼져 있었다. 미카엘을 감싸는 은총의 기운이 눈이 부시도록 반짝거렸다.

크아아앙!

놈은 숲으로 떨어지기가 무섭게 방향을 비틀어 미카엘을 향해 달려들었다. 거대한 앞발과 함께 집채만 한 놈의 입이 크게 벌어졌다. 놈의 초록빛 혀가 흔들거렸다. 목구멍에 숨겨져 있던 혀는 두 눈이 없는 거대한 뱀의 형상이었다. 뱀의 입안에서 누런 독기가 뿜어졌다. 진득한 독의 기운이 미카엘의 전신을 덮쳐왔다.

"천상군대 무적의 영도자, 성 미카엘 대천사여, 당신의 날개로 우리를 보호하소서! 당신의 칼로 우리를 방어하소서!"

거대한 방어막처럼 환한 빛이 미카엘의 온몸을 감싸는 순간 지옥의 짐승은 입은 물론이고 콧구멍, 땀구멍 등 모든 구멍에서 누런 독의 기운을 뿜어댔다. 그것은 몹시도 강한 죽음의 기운이었다. 누런 죽음의 기운이 미카엘의 주위를 빽빽이 감쌌다. 미카엘이 독의 기운에 갇혀 옴짝달싹못하는 그 순간, 놈의 거대한 앞발이 작고 여린 머리 위로 날아왔다.

꽈과과광!

미카엘이 놈의 거대한 앞발에 온 신경을 집중하고 있는 그때, 노란 독기를 헤치며 맑고 푸른 남빛의 기운이 놈의 허리에 꽂혔다. 지옥의 짐승이 괴성을 지르고 숲을 헝클어뜨리며 몇 바퀴를 굴렀다. 강력한 푸른 기운이 화르륵 타오르며 놈의 옆구리에 다시 한 번 꽂혀 들어갔다.

크워어어어!

사방을 향해 포효하는 그것은 푸른 용이었다. 푸른 용의 머리 꼭대기에 솟아난 작은 뿔 두 개를 잡고 단단히 서 있는 푸른 도복의 남자는 지장선인이었다. 지장선인과 청룡의 강력한 영적 파동이 지옥의 짐승에게 박힌 것이다.

크아앙!

분노에 찬 기다란 이빨을 번쩍거리며 놈은 갈기를 흔들었다. 집채만 한 괴짐승이 누렇고 얼룩진 갈기를 사방으로 흔들어댈 때마다 회색을 띤 누런 독기가 정글 곳곳으로 퍼져나갔다.

"성령의 힘이여! 주의 역사하심이여, 주의 품에 들지 않는 저주받은 짐승을 멸하시어 우리를 구하소서!"

미카엘의 두 손이 두 날개처럼 머리 위로 펼쳐져 올라갔다. 그의 모든 힘이 열 손가락 곳곳으로 집약되었다. 그의 손끝으로 작고 환한 빛이 뭉쳐졌다. 미카엘이 손가락을 펼쳐 짐승을 향해 뻗자 손가락 하나하나에서 동그랗고 환한 탄환이 짐승의 온몸으로 파고들었다. 열 발의 은빛 탄환이 놈의 얼룩무늬 사이사이로 박혔다. 강력한 염원을 담은 공격이었다. 그런데도 놈은 벌에 쏘인 것처럼 잠시 온몸을 뒤틀더니 오히려 송곳 같은 이빨을 드러내며 미카엘에게 달려들었다.

크워워워!

미카엘을 향해 날아오는 짐승의 옆으로 다시 청룡의 기운이 매서운 속도로 날아갔다.

크아아아앙!

놈은 바로 그 순간을 노렸던 것처럼 순식간에 방향을 틀어 청룡 쪽으로 고개를 돌렸다. 비틀어진 고개를 따라 놈의 몸도 이동했다. 청룡의 날카로운 이가 놈의 초록빛 꼬리를 잡지 못하고 허공을 물어뜯는 순간 거대한 사자의 머리가 청룡의 몸통 중앙에 박혔다.

캬아악!

쿠어어억!

두 마리의 괴물이 만들어내는 요란한 비명이 계곡 사이사이로 울려 퍼졌다. 거대한 청룡의 허리에 놈의 길고 날카로운 이빨 네 개가 단단히 박혔다. 이빨 사이로 독기를 잔뜩 품은 뱀 모양의 혀가 청룡의 비늘 틈 부드러운 속살로 파고들었다. 고통과 괴로움의 신음 속에서 지장선인의 미간이 심하게 일그러졌다.

"성 미카엘 대천사여, 당신의 날개로 우리를 보호하소서! 성 미카엘 대천사여, 당신의 칼로 우리를 방어하소서!"

청룡의 몸에 단단히 뿌리를 박은 지옥의 짐승 위로 미카엘이 날아올랐다. 그의 등 뒤에선 하얀 날개가 펄럭이고 있었다. 금빛으로 이글거리는 그의 머리카락이 사자의 정수리에서 멈추었다. 어둠 속에 우뚝 선 미카엘의 양 손바닥에 밝은 빛덩이가 맺히며 거대한 십자가 모양을 만들었다. 그의 양손이 서서히 빛을 밝히기 시작했다. 미카엘의 두 눈에서 푸르른 서광瑞光이 번뜩였다.

캬아아악!

자지러지는 짐승의 비명 소리가 울려 퍼졌다. 미카엘이 만든 거대한 십자가의 중심이 놈의 정수리 가운데에 정확히 박혔다.

"주의 분노를 받아라!"

미카엘이 더욱더 힘주어 십자가를 박아 넣자 놈은 고통에 몸부림치며 청룡의 몸통에서 날카로운 이빨을 거두어들였다. 놈의 두껍고 기다란 초록빛 꼬리가 청년의 정수리 위로 '휘잉' 하고 내리꽂혔다.

놈이 꼬리로 자신의 정수리를 매섭게 공격하는 순간 미카엘 대천사의 새하얀 날개가 미카엘의 몸을 훌쩍 들어올려 허공으로 띄웠다.

"주의 섭리를 받으라!"

허공으로 날아오른 미카엘의 손에는 거대한 십자가가 없었다. 빛나는 십자가는 짐승의 정수리에 꽂힌 채였다. 미카엘은 그곳을 향해 더욱더 강한 기운을 불어넣었다.

크아아악!

짐승의 포효가 사방으로 퍼져나갔다.

"지금입니다!"

미카엘이 소리쳤다. 미카엘과 지장선인은 어느새 지옥의 짐승을 예정했던 결계 지역까지 몰아왔다. 미카엘의 새하얀 블라우스가 펄럭였다. 지옥의 짐승은 무언가 잘못되었음을 알아챘는지 몸을 뒤틀었다. 하지만 한 발 늦었다. 눈앞에서 놈을 노려보고 있는 금발의 청년과 푸르른 청룡 위의 지장선인 외에도 무언가가 더 있다는 것을 놈은 이제야 느꼈다. 그만큼 안거선인의 결계는 완벽했다.

"결계여, 지옥의 짐승을 가두노라."

낮은 음성과 함께 놈의 동서남북에서 네 명의 결계사가 나타났다. 그들은 완전히 흔적을 감춘 채 숨어 있었다. 그들은 엄폐물에서 빠져나와 순식간에 횡과 열의 결계를 짜기 시작했다.

크아아앙!

놀란 짐승은 온몸을 흔들어대며 촘촘한 그물 같은 결계를 찢기 시작했다. 놈의 기다랗고 날카로운 이빨도 결계의 한쪽을 물고 늘어졌다. 촘촘한 결계였지만 한쪽 끝이 뜯어지고 갈라질 것만 같았다.

"진정지주眞正蜘蛛 결계!"

그때였다. 놈의 정수리 위에서 삿갓을 깊게 눌러쓴 결계사 안거가 나타났다. 대체 어떻게 그곳에서 나타났는지 감을 잡을 수도 없을 정도로 그는 완전히 자신의 흔적을 숨기고 있었다. 그가 제자들이 만들어놓은 촘촘한 결계 위로 기운을 불어넣자 결계는 더욱더 고무처럼 출렁거렸다. 출렁거리는 결계의 강도는 말할 수 없이 강했다. 아무리 잡아당겨도 끊어지지 않는 부드러운 고무줄처럼 결계는 놈을 완전히 가두어버렸다.

결계가 점점 더 촘촘하게 몸을 조여들자 거대한 짐승은 더 버티지 못하고 그 자리에 쓰러졌다. 자욱한 흙먼지를 일으키며 놈이 쓰러지자 새하얗고 커다란 궤짝을 든 검은 양복 차림의 요원들이 등장했다. 그들은 자욱한 독의 기운에 맞서기 위해 얼굴에 검은 마스크를 쓰고 있었다. 궤짝은 사방 2미터쯤으로 집채만 한 짐승에게 맞는 크기가 아닌데도 검은 양복들은 그 거대한 짐승의 사지를 차곡차곡 궤짝 안에 집어넣었다. 처음에는 들어갈 것 같지 않던 놈의 몸뚱어리가 놀라울 정도로 응집되어 궤짝 안에 완전히 들어가버렸다.

"어떤 독기도 밖으로 새어나오지 않을 것이다."

결계사 안거는 깊이 눌러쓴 삿갓 사이로 팔을 흔들었다. 그는 보이지 않는 붓을 잡고 눈에 보이지 않는 글자를 적고 있었다. 새하얀 궤짝의 뚜껑은 가로가 긴 육각형이었고, 그는 궤짝의 여섯 면에 글자를 휘갈겨 적었다.

"결結! 너를 이곳에 가두노니 결계가 풀리지 않는 한, 절대로 빠져나오지 못할 것이다."

미카엘과 지장선인 역시 결계사의 동작을 유심히 지켜보았다. 안거선인이 마지막 여섯 번째 글자를 새기자 새하얀 궤짝 안에는 아무것도 없는 것처럼 모든 악한 기운이 말끔히 사라져버렸다. 과연 최고의 결계사라 불릴 만한 솜씨였다.

"이제 끝났군요."

"그렇습니다. 저의 제자 해량이 본부까지 옮길 것입니다."

삿갓을 깊이 눌러쓴 안거는 네 명의 제자 중 한 명을 가리켰다. 비쩍 마른 몸에 긴 머리를 하나로 묶은 남자가 한 발 앞으로 나왔다. 미카엘과 지장선인, 그리고 안거는 서로 목례를 나누었다. 그리고 각자의 임무에 따라 발길을 바꾸었다. 미카엘은 자리를 뜨기 전에 한 번 더 뒤를 돌아보았다. 이미 지장선인과 안거의 모습은 사라지고 없었다. 궤짝을 옮기는 검은 양복 차림의 요원들만 눈에 들어올 뿐이었다.

미카엘은 아름답고 푸른 눈동자를 찌푸렸다. 그의 눈에 하얀 궤짝이 가득 들어왔다. 저건 겨우 시작에 불과할지도 모른다는 생각이 들었다. 이렇게 세계 최고의 특급 수행자들이 동원되는 일이 점차 늘어갈 거라는 좋지 않은 예감이 그의 가슴을 불안하게 했다.

헤르메스의 창을 잃어버린 뒤 세계 곳곳에서 일어나는 영적 사건의 강도나 피해는 눈에 띄게 증가하고 있었다. 그런데도 아직 위대한 신의 의지를 받은 신인의 존재는 불명확했다. 지난 봉선의 날 흑단인형의 방해로 신인의 탄생은 모호해졌다. 그 누구도 명확히 봉선의 기운을 받았다고 할 수 없었다. 미카엘도, 지장선인도, 낙빈이라는 소년도……. 그 누구도 명확하지 않았다.

흑단인형의 속셈대로 100년 만의 신인 탄생은 실패했을 수도, 아니면 그 누구도 모르게 신인이 탄생했을 수도 있다. 만일 신인의 탄생이 완전히 실패했다면 100년 전에 신인이 된 흑단인형만이 유일한 신인이며, 그녀의 생각이 신의 섭리가 되어버리고 만다. 그리고 다음 신인이 태어날 때까지의 100년 동안 인간세계는 필경 멸망의 순간을 맞을 것이다. 미카엘은 근래의 이 모든 혼란이 흑단인형의 의지에 반응하는 세계를 의미하는 것일까봐 걱정스러웠다.

미카엘은 헬기에 올랐다. 그러면서 또 다른 헬기로 옮겨지는 하얀 궤짝에서 눈을 떼지 않았다. 하얀 궤짝이 실리는 헬기 안에는 유사하게 생긴 나무 궤짝이 두 개 더 있었다. 그 궤짝 하나하나에 모두 붉은 결계의 글자가 적혀 있었다. 하얀 궤까지 헬기에 실리자 세 개의 궤 위로 한 남자가 결과부좌를 하고 앉았다.

결계사 안거의 제자인 해량이었다. 그는 헬기가 안전한 곳에 착륙할 때까지 혹시 모를 위험으로부터 궤를 지키기 위해 온 정신을 하나로 모으고 있었다.

'과연…… 멸망을 피할 수 없는 것인가?'

세 개의 궤를 바라보는 미카엘은 마음이 더욱더 착잡해졌다. 그는 하늘을 뒤덮고 있는 진득하고 누런 독기를 바라보았다. 아마도 독기는 서서히 사라지고 본래의 푸르른 기운이 제자리를 찾으리라. 주변 사막지대까지 새 생명이 되살아나고 죽음의 땅에 가득했던 오염 물질이 사라지려면 조금 더 오랜 기간이 걸리겠지만.

"후……."

미카엘은 작게 한숨을 내쉬었다.

'점점 커져만 가는 말세의 기운을 언제까지 막을 수 있을까…….'

그는 더 자주 더 크게 벌어지는 영적 사건들을 언제까지 신성한 집행자들의 힘만으로 막아낼 수 있을지 걱정스러웠다. 만일 신인이 탄생하지 않았다면 앞으로 100년간 과연 세계가 멸망의 순간을 버텨낼 수 있을지 의심스러웠다.

2

거친 엔진 소리가 대서양 한가운데에 울려 퍼졌다. 헬기는 수많은 섬을 지나 푸른 파도만 넘실거리는 망망대해 가운데에 우뚝 솟은 섬으로 착륙하고 있었다. 헬기가 착륙하는 순간 널따란 비

행장 주변의 나무들은 세찬 바람에 온몸을 부대끼며 흔들어댔고,
요란한 바람 소리는 사방으로 흩어지며 퍼져나갔다.

수많은 섬들 중 가장 비밀스러운, 신성한 집행자들의 고향인
이곳에 두 대의 헬기가 내려앉았다. 먼저 도착한 작은 헬기에서
하얀 블라우스를 펄럭이며 미카엘이 뛰어내렸다.

또 다른 헬기에서는 안거의 제자 해량과 함께 커다란 세 개의
상자가 뭍에 내려졌다. 헬기를 기다리고 있었는지 검은 양복 차
림의 요원들이 일시에 나타났다. 그들은 미카엘과 해량으로부터
궤짝을 건네받은 뒤 순식간에 하얀 건물 안쪽으로 사라졌다.

"미카엘 형!"

"해량 형님!"

미카엘과 해량이 사라지는 궤짝을 마지막까지 지켜보는데 뒤
쪽에서 경쾌한 목소리가 들려왔다. 저 멀리 커다란 흰 건물을 배
경으로 두 명의 소년이 세찬 바람을 제치며 달려오고 있었다. 체
크무늬 반바지에 멜빵을 메고 있는 소년은 민우였다. 민우에게
질세라 똑같은 속도로 바람처럼 달려오는 소년은 새하얀 마웃을
입은 라즈니쉬였다. 인형술사 라즈니쉬의 손에는 늘 그렇듯 얼굴
도, 머리카락도 없는 목각 인형이 들려 있었다. 두 소년은 양팔을
벌린 채 너무나도 반가운 얼굴로 미카엘과 해량의 품으로 달려들
었다.

"민우! 라즈니쉬!"

미카엘은 두 소년을 향해 손을 번쩍 들어올리며 환하게 미소

지었다.

"와아, 또 어디 다녀오신 거예요? 또 엄청난 곳에 다녀오신 거지요?"

민우는 미카엘의 팔을 잡으며 환하게 웃었다. 그냥 바라만 보아도 마음이 깨끗해지는 이 아름다운 사람을 아이들은 도저히 좋아하지 않을 수가 없었다. 미카엘은 너무나 밝고 아름다워서 모든 아이들의 우상이며 삶의 목표처럼 여겨졌다. 교회와 성당의 은혜를 받은 아이든 영적 근원이 다른 아이든 그를 사랑하기는 매한가지였다.

"해량 형님, 또 무서운 영혼을 가두신 건가요?"

환하게 빛을 발하는 미카엘과 달리 결계사 해량은 존재감이 매우 미약했다. 결계사로서 최선의 조건을 갖추고 있기 때문에 가능한 일이었다. 존재감을 최소화하면서 보호를 담당하는 결계사들은 주의를 모으지 않으면 그 존재를 알아채기 힘들었다. 라즈니쉬와 민우가 해량을 존경하는 마음이 크지 않았다면 자칫 그의 존재를 느끼지 못했을 수도 있었다.

빛나게 웃는 미카엘과 달리 해량은 합장하듯 두 손을 모으고는 움직임을 최소화했다. 그러나 어린 소년들의 밝은 기운 앞에서는 그 역시 슬며시 미소가 지어졌다.

"라즈니쉬, 민우 군. 그동안 수행은 잘하셨습니까?"

"네, 물론이죠!"

낮은 해량의 목소리에 라즈니쉬와 민우가 동시에 소리치듯 대답했다. 그동안 섬에서 최선을 다해 교육을 받은 것은 물론이고 섬 밖의 세계에서 일어나는 일까지 해결할 정도로 성장했음을 자랑하고 싶었다.

"그럼 어디 보여주실까요?"

해량의 쭉 찢어진 두 눈이 빙긋 미소를 짓자 민우와 라즈니쉬는 마른침을 꿀꺽 삼켰다. 기쁨과 긴장이 교차되는 두 소년의 눈은 기대로 가득 차 있었다. 해량의 두 손이 허공으로 천천히 움직였다.

"밝은 달이 구름에 가리듯, 환한 태양이 안개에 몸을 숨기듯, 눈앞에서 그 존재를 잃어버릴지라! 환괴환술幻怪幻術!"

해량의 음성이 사라지는 순간이었다. 눈 깜짝할 사이에 소년들의 두 눈에서 미카엘과 해량의 모습이 완전히 사라져버렸다. 파도치던 섬의 모습도 사라지고 낯선 들판에 민우와 라즈니쉬만이 남았다. 두 소년은 얼어붙은 듯 그 자리에서 발을 떼지 못했다.

"해량 형님이 환시의 결계를 쳤어!"

"좋아, 누가 먼저 도착하나 내기할까?"

"좋아! 지는 사람이 오늘 하루 하인이야."

항상 모든 일에 서로 경쟁하며 우정을 키워온 민우와 라즈니쉬는 누가 먼저랄 것도 없이 시합을 시작했다. 두 소년 모두 긴장과 장난기가 가득한 미소를 주고받으며 내기에 돌입했다. 먼저 라즈니쉬가 환괴환술의 세계로 한 발을 들이밀었다.

그 순간 온몸 곳곳으로 세찬 바람이 휘익 불어왔다. 본능적으로 두 눈을 살짝 감았다가 떴을 때 라즈니쉬의 눈앞에는 새롭고 낯선 광경이 펼쳐졌다.

"역시 해량 형님은 굉장해!"

라즈니쉬는 저도 모르게 탄성을 내질렀다. 눈앞에 펼쳐진 것은 거대하고 빽빽한 정글이었다. 곳곳이 진흙 늪인데다 또 곳곳에 맹수들이 입을 벌리고 있는 놀랄 만큼 완벽한 환술의 결계 속이었다. 이곳이 환각과 환시의 세계라는 것을 똑똑히 알고 있는데도 라즈니쉬는 그 속으로 빠져드는 자신을 제어할 수 없었다.

태양의 열기가 강렬해지면서 몸이 서서히 더워지더니, 곧이어 진득한 회색 진흙탕 속으로 두 발이 스르르 가라앉는 느낌이 생생하게 느껴졌다. 라즈니쉬가 내딛은 한 발은 운 나쁘게도 늪의 한가운데였고, 그의 몸은 아래로 아래로 빠져들고 있었다. 게다가 라즈니쉬의 눈앞 저 멀리에는 커다란 열대 나뭇잎 사이로 거대한 구렁이와 뱀들이 꿈틀거리며 매서운 노란 눈동자를 번뜩이고 있었다.

"감탄할 때가 아니지. 형님, 제가 얼마나 발전했는지 보여드리죠!"

잠깐 사이에 라즈니쉬의 몸은 진흙탕 속으로 점점 더 빠져들었다. 환술일 뿐인데도 두 발이 아래로 가라앉는 느낌이 생생했다. 마침내 진득한 진흙이 발목 위까지 침범했다. 환술의 틈을 찾으려 했지만 축축하게 젖어드는 생생한 느낌 속에는 조금의 이질감도 없었다.

라즈니쉬는 재빨리 환각의 결계를 깨부수기 위한 다음 행동에 돌입했다. 그는 헐렁한 마웃에 달린 커다란 주머니에 손을 집어넣었다. 그리고 손가락 크기의 나무 인형을 꺼내 속삭였다.

"길 찾기의 명수, 작은 틈도 놓치지 않는 귀여운 친구! 어서 틈을 찾아줘!"

그의 손바닥 위에서 단단히 굳어 있던 나무 인형이 갑자기 꿈틀거리기 시작했다. 작은 갈색쥐는 기다란 꼬리를 살랑거리며 라즈니쉬의 손바닥을 빠져나왔다. 인형술사 라즈니쉬가 직접 만들어놓은 목각 인형은 라즈니쉬가 입김을 불어넣자 진짜 살아 있는 조그만 생물처럼 부드럽게 움직이기 시작했다. 생쥐는 순식간에 라즈니쉬의 다리를 타고 내려가 날렵한 동작으로 진득한 진흙더미를 차고 나갔다. 그러고는 그 주변에서 연신 코를 킁킁거리며 부지런히 헤매는 모습이었다.

"귀여운 친구야! 핵核을 찾아! 결계의 핵을 찾는 거야!"

라즈니쉬의 두 다리는 이미 무릎 위쪽을 지나 허벅지까지 늪에 빠져버렸다. 마음 같아서는 당장이라도 발버둥을 치며 빠져나오고 싶었지만 한순간의 실수가 더 큰 봉변을 부를 수도 있었다.

지금 라즈니쉬가 서 있는 곳은 해량이 만들어낸 의식의 세계였고, 어느 곳에 치명적인 함정이 감추어져 있는지 알 수 없는 상황이었다. 때문에 늪에 빠져 들어간다고 해도, 거대한 구렁이가 자신의 얼굴을 향해 커다란 입을 벌리고 달려든다고 해도 놀란 마음에 아무 데로나 발을 옮겼다가는 또 다른 차원으로 끝없이 빠져들 수도 있었다.

라즈니쉬의 영력을 받은 작은 인형 쥐는 조심스럽게 사방으로 움직였다. 작은 쥐는 라즈니쉬 대신 함정과 위험을 피해 이동할 수 있었다. 일반적으로 결계는 인간의 출입을 막기 위한 것이기 때문에 작은 쥐의 경우 함정을 교묘히 빠져나가면서 결계의 핵을 찾기에 유리했다. 작은 쥐는 이리저리 냄새를 맡으며 기어 다녔다. 쥐가 보는 것, 느끼는 것은 고스란히 라즈니쉬에게 전달되었다.

"앗, 조심해!"

소년은 진흙이 허리까지 차오르는 순간 자신의 귀여운 생쥐를 노리고 다가오는 거대한 코브라를 보았다. 진녹색의 얼룩무늬 코브라는 몸을 위로 곧추세우더니 거대한 입을 쩍 벌리며 라즈니쉬의 작은 친구를 향해 단숨에 돌진했다.

"으악, 안 돼!"

라즈니쉬는 소리를 지르면서 '아차' 싶은 생각이 들었다. 이 모든 환상과 환각의 결계는 라즈니쉬와 해량의 의식 세계다. 따라서 라즈니쉬가 해량이 만들어낸 코브라를 진짜로 여기는 순간 소년은 더욱더 깊은 환각의 세계로 빠져들게 된다. 이론상으로는 모든 것을 잘 알고 있었지만, 눈앞에 나타난 생생한 현실 때문에 라즈니쉬는 소리를 질렀던 것이다. 라즈니쉬가 진심으로 두려움의 비명을 지른 순간 눈앞에 있던 생쥐가 완전히 사라지고 말았다. 생쥐가 느끼는 모든 것을 고스란히 느끼는 라즈니쉬였지만,

사라진 생쥐의 눈앞에는 새하얀 안개만 자욱했다.

"이런, 환각에 넘어가고 말았어!"

라즈니쉬는 정신을 모아 주위의 모든 것이 환각이라는 사실을 스스로에게 되뇌었지만 모든 것이 너무나 생생해서 환각으로 여기기가 불가능했다. 다리와 허리에서 느껴지는 축축한 진흙 느낌이 너무나 생생했다. 온몸에는 끈적이고 뜨거운 열대 정글의 기후가 느껴졌다.

"이러다 늦겠어!"

라즈니쉬는 진흙탕 속에 푹푹 빠져든 주머니에 손을 집어넣었다. 진흙더미가 주머니 안쪽까지 들어와 인형들이 잡히지 않았다. 해량의 혼돈 속으로 더욱 깊숙이 들어온 게 분명했다.

"아아, 안 돼!"

라즈니쉬는 정신을 한곳으로 모아 호주머니 속을 다시 찬찬히 매만졌다. 그러자 아무것도 잡히지 않던 그곳에서 작고 단단한 무언가가 느껴졌다. 라즈니쉬는 한숨을 내쉬며 작은 인형을 들어 올렸다.

"아."

하필이면 조각을 완성하지 못한 어린 생쥐 인형이었다. 뒷다리를 완성하지 못해 다리 세 개만 윤곽이 있고, 나머지 다리는 몸통과 하나인 미완성 인형이었다. 완성해둘 걸 하며 후회할 시간도 없었다.

"부탁한다."

라즈니쉬는 작은 인형에 따스한 입김을 불어넣었다. 라즈니쉬의 입김이 닿은 미완성 쥐는 좀 전의 갈색쥐처럼 라즈니쉬의 손에서 쏘옥 빠져나와 그의 어깨를 타고 올랐다. 가슴께까지 진흙이 가득 찬 라즈니쉬는 한 팔을 쭉 뻗어 걸음이 불편한 생쥐가 최대한 마른 땅 위에 닿도록 도와주었다. 다리 하나가 없어 절룩거리면서도 작은 인형 쥐는 바지런히 몸을 움직였다. 미완성 생쥐가 움직이자 좀 전에 갈색쥐를 삼켰던 거대한 코브라가 입을 벌리며 다가왔다.

"저건 가짜야. 넘어가지 말자."

라즈니쉬는 절룩거리는 생쥐만 바라보며 코브라 쪽을 응시하지 않았다. 그것을 실제라고 여기는 순간 다시 자신의 작은 친구는 코브라의 입안으로 사라질 것이다. 라즈니쉬는 모든 것이 환상일 뿐이라고 스스로를 일깨우며 환각에 넘어가지 말자고 다짐했다.

찌직…… 찌직…… 찌직.

작은 쥐는 라즈니쉬 대신 코를 킁킁거리기도 하고 두 발로 땅을 파기도 하며 절룩거리는 다리로 이곳저곳을 바쁘게 돌아다녔지만 코브라의 눈에는 띄지 않았다. 생쥐를 향해 다가오던 코브라는 생쥐의 모습을 잃어버린 것처럼 그 자리에서 멍하니 움직이지 않았다. 라즈니쉬가 조심한 덕분이었다.

"으으…… 어서……."

진흙의 늪은 벌써 목까지 올라왔다. 늪에 빠진 것이 아니라 환상일 뿐이라고 몇 번을 되뇌었지만 너무나 생생하게 느껴지는 오감 때문에 그는 자신의 의지와 달리 점점 더 늪 속으로 빠져들고 있었다. 이러다가 죽는 건 아닐까? 죽음에 대한 공포가 언뜻 라즈니쉬의 머릿속을 스치고 지나갔다. 입과 코까지 잠겨버리면 환각 속에서 숨을 쉬지 못하다가 죽을 수도 있었다. 라즈니쉬는 언젠가 교관으로부터 영적 훈련 도중 환시와 환각의 세계에 빠져 목숨을 잃어버린 SAC 대원의 이야기를 들은 적이 있었다. 왜 하필 지금 그 생각이 나는지 알 수 없었다.

"안 돼, 집중하자!"

라즈니쉬는 자신을 대신해 바삐 움직이는 절름발이 생쥐에게 정신을 집중했다. 그 작은 쥐가 보는 모든 것을 감은 두 눈으로 보며 목 위로 차오르기 시작한 진흙은 잊으려 애썼다.

찍! 찌직!

턱까지 닿는 진흙 느낌에 몸서리가 쳐질 즈음 눈앞의 생쥐가 발견한 것이 환하게 반짝거렸다. 생쥐의 작은 코로 느껴오는 싱그러운 바람 냄새였다. 덥고 뜨거운 열대 정글의 냄새와 완전히 다른 시원한 바닷바람이었다.

"찾았다!"

라즈니쉬는 회심의 미소를 지었다. 열대 정글과 어울리지 않는 바닷바람, 그것이 바로 이 결계의 핵이자 틈이었다. 라즈니쉬는 자신의 모든 정신력을 생쥐의 감각에 집중했다. 이제 그의 손발과 눈동자, 그리고 코까지 모든 감각이 생쥐와 함께였다.

"결계의 핵이 이 근처에 있을 거야!"

라즈니쉬는 눈알을 굴리며 사방을 돌아보았다. 축축하고 텁텁한 기온, 짙은 초록빛 정글의 나무들, 그리고 진한 고동색 땅……그 사이에 어울리지 않게 유독 하얀 돌이 눈에 들어왔다. 절름발이 생쥐는 불편한 다리를 질질 끌며 하얀 돌멩이를 향해 나아갔다. 그리고 그 하얀 돌의 아랫부분을 정신없이 파헤쳤다.

보통 한 장소에 결계를 칠 때는 그곳에 있는 어떤 대상을 핵으로 삼기 마련인데, 이곳에서 핵이 될 만한 것은 맨땅의 돌이거나 작은 나뭇가지 정도일 것이다. 바로 이 거대한 환각의 세계에서 유일하게 남아 있는 단 하나의 실물이 바로 하얀 돌멩이였다. 마침내 라즈니쉬는 그것을 찾아냈다.

그 작은 짐승이 땅속에 박힌 하얀 돌을 끄집어내자 콧속까지 비집고 들어오던 진흙더미 느낌이 눈 깜짝할 사이에 사라졌다. 비로소 라즈니쉬의 온몸을 휘감고 있던 진흙의 늪도, 울창하게 펼쳐진 무더운 정글의 세계도, 거대한 코브라와 온갖 짐승도 안개처럼 사라져버렸다.

라즈니쉬는 미소를 지었다. 완벽한 성공이었다!

"지지 않겠어!"

라즈니쉬와 내기를 시작한 민우의 행동은 민첩했다. 우선 민우는 가슴에 두 손을 모으고 해량이 펼쳐놓은 결계 속으로 기꺼이 한 발을 내디뎠다. 그 순간 바로 옆에 있던 라즈니쉬의 얼굴도, 뒤쪽에 있던 SAC의 화이트 하우스도, 비행장도, 헬기도…… 모든 것이 시야에서 사라졌다. 다만 그의 눈에는 자신의 몸과 사방에 깔린 자욱한 안개구름만 보였다. 보통 사람이라면 몹시 당황하고 겁을 집어먹은 채 영원히 길을 잃겠지만 민우는 결코 마음을 흐트러뜨리지 않았다. 이것은 일종의 최면이다. 바로 코앞 어딘가에 모든 존재가 있을 것이고, 단지 눈앞에만 허상이 있을 뿐이었다.

민우는 차분히 마음을 가다듬고 두 눈을 감았다. 그리고 다시 천천히 고개를 들었다.

"핫……!"

순간 민우는 두 다리가 후들거리는 느낌을 받았다. 눈앞을 가득 메운 자욱한 안개가 벗겨진 순간 민우의 두 눈에 펼쳐진 광경은 끝도 보이지 않는 천 길 낭떠러지였다. 민우는 마치 수천 미터 상공에 떠 있는 기분이었다. 게다가 더욱 놀라운 건 민우가 서 있는 위치였다. 아주 복잡하게 얽히고설킨 가느다란 줄이 끝도 없이 저 멀리까지 이어져 있고, 민우는 마치 서커스단의 줄타기 곡예사처럼 그 위에 위태위태하게 서 있었다.

"이럴 수가! 난 고소공포증인데!"

민우는 앓는 소리를 해댔지만 환각은 사라지지 않았다. 사라지기는커녕 그가 더럭 겁을 먹는 바람에 고층 아파트의 옥상에서 느낄 수 있는 세찬 바람까지 사방에서 불어오기 시작했다. 바람이 한 번씩 불 때마다 동아줄은 위태롭게 흔들렸고 민우의 머리털은 곤두섰다.

"젠장!"

정신을 집중한 민우는 겁을 집어먹은 그 순간부터 해량의 결계에 완전히 빠져들고 말았다는 것을 깨달았다. 순간적인 실수였지만 그 결과는 참혹했다. 발밑으로 까마득히 이어지는 천 길 낭떠러지가 가슴을 조여왔다.

"후우후우."

민우는 숨을 몰아쉬었다. 결계를 풀기 위해서는 이 모든 것이 환각과 환시라는 것을 자각해야만 한다. 자칫 이 위태로운 줄 아래로 떨어지는 끝없는 추락을 실제 상황이라고 받아들이게 된다면 심장마비로 죽음에 이를 수도 있다는 생각이 들었다.

"정신 차려! 이제 앞만 보는 거야!"

민우는 스스로를 타이르며 정신을 바짝 차렸다. 모든 것은 환각일 뿐, 사실 내 발밑에는 판판한 잔디밭이 있을 거라고 자신을 타일렀다. 두려움을 몰아내기 위해 그는 아예 바닥을 내려다보지 않기로 했다. 모든 공포는 감각의 대부분을 담당하는 시각과 청각에 의한다. 두 눈으로 보는 것을 실제로 믿어버리면 환각에서 절대로 벗어날 수 없다.

이 무시무시한 상황에서 민우는 천천히 눈을 감았다. 아예 쳐다보지 않는다면, 아예 쳐다보지 않고 자신의 두 발이 안전한 곳을 디디고 있다고 생각한다면 이 위기를 더 쉽게 극복하리라고 판단했다. 민우의 눈에 마지막으로 남은 영상은 복잡하게 얽히고 설킨 동아줄이었다. 민우는 매끈한 동아줄에서 이상한 점을 찾아

내려고 했다. 모든 감각을 차단한 상태에서 결계를 빠져나갈 수
있는 해결점을 찾기 위해서였다.

'동아줄이 너무 매끈해. 원래 동아줄의 꼬임 주변에는 실이 조
금씩 풀려 있어야 하잖아? 그러니까 이건 모두 시각적 착시일 뿐
이라고!'

의심이 시작되자 흔들거리며 불안하기만 하던 동아줄이 고요
해졌다. 주위에서 불던 바람도 잠잠해졌다.

'됐어. 내 육감을 동원해서 허상을 지우고 실체의 위치를 찾아
내자!'

민우는 완전한 환상 속에 갇힌 자신의 시각 대신 초감각을 동
원하여 숨겨져 있는 실체를 찾기 시작했다. 실제로 모든 것은 환
각에 지나지 않으며, 멀지 않은 바로 코앞에 결계를 친 해량이 있
다는 것을 똑똑히 알고 있는 민우는 바로 결계의 주인인 해량의
기척을 찾기 위해 모든 정신을 집중했다.

휘잉…… 휘이이잉…….

정신을 집중하자 귓속으로 바닷바람이 불어왔다. 민우는 그 바
람 소리에 더욱 주의를 기울였다. 바람 소리를 듣다 보니 한순간
천 길 낭떠러지가 머릿속에 떠올랐다.

"이런!"

그 순간 다시 발아래 동아줄이 흔들거렸다. 환각을 현실로 인
식하는 순간 완전히 그 속에 빠져들고 만다. 민우는 고개를 흔들
었다.

'바람은 모두 환상일 뿐이야. 이곳은 허공도, 천 길 낭떠러지도 아니야. 나는 평평한 섬의 흙 위에 서 있어. 내 앞에는 해량 형님과 미카엘 형이 나를 바라보며 기다리고 있을 거야. 깨어나자. 깨어나자. 허虛와 실實을 분간하는 심안心眼의 눈으로 세상을 바라보자!'

민우는 온몸의 집중력을 높이고 마음의 눈을 떴다.

휘이잉…….

휘잉…….

…….

어느 순간 세찬 바람이 잠잠해지고 모든 것이 완전한 고요로 물들어갔다. 결계가 서서히 벗겨지고 있다는 증거였다. 민우는 이때를 놓치지 않고 온몸의 기를 끌어올렸다. 내부로 집중시키던 몸의 기운을 바깥쪽으로 넓혔다. 민우의 초감각이 스멀스멀 몸 바깥으로 퍼져나가며 주변에 있는 기운을 읽기 시작했다.

그러자 조금 전까지만 해도 완전한 고요, 완전한 고독의 흔적만 남아 있던 그곳에서 잡힐 듯 말 듯 어떤 생명의 움직임이 느껴지기 시작했다. 민우가 더욱 정신을 집중하고 호흡을 고르게 하자 그 미세한 감각이 점차 민우의 온몸으로 퍼지더니 대지의 숨결, 바람의 움직임, 흔들리는 나무, 살아 숨 쉬는 생물들의 존재감으로 다가왔다. 그리고 마침내 그리 멀지 않은 곳에서 한 사람의 고른 숨소리가 느껴지기 시작했다.

순간 민우는 그 규칙적인 호흡과 심장박동이 모든 환각과 결계의 주인인 해량의 것임을 본능적으로 깨달았다. 민우는 천 길 낭

떨어지를 발아래 두고도 조금의 망설임도 없이 해량의 숨소리를 향해 한 발을 내밀었다. 환각 속에서라면 한 발 내딛는 그곳에 낭떠러지가 있을 테지만 두려움은 사라졌다. 분명 그곳에는 평평한 대지가 그를 기다리고 있을 것이었다.

민우가 한 발을 내딛자 눈앞에서 안개가 걷히듯 모든 것이 사르르 녹아내렸다. 천 길 낭떠러지도, 위태롭던 동아줄도 모두 사라져버렸다. 민우는 천천히 눈을 떴다. 굳게 감았던 눈을 뜨는 순간, 민우의 눈앞에는 밝게 미소 짓는 해량과 미카엘이 있었다.

"잘해냈다! 다들 실력이 엄청 늘었구나!"

머리를 쓰다듬는 미카엘의 손길에 민우는 기분 좋은 웃음을 지었다.

"헤헤, 같이 들어온 사람들 중엔 거의 최고라고 할 수 있죠! 근데 라즈니쉬는 아직인가요?"

기세등등한 민우의 얼굴은 다음 순간 구겨지고 말았다. 해량의 등 뒤에서 진한 갈색 피부의 라즈니쉬가 혀를 쏙 내밀며 이쪽을 바라보았기 때문이다.

"안됐지만, 이번에는 내가 이겼지!"

"하하. 간발의 차이였어."

미카엘이 웃으며 민우의 머리를 쓰다듬었다. 자랑스러워하던 민우의 얼굴이 살짝 일그러졌다.

"실망할 것 없어. 둘 다 굉장하구나. 환괴환술을 이렇게 빠른 시간에 깨다니, 놀랍다."

해량 역시 두 사람에게 고개를 끄덕였다. 아무리 술법을 알려주었다고 해도 이렇게 단시간에 빠져나올 수 있는 환술이 아닌데, 정말 대단한 실력이었다.

"결계의 핵을 찾아내어 단번에 깨뜨린 라즈니쉬도, 허울에 휘둘리지 않고 결계를 헤쳐 나온 민우도 굉장한 실력이었다."

두 소년이 경쟁심과 우정으로 이뤄낸 실력 상승은 미카엘과 해량이 감탄할 정도였다. 청년들의 감탄과 칭찬에 소년들은 자랑스러워서 얼굴을 붉혔다.

"그런데, 정말 오랜만이에요, 형들. 혹시 무슨 일이 있는 건가요?"

"혹시 우리가 도울 일은 없나요?"

두 소년은 오랜만에 섬에 들른 청년들에게 걱정 반 기대 반의 표정으로 넌지시 물었다. 물론 세상에 안 좋은 일이 벌어지는 건 결코 달갑지 않지만, 그래도 한 번이라도 더 자신이 갈고닦은 실력을 보여주고 인류를 위해 사용하고 싶다는 열정이 두 소년의 가슴속에 가득했다. 소년들은 미카엘과 해량이 혹시라도 중요한 사건에 자신이 필요하다고 말해주지 않을까 내심 기대에 부푼 얼굴이었다.

"난 물건을 안전하게 전달했으니, 할 일을 다 했구나. 임무의 마무리 단계여서 너희가 도울 일은 없단다. 그럼 미카엘님, 안녕히."

환괴환술로 짧지만 즐거운 시간을 보낸 해량은 아이들과 미카엘에게 조용히 인사했다. 그리고 다시 결계사의 본분으로 돌아가 자신의 존재감을 최소화시키며 그 자리를 떠났다. 아쉬운 마음에 해량의 뒷모습을 바라보던 두 소년은 미카엘의 양팔을 붙잡았다.

"형, 저희가 도울 일은 없나요?"

"미안하지만 이번엔 너희가 나설 만한 사건이 아니야. 오늘은 동방지부장님의 부탁으로 여기까지 왔단다."

미카엘의 말에 민우와 라즈니쉬는 실망한 표정이 역력했다.

"쳇! 동방지부장님은 요새 '그 녀석'만 보세요. 녀석은 항상 지하 마지막 층에서 비밀 훈련을 하는 것 같아요. 우리는 얼씬도 못하게 하고……."

"맞아요! 그 재수 없는 녀석 때문에 저도 아주 불만이에요! 어째서 동방지부장님은 '그 녀석'에게만 매달리시는 거죠?"

민우와 라즈니쉬는 기다렸다는 듯 불만을 터뜨렸다. 그런 불만의 중심에는 '그 녀석'이 있었다. 인재를 알아보는 최고의 눈을 가졌다는 동방지부장의 눈에 띄고 싶은 마음, 전설적인 최고의 요원이라는 현욱에게 인정과 칭찬을 받고 싶은 마음에 아이들은 심통이 난 모양이었다. 세계 각국을 돌아다니느라 정신없는 동방지부장이 이 섬에 들르는 잠깐 동안 소년들은 그의 눈에 들어 최고의 스페셜 요원으로 성장하고 싶은 마음이 간절했다.

하지만 아이들의 모든 노력이 수포로 느껴질 만큼 요즘 동방지부장은 섬에 돌아온 짧은 시간 동안 그 '재수 없는 녀석'과 지하에 틀어박혀 있느라 얼굴을 구경하는 것조차 어려웠다. 아이들은 그런 동방지부장 현욱을 생각할 때마다 가슴이 답답했다.

"너희가 이해해라. 할 수 없지. 그 아인 좀…… 특별하니까."

두 소년의 마음을 알면서도 미카엘은 그렇게밖에 말해줄 수 없었다. 그렇다, 그 아이는 특별한 아이다. 미카엘이 특별한 만큼 그 아이도 특별하다. 그 특별함은 신성한 집행자들에 오래 있었다거나, SAC에서의 위치에 의해 결정되는 것이 아니다. 바로 이번 세기의 신인이 될 가능성을 가진 아이기에 특별한 것이다. 수백 년 동안 세계 각국의 예언자들이 반복해온 예언에 등장하는 인류의 운명을 결정짓는다는 아이, 신의 부름을 받았다는 아이일지 모르니까. 신의 의지이며 신과 동격이 될 수도 있다는 신탁의 인간, 바로 그 신인일지 모르는 아이니까!

"그런데 내가 봤을 때는 아주 조그맣고 귀엽던데, 너희한테는 영 인기가 없나 보구나?"

미카엘은 빙긋 미소를 지었다. 예전에 보았던 낙빈의 얼굴이 떠올랐다. 동그랗고 까만 바가지 머리에 크고 까만 눈동자를 반짝이던 아이는 늘 하얀 한복을 입고 있었다. 조금은 유행에 뒤떨어진 그 모습이 무척 귀엽고 순진해 보였다. 처음 보는 사람도 반할 만큼 순수하고 귀여운 아이였다.

"귀엽다고요?"

"말도 안 돼! 그 재수 없는 녀석이?"

"하하……."

두 소년 모두 치를 떨며 고개를 흔들었다. 미카엘은 그런 민우와 라즈니쉬에게 빙긋이 미소를 지었다. 바람에 흔들리는 금빛 머리카락 사이로 푸르른 미소가 환히 반짝거렸다. 이토록 아름답고 멋진 미카엘이 그 칙칙한 애를 귀엽다고 하다니! 민우도 라즈니쉬도 도저히 인정할 수가 없었다.

미카엘은 두 소년과 함께 섬 중앙에 위치한 화이트 하우스에 도착했다. 해안의 고급스러운 호텔로 보이는 건물의 중앙 문을 열어젖힌 세 사람은 각자의 방법으로 그곳에 펼쳐진 결계를 깨며 안으로 들어섰다.

라즈니쉬와 민우는 거의 동시에 건물 안으로 들어섰다. 둘 다 굉장히 빠른 속도로 결계를 넘었다고 자신했는데도 그들이 건물 안에 들어섰을 때는 이미 미카엘을 태운 엘리베이터가 지하를 향해 움직이고 있었다. 역시 혀를 내두를 만큼 대단한 능력이었다.

"으으…… 다음번엔 꼭 따라잡을 테다!"

뒤에 남은 라즈니쉬와 민우는 분한 마음에 이를 갈았다. 역시 특급 수행자는 보통 사람과 달랐다. 더욱이 미카엘은 신의 축복을 받은 세계의 구원자일 수도 있으니까 말이다. 민우와 라즈니쉬는 미카엘이야말로 이 세기의 신인일 거라고 생각했다.

"민우, 라즈니쉬. 식사 시간이야. 안 보여서 찾고 있었어."

두 사람이 입맛을 다시는데 뒤에서 귀에 익은 목소리가 들렸다. 소극적이고 내성적인 성격 그대로 살며시 떨리는 목소리를 내는 소녀는 얼마 전 이곳에 들어온 케이트였다. 처음에는 수세미처럼 엉망이던 케이트의 빨간 고수머리는 단정하게 세 가닥으로 땋아져 있었다. 꽃무늬가 촘촘히 박힌 원피스를 곱게 입은 케이트는 처음과는 아주 딴판이었다. 어린 시절부터 학대를 받은 탓에 어둡고 그늘졌던 얼굴이 제법 환해졌고 기다란 속눈썹을 깜빡이는 것이 귀여웠다. 그래, 귀엽다는 말은 이런 아이에게 어울리는 것이었다. 그 칙칙한 낙빈인가 뭔가 하는 소년이 아니라.

"응, 케이트. 같이 가자."

민우와 라즈니쉬는 방긋 웃으며 케이트와 함께 식당 쪽으로 발길을 돌렸다.

3

현욱은 거대한 지하 공간을 바라보고 있었다. 검은 바위가 사방을 감싼 지하 동굴은 이곳의 가장 깊은 밑바닥에 있었다. 가장 위험한 존재들을 가둬두는 그 검은 바위 동굴을 바라보는 현욱의 얼굴은 너무나 진지했다. 그는 평소와 같은 검은 양복바지와 흰 와이셔츠를 입고 있었지만 언제나 정갈하게 묶고 있던 넥타이는 약간 풀어져 있었다. 깎다 만 듯 꺼칠한 수염과 충혈된 눈은 현재 그가 심한 과로 상태라는 것을 말해주고 있었다. 하지만 그는 여전히 한 소년에게서 시선을 떼지 않았다.

엄청난 규모의 지하 동굴 위쪽에는 동굴이 한눈에 들여다보이는 모니터실이 있었다. 모니터실에는 동굴을 향해 가로로 길게 유리창이 달려 있었다. 그것은 방탄유리일 뿐만 아니라 수많은 결계사가 완성한 겹겹의 안전장치가 되어 있었다. 그곳에서 현욱은 저 아래 깊은 어둠 속에 홀로 있는 소년을 바라보았다. 거대한 동굴, 캄캄한 바닥에 작은 소년이 보였다. 너무 멀어서 그 모습이 작은 점처럼 느껴졌다. 소년이 정좌하고 있는 거대한 지하 홀은 어두컴컴하다는 사실만 제외하면 흡사 로마시대의 콜로세움을 연상시켰다.

본래 눈처럼 하얗던 한복이 군데군데 핏물인지 녹물인지 모를 지저분한 얼룩으로 가득했다. 소년은 차가운 바닥에 다리를 겹치고 앉아 미동조차 없었다. 그런 소년의 뒷모습 역시 현욱의 얼굴만큼이나 초췌하고 꺼칠해 보였다.

현욱은 등을 보인 채 미동도 않는 낙빈의 뒷모습을 마치 눈싸움이라도 하듯 뚫어져라 바라보았다. 낙빈의 등은 너무나 작아 보였다. 처음 만났을 때와 비교하면 별로 성장하지 않은 것 같았다. 두 어깨에 놓인 짐이 너무 무거워서일까? 오히려 몸이 쪼그라든 것 같다는 생각도 들었다. 특히 승덕이 떠나고 지난 일 년 동안은 아예 자라지 않은 것 같았다.

똑똑.

현욱은 모니터실 밖에서 들리는 조심스러운 노크 소리에 고개를 돌렸다.

"저 왔습니다, 지부장님."

모니터실로 들어선 것은 눈부시게 아름다운 청년 미카엘이었다. 어두컴컴한 지하에서도 미카엘의 얼굴에서는 환한 빛이 났다.

다. 신의 은총과 함께 지극한 아름다움이 미카엘과 함께하는 탓이었다.

"잘 왔네."

현욱은 미카엘과 악수를 나누었다. 현욱이 앉아 있던 모니터실은 각종 녹화 장비와 방음 설비 등을 제외하면 딱딱한 의자 몇 개만 놓여 있었다. 그 공간을 더욱 딱딱하고 차갑게 만드는 건 어느 때보다도 신경질적으로 빛나는 현욱의 예리한 눈빛이었다. 현욱은 모니터실의 유리창 너머 어둠 속에 홀로 앉아 있는 어린 소년을 바라보았다. 소년에게서 뿜어져 나오는 낯선 냉기 때문에 미카엘은 흠칫 놀라고 말았다.

"부탁하신 것은 무사히 가져왔습니다."

"수고했군."

단지 이 말을 끝으로 현욱은 미카엘에게서 시선을 거두고 저 아래 낙빈을 주시하기 시작했다. 마치 보이지 않는 저편과 이편에서 두 사람이 눈싸움이라도 하는 것 같았다. 미카엘은 입을 다문 채 현욱의 뒤쪽에 묵묵히 자리 잡았다. 현욱의 눈동자에는 저 멀리에 미동도 않고 앉아 있는 소년의 작은 등 외에는 아무것도 보이지 않는 모양이었다. 현욱도, 낙빈도 무언가 전과 달랐다.

잠시 후 현욱은 자신의 앞쪽에 놓인 수많은 버튼과 계기판 중에 유독 새빨갛게 빛나는 볼록한 버튼을 건드렸다. 그동안에도 그의 눈동자는 소년의 좁은 등에서 벗어나지 않았다.

현욱의 손이 붉은 버튼에서 떨어지는 순간 거대한 홀의 끝에서

'위잉' 하는 기계음과 함께 시커먼 벽의 한쪽이 스르르 열리더니 그곳을 통해 커다란 궤짝 세 개가 소년만이 앉아 있는 텅 빈 공간으로 들어섰다. 그 궤짝들은 조금 전에 미카엘과 해량이 이 섬으로 가져온 것들이 틀림없었다. 바로 그전까지 SAC의 여러 요원이 온 힘을 다해 사로잡은 지옥의 괴물이 담긴 상자임에 틀림없었다.

궤짝들이 나타났을 때와 마찬가지로 낮은 기계음이 울려 퍼지자 다시 벽은 검은 빛깔로 단단히 닫혀버렸다. 커다란 궤짝 세 개와 얼룩덜룩한 한복을 입은 자그마한 소년만 남겨둔 채 다시 거대한 홀에는 무거운 침묵만 흘렀다.

그르릉…… 그릉!

덜커덕…… 덜커덕!

마침내 침묵을 깨뜨리는 이상한 소리가 들리자 미카엘은 경악에 찬 얼굴로 자리에서 일어섰다. 이상한 소리는 세 개의 궤짝에서 나는 게 분명했다.

"지부장님, 설마……."

세 개의 궤짝에서 소리가 나는 것을 확인한 미카엘의 얼굴에는 팽팽한 긴장감이 가득 찼다.

"설마…… 안거 님의 결계를 해지한 건 아니시지요?"

미카엘은 믿을 수 없다는 눈빛으로 현욱을 바라보았다. 그는 무표정한 얼굴로 저 멀리 소년의 등만 바라볼 뿐이었다.

현욱의 대답은 필요 없었다. 미카엘은 궤짝의 윗부분이 덜커덩거리며 흔들리는 것을 똑똑히 보았다.

"지부장님, 위험합니다! 저 가운데 한 마리를 포획하는 데도 저와 안거선인 님, 그리고 지장선인 님이 모두 동원됐습니다. 아무리 특급 수행자라 할지라도 기껏해야 일대일로 대결하는 게 고작일 겁니다! 저 아이 혼자 있는 곳에 지옥의 짐승 세 마리를 풀다니요! 이건 무모합니다. 그만두십시오!"

"조용히 해주겠나."

걱정 어린 미카엘의 말은 곧 현욱에 의해 제지되었다. 그는 청년의 걱정 어린 얼굴을 쳐다보지도 않은 채 손을 내저었다. 그의 눈은 여전히 낙빈의 작은 등만 주시하고 있었다.

"지부장님."

미카엘의 걱정과 불안에 대한 현욱의 대답은 침묵이 진부였다.

"무모합니다."

미카엘은 고개를 흔들었다. 미카엘이 아는 한, 낙빈의 실력으로 저 강력한 지옥의 짐승을 상대하는 건 불가능했다. 아무리 특별한 훈련과 교육이 있었다고 해도 낙빈은 이곳에 온 지 겨우 일 년도 되지 않았다. 그 짧은 기간 동안의 훈련으로 무시무시한 지옥의 짐승들을 감당할 만큼 실력이 늘었을 리는 없었다. 이건 소년의 목숨을 건 무모한 싸움이었다.

등 돌린 소년의 뒤쪽에서 궤짝의 뚜껑들이 요란스럽게 덜컹거렸다. 그렇게 상자가 덜컹거릴 때마다 차갑고 강한 독기가 스멀스멀 빠져나왔다. 점점 공간을 메워가는 지독한 독의 기운에 멀리 떨어져 지하를 바라보는 미카엘의 심장까지도 섬뜩섬뜩했다.

산전수전 다 겪은 미카엘이 이럴진대 한복을 입은 작은 소년이 느낄 두려움은 상상을 뛰어넘을 것이다.

어린 소년은 무슨 생각을 하는지 등을 돌린 채 가만히 앉아 있을 뿐, 미동도 하지 않았다.

"저러고 있어도 되는 건가요?"

바짝바짝 죄어오는 긴장감에 미카엘의 입에선 걱정의 말이 새어나왔다. 미카엘은 혹시 모를 사태에 대비하여 서서히 영적 힘을 끌어올렸다.

덜컹! 콰아아아앙!

그때였다. 가장 앞쪽, 낙빈의 등과 가장 가까이에 있던 흰 상자가 요란한 폭발음을 내며 부서져 날아갔다. 폭발음과 먼지 속에서 아주 위험한 존재가 나타났다. 새파란 독기를 내뿜는 무언가가 바늘처럼 날카롭게, 물처럼 부드럽게, 폭풍처럼 날쌔게 궤짝에서 빠져나와 곧장 어린 낙빈의 새하얀 목에 새겨진 푸른 혈맥을 향해 쏜살같이 달려들었다.

카아아아악!

작은 소년의 목을 향해 입맛을 다시며 매섭게 돌격하는 놈은 온몸이 새파란 뱀이었다. 그냥 뱀이 아니라 코끼리 몸통만큼이나 두껍고 수십 미터는 될 법한 길이의 뱀이었다. 놈은 세 개의 머리가 달린 지옥의 삼두사三頭蛇였다.

"위험해!"

도저히 피할 길도, 피할 방법도 없는 시간과 공간 속에서 미카엘은 자리를 박차고 일어났다. 단말마의 비명 후에 그의 눈앞에 펼쳐진 것은 도저히 믿을 수 없는 광경이었다.

사람의 머리를 통째로 삼켜버릴 만큼 커다란 입을 가진 삼두사가 강한 적대감과 독기를 품은 채 낙빈을 향해 달려들었다. 그 독기가 얼마나 강력하고 소름이 끼치는지 멀리 떨어진 모니터실까지 생생하게 느껴졌다. 그토록 강력한 독기를 내뿜으며 놈이 낙빈의 하얀 목을 날쌔게 물어뜯으려는 순간 소년은 모든 것이 그자리에서 '움찔' 얼어붙을 만큼 커다란 소리를 내질렀다.

"사령四靈!"

그것은 소리라기보다 영적 울림이었다. 귀를 막아도 온몸의 세포 하나하나까지 울릴 법한 영기靈氣가 사방으로 퍼져나갔다. 소년의 외침이 울려 퍼지자 얼룩진 한복의 뒷등에서 무언가가 엄청난 속도로 나타났다. 워낙 빠르고 민첩해서 알아볼 수 없었지만 그것은 궤를 부수고 튀어나온 삼두사를 향해 곧게 나아갔다. 바람처럼 빠른 모든 움직임이 사라진 뒤 보이는 것은 소년을 향해 커다란 입을 벌린 삼두사의 머리 세 개가 허공에 멈춘 모습이었다.

"사령신장四靈神將, 멸적참륙滅敵斬戮!"

여전히 미카엘의 눈에 보이는 것은 소년의 등뿐이었다. 무슨 표정을 짓는지, 어떤 얼굴인지 알 수 없는 가운데 영적 기운이 충만한 소년의 음성만 울려 퍼졌다.

크헝!

크허어엉!

차가운 소년의 목소리와 함께 거대한 지하 세계가 쩌렁쩌렁 울릴 정도로 커다란 울음소리가 울려 퍼졌다. 소년의 명령을 받은 울음소리는 곧장 뱀의 모가지를 물어뜯고, 사지를 붙들고, 눈알을 파헤치고, 몸통을 끊어놓았다. 무시무시한 지옥의 삼두사를 잠재우는 데 몇 분도 걸리지 않았다.

"이럴 수가!"

미카엘은 눈앞에서 일어난 놀라운 광경에 딱딱하게 굳어버렸다. 방금 전 소년에게 덤벼든 삼두사는 단순한 '뱀'이 아니었다. 강력한 원한을 담은 만큼 엄청난 전투력을 가진 동물이었다. 인간세계에 나올 수 없는, 아니 나와서는 안 되는 지옥의 짐승이었다. 그런데…… 그 어마어마한 저주의 산물이 1분도 안 되는 사이에 널브러져 꿈틀대다니!

삼두사의 몸뚱어리가 바닥을 뒹굴며 꿈틀거리다가 마침내 작은 움직임조차 사라지자 어린 소년은 천천히 자리에서 일어섰다. 작은 소년은 여전히 등만 보인 채 어두운 동굴 벽만 바라보았다. 소년이 일어서자 삼두사의 목과 몸통을 단단히 붙들고 있던 사령신장 역시 몸을 일으켰다.

삼두사의 머리 하나를 붙들고 있던 신장은 등껍데기가 딱딱하고 미끈한 거대한 장구長久의 거북이었다. 거구의 거북 목은 길고 두꺼운 구렁이 형상이었다. 시푸르뎅뎅한 깊은 물빛의 신장은 딱딱한 등딱지 위로 기다란 목을 뽑아들고는 빙글빙글 허공을 휘감으며 사방을 노려보았다. 까만 눈알에서는 차갑고 싸늘한 냉기가 사방으로 퍼져 그 누구도 범접할 수 없는 위엄을 자랑했다.

거북의 오른쪽에는 날카로운 강철 비늘을 번쩍이며 기다란 몸을 둥글게 감은 거대한 푸른 용이 있었다. 용의 머리에는 짧은 사슴의 뿔이 삐죽 돋아났고 기다란 입이 벌어질 때마다 붉은 화염이 일었다. 녹푸른 용의 등에는 크고 두꺼운 청록색 날개가 펄럭거리니, 그 깊은 위엄과 냉랭한 적대감이 감히 그 누구도 낙빈의 곁으로 섣불리 다가서지 못하게 했다.

청룡의 서쪽에서는 커다란 입을 벌린 호랑이가 거대하고 늘씬한 허리를 펴고 허공을 향해 포효했다. 날카롭게 뻗은 네 다리 끝에는 너무나도 무시무시한 발톱이 돋아나 있고 늘씬한 허리에는 얼룩얼룩한 무늬가 있었다. 신장에서 느껴지는 매서운 용맹과 호전적인 울음으로 어떤 영물이나 영혼도 섣불리 근접할 수 없는 두려운 존재로 느껴졌다.

마지막으로, 거대한 뱀의 몸통을 내리누르고 있는 것은 천장을 가릴 듯이 거칠고 억센 날갯짓을 해대는 붉은 거조巨鳥였다. 붉고 푸른 깃털이 뒤섞인 날개를 가졌고 날카로운 부리에는 수려한 자줏빛이 반짝였다. 기다란 꼬리에는 불길이 타오를 것처럼 아름다운 깃털이 하늘거렸다. 아름답고 우아한 거조의 붉은 날개가 펄럭일 때마다 작은 회오리가 일었다.

미카엘의 눈이 잘못되지 않았다면 그것은 분명 동서남북, 천하의 사방위를 지키고 우주의 질서를 진호鎭護하는 환상의 동물이 분명했다. 바로 청룡青龍◆, 백호白虎◆◆, 주작朱雀◆◆◆, 현무玄武◆◆◆◆.

257

세상에서 가장 신비롭고 고귀한 사신四神◆◆◆◆◆이 틀림없었다.

4

미카엘은 눈앞에 나타난 네 마리의 영수靈獸를 바라보며 입을 다물지 못했다. 네 마리 영수는 고대로부터 동양의 위대한 왕들의 무덤에 동서남북으로 그려져 무덤을 수호했다는 신령한 동물이었다. 도저히 상상할 수 없을 만큼 강력하고도 무시무시한 영적 능력을 지닌 네 마리의 영수가 작은 소년의 명령에 따라 움직인다는 것은 믿기 힘든 일이었다.

미카엘이 놀라움을 느끼는 것도 잠시. 첫 번째 상자 곁에서 요동치던 두 번째 상자가 커다란 소리를 내며 폭발했다. 산산이 부서진 궤짝 조각이 사방으로 날아가자 검은 지하 동굴 여기저기서 거센 소리가 메아리쳤다.

◆기다란 몸은 뱀의 비늘로 덮여 있고 등에는 날개 한 쌍을 달았다. 입에서 불을 내뿜는 사방위 사신 중 하나로, 동방을 지키는 동물이다. 오행설에 의하면 '목木'과 관련된 상상의 짐승이다.
◆◆새하얀 몸에 검은 얼룩이 특징적이다. 사신 중 서쪽을 지키는 서방위신으로, 오행설에 의하면 '금金'의 위상을 갖는다.
◆◆◆봉황과 유사한 모습이고 남쪽을 방위하는 상상의 새다. 무덤의 석벽에 두 마리가 한 쌍으로 표현되는 경우가 많다. 오행설에 의하면 '화火'를 상징한다.
◆◆◆◆북방을 지키는 신으로, 긴 뱀의 머리를 가진 신비의 동물이다. 오행설로는 '수水'로 대표된다.
◆◆◆◆◆동서남북의 방위를 나타내고 우주의 질서를 진호하는 상징적인 동물이다. 사령四靈 또는 사수四獸라고도 하는데 동쪽의 청룡, 서쪽의 백호, 남쪽의 주작, 북쪽의 현무를 일컫는다.

뭉글뭉글 피어오르던 연기가 사라지자 어리고 작은 소년의 체구와는 비교도 되지 않는 거대한 짐승이 나타났다. 하얀 연기 속에서 기다란 갈기를 흩날리며 나타난 놈은 사자의 얼굴을 하고 있었다. 매끄럽게 뻗은 몸은 호랑이의 얼룩무늬였고 좌우로 흔들거리는 기다란 초록의 꼬리는 거대한 도마뱀의 것이었다. 집채만 한 몸뚱어리를 가진 지옥의 짐승은 바로 미카엘과 지장선인, 그리고 결계사 안거선인이 함께 생포했던 놈이었다.

크워어어어!

놈이 커다란 입을 벌리고 천지가 떠나가라 울어대자 날카로운 하얀 이빨 사이에 뱀의 형상을 한 징그러운 혀가 독기를 뿜었다. 순식간에 동굴 가득 노란 독기가 차올랐다. 나무와 풀이 우거진 숲에서도 독의 기운이 퍼지면 숨이 막힐 정도였다. 아무것도 없는 빈 동굴을 놈의 독기가 가득 채우는 것은 순식간이었다. 미카엘은 묵묵히 뒤돌아서 있는 소년의 빛바랜 한복을 바라보았다.

"과연, 상대가 될까?"

미카엘은 자신도 모르게 중얼거렸다. 그는 눈앞에서 벌어지는 일들에 집중하느라 자신이 중얼거리고 있다는 사실도 인지하지 못했다. 신성한 집행자들의 특급 요원 세 명이 연합하여 생포한 놈이다. 더욱이 금번 세기 신인의 가능성에 대해 예언을 받은 미카엘과 지장선인이 함께 나서야 할 정도로 위험한 지옥의 짐승이었다. 그런 짐승을 어린 소년 혼자서 감당할 수 있을까? 아무리 긍정적으로 생각한다고 해도 역부족일 듯했다.

어린 소년을 사방에서 에워싸고 있는 네 마리의 신수도 굉장하지만, 날카로운 이빨을 번쩍이며 금방이라도 달려들듯 바닥을 긁어대는 독기에 찬 괴짐승은 쉽게 맞설 수 있는 상대가 아니었다. 저승에서 살아온 짐승에게 남은 것은 생존을 위한 전투와 투쟁, 살육과 멸살뿐이다. 지옥의 짐승은 적이건 아군이건, 동료건 먹이건 간에 단숨에 죽이고자 하는 본능 외에 다른 감정이 존재하지 않았다.

미카엘은 마른침을 삼키며 눈을 반짝였다. 그의 푸른 눈은 단 한순간도 놓치지 않으려는 듯 소년과 짐승의 모습을 유심히 살폈다.

크워엉! 크워어어!

먼저 움직인 쪽은 지옥의 짐승이었다. 집채만 한 누런 사자 머리가 괴성을 질러대며 높이 날아올랐다. 놈의 늘씬한 얼룩 몸이 검은 동굴 여기저기를 발판처럼 밟고 올라 어지럽게 주변을 맴돌았다. 길고 두꺼운 초록 꼬리가 움직일 때마다 바람을 가르는 매서운 소리가 들렸다. 높은 지하 동굴을 자유자재로 움직이는 놈은 너무나 민첩했다. 동굴 상황을 한눈에 파악할 수 있는 모니터실의 두터운 유리창까지 놈은 순식간에 뛰어올랐다.

놈의 매서운 눈동자가 수많은 결계로 보호되는 유리창 너머의 현욱과 미카엘을 힐끗 쳐다보았다. 분노로 가득한 그 눈을 마주 보는 것만으로도 가슴 깊은 곳에 숨겨진 공포가 꿈틀거릴 정도였다. 미카엘은 숲에서 보았던 것보다 훨씬 더 위협적으로 보이는 괴짐승의 모습에 가슴이 서늘해졌다.

카아악!

동굴 윗벽까지 뛰어오른 지옥의 문지기는 매서운 소리를 내지르며 아래쪽으로 사라졌다. 크게 벌린 거대한 아가리 사이에서 눈 없는 뱀이 소년을 향해 혀를 날름거렸다. 노란 독기와 함께 놈의 거대한 입이 정확히 소년을 향해 달려들었다.

"아, 안 돼!"

그 모습을 지켜보던 미카엘의 두 손에 두 개의 빛이 맺혔다. 동시에 미카엘은 현욱의 강력한 방어막이 자신을 감싸는 것을 느꼈다. 거의 반사적으로 위험한 짐승을 공격하려던 그의 몸짓은 현욱에게 저지되었다.

미카엘이 만들어낸 은총의 빛은 현욱의 방어막 속에서 꼼짝도 못한 채 사그라졌다. 보이지 않는 단단한 막에 둘러싸인 미카엘은 눈앞에서 일어나는 일들을 그저 바라볼 수밖에 없었다.

"지평 위의 황제 백호여! 바다의 신 현무여! 주인에게 대항하는 놈들을 처단하라!"

저 멀리 아래쪽에서 드디어 소년이 움직이기 시작했다. 소년의 두 손이 머리 위로 올라갔다. 소년의 명령과 동시에 바다의 왕 현무와 땅의 왕 백호가 눈에 잡히지 않을 만큼 엄청난 빠르기로 솟아올랐다. 두 신수가 세찬 회오리바람처럼 바닥에서 천장으로 솟구쳤다.

케에에에엑!

잠시 후 빠른 회오리가 멈추자 미카엘의 눈에는 발버둥 치는 거대한 독귀毒鬼가 들어왔다. 커다란 입을 벌리고 소년을 향해 달려오던 짐승의 앞쪽에는 놈의 징그러운 혀를 단단히 문 현무가, 뒤쪽에는 놈의 시퍼런 꼬리를 단단히 문 백호가 버티고 있었다.

"하늘과 땅의 파괴자 주작과 청룡이여, 마지막을 장식하라!"

낙빈의 두 손이 다시 허공을 가르자 그의 오른쪽과 뒤쪽을 단단히 지키고 있던 새파란 청룡과 시뻘건 불의 여왕 주작이 움직였다. 청룡은 기다란 몸을 좌우로 비틀더니 푸른 비늘을 반짝이며 위로 날아올랐다. 주작은 커다란 붉은 날개를 퍼덕이며 포효하는 거대한 사자의 이마 위로 내려앉았다.

크아아악!

높이 솟아오른 청룡이 눈 깜짝할 사이에 아래로 내리꽂혔다. 청룡은 현무가 단단히 물고 있는 짐승의 기다란 혀를 단번에 동강 내고, 놈의 늘씬한 허리를 빙글빙글 감았다. 청룡은 놈의 몸통을 터뜨릴 것처럼 조였다. 시뻘건 불의 여왕 주작은 아우성치는 거대한 사자의 이마에 사뿐히 내려앉아 길고 단단한 부리로 놈의 두 눈을 파냈다. 날카롭게 사방을 노려보던 놈의 눈알 대신 붉은 핏방울과 고통스러운 아우성이 주위를 감쌌다.

"화마火魔여, 모든 것을 멸절하라!"

그 외침과 함께 소년의 손에서 시작된 엄청난 불의 기운이 사신 중 주작을 향해 흘러갔다. 거대한 불꽃의 기운을 받은 주작이 붉은 날개를 펄럭이자 순식간에 거센 불길이 솟아올랐다. 주작의 다리가 단단히 붙들고 있는 짐승의 등에서부터 새빨간 화염이 솟았다.

케에엑! 케에에엑!

눈알이 빠지고 혀가 잘린 거대한 괴짐승이 불길에 휩싸여 타닥타닥 그을려갔다. 거대한 동굴이 떠나가도록 마지막 아우성이 요란하게 울려 퍼졌다.

"아아……."

모든 광경을 지켜보던 미카엘의 입에서 한숨 섞인 탄식이 흘러나왔다. 엄청난 세월 동안 엄청난 살육과 전투에서 살아남은 무시무시한 지옥의 독귀를 단숨에 처치한다는 것은 기막힌 일이었다. 그래, 굉장했다. 지난번에 보았던 소년에게서는 도지히 불가능한 모습이었다. 과연 미카엘이 서 상황에 처했더라도 단번에 지옥의 짐승들을 처치할 수 있을지는 알 수 없었다.

두말할 나위 없이 소년의 실력은 향상되었다. 그것도 가히 상상할 수 없을 정도로 엄청난 영력을 쌓았다. 소년과 영수들의 힘은 상상을 불허할 정도였다. 그것은 분명한 일이었다. 어린 나이에 자유자재로 네 마리의 영물을 사용하는 소년 낙빈의 모습은 지금껏 알고 있던 '작고 어린 소년'의 모습이 아니었다.

하지만 모든 것을 지켜본 미카엘의 표정에 감탄과 놀라움만 깃든 것은 아니었다. 놀라움과 함께 안타까움과 두려움 가득한 한숨이 섞여 있었다. 침착하고 차가운 판단력과 동시에 지금껏 보지 못한 잔인하고 확실한 살해의 기술이 네 마리의 영수를 통해 시연되고 있다는 점이 소년의 가장 달라진 모습이었다.

소년의 모습에서는 죽음에 대한 한 치의 망설임이나 사라질 자에 대한 동정 따위를 전혀 찾아볼 수 없었다. 차갑게 변해버린 소년의 모습을 바라보며 미카엘은 자신도 모르게 탄식했다. 자신이 알고 있는 낙빈이라는 소년이 저 아이가 맞나 싶었다. 도대체…… 일 년 동안 저 어린 소년에게 어떤 변화가 있었던 것일까?

독귀가 사라진 직후 낙빈을 보호하던 네 마리의 영수도 사라졌다. 낙빈은 아무 일도 없었다는 듯 자리에 주저앉았다. 텅 빈 검은 동굴 속에는 독귀가 흩뿌린 누런 기운만 뭉글거렸다. 남은 것은 얼룩덜룩한 한복을 걸친 낙빈과 세 번째 나무 상자뿐이었다.

드디어 세 번째 상자가 바닥을 끄는 듯한 소리를 내며 미세하게 흔들리기 시작했다.

낙빈은 여전히 등 뒤에 상자를 남겨둔 채 자리에 앉아 있었다. 상자 안에서 강한 원한의 함성이 들려오는데도 꼿꼿이 세운 등은 조금의 미동도 없었다.

흔들리는 궤짝에서 느껴지는 것은 형용할 수 없을 정도로 강한 원한이었다. 무엇을 향한 것인지 모를 잔혹한 분노와 격분이 흔들거리는 궤짝 안쪽에서 생생하게 전해져왔다. 금방이라도 뚜껑이 열릴 것 같은 상자를 바라보며 미카엘은 마른침을 삼켰다. 알 수 없는 한기가 온몸으로 느껴졌다.

이번 상자는 다른 두 상자와 달랐다. 앞의 상자들에서 나온 엄청난 기운은 말할 수 없이 강하고 끔찍했다. 하지만 특정한 대상에 대한 원한은 아니었다. 본래 타고난 짐승의 본능이라는 편이 옳을 것이다. 하지만 세 번째 상자는 좀 전과 다른 느낌을 주었다. 구체적인 감정이 느껴졌다. 무언가에 대한 진한 분노와 잔혹한 복수심이 느껴졌다. 그러한 생각이 독기가 되어 동굴 전체를 마비시키는 것만 같았다.

스르르…….

덜컹거리던 궤짝의 뚜껑은 다른 궤짝들의 뚜껑처럼 강한 힘으로 부서지지도, 날아가지도 않았다. 아주 조심스럽게 문이 열리듯 살며시 뚜껑이 벌어졌다. 전투와 멸살의 본능으로 똘똘 뭉쳐 있는 것이 분명한 놈은 무작정 덤비지 않았다. 아주 찬찬히, 아주 교묘하게 사위를 살피고 있었다.

놈은 상자가 벌어진 뒤에도 밖으로 빠져나오지 않았다. 상자 안쪽에 웅크린 채 빈틈으로 진한 음기를 흘려보냈다. 그것은 잔혹한 죽음의 기운이었다. 괴짐승들이 내뱉은 독의 기운보다도 더 온몸을 긴장시키는 끔찍한 기운이 느껴졌다. 그 죽음의 기운에 닿았다가는 온몸이 썩어 들어가고 정신이 혼미해질 것 같은 무시무시한 느낌이 들었다. 미카엘은 서늘해지는 가슴을 부여잡으며 소년을 바라보았다. 소년이 저 끔찍한 감정의 소용돌이에 휘말리는 건 아닌가 불안한 마음이 들었다.

한마디 말도 없이 고요히 좌정한 소년은 움직이는 것이 채 느껴지지도 않을 만큼 천천히 손을 모았다.

소년이 두 손을 모으고 힘을 끌어올리자 등 뒤에서 검푸른 바다색의 영기가 이글이글 솟아오르기 시작했다. 그 검푸른 영기가 낙빈의 전신을 휘감자 소년의 등 뒤에서 칠 척 장신의 사내가 나타났다. 수염이 발등까지 내려오는 거인이었다. 그의 머리에는 두 개의 뿔이 솟아오른 청동 투구가 있고, 그 중심에는 무시무시한 도깨비 형상이 새겨져 있었다. 고색창연한 갑옷은 붉다 못해 검은 빛이었다. 그는 찢어진 두 눈이 내뿜는 검은 안광만으로도 세상의 모든 것을 제압할 것만 같고, 온갖 만정제신滿廷諸神이 그의 앞에서 당장이라도 무릎을 꿇을 것만 같은 위엄을 가지고 있었다.

고귀한 신령이 한 손에 잡은 기다란 창 자루를 빙그르르 돌렸다. 그것은 그의 갑옷과 완전히 보색이 되는 검푸른빛이었다. 너무나 푸르러서 금방이라도 물이 뚝뚝 흐를 것만 같은 바다색이었다. 창끝의 검은 날은 그 푸름이 지나쳐서 깊은 바다처럼 검은빛을 내는 것만 같았다. 갑옷 사이로 그의 단단한 팔뚝이 비쳤고, 휘두르는 창끝에서는 무시무시한 기운이 느껴졌다.

"만적일퇴萬敵一退!"

낮은 음성이 메아리쳤다. 귓가를 휙 지나칠 정도로 잘 들리지 않는 낮고 낮은 울림이었다. 위엄을 가진 신령이 기다란 창을 들어 허공을 향해 곧게 내리그었다. 그의 손이 거머쥔 검푸른 창이 음기로 가득한 나무 상자를 깨끗하게 내려쳤다. 영적 기운이 스치고 지나가는 것만으로도 텅 빈 공간에 세찬 바람이 휘몰아쳤다.

나무 상자가 요란한 소리를 내며 깨끗하게 반으로 갈라졌다. 상자를 가른 것은 그 안에 숨은 짐승이 아니라 낙빈이 만들어낸

266

신령의 검푸른 창이었다. 기다란 창이 나무를 스치고 지나가자 상자 안에 숨어 있던 독기가 실체를 드러냈다.

그 순간 미카엘은 전신으로 느껴지는 짜릿한 긴장감에 몸을 떨었다.

"이건…… 이길 수 없어요."

미카엘의 입술이 작게 중얼거렸다. 낙빈의 앞에 나타난 것은 거대한 괴짐승이 아니었다. 앞의 두 상자에서 나온 지옥의 짐승처럼 끔찍한 괴물 형상이 아니었다. 그곳에서 나타난 것은 대여섯 살쯤 된 어린아이였다. 몹시도 몸집이 작은 아이가 상자가 부서진 자리에 꼿꼿이 서서 등 돌린 소년을 바라보고 있었다.

분명 지저분한 어린아이의 모습이었다. 곱슬곱슬한 머리카락이 귀까지 오는 남자아이였다. 그러나 그건 겉모습에 불과했다. 몸집은 어린아이지만 누런 흰자위 안에 박혀 있는 짙은 갈색 눈동자에서는 어린아이의 순수함이나 희망이 보이지 않았다. 그 눈초리에는 누구든 구역질이 나고 메스꺼워질 정도로 탁하고 징그러운 이중성이 가득했으며, 그 표정에는 어린아이가 도저히 흉내도 내지 못할 음흉함과 독기가 녹아 있었다. 나이가 짐작되지 않을 정도로 수많은 시련과 죽음 속에서 살육을 경험한 눈빛이었다.

여기저기가 해진 누더기를 걸친 아이가 낙빈을 바라보았다. 그 모습을 보는 순간 미카엘은 고개를 저었다. 그 아이의 모습에 낙빈이 있었다. 어린 나이에 이런저런 괴로움을 당한 소년의 모습이 있었다. 그 모습을 보며 미카엘은 소년 낙빈이 아이를 해칠 수 없을 것임을 직감했다.

　무릇 세상의 모든 동식물 중에서 가장 잔혹한 원한을 가진 것은 인간이다. 어떤 동물보다도 진하고 강한 감정을 가지고 있기 때문이다. 그 진하고 강한 감정이 죽은 후에도 남아 원혼이 되고 원령이 된다. 한번 서리면 그 무엇도 이길 수 없다는 인간의 독기, 즉 인독人毒◆은 가장 강하고 가장 악독한 것이다. 인독은 인간이 가장 처단하기 어려운 대상이다. 지옥의 짐승처럼 자신과 모양이 다른 대상을 처단할 때보다 훨씬 더 감정이 이입되기 때문이다. 게다가 그것이 어린아이의 형상이라면 말할 나위가 없다.

　도덕적 교육을 받고 예절을 배워온 아이로서는 같은 인간, 같은 어린아이라는 사실 때문에 적을 처치하고 멸절한다는 것이 상상할 수 없을 정도로 끔찍할 것이다. 특히 지금껏 낙빈이 보여준 행동을 돌이켜보면 사람을 해치는 것에 대해 얼마나 지독한 양심의 가책을 받고 꺼려할지 너무나 분명한 일이었다. 게다가 상대가 어린아이라면 그런 가책은 더욱 커질 것이다. 미카엘은 낙빈이 아무리 온갖 수련을 받았더라도 이번 대결의 결과는 지극히 비관적일 수밖에 없다고 생각했다.

　미카엘은 현욱을 바라보았다. 그는 무슨 생각을 하는지 여전히

◆저주술이 만들어내는 독의 기운 중 가장 강한 맹독이 바로 인간이 만들어내는 독기라고 한다. 고대에 맹독을 가진 뱀이나 독거미, 지네나 독두꺼비 등이 서로를 살육하게 하고 살아남은 짐승에게서 독의 기운을 뽑아내는 것을 '무독巫毒'이라고 했다. 그런데 이 살육의 현장에 인간을 섞어놓고 여기서 살아남은 인간에게 맺힌 독기를 '인독'이라고 부른다. 인독은 모든 무독 중에서 가장 강력하다고 알려져 있다.

침묵하고 있었다. 모니터실의 창문 너머로 보이는 검은 동굴만 숨죽여 바라보았다. 그는 감히 옆에서 말을 걸지 못할 정도로 진지했다.

"아, 아파……."

저 멀리 동굴 바닥에서 대여섯 살쯤 되는 아이가 짐짓 얼굴을 찌푸렸다. 아이는 한 팔을 다른 팔로 붙잡으며 아프다는 듯 인상을 썼다.

"아, 아야……."

아이가 이번에는 곱슬머리를 붙잡으며 인상을 썼다. 두 눈을 감고 머리가 아프다는 듯 고개를 흔들었다.

"아야야야……."

아이가 이번에는 무릎을 잡으며 몸을 움츠렸다. 아픈 얼굴을 하는 아이의 눈동자는 낙빈의 등에 꽂혀 있었다. 아이는 슬금슬금 눈을 들어 낙빈을 쳐다보면서 아픈 소리를 냈다. 연기를 하는 것이 분명하다. 동정심의 빈틈을 공격하려는 속셈이 느껴졌다. 아이의 목소리에 낙빈의 어깨가 조금 움직였다. 얼룩덜룩한 한복이 드디어 뒤쪽으로 천천히 돌아섰다.

미카엘은 거의 일 년 만에 보는 낙빈의 얼굴을 뚫어져라 쳐다보았다. 머리가 조금 길어 삐죽삐죽했지만, 통통하던 볼이 조금 홀쭉해졌지만 반짝이는 새까만 눈동자는 분명 낙빈이었다.

낙빈은 표정 없는 얼굴로 부서진 궤짝 위에 서 있는 아이를 바라보았다. 뚫어져라 바라보는 소년의 마음을 읽기가 힘들었다.

하지만 조금 전만 해도 눈길조차 주지 않던 낙빈이 천천히 돌아앉아 아이를 쳐다보는 것만으로도 어떤 동요가 있을 것 같았다. 만일 그것이 연민이라면……. 미카엘의 심장이 빠르게 뛰었다. 연민이나 측은지심을 갖는다면 낙빈은 결코 눈앞의 아이를 이길 수 없을 것이다. 모습은 작은 어린아이에 불과하지만 아이의 형상 속에 똬리를 틀고 앉은 본체는 무섭고 끔찍한 괴물이기 때문이다.

"아파…… 아파……."

몸을 움츠린 어린아이가 계속 아프다고 했다. 그 모습에 정신을 빼앗기지만 않는다면 아이가 신음 소리를 낼 때마다 말할 수 없이 독하고 끔찍한 죽음의 기운이 퍼져나가는 것을 느낄 수 있을 것이다. 하지만 어린아이의 모습에 집중한다면 죽음의 기운을 알아채기도 전에 공중에 퍼진 독을 마시게 될 것이다. 독기를 소량이라도 들이마시면 몸은 마비되고 정신은 흐릿해질 것이다. 또래 아이에 대한 연민을 가진 소년이, 더구나 독에 대한 훈련이 되어 있지 않은 소년이 버티기 어려운 상대였다.

미카엘은 팽팽한 긴장감에 몸을 떨었다. 지독하게 느껴지는 한기에 팔짱을 꼈다. 버거운 상대를 앞에 둔 낙빈의 반응에 그는 모든 정신을 집중했다. 낙빈은 움직이지 않았다. 소년의 앞에 검푸른 창을 든 신령 역시 움직임이 없었다. 시간이 지날수록 동굴 전체가 인독으로 가득 차고 있는데도 낙빈은 쉽사리 움직이지 않았다. 미카엘의 입술이 바짝바짝 말라갔다.

"킬킬킬⋯⋯."

느리게 흘러가는 시간 속에서 예상치 못한 웃음소리가 들려왔다. 낙빈은 여전히 침묵을 지킨 채 미동조차 않았지만 그 앞의 어린아이는 고개를 숙인 채로 음산한 웃음을 지었다. 고요한 동굴속에 징그러운 쇳소리가 퍼져나갔다. 결코 어린아이의 웃음소리가 아니었다. 이제 아이 주변은 물론 검은 동굴 가득 아이가 내뿜은 죽음의 기운이 들어차 있었다. 이제 동굴은 아이의 손아귀에들어간 것이나 마찬가지였다.

"키키킬⋯⋯ 파하하하!"

아이의 웃음소리가 멈춘 순간, 배 속에 가득 차 있던 진한 독기가 아이의 입 밖으로 튀어나왔다. 강력한 인독이 낙빈의 눈을 향해 날아갔다. 미량의 독기라도 닿으면 두 눈이 멀 것만 같았다.

"파하아아아!"

노란 독기로 눈앞이 가려진 사이에 아이의 얼굴을 한 괴물의양팔이 늘어나기 시작했다. 괴물이 독의 기운 뒤편에 가려져 있던 제 본성을 드러낸 것이었다. 어린아이의 짧은 두 팔이 비정상적으로 길어지기 시작했다. 마치 오징어 다리처럼 늘어난 두 팔의 끝에는 기다란 손톱이 날카롭게 빛났다. 노란 독기가 낙빈의눈을 가린 사이에 기다란 팔과 손톱이 더욱더 날카롭고 위협적으로 움직였다.

독의 장막 뒤에서 움직이는 괴물의 뒷모습을 미카엘은 똑똑히볼 수 있었다. 낙빈 쪽에서는 그런 변화를 확인하기 힘들 것이다.

확인한다고 해도 낙빈이 어린아이의 얼굴을 한 인독의 괴물을 공격할 수 있을까? 미카엘은 자신도 모르게 고개를 설레설레 흔들었다. 미카엘이 알기로는, 마음 약한 저 소년은 어린아이를 공격할 수 없다. 하지만 독기로 차오른 공간에서 살아남을 방법은 독의 근원을 제거하는 것뿐이었다. 진퇴양난의 순간 소년은 어떻게 위기를 극복할 수 있을까? 미카엘의 푸른 눈이 가늘어졌다.

괴물의 열 손가락이 소년 낙빈의 두 눈과 미간, 죽음의 급소를 향해 새파란 독을 내뿜으며 달려왔다. 열 개의 손가락에 어린 독기는 순간 스치기만 해도 실명을 하거나 목숨을 잃을 만큼 섬뜩했다.

미카엘은 그 움직임을 고요히 주시했다. 단지 피하는 것으로는 놈의 독기를 잠재울 수 없다. 낙빈이 아이의 얼굴을 한 괴물을 처단하기 전까지는 도망 다니는 수밖에 없다. 하지만 도망칠 만한 곳은 모두 독기로 가득 차 있다.

'과연 어떻게 할까……?'

미카엘의 푸른 눈이 한곳에 멈춰 움직이지 않았다.

스치기만 해도 생명을 끊을 것만 같은 무시무시한 열 손가락이 낙빈의 얼굴을 향해 날아갔다. 노란 독기가 장막처럼 낙빈의 눈앞을 가리고 있었다. 소년이 이 무시무시한 공격을 확인한 것은 샛노란 독의 장막을 꿰뚫고 독기 어린 열 손가락이 코앞까지 다가온 후였다.

그 순간 낙빈의 앞에 선 검푸른 영기가 아지랑이처럼 흔들렸다. 칠 척 장신의 신령이 걸친 청동 투구와 붉은 갑옷이 살짝 바람에 흔들리는 것처럼 어른거렸다.

미카엘은 노란 독의 장막이 사라지면서 나타나는 낙빈의 모습을 뚫어져라 바라보았다. 날카로운 열 개의 손톱보다 더 무시무시한 것이 번쩍거렸다. 낙빈의 앞에 고요히 서 있던 고귀한 영혼의 두 눈이 보였다. 도깨비가 새겨진 붉은 투구 아래 시뻘겋게 달아오른 영혼의 눈빛이 섬뜩할 정도로 무시무시하게 번쩍거렸다. 그 눈빛을 바라보는 것만으로도 미카엘의 두 팔에 소름이 돋았다.

기다란 수염을 늘어뜨린 거대한 영기가 두 팔을 들어올렸다. 영혼이 걸친 검붉은 갑옷이 낙빈을 향해 날아오는 열 손가락을 막았다. 기다란 손톱이 하나하나 갑옷 속으로 박혀 들어갔다. 그가 무시무시한 안광을 내뿜으며 청람색 장창長槍을 휘둘렀다.

'쐐액' 차가운 바람 소리가 귀를 스치고 지나갔다. 푸르디푸른 바다색의 창이 바람 소리를 내며 빙그르르 돌아갔다.

"꺄아악!"

세찬 바람 소리와 함께 자지러지는 비명 소리가 동굴을 가득 메웠다. 동굴이 떠나가도록 흩어지는 휘파람 같은 비명 소리에 미카엘은 온몸이 굳는 것을 느꼈다. 그는 두 팔을 붙잡은 채 미동도 못했다. 그의 곁에 선 현욱 역시 눈앞에 펼쳐진 광경에서 고개를 돌리지 않았다.

끔찍한 비명 소리가 들린 후에 그들의 눈앞으로 작은 조각이 사방으로 흩어져 날아가는 것이 보였다. 거대한 신령의 청람색 장창이 돌아가며 사방으로 던져버린 것은 어린아이의 얼굴을 한 괴물의 사지였다. 기다란 팔과 손은 물론이고 여전히 어린아이의 모습인 모든 신체 부위가 눈앞에서 조각조각 분해되었다. 사방으로 날아가는 신체의 조각조각에는 괴물의 시커먼 담즙과 독은 물론이고 새빨간 피도 뒤섞여 있었다. 어린아이 얼굴을 한 놈의 몸이 산산이 조각나 사방으로 흩어지는 것은 참으로 끔찍한 광경이었다.

미카엘은 할 말을 잃었다. 차마 상상하지도 못한 일이 눈앞에서 벌어졌다.

어린아이의 고통스러운 단말마의 비명 속에서 미카엘은 몸을 떨었다. 미카엘을 엄습하는 두려움은 눈앞에서 사라진 괴물 때문인지, 아니면 그 괴물을 해치운 소년 때문인지 알 수 없었다. 적어도 지금껏 미카엘이 알고 있던 소년은 사라졌다. 귀엽고 사랑스러우며 다정했던 소년은 이곳에 있지 않았다.

어린아이의 작은 손가락과 발가락이 툭툭 끊어지고 잘라지며 사방으로 튀었다. 그 앞에서 눈 한 번 깜빡이지 않고 변함없이 냉혹한 표정을 짓고 있는 낙빈은 미카엘이 알고 있던 아이가 아니었다. 소년의 앞에서 붉은 안광을 내뿜으며 사방을 노려보는 거대한 신령 역시 미카엘이 알고 있던 낙빈의 신령들과는 달랐다.

소년 낙빈과 그의 신령에게 연민과 동정이라는 감정은 눈곱만큼도 없었다. 무시무시한 붉은 안광을 내뿜으며 사방을 두리번거리는 신령은 이번 살육으로는 부족한지 또 다른 희생자를 찾는 것처럼 보였다.

"어쩌다…… 저렇게……."

미카엘은 달라진 소년의 표정에 입을 다물지 못했다. 잔인한 살육의 현장 앞에서 눈 한 번 깜빡이지 않는 소년의 모습에 온몸이 얼어버리는 것만 같았다.

눈앞에 서 있는 왜소한 소년 낙빈, 그의 키와 외모는 전과 다름없지만 그의 내면은 완전히 변해 있었다. 셋이나 되는 무시무시한 지옥의 짐승을 눈앞에서 완전히 사멸시킬 정도로 소년의 능력은 강력했다. 그 능력만큼이나 놀랍게 변한 것은 소년의 온몸에서 뿜어져 나오는 기운이었다. 이전에 소년에게서 느껴진 기운이 따스하고 포근했다면, 지금 소년이 가진 기의 감촉은 차가움, 불행, 거부, 슬픔, 분노, 복수와 같은 춥고 어둡고 냉랭한 것들뿐이었다.

"동방지부장님, 저…… 자는…… 낙빈 군의 뒤에 있는 저 영혼은 누구입니까? 저토록 강하고, 저토록 잔인한 저 영혼 말입니다."

미카엘은 여전히 낙빈의 앞에서 사방으로 안광을 뿌리는 붉은 갑옷의 신령을 주목했다. 수염을 길게 기른 거대한 신령은 한없이 고귀한 기품을 지녔지만 지독한 살기를 내뿜고 있었다. 미카엘은 저 무시무시한 신의 이름이 궁금했다.

현욱은 고개를 돌리지 않고 대답했다. 그의 두 눈은 여전히 낙빈과 그의 신령에게 꽂혀 있었다.

"미카엘…… 저자는 기원전 2000년경 귀신같이 용맹하고 악마처럼 잔인해서 그 이름만으로도 세계를 두려움에 떨게 하였으며, 바람과 비까지 조종했다는 모든 무인의 신이자 세계의 정복자인 치우천왕治雨天王입니다."

"치우천왕……."

미카엘은 천천히 현욱의 말을 되새김질했다.

한때 낙빈이 감히 이름도 부르지 못하고 벌벌 떨었던 어마어마한 신이 이제 낙빈의 앞을 지키고 있었다. 분명한 것은, 이제껏 미카엘이 알고 있던 '낙빈'이라는 이름의 여린 소년은 더 이상 세상에 존재하지 않는다는 것이었다.

"지나친…… 살기가 느껴집니다."

"그렇지……."

미카엘의 말에 현욱은 순순히 동의했다. 누구든 저 아래 캄캄한 동굴에 홀로 선 어린 소년에게서 탁하고 지독한 살기가 뿜어져 나오는 것을 느낄 수 있었다. 소년은 이미 충분한 살육을 했는데도 살기가 줄어들지 않았다.

"더 이상 묶어둘 수 없을 정도로 강한 살기지요. 저 살기를 풀어야겠군요."

현욱이 중얼거리며 천천히 자리에서 일어섰다. 미카엘의 금빛 눈썹이 흔들렸다. 그는 현욱의 말을 즉각 알아들었다. 살기를 풀어준다는 것은 살해할 대상을 제공한다는 말과 일치했다. 그 말은 합법적인 살해 공간을 준다는 말이다.

"지부장님, 낙빈 군을 투입할 생각입니까?"

현욱은 천천히 고개를 끄덕였다.

"저 소년의 첫 번째 전투가 되겠군요."

현욱의 얼굴은 지쳐 보였다. 그의 얼굴이 너무나 까칠하고 메말라 보이는 것은 단순히 미카엘의 기분 탓만은 아닐 것 같았다.

"저도…… 가겠습니다. 가서…… 보겠습니다."

미카엘의 푸른 눈이 현욱을 바라보았다. 현욱의 검은 눈동자도 미카엘을 쳐다보았다. 아름답지만 너무나 다부진 얼굴이 현욱을 바라보고 있었다. 완전히 결의에 찬 얼굴. 현욱은 그런 표정의 미카엘을 말릴 수 없다는 것을 알고 있었다.

현욱은 아무 말 없이 뒤돌아 나갔다. 이제 동굴 아래쪽을 바라보는 모니터실에는 미카엘만 남았다. 미카엘은 여전히 믿기지 않는 얼굴로 캄캄한 지하를 바라보았다. 살기가 가득한 검은 눈동자의 어린 소년과, 그 소년이 만들어낸 거대한 신령이 빈 공간에 우뚝 서 있었다.

미카엘은 아직도 소름이 돋아 있는 두 팔을 감쌌다. 한없이 차갑고 두려운 마음에 심장이 딱딱하게 얼어버리는 느낌이었다. 너무나 강해졌지만 더없이 얼음처럼 변해버린 어린 소년이 그의 눈앞에 있었다.

'괴물을…… 만들다니…….'

미카엘의 미간이 좁아졌다. 현욱이 만들었으리라고는 믿어지지 않는 무시무시한 괴물이 눈앞에 있었다. 미카엘은 소년의 손에 죽어나간 괴물들과 소년의 차이를 말할 수 없었다. 저토록 끔

찍하게 변해버린 어린 소년이 이번 세기의 신인일지도 모른다
니…….

"주여…….."

미카엘은 자신도 모르게 오른손으로 이마와 가슴을 짚으며 성
호를 긋고 있었다.

제6화

잉카의 분노

1

앞으로는 바다를 마주 보고 뒤로는 울창한 산을 등진 한적한 바닷가 마을은 넘실대는 파도 소리만 들려올 뿐 언제나 고요했다. 높은 파도가 치고 무시무시한 폭풍우가 몰려와도 근처 바다는 늘 위험이 비껴가 평화롭고 고요하기만 했다.

자연이 내주는 적당한 양의 물고기를 전통 방식으로 잡으며 욕심 없이 하루하루를 살아가는 어부들은 모든 평화가 저 먼 앞바다 작고 쓸쓸한 외딴섬에 사는 노파 덕분이라고 믿었다. 일주일에 한 번 집안일을 도와주는 아낙이 배로 오가는 것을 제외하면 노파는 늘 섬에 혼자였다. 그런데도 노파는 늘 꼬장꼬장한 태도로 외로운 티 하나 내는 법이 없었다. 동네 어부들은 무인도에 홀로 사는 노파를 위해 바다를 오가는 동안 물고기는 물론이고 쌀이며 고구마며 감자 따위를 내려놓았다.

이토록 한적한 섬에 갑작스럽게 낯선 사람들이 나타났다. 시골 구석에 어울리지 않는 검은 양복 차림에 쾌속선을 타고 노파를 찾아온 이들이 있었다. 어부들은 왜 저런 양복을 입은 작자들이 외로운 무인도에 몰려드는지 호기심 가득한 얼굴로 바라보았다.

낯선 쾌속선은 송림松林이 우거진 자그마한 섬에 멈춰 섰다. 바다와 파도 사이에 홀로 떠 있는 외딴섬은 유달리 흙이 붉었다. 섬

가운데 작은 언덕 위로는 푸른 송림이 빼곡하고, 그 중심에 작고 아담한 초가 한 채가 고고히 앉아 있었다.

검은 양복들의 맨 앞에는 현욱이 있었다. 그는 SAC의 요원들을 섬 주변에 남겨두고 홀로 언덕을 올랐다. 바닷바람 가운데 외로이 앉은 섬에는 '그분'의 기운이 그득했다. 현욱은 날렵한 발걸음으로 송림에 묻힌 작은 초가의 안뜰로 들어섰다. 돌멩이를 엮어 지붕을 덮은 초가 앞에는 손바닥만 한 마당이 있었다. 작지만 깨끗하게 비질해놓은 것이 정갈하기 그지없었다. 그가 마당 안으로 한 발을 내딛자 초가의 작은 방에서 노인의 음성이 들렸다.

"그대가 어인 일인가?"

"그간 안녕하셨습니까?"

거칠고 탁한 노인의 음성이지만 한마디 한마디가 또렷했다. 방문이 꼭 닫혀 있는데도 노파는 현욱이 찾아온 사실을 알고 있었다. 노인은 이미 오래전부터 그가 찾아올 것임을 알고 있었을지도 모른다. 현욱은 더 기다리지 않고 음성이 들려오는 방으로 들어가기 위해 좁은 대청마루에 올랐다. 그러고는 하얀 창호지가 붙은 격자문을 열었다.

"모모 님, 오랜만에 뵙겠습니다."

어두컴컴한 신방 안에 늙은 무녀가 허리를 꼿꼿이 세우고 앉아 있었다. 현욱은 노인을 향해 깊이 고개를 숙였다. 무녀는 굵은 염주를 목에 감은 채 미동도 하지 않았다. 작은 탁자 위에 놓인 하얀 초가 어둠을 밝히는 유일한 빛이었다. 흐릿한 촛불에 그녀의 쪽빛 한복이 은은하게 반짝거렸다.

"오랜만에 뵙고 뭐고, 이렇게 나를 방해해서는 안 되는데 말일세. 나는 이제 신성한 집행자들로부터 영원한 휴가를 받은 사람이라네."

"죄송합니다."

현욱은 고개를 숙이며 그녀의 앞에 자리를 잡았다. 무녀의 매서운 눈이 검은 양복을 입은 늘씬한 남자를 머리부터 발끝까지 한 번 훑고 지나갔다.

"그대가 이제 동방지부장의 업을 맡았다지?"

"네, 그렇습니다."

현욱은 예의 바르게 절을 했다. 무녀는 그런 현욱의 등을 찬찬히 바라보았다. 그녀가 보았던 어린 시절 그의 모습이 현제의 모습 뒤로 켜켜이 겹쳐졌다. 그 어린아이가 거대한 책임을 짊어지게 되다니, 참으로 격세지감이 느껴졌다. 현욱이 다시 고개를 들기도 전에 무녀가 고개를 흔들었다.

"그 아이에 대해서는 말해줄 것이 없어. 신들이 꼭꼭 숨겨놓은 것을 내가 어찌 알겠는가."

무녀는 현욱이 아무런 말을 하지 않았는데도 이미 그가 찾아온 이유를 알고 있었다. 현욱은 무녀의 얼굴을 마주 보았다. 깊은 주름이 가득한 얼굴에 눈빛만은 아직도 예리하게 반짝였다.

"상의를 드리고 싶었습니다. 그 아이가 만일 신들이 점지한 아이가 맞다면……."

"그만두게. 신이 점지한 아이인지 아닌지 나 따위가 말해줄 수 있는 것이 아니네. 그 누구도 말해줄 수 있는 일이 아니지."

무녀는 현욱의 말을 단번에 막았다. 세상을 멸망으로부터 구원할 자라든가, 신의 섭리로 예비된 자라든가 하는 말은 그녀가 해줄 수 있는 것이 아니었다. 현욱 역시 그녀가 이와 관련해서는 절대 입을 열지 않을 것임을 알고 있었다.

"······그 아이의 지금 상황을 보시고 혜안을 일러주시기 바랍니다."

"그 아이의 상황이라······."

"유심唯心을 잃었습니다."

"혜안을 가진 원숭이가 사라졌구나."

"······예, 그렇습니다."

현욱이 고개를 끄덕였다. 다른 설명이 없어도 무녀는 이미 모든 것을 알고 있었다. 그녀가 말하는 혜안을 가진 원숭이란 '승덕'을 의미하는 것이 분명했다.

"혜안을 가진 원숭이는 어차피 십승지 궁을촌에 들어가지 못할 팔자였다. 성지에 들지 못하고 눈을 감을 것은 이미 알고 있었던 일이니 놀랄 것도 아니다."

"아이는 충격에 휩싸였습니다."

"그래서 네놈의 휘하로 들어가지 않았더냐? 신성한 집행자들이 원하던 대로 아이를 데려갔을 터인데?"

"네, 그랬습니다."

늙은 무녀는 수만 리 떨어진 외딴섬에서도 지구 저편에서 일어나는 일을 알고 있었다. 과연 얼마나 알고 있는지 판단되지 않을 정도로 그녀의 천리안이 놀라울 따름이었다. 현욱은 날카로운 눈빛으로 쪽빛 한복을 입은 눈앞의 노인을 찬찬히 살펴보았다. 저 노인 앞에서는 무언가를 감춘다거나 가린다는 것이 아무런 의미가 없었다. 아주 자세한 내용을 제외하고는 일이 돌아가는 것을 손바닥처럼 훤히 알고 있는 노인이었다. 그녀가 관심을 가지고 있건 말건 간에.

현욱은 잠시 한숨을 쉬었다. 전 세계에 그녀만 한 예언가는 다시없었다. 믿기 힘들지만 원래는 이보다 훨씬 더 강하고 섬세한 예언력이 존재했다. 무녀와 똑같은 능력을 지닌 그녀의 반쪽이 살아 있었다면 신성한 집행자들은 진정한 신인이 누구인지, 혹 단인형의 야망을 저지할 방법이 무엇인지 이미 알아냈을 것이다. 신인이 태어나기 전부터. 아무리 신들이 그의 운명을 꼭꼭 숨겨두었다 할지라도.

그 모든 것이 숙명이었던 것처럼 어느 날 그녀의 반쪽이 사라졌다. 그리고 그 반쪽의 소멸과 밀접한 관련이 있는 소년이 태어났다. 죽음과 삶을 맞바꾼 듯 소년은 새 생명을 얻었다. 마치 운명의 장난처럼. 신의 세계를 들여다보는 그녀의 예지 능력이 절반으로 줄어든 것이 과연 인류에게는 좋은 일인지, 아니면 불행한 일인지 판단할 수가 없었다.

"솔직히 말씀드리면, 승덕 씨가 사망한 그때 낙빈 군을 우리 밑에 둘 좋은 기회라고 생각했습니다. 더없이 좋은 기회라고 생각하고 그 순간을 놓치지 않았습니다. 그리고 신성한 집행자들의 고향으로 낙빈 군을 데려왔습니다. 그러나 계획이 비틀어지고 있습니다. 지금은 모모 님의 가르침이 필요합니다."

"흠……."

그녀는 현욱에게서 눈을 돌려 방구석 어딘가를 멀리 바라보았다. 그러고는 현욱의 말에 대꾸하는 것이 의미가 없다는 듯 입을 다물었다.

"어떤 자극도 교육도 대화도 아이의 상황을 바꿀 수가 없습니다. 일 년이 다 되어가는데도 분노에 휩싸인 마음을 바꾸는 것이 불가능합니다."

"흐음……."

"……바꿀 수 있을 줄 알았습니다. 분노로 가득한 소년의 마음을 바꾸고, 그를 우리 신성한 집행자들의 사람으로 들일 수 있을 거라고 생각했습니다."

현욱은 그녀를 바라보았다. 노인은 어떤 말에도 반응하지 않고 멍하니 먼 곳만 바라보았다. 좀 더 솔직해야 할 시점이다. 현욱은 고개를 숙였다.

"……자만했습니다. 인정합니다."

"……."

"저의 교만이 일으킨 혼란입니다."

"……."

현욱은 낙빈의 마음이 혼란한 틈을 타 그를 신성한 집행자들의 세계로 데려왔다. 이미 준비하고 있던 상황이었다. 그가 짜둔 여러 가지 시나리오 중 하나였다. 분노와 혼란을 이용하는 것은 신성한 집행자들의 익숙한 방식이었다. 그리고 계획대로 그 아이를 데려왔다. 신성한 집행자들의 품으로. 그리고 늘 그래왔듯 신성한 집행자들의 아이로 키울 예정이었다. 자신의 능력으로 인해 혼란에 빠진 아이를 품는 것처럼.

그러나 현욱의 계획은 보기 좋게 어긋났다. 소년은 예정대로 변화하는 것을 거부했다. 오히려 모든 상황이 정반대로 진행되는 듯한 느낌을 받았다. 신성한 집행자들이 그렸던 신인의 그림이 아닌, 엉뚱한 그림이 그려지고 있었다. 잔인하고 포악하고 위험한 능력자가 만들어진 것이다.

"모모 님의 말씀이 필요합니다."

너무나도 긴 침묵이 이어졌다. 멀리서 들려오는 파도 소리와 소나무 사이를 비껴가는 바람 소리만 끊임없이 반복 또 반복되었다. 그녀는 초점 없는 눈동자로 방구석을 바라보았다. 현욱은 그런 무녀를 바라보며 조각상처럼 움직이지 않았다.

기나긴 침묵 끝에 무녀의 주름 가득한 입술이 움직였다.

"……교만했구나."

"인정합니다."

현욱은 미동도 없이 무녀를 바라보았다. 입술을 움직였지만 그녀의 눈동자는 여전히 저 멀리 어딘가를 바라보았다.

"그 아이에게 길을 말해줄 자는 혜안을 가진 자뿐이다."

"……혜안을 가진 자가 저세상으로 가버리지 않았습니까."

현욱은 침통한 듯 고개를 숙였다. 혜안을 가진 자라는 승덕이 혜안을 건네주기 전에 떠나버렸다. 현욱은 그에 대한 해답이 필요했다.

"그놈의 희생으로 미륵불이 눈뜰 터이니, 너나 네 사람들이 좌지우지할 수 있는 일이 아니다. 혜안을 가진 놈이 죽었다면 미륵불이 눈을 떴어야 했다. 이렇게 깜깜한 어둠 속에 갇히는 것이 아니라 말이다. 혹시 원숭이 상의 그놈이 떠나기 전에 아무런 말도 남기지 않았더냐?"

"네, 그렇습니다."

먼 곳을 바라보던 무녀의 눈이 현욱에게로 모아졌다. 무녀는 원하던 대답이 아니라는 듯 현욱의 얼굴을 이리저리 살펴보았다. 현욱의 얼굴에 거짓은 없었다.

"그가 소년에게 남긴 건…… 끝없는 분노 같습니다."

"그럴 리가……."

현욱은 검은 공간에 혼자 갇힌 낙빈을 그려보았다. 어린 소년의 가슴속에는 형용할 수 없는 분노만 가득해서 어떤 위로도, 어떤 회유도 통하지 않았다. 자신만의 공간에 단단히 틀어박힌 채그 누구와도 소통하지 않았다. 그저 복수…… 그 한마디가 소년을 움직이는 유일한 열쇠였다.

무녀는 현욱의 머릿속에 떠오르는 모든 생각을 읽으려는 것처럼 그를 뚫어져라 바라보았다.

"그것만이어서는 안 되는데……. 분노와 복수뿐이어서는 안
된다."

무녀의 입술 사이로 낮은 신음이 퍼졌다. 현욱의 눈썹이 일그
러졌다. 예기치 못한 말에 그의 몸이 반응했다. 모든 것을 예지하
는 분의 입에서 결정되지 않은 미지의 세상에 대한 언급이 나왔
기 때문이다. 미래를 예측하고 훤히 보는 그녀도 낙빈의 지금 상
황을 예측하지 못했다는 것을 의미했다.

"아니 된다……."

무녀가 고개를 흔들었다. 주름진 그녀의 얼굴에 깊은 그림자가
드리워졌다.

"혜안을 가진 자가 희생함으로써 그 아이가 받아야 했던 것은
세상에 대한 빛이어야 한다. 천상천하의 성지에 들어가지 못하고
눈을 감는 대신 그 희생으로 미륵불이 눈을 떴어야 한다!"

무녀의 음성이 떨려왔다. 모든 것을 아는 그녀에게도 미처 감
지되지 못했던 낙빈의 내적 변화가 당황스러운 모양이었다. 본래
그녀가 예견했던 소년의 이야기는 이것이 아니었다. 혜안을 가진
자가 자신을 희생하고 혜안을 전해주면 어린 신인은 세계를 지키
겠다는 사명과 의지를 받았어야 했다. 그러나 완전히 어긋나버린
상황 전개에 그녀조차 당황하는 기색이었다.

"자네도 알고 있듯이…… 100년 전의 신인은 인류의 멸망을 결
정했네. 멸망의 길을 결정한 신인은 바로 흑단인형이었지. 혹독

한 100년의 시간이 지나고 이제 구원의 신인이 나타났어야 했는
데…… 그게 그 소년이라 생각했는데…… 그랬는데…….”

무녀의 얼굴에 짙은 그림자가 드리워졌다.

지난 100년간 인류는 멸망의 길로 끝없이 진화해왔다. 100년
전 신의 계시를 받은 신인 흑단인형의 의지 때문이었다. 안간힘
을 다해 막아보았지만 이제 한계에 이르렀다. 세계는 점점 더 혼
란에 빠져들었고, 인간이 숨 쉴 수 있는 세계는 점점 더 줄어들었
다. 새로운 신인의 탄생을 학수고대한 것이 바로 그런 이유에서
였다. 그 신인이었을지 모를 소년이, 아니 신인이라 여겼던 소년
이 다시 구원과 멸망 중에 멸망의 기운에 휩싸인 채 분노를 폭발
시키고 있다면 인류는 이제 완전히 퇴로를 잃은 패잔병이나 다름
없었다. 그가 분노하고 복수를 맹세한 대상이 흑단인형이건 아니
건, 그건 중요한 일이 아니었다. 세계는 신인의 분노와 복수심에
휘말려 또다시 멸망의 길을 걸을 것이기 때문이다. 무녀의 얼굴
에 짙은 그림자가 번졌다.

“그 원숭이 놈이 온 백성을 죽일 수도 살릴 수도 있었다. 그놈
은 죽기 전에 진인眞人에게 냉정한 진실과 거짓되지 않은 참세상
을 보여주었어야 했다. 그놈이 보여주는 길이 만백성을 죽게도,
살게도 하는 것을! 그런데 그놈이 남긴 것이 분노와 복수라니, 그
럴 수가! 그럴 리가 없다. 혜안을 가진 그놈이 그렇게 가버리면
안 될 일이었다…….”

무녀는 머리를 흔들었다. 천신이 아이들을 데려왔을 때 낙빈에

대한 예지는 흐릿하고 뿌옇기만 했지만, 혜안을 가진 승덕과 미륵불을 보좌하는 쌍둥이의 모습을 함께 보면 그려지는 그림이 있었다. 혜안을 가진 원숭이 형상의 녀석은 소년에게 참세상을 보는 눈을 남겨줄 것이었다. 바른 눈을 가진 쌍둥이는 그 아이를 보좌하여 뜻을 펼치도록 도울 것이었다. 흐릿한 예지 속에서도 천신 아래 모인 그 아이들이 그려내는 그림은 그런 것이었다. 그런데…… 원숭이 형상의 녀석이 소년에게 남긴 것이 고작 복수심과 분노뿐이라니……. 무녀는 고개를 절레절레 흔들었다.

"세상을 보는 눈이 분노와 복수라니! 그놈이 택하는 길이라는 것이 결국 세상을 멸망시키는 거란 말이냐? 그럴 리 없다. 그런 아이가 아니었다! 안 되겠다. 내 눈으로 그 아이를 좀 봐야겠다."

늙은 무녀는 꼿꼿이 정좌하고 있던 다리를 펴고 일어섰다. 현욱은 그녀에게 다가가 왼팔을 붙들었다. 허리를 펴고 일어선 노인의 키는 현욱의 절반 정도밖에 되지 않았다. 하지만 그녀의 강단 있는 입매와 눈동자를 보면 그러한 왜소함 따위는 잊어버릴 정도로 그 존재감이 컸다.

노인이 한 걸음 한 걸음 내딛을 때마다 쪽빛 한복이 사각사각 소리를 냈다. 비록 한 발을 조금 절룩거렸지만 노인의 걸음걸이라고는 믿어지지 않을 만큼 재빨랐다. 그녀는 낡은 초가의 문을 열어젖히며 현욱을 바라보았다.

"섬에 있는가, 그 아이는?"

"아닙니다."

291

"그럼 어디에?"

"작전에 투입되었습니다. 처음으로……."

"뭐라?"

무녀의 한쪽 눈썹이 추켜올라갔다. 쪽을 지은 하얀 머리처럼 새하얀 눈썹이 삐죽거렸다. 그녀의 눈동자가 현욱의 마음을 읽는 듯 예리했다.

"그 지경인 아이를 무슨 생각으로……."

"감당할 수 없는 분노를 표출할 곳이 필요했습니다."

무녀는 입을 다물었다. 그녀의 눈앞에 아이의 모습이 보였다. 낯설고 메마른 땅덩이 위에 홀로 던져진 어린 소년의 얼굴이었다. 그 얼굴에는 웃음이 사라졌고 눈동자는 서늘했다.

무녀는 고개를 흔들었다. 본래 소년은 저런 눈빛의 아이가 아니었다. 그놈 어미와의 용서할 수 없는 악연惡緣까지도 참게 만들 정도로 그 어린것의 눈동자는 청아했다. 섬에 홀로 남은 노인을 구하겠다는 마음으로 목숨을 위협하는 높고 거센 파도를 헤치고 달려왔던 그 어린아이의 눈은 저런 것이 아니었다.

그래서 믿었다. 희미하고 흐릿한 미래에 소년은 세상에 한 손을 내밀 것이라고 믿었다. 아무리 썩어 문드러진 인간 세상일지라도 구원의 손길을 내밀 거라고 믿었다. 그런데 그 어린 소년의 눈이 달라져 있었다. 천신과 함께 이 섬을 다녀간 그날과는 완전히 다른 눈을 가진 낯선 소년의 모습이 보였다. 그런 소년이 이번 세기의 신인이라면…… 그렇다면…… 인간세계는 더 이상 가망이 없었다.

"가자, 내 눈으로 봐야겠다."

무녀는 쪽빛 한복을 휘어잡으며 작은 초가를 나섰다. 쥐 죽은 듯 기다리고 있던 검은 양복 차림의 요원들이 모모 님의 곁으로 다가왔다. 하지만 그녀는 현욱 외에는 누구도 자신을 부축하지 못하게 했다. 현욱은 곁에서 묵묵히 노인의 발걸음에 속도를 맞추었다.

2

세 척의 군함이 벌써 72시간 이상 한자리에서 대기 중이었다. 카를로스 대령과 승조원들에게는 거대한 선박 엘로시오 호를 호위하라는 특별 임무가 주어졌다. 처음 그 임무를 받았을 때만 해도 '호위'만 할 줄은 몰랐다. 군함들이 바다 한가운데에서 꼼짝도 하지 않고 엘로시오 호 곁에서 기다리기만 해야 하다니!

군함들을 이끌고 엘로시오 호를 마중 나올 때만 해도 카를로스 대령은 크나큰 자부심을 느꼈다. 아메리카 대륙으로부터 금의환향 중인 이 선박은 수백 년간 잠들어 있던 스페인의 보물을 본국으로 이송하는 중이었다. 스페인의 보물이 잠들어 있던 곳은 바로 버지니아 해海의 바닷속이었다. 엘로시오 호는 깊디깊은 바닷속에 잠겨 있던 침몰선을 발견하고, 드디어 그 안에 잠들어 있던 수많은 보물에 대한 소유권을 인정받고는 당당히 귀환하는 중이었다. 그러나 카를로스 대령이 엘로시오 호를 마중 나온 순간 영광스러운 임무라는 것은 온데간데없이 사라지고 말았다.

"기가 막혀서……."

카를로스 대령은 혼잣말을 중얼거렸다. 아마도 그가 지켜본 것을 다른 승조원들이 보았다면 모두의 사기가 땅바닥에 떨어졌을 것이다. 국가의 잃어버렸던 보물을 되찾아온다는 사실에 자랑스러움을 가지고 있던 승조원들이 엘로시오 호의 실상을 확인한다면 얼마나 실망할지 훤했다.

엘로시오 호는 며칠 전 버지니아 해안으로부터 위풍당당하게 귀환하는 중이었다. 1600년경 카를로스의 조상들은 잉카의 땅에서 수탈한 엄청난 양의 보물을 싣고 스페인으로 출발하다가 침몰하고 말았다. 그것도 연이어 세 척의 스페인 군함이 침몰했다. 군함마다 엄청난 양의 수장품이 실려 있었으며, 금은보화는 헤아리기 어려울 정도였다고 한다. 수많은 실패와 도전 끝에 수백 년 만에 침몰선의 정확한 위치를 밝혀냈고, 그 안의 보물들을 성공적으로 인양했다.

그동안 수많은 탐험가와 보물 사냥꾼이 침몰한 군함을 찾기 위해 얼마나 고생했던가! 그뿐만이 아니다. 수천억 달러에 달하는 어마어마한 잉카의 황금을 차지하기 위해 다들 얼마나 애썼던가! 결국 보물 인양과 관련해 스페인의 엘로시오 호는 미국 시헌트Sea Hunt 사社와 오랜 법적 공방을 벌였다.♦ 보물의 소유권 분쟁으로 버지니아 해안에 강제 정박당한 세월이 3년이었다. 마침내 미국 법원의 허락을 받고 나서야 간신히 스페인으로 보물을 이송하게 되었다. 그 누구도 못했던 일을 엘로시오 호가 해냈다. 자랑스러운 대스페인의 보물을 싣고 귀환하는 위대한 항해가 완성을 코앞에 두고 있었다.

엘로시오 호를 마중 나올 때만 해도 카를로스 대령이 상상한 것은 멋진 보물선의 귀환이었다. 그러나 지난 72시간 동안 그의 눈앞에 펼쳐진 모든 것은 대령의 자부심을 산산이 부수어놓았다. 그는 엘로시오 호의 지하에서 벌어지는 터무니없는 광경을 보았다.

선박의 지하에는 수많은 보물이 있었다. 그 엄청난 보물 앞에서 벌어지는 일들이 카를로스 대령을 황망하게 했다. 승조원들의 눈을 피해 비밀스럽게 진행되는 괴상한 '작업'을 방관하는 동안 평생을 군인으로 살아온 대령은 치욕감을 느꼈다.

엘로시오 호가 SOS를 보낸 것은 사흘 전 14시였다. 벌건 대낮에 항구를 눈앞에 두고 울려 퍼진 구조 신호의 내용은 괴상했다.

"SOS! SOS! 원주민이다! 괴물이다! 망령이다! 잉카의 망령들이 우리를 죽이려 한다! SOS! SOS!"

이 마지막 구조 요청을 끝으로 엘로시오 호로부터 연락이 두절되었다. 괴상한 구조 요청을 받자마자 근처에 있던 대령의 군함이 엘로시오 호로 다가갔다. 선박에 오른 대원들은 곧 믿을 수 없

◆ 일반적으로 바다에 수장되어 있는 보물을 인양하는 경우 인양한 회사, 보물이 발견된 국가, 보물이 원래 소속되어 있던 국가가 그 소유권을 두고 치열한 공방을 거듭한다.

는 상황에 대해 보고했다. 엘로시오 호에 타고 있던 선원과 보물 인양을 도운 파견 경찰들까지 전원 사망했다는 것이었다.

그것이 다가 아니었다. 모든 선원과 경찰이 도저히 쳐다볼 수 없을 만큼 끔찍한 모습으로 갈기갈기 찢겨 죽어 있었다. 사나운 짐승에게 물어뜯긴 것 같았다. 하지만 잡아먹지도 않으면서 피와 살을 이렇듯 갈가리 찢어발기는 짐승이 있다니, 믿기 힘든 일이 었다.

사지가 잘리고 찢겨나간 모습도 끔찍했지만 죽은 자들의 얼굴에 드러난 어마어마한 공포와 괴로움은 말로 표현할 수 없을 정도였다. 그들이 죽기 전에 무엇을 보았는지 알 수 없지만, 공포와 죽음의 고통으로 범벅된 그들의 얼굴은 지옥의 불꽃 속에서 일그러져버린 인간의 모습을 연상시켰다. 이후 무장한 해군이 18시간 이상 세 차례에 걸쳐 배 구석구석을 뒤져보았지만 그 어디에도 끔찍한 만행을 저지른 침입자는 없었다.

엘로시오 호의 선원과 경찰의 몰살! 이것은 대형 사건 중에도 대형 사건이었다. 금의환향하던 선원들이 몰살당했다는 소식이 밖으로 새어나갔다가는 끔찍한 혼란이 야기될 것이 자명했다. 흉흉한 소문이 퍼지기 전에 원인을 알아내고 해결해야 했다. 스페인 정부는 카를로스 대령에게 엘로시오 호를 24시간 철저히 감시하고 정부 수뇌부가 보내는 밀사들이 사건을 해결하도록 도우라는 지시를 내렸다.

이 명령이 떨어졌을 때만 해도 카를로스 대령은 '수뇌부가 보내는 밀사'에 대해 기대를 품고 있었다. 적어도 자신의 부하들이 알아내지 못한 미세한 과학적 증거를 찾아내는 최고의 과학수사대가 올 거라고 상상했다. 하지만 그의 예상은 완전히 빗나갔다. 정부에서 보낸 밀사를 보고 대령은 모두 미친 짓거리라고 생각했다.

첫 번째로 도착한 밀사는 검은 사제복을 입은 신부였다. 독실한 가톨릭교도인 카를로스 대령은 처음에 신부가 죽은 자들의 안식을 위해 기도하러 온 것으로 생각했다. 그런데 놀랍게도 엘로시오 호에 오른 그는 엑소시즘, 즉 악령 퇴치를 시작했다. 이 첫 번째 밀사는 모든 악의 근원이 지하 1층 컨테이너 박스에 담긴 어떤 것에 들러붙어 사람들을 모두 죽였다고 말했다. 그러고는 자기 혼자 지하 1층으로 들어갈 테니 다른 군인들은 지하로 들어가는 철문을 단단히 걸어 닫고 절대 안으로 들어오지 말라고 당부했다. 그러고 나서 그는 악령 퇴치 의식을 시작했다.

별로 알고 싶지도 궁금하지도 않았지만 단단히 닫은 철문 너머로 고함 소리와 비명 소리가 새어나왔다. 대령은 이런 사실이 본함으로 흘러나가지 않도록 주의했다.

"주의 이름으로 말하노니, 이단의 자식들아, 신성한 주님의 땅에서 썩 물러날지라!"

"복수와 원한에 찌든 영혼아! 너희가 있을 곳은 이곳이 아니니, 너희의 죗값을 찾아 당장 물러날지라!"

"악마에게 영혼을 팔아먹은 저주받은 인간들아! 어서 물러나라!"

아무것도 없는 지하에서 신부의 목소리가 들려왔다. 그는 혼자 버럭버럭 소리치고 누군가를 혼내며 싸웠다. 무언가를 던지는 소리도 들리고 깨지는 소리도 들렸다. 성경 구절을 목이 터지도록 읊어대기도 했다.

대령은 이런 상황이 황망하고 당황스러웠다. 일반 병사들이 이 사실을 알게 되면 사기가 저하될까 우려되었다. 그는 지상으로 이어지는 문에 두 명의 보초만 남겨두고 본함으로 철수했다. 미친 짓에 대한 불만과 의혹으로 머릿속이 어지러운 그때, 갑작스럽게 두 발의 총성이 들렸다. 측근들과 함께 엘로시오 호로 갔을 때는 악령을 퇴치하던 신부님은 물론이고 두 명의 보초병까지 죽어 있었다. 그것도 마치 양 손목과 발목, 그리고 목이 가느다란 철사에 졸리다가 견디지 못하고 터져버린 것처럼 바닥과 천장에 살과 피가 뒤범벅되어 있었다. 무참하게 찢긴 채 핏물에 젖은 신부복은 죽음을 맞기 전의 현장이 얼마나 처절했는지를 똑똑히 증언해주었다.

이번 역시 살해자는 알 수 없었다. 카를로스 대령은 이런 상황을 윗선에 보고하고 모든 승조원을 엘로시오 호에서 철수시켰다. 그렇게 세 척의 군함이 바다를 사이에 두고 선박을 감시했다.

새벽이 밝자 두 번째 밀사가 나타났다. 헬기를 타고 온 그 역시 사제복을 입은 늙은 신부였다. 희끗희끗한 머리의 신부는 바티칸에서 직접 달려왔다고 말했다. 신부는 혼자가 아니라 같은 옷을 입은 젊은 사제들과 함께였다. 사제들은 자신들의 스승이 세계에서 손꼽히는 악령 퇴치 전문가라고 했다. 그 말을 듣는 동안 카를로스 대령은 고개를 설설 저었다. 또다시 정부 수뇌부에서 미친 짓을 시작한 것이다. 악령 퇴치라니…… 악령 퇴치사라니!

바티칸의 신부가 엘로시오 호에 머문 것은 30분도 채 되지 않았다. 그는 제자들과 함께 지하로 들어간 지 10분도 지나지 않아 문을 열고 나왔다. 고작 몇 분 만에 그들은 마라톤을 한 것처럼 지쳐 있었다. 사제는 헬기를 타고 떠나며 한마디를 남겼다.

"내 능력으로는 무리다. 누구도 저들의 귀와 입을 열지 못할 것이다. 잉카의 후예를 불러야 한다."

바티칸의 신부가 사라지고 얼마 지나지 않아 나타난 세 번째 밀사는 잉카족의 후예라고 했다. 그의 이름은 '디마스 까마'였다. 자신을 께로족♦의 제사장이라고 소개한 그는 뜨개질한 옷을 걸치고 있었다. 잉카의 전통 복장인 듯했다. 찬찬히 살펴보니 소맷부리는 물론이고 옷자락까지 모조리 해지고 까맣게 더럽혀진 것이 언뜻 거지꼴에 가까웠다.

여기저기가 긁힌 빛바랜 지팡이를 들고 목과 팔, 다리와 머리에 동물의 뼈와 구슬로 만든 장식품을 주렁주렁 매단 작은 키의 남자는 엘로시오 호에 오르자 눈빛이 달라졌다. 그는 선박에 오르자마자 갑판 위에서부터 미친 듯이 구르고 펄쩍펄쩍 뛰기 시작

♦수백 년 전 잉카족의 사제이자 제사장이었던 이들의 후예다. 잉카 제국이 멸망할 즈음 그들은 제사장의 자리를 버리고 사람들이 왕래하기 어려운 안데스 고산지대로 들어가 부족을 형성했다. 그들은 여전히 라마를 키우고 감자 농사를 지으며 문명과 분리된 삶을 이어나가고 있다.

했다. 뜨개옷이 더러운 이유가 짐작되었다.

그의 괴상한 행동은 지하로 내려가면서 더욱 심해졌다. 그는 좁은 통로 여기저기에 몸을 부딪히면서도 이리저리 뛰어다녔다. 너무 미친 짓을 해대서 말릴 엄두조차 나지 않았다. 해군들은 그를 지하 창고로 데려간 뒤 얼른 철문을 닫았다.

"후아! 지독한 공포와…… 후아! 괴로움 속에서 죽어간 영혼들이 외친다. 오오, 두렵다! 오오, 무섭고도 두렵구나! 어찌 저리 크나큰 복수와 저주를 생각하게 되었을까! 오오, 무섭구나, 무서워! 두렵구나, 두려워! 오오, 제발 저를 도와주소서! 산의 신 아푸여! 대지의 신 파차마마♦여!"

디마스 까마의 목소리는 철문 안쪽으로 들어서자 더욱 빠르고 거세졌다. 문 안쪽에서 알아들을 수 없는 괴상한 말과 소리, 부딪히고 깨지는 소리가 들려올 때마다 섬뜩섬뜩한 소름이 돋았다. 카를로스 대령은 이 모든 일이 한심하기 짝이 없었다. 그가 섬기는 유일신 야훼를 따르는 신부들이 왔을 때도 답답한 마음이었는데 어디서 듣도 보도 못한 이단의 종족까지 데려와 저런 미친 짓을 하는 것을 보니 더욱더 기가 찼다. 카를로스 대령은 갑판으로 이어지는 모든 문을 닫으며 보초들에게 단단히 일렀다.

"저 인간이 미친 짓을 하건 말건 신경 쓰지 말고 너희는 이 문만 단단히 지켜라. 절대로 문을 열지 말고 이 앞만 지켜야 한다.

♦잉카인의 달의 신으로, 인티(태양신)의 아내다. 대지의 풍요로운 여신이며 만물의 어머니로도 묘사되는 인자한 여신이다.

이상한 짐승이나 괴물이 나타나면 지체하지 말고 총을 쏴라. 알겠나?"

"네엣!"

두 명의 보초가 살해된 후로 이제 갑판을 지키는 병사는 열두 명이었다. 대령이 지나가자 그들은 즉각 경례를 붙였다. 카를로스 대령은 열두 병사를 둘러보며 깊은 생각에 잠겼다. 이런 상황에서도 눈을 반짝이며 자세를 바로잡는 훌륭한 군인들이 그의 앞에 있었다. 위대한 해군들이 있기에는 이 자리가 너무나 볼품없었다. 카를로스 대령은 열두 명의 해군에게 영예롭지 못한 장면을 보여주는 것 같아 가슴이 답답했다.

카를로스 대령은 엘로시오 호의 어딘가에 식인 맹수가 있을 거라고 생각했다. 그들이 상상할 수 없을 만큼 민첩하고 잔악한 짐승이. 귀신 나부랭이가 아니라!

"언제까지 저런 사이비 주술사에게 맡겨놓을 건가!"

밀사는 주술사가 아니라 과학수사대나 이름 모를 짐승의 정체를 밝혀낼 동물학자여야 했다. 탁상공론만 하는 정부 수뇌부를 향해 대령은 고개를 흔들어댔다. 그는 괴상한 주술사와 함께 이 끔찍한 선박에 있고 싶지 않았다. 대령은 본함으로 이동하기 위해 갑판을 지나갔다.

그때였다. 병사 한 명이 다급한 얼굴로 달려왔다.

"대령님, 급한 연락이 왔습니다!"

조타실의 승조원이 하얀 종이를 들고 부리나케 달려왔다. 대령은 부하가 가져온 얇은 종이 위에 새겨진 글자들을 읽었다.

"……신성한 집행자들이 방문한다? 절대적인 지원과 협력을 하라고? 대체…… 이게 뭐지?"

그는 잠시 고개를 갸웃거렸다. 어쨌든 네 번째 밀사가 도착할 예정이라는 연락이었다. 다행히도 수뇌부의 누군가가 저런 멍청한 짓거리에 대해 쓴소리를 한 모양이었다. 그런데 신성한 집행자들이라니……. 대령에게는 낯선 이름이었다. 카를로스 대령은 이번에는 좀 더 제대로 된 사람이 오기를 바라며 서둘러 본함으로 돌아갔다.

3

엘로시오 호의 지하 문을 닫은 디마스 까마는 단단히 숨어 있는 영혼에게서 자신과 같은 냄새를 맡았다.

"후아, 후아, 후아……."

산소가 부족한 것처럼 헉헉거리는 숨에 맞춰 뼈만 앙상한 그의 굽은 등이 불룩거렸다. 코를 타고 들어온 영혼의 냄새에는 지독한 복수심과 분노, 절망과 원한이 가득했다. 그 냄새의 끝에 미약하나마 안데스의 향기가 배어 있었다.

본래 잉카 제사장의 후예인 께로족은 우아이나 카팍 황제◆가 죽자 곧장 안데스의 깊은 계곡으로 숨어들었다. 그것이 일족을 지키는 유일한 방법이었기 때문이다. 일족의 신통력으로 위기를 모면한 그들은 지금껏 잉카의 후예라는 명맥을 이어오며 근근이 목숨을 유지하고 있었다. 그러나 께로의 일족은 더 이상 제사장도, 주술사도 아니었다. 그들은 그저 굶지 않고 감자죽을 먹으면 다행인 가난하고 헐벗은 종족에 불과했다. 일족 대부분은 신통력을 잃었지만 디마스 까마와 같은 사람이 반세기마다 한 명씩 태어나 근근이 명맥을 이어갔다.

"후아, 후아……."

디마스 까마는 분노한 영혼이 자신의 조상임을 직감했다. 코끝으로 느껴지는 안데스의 향기가 그러했고 눈앞에 흐릿흐릿 지나치는 작고 마른 일족의 모습이 그러했다. 고귀한 잉카의 후예로 살아온 안데스와 대지의 신 파챠마마의 아들일 것이다. 하지만 왜? 이 지독한 분노의 이유는 무엇일까? 디마스 까마는 감추어진 진실을 알아내야 했다.

쿵! 쿵! 쿵!

디마스 까마는 작고 굽은 몸을 바닥과 벽에 부딪혔다. 그는 지독한 원한과 분노에 질식할 것만 같아 사방에 몸을 부딪히며 정신을 차리려 했다. 그는 언뜻언뜻 보이는 영혼의 모습을 눈에 담

◆ 우아이나 카팍 황제가 죽은 뒤 잉카 제국은 왕위 계승 문제로 내분에 휩싸인다. 결국 우아이나 카팍의 아들인 우아스카르는 이복형 아타우알파에게 살해되고 왕위를 찬탈당했다. 때마침 신대륙 정복자 피사로가 나타나 잉카 제국은 멸망한다. 그는 아타우알파 황제를 납치한 뒤 그를 석방하는 조건으로 잉카 제국의 엄청난 황금을 손에 넣게 된다. 그러나 약속과 달리 피사로는 일 년 후에 황제를 화형에 처한다. 그 후에도 피사로는 잉카의 신전을 약탈해 엄청난 양의 금과 은을 본국(스페인)으로 보냈다.

으려 했다. 헐벗고 굶주린 채로 손발이 묶여서 끌려가는 모습을 보니 분명 금은보화를 빼앗기던 스페인 침략 시대의 영혼이 분명 했다. 즉 찬란한 잉카 제국의 마지막 시대인 것이다.

"후아! 후아! 후아!"

원혼 역시 디마스 까마에게서 안데스의 향기를 맡았는지 섣불리 공격하지 않았다. 한 무리의 원혼은 그의 목에 걸린 라마의 뼈를 바라보는 것 같았다. 아득한 옛날부터 함께 생활해온 존귀한 동물의 냄새가 풍겼을 것이다. 그의 어깨를 둘러싼 낡은 손뜨개 망토도 바라보는 것 같았다. 그의 망토는 디마스 까마의 늙은 부인이 라마의 털을 하나하나 꼬아서 만든 것이었다. 그의 온몸에 남아 있는 잉카 후예의 증표를 보면서 영혼들은 지독한 분노를 억누르는 것 같았다.

디마스 까마는 그 순간을 놓칠 수가 없었다. 그는 어떻게든 원혼의 이야기를 들어야 했다. 그 이야기에 숨어 있는 지독한 분노를 확인해야 했다. 아무리 지독한 분노라도 달랠 방법을 찾은 다음 영혼을 다독여 아득한 죽음의 세계로 보내는 것이 그의 일이었다.

그는 온몸에 땀을 뻘뻘 흘리며 영혼과의 대화를 시도했다. 위대한 잉카의 후예이자 주술사인 디마스 까마는 모든 영적 힘을 끌어내어 선조들을 위로하고 달랬다. 보통 사람들의 눈에는 텅빈 공간으로 보일 지하 창고가 디마스 까마의 눈에는 흙빛 살결을 가진 고대 잉카 제국의 조상으로 가득 채워져 있는 것이 똑똑히 보였다. 그들은 한결같이 복수심과 원한으로 활활 타오르는 무시무시한 눈빛이었다.

무시무시한 원혼들의 표정은 섬뜩했지만 디마스 까마는 자신의 목숨을 바쳐서라도 원혼들의 한을 풀어줘야겠다는 굳은 의무감을 느꼈다. 조상에 대한 안타까움과 책임감으로 그는 두려움도 잊은 채 온 힘을 다해 원혼들을 위로했다.

"태양의 자손, 인티◆의 아들들이여, 태양신의 아들 망코 카팍과 마마 오크요의 딸들이여! 이제 시대는 지나고 지나 이미 수백 년이 흘렀으니, 부디 모든 걸 잊고 용서하소서! 복수의 칼날을 거두소서! 그 두려운 올빼미의 눈알을 거두소서!"

디마스 까마는 자신을 노려보는 조상들을 향해 춤을 추고 노래를 하고 절을 함으로써 복수심을 거두어달라고 빌었다. 그렇게 애원하고 또 애원해보아도 지하를 가득 메운 수십 명의 눈동자는 여전히 죽음의 올빼미를 닮아 있었다. 날카로운 발톱과 부리로 조금의 동정도 없이 작은 동물의 목을 따고 죽음에 이르게 하는 동물처럼 그들의 눈동자에는 뜨겁게 불타오르는 복수심 외에는 아무것도 없었다.

잉카의 주술사 디마스 까마는 자신의 온몸에 매달린 장신구들 중 호리병 모양의 금빛 장식품을 꺼내 들었다.

◆ 잉카의 태양신이자 잉카족의 선조. 인티는 아내인 달의 여신 파챠마마와 함께 인자한 신으로 묘사된다. 인티는 아들 망코 카팍과 딸 마마 오크요에게 문명의 기술을 가르쳤고, 그들에게 지구를 주어 사람들을 가르치게 했다.

"인티의 후예들이시여! 이것은 우리의 고향 땅, 피사크의 콘도르◆에게 속한 피입니다! 콘도르의 피를 통해 우리네 후예들이 이제는 식민지의 고통에서 벗어나 작지만 소중한 행복 속에 살아가고 있음을 알아주소서! 이제 때늦은 복수의 칼날은 거두어 주소서!"

주술사는 원혼들의 눈앞에서 호리병을 흔들었다. 호리병 속에는 잉카의 후예를 상징하는 하늘의 왕이며 태양의 아들인 콘도르의 피가 담겨 있었다. 그는 조상들 앞에 그 시뻘건 피를 조심스럽게 뿌려주었다. 과거, 스페인이 그들의 위대한 제국을 침범하고 그들의 위대한 조상들을 짓밟았던 그때. 노예로 전락하여 죽는 그날까지 수많은 멸시와 고초, 매질과 고문을 당했던 선조들이 이제는 당시의 위대한 문명을 이어가지 못할지라도 나름대로 열심히 살아가는 후예들의 일상을 느끼고 복수심을 누그러뜨려주기를 바라는 마음에서였다.

호리병 속의 액체는 얼마 전에 디마스 까마를 비롯한 잉카족의 후예들이 산과 인간을 다스리는 태양신에게 기원하는 '태양제'에서 사용한 콘도르의 피였다. 매년 열리는 콘도르 축제는 본토박

◆콘도르는 안데스 산맥에 사는 독수리과의 커다란 새다. 눈 덮인 산맥에서 살아가는 이 새는 잉카인과 비슷한 점이 많아서 잉카의 후예를 상징하게 되었다. 지금도 매년 잉카의 땅에서는 콘도르 축제가 열린다. 투우의 나라인 스페인 대표로 소가, 잉카족 대표로 콘도르가 나서는 잔인한 피의 축제다. 사람들은 사나운 황소를 골라 등가죽에 구멍을 뚫고 줄을 꿰고는 피를 흘리며 고통스러워하는 소와 콘도르의 다리를 묶는다. 그러면 잉카 제국을 상징하는 콘도르가 정복자 스페인을 상징하는 소의 등에 올라 피투성이가 될 때까지 쪼고 할퀴며 괴롭히게 된다. 잉카인들은 이런 모습을 통해 잉카 제국을 멸망시킨 스페인을 향한 울분을 토로하는 것이다.

이 인디오들이 스페인에 대한 적대감을 동물과 스포츠로 해소하기 위해 고안한 것이었다. 이 축제의 하이라이트는 콘도르와 황소의 결투였다. 사실 결투라기보다는 일방적인 화풀이가 옳은 말이다. 잉카를 대표하는 하늘의 제왕 콘도르가 스페인을 대표하는 거대한 황소를 괴롭히다 숨통을 끊는 모습을 지켜보며 잉카의 후예들은 대리만족을 얻는다. 바로 그러한 콘도르의 피를 본다면 복수심에 불타는 조상들의 분노가 조금쯤 가라앉지 않을까 하는 생각이 들었다.

디마스 까마의 생각은 적중했다. 새빨간 콘도르의 피가 뿌려지자 상황이 조금 나아진 것처럼 보였다. 몇백 년 동안 복수의 칼날을 갈아온 올빼미 눈의 조상들은 콘도르의 붉은 피를 보자 활활 타오르던 분노를 잠시나마 누그러뜨렸다. 더 이상 불길이 솟아오르지 않고 분노가 그대로 머무는 것만도 다행이었다. 원혼들은 콘도르의 피에 담긴 의미를 이해한 것이 분명했다.

"후아! 후아! 복수심에 불타는 조상님들이여! 저희의 작은 행복을 보시어! 후아! 모든 것을 용서해주시옵소서! 태양신의 신전에 마련된 우리만의 낙원으로 가시옵소서!"

따가닥! 따가닥!

그 순간 디마스 까마는 어떤 소리를 들었다. 까마득한 저 멀리에서 점점 더 가까이 들려오는 그것은 지축을 울리는 짐승의 발소리였다. 조상들이 키웠던 안데스의 라마보다 훨씬 크고 우람한 몸을 가진 동물…… 말발굽 소리였다. 스페인의 정복자들이 타고 왔던 거대한 말. 그 말의 모습에 벌벌 떨었던 잉카의 조상들……. 그 커다란 말발굽 소리가 디마스 까마의 귀를 울렸다. 그는 그 순간을 놓치지 않았다. 그리고 원혼이 살고 있는 옛이야기 속으로 스며들어갔다.

부서지는 태양빛 아래 등줄기가 반짝이는 늘씬한 갈색 수말은 안데스 고산지대를 달리는 중이었다. 산과 산이 이어진 산맥의 서북부 군영지가 저 멀리 펼쳐져 있었다. 주변 산지가 모두 고산지대인데다 무더운 태양이 정면에서 쨍쨍 내리쬐고 있었기 때문에 말도 헉헉거리고 그 위의 스페인 병사도 지쳐 보였다.

스페인 제국 소속의 연락병은 잘 닦아놓은 잉카의 도로를 따라 말을 달렸다. 고산지대에 어떻게 이런 마을이 있을까 싶지만 잉카의 제국은 드높은 산 중턱에 마을을 만들고 논밭을 일구며, 심지어 높은 수준의 건축술로 건물까지 올렸다.

더위에 지친 말발굽 소리가 잦아들 무렵 저 멀리 마을이 눈에 들어왔다. 커다란 벽돌로 촘촘히 쌓은 낮은 주거지에 네모반듯하게 정비된 계단식 논밭, 그리고 그 밭에서 기다란 쟁기를 들고 일하는 작은 키의 까무잡잡한 인디오들이 보였다. 본래 마을이었던 이곳은 스페인의 군영지가 되어 총을 든 스페인 병사들이 그들을 지키고 있었다.

"워어, 워!"

연락병은 재빨리 말고삐를 잡고 마술처럼 빠른 솜씨로 훌쩍 땅바닥에 뛰어내렸다. 경비병들은 즉시 그를 사령실로 데려갔고, 그는 지휘관에게 무언가 명령이 적힌 편지를 전했다. 사령실로 사라진 그들의 옆으로는 아름다운 고원지대가 펼쳐져 있었다. 산 꼭대기에서 바라보는 아래쪽 풍광은 이루 말할 수 없이 아름다웠다. 넓디넓은 푸른 잔디가 사방에 펼쳐져 있고 손에 잡힐 듯한 구름과 깎아 만든 듯한 계단식 논밭, 그리고 늘 잉카족과 함께하는 라마들의 선한 눈동자는 더없이 아름다웠다. 그러나…….

그게 다가 아니었다. 그 아름다운 풍경 속에는 무겁고 침울한 소리 하나가 섞여 있었다. 쇠와 쇠가 부딪히는 소리였다.

철크렁…….

스페인 병사들과 비교하면 작고 마른데다 끼맣기까지 한 잉카의 남자들은 무거운 쇳덩이를 발목과 손목에 매단 채로 밭을 갈았다. 그들은 덜그럭거리는 쇳덩이를 끼고 기다란 나무 쟁기인 타크야를 바쁘게 움직이고 있었다. 일렬로 늘어선 10여 명의 남자는 하나같이 똑같은 속도로 타크야를 놀리고 있었다. 마치 여러 개의 자동인형이 동시에 움직이는 것처럼.

촤악! 척!

"게으름 피우지 마라! 이 버러지 같은 족속들아! 게으름 피우지 말란 말이야!"

잉카족의 뒤에는 기다란 채찍을 든 스페인 병사가 군데군데 서 있었다. 그들은 심심할 때마다 열심히 일하는 잉카의 일족을 향해 날카로운 채찍을 휘둘렀다. 그들이 채찍을 휘두를 때마다 부족의 남자들은 더욱 일사불란하게 움직였다. 어느 누구도 동일한 동작에서 벗어나거나 속도를 늦추지 않고 밭을 갈았다. 예로부터 잉카의 후예들이 가장 큰 죄악으로 생각하는 것은 바로 '게으름' 이었다. 그들은 죄악을 저지르지 않기 위해 엄청난 양의 노동을 끝도 없이 이어가고 있었다. 그것도 군소리 하나 없이 너무나 묵묵히, 너무나 열심히!

디마스 까마는 차마 더는 볼 수가 없어 잠시 눈을 감았다. 이렇듯 부지런하게 일하는 잉카의 후예들에게 거대한 스페인 병사들은 채찍을 거세게 휘둘러댔다. 그런데도 조상들은 한 번도 눈을 흘기거나 불만을 드러내지 않았다. 디마스 까마는 그 이유를 알고 있었다. 원래 그들의 종족이 선하고 대부분의 사람들이 폭력과 무력을 알지 못하는 탓도 있지만, 더 큰 이유는 모든 고통과 괴로움의 원인이 그들 자신에게 있다고 믿기 때문이었다.

야만의 나라를 정복하고 신개척지를 넓힌다는 미명 아래 스페인 병사들이 몰려왔을 때 잉카의 후예들은 저항하지 않았다. 그들은 스페인 병사들이 형제를 죽이고 왕위에 오른 아타우알파◆를 벌주기 위해 나타난 비라코차◆◆의 사신들이라고 생각했다.

◆스페인 침공 당시 잉카의 왕이자 잉카 역사상 마지막 왕이다. 그는 잉카 제국을 두고 형제와 세력 다툼을 벌였으며, 결국 형제를 죽이고 왕위에 올랐다. 이로 인해 아타우알파 왕이 비라코차 신의 저주를 받으리라는 소문이 잉카 제국에 번졌다. 바로 그때 스페인 군대가 원주민을 정복하자 일부 잉카족은 그들이 비라코차의 사신들이라고 믿었다.
◆◆잉카의 최고신이자 폭풍과 태양의 신으로 잉카족에게 문명을 전파했다. 세상을 밝게 비추기 위해 해(인티)와 달과 별을 창조했다고 한다. 머리에 태양을 이고 손에 번개를 든 채 눈물을 흘리는 모습으로 표현된다. 최초로 세상을 창조할 때 거인을 만들었지만 마음에 들지 않아 홍수로 세계와 거인족을 말살한 다음 인간을 만들었다고 한다.

디마스 까마는 안타까울 정도로 순박하고 양순한 조상들을 바라보았다.

스페인 군대가 가혹한 노동으로 내모는데도 그의 조상들은 단한 번도 불만을 토로하거나 반란을 모의하지 않았다. 손발에 수갑을 채우고 금은보화를 빼앗고 지독한 노동으로 혹사시키는데도 그들은 모든 것이 '신의 뜻'이라고 믿으며 순종했다.

가엾은 조상들을 바라보는 디마스 까마의 시선 옆으로 조금 전에 사령실로 사라졌던 몇몇 병사가 밖으로 나오는 모습이 보였다. 잉카족에 비해 몸집이 두 배가량 커 보이는 그들은 야릇한 표정으로 가엾은 잉카족을 바라보았다. 그들은 서로 속닥거리며 키득거렸다. 무엇이 그들을 기쁘게 하는지, 왜 그토록 음흉한 눈빛을 짓는지 알아내는 데는 오랜 시간이 걸리지 않았다.

어스름한 저녁이 되었다. 드넓은 산등성이가 붉게 물들어갈 준비를 하는 시각에 스페인군의 지휘관이 병사들을 한데 불러 모았다. 예정에 없던 갑작스러운 연설에 어리둥절해하던 병사들의 얼굴은 그의 말을 들으면서 점점 흉포하고 징그럽게 변해갔다.

"우리는 하느님과 왕의 명에 의해 이곳에 왔노라! 그리고 끝내 이교도들을 정복했고 이교도들은 하느님의 군대인 우리를 맞아들였다. 모든 것이 우리를 인도하신 위대한 메시아, 우리의 야훼, 하느님의 은총 덕분이다! 우리는 하느님의 군대로 이곳에 들어와 모든 마을과 모든 땅에서 이교도들을 몰아내고 개종시키거나, 아니면 우리의 자손들을 이주시켜 이단과 마귀가 들끓는 악의 구렁텅이를 축복과 은총이 함께하는 신의 나라로 만들기 위해 노력하고 있다는 것을 모두들 잘 알고 있을 것이다!"

단상에서 소리치는 그의 말대로 잉카를 정복한 이후 스페인 본국에서는 수많은 군수품과 많은 이주민을 보내오고 있었다. 대외적으로는 하느님 운운하며 종교전쟁처럼 꾸며댔지만, 사실 황금과 은이 도처에 깔려 있는 이곳을 영원히 식민지화하기 위해서라는 것은 모두가 알고 있는 사실이었다.

"은총의 땅을 만들기 위해 노력했으나 이 척박한 고산지대에서만은 우리의 노력과 기도에도 불구하고 주의 역사를 이루지 못했다는 비극적인 사실을 여러분도 잘 알고 있으리라 믿는다. 본국에서는 우리의 자손을 퍼뜨리기 위해 적극적인 정책을 펼쳤음에도 해발 3,000미터 이상인 이곳 고지대에서만큼은 심각한 산소부족으로 인해 수태한 스페인 여인이 단 한 명도 없었다.

이런 비극적인 사실로 인해 우리 스페인군은 한 가지 대안을 생각해내게 되었다. 저들 잉카족은 개종한다고 말로만 지껄이고 아무도 기도하지 않고, 아무도 하느님의 이름을 부르지 않는다. 따라서 저들을 개종시키는 것보다 더욱 적극적인 방법을 취하기로 했다. 그것은 바로 우리! 하느님의 자손들의 씨를 뿌림으로써 이 척박한 고산지대에서도 주님의 병사들을 만들어내는 것이다! 우리 스페인의 여인들이 이곳에서 잉태하고 수태할 수 없다면, 우리는 이곳에서 태어나 살아온 저들 잉카족 여인의 자궁을 빌려 신의 병사들을 생산해내면 되는 것이다!"

디마스 까마는 수많은 단어로 휘감고 치장하는 지휘관의 말을 단번에 알아들었다. 그가 아무리 숨기고 위장해도 그 끔찍한 행위를 감출 수는 없었다. 하얀 얼굴의 외지인은 그들의 말을 알아듣지도 못하는 조상들 앞에서 그들을 욕보일 준비를 하고 있었다. 그것도 야훼를 들먹이며 마치 모든 것이 신의 섭리인 양 끔찍한 침략과 일탈에 정당성을 부여하고 있었다.

킬킬거리며 눈알을 굴리는 스페인 병사들의 모습이 디마스 까마의 머릿속을 뒤흔들었다. 심장이 벌렁거렸다. 그 두근거림이 자신의 것인지 원혼의 것인지 분간되지 않았다. 놈들은 고귀한 잉카 후예들의 코앞에서 끔찍한 계획을 세우고 있었다.

"휘익, 휙!"

날카로운 휘파람 소리에 디마스 까마의 팔에 소름이 돋았다. 지휘관의 말을 알아들은 일단의 병사들이 휘파람을 불어제쳤다. 악마의 얼굴을 한 끔찍한 인간들이 서로를 바라보며 음흉한 미소를 지었다.

"명심하라! 모든 것은 신의 뜻에 따라 이루어지는 것이니, 경건한 마음으로 일을 치르도록 하라!"

"휘익, 휙! 으하하하! 경건한 마음으로 일을 치르란다, 경건한 마음으로!"

"신의 뜻으로, 아멘!"

그 악마의 무리는 저희끼리 웃고 떠들면서 경건함을 들먹거렸다. 그들의 흉측한 눈동자가 계단식 논밭을 일구는 잉카의 자녀들을 바라보았다. 작고 여리고 순박한 어린 여자들이 까만 손으로 흙을 고르며 밭을 일구는 모습을 흉포한 푸른 눈이 훑고 지나갔다. 여자들의 얼굴 어느 구석에도 오늘 밤 일어날 일을 의심하는 빛은 없었다. 악몽 같은 일은 꿈에도 생각지 못하는 얼굴들이었다.

그날 저녁 잉카의 자손들에게 옥수수와 감자로 만든 묽은 죽이 배급되었다. 새벽부터 밤까지 계속되는 그들의 노동량에 비해 터무니없이 적은 양이었다. 평소에도 부족한 묽은 죽이 그날은 더욱더 적어 그릇 바닥에 붙을 지경이었다. 많이 먹으면 여자들은 반항하고 남자들은 폭동을 일으킬지 모른다는 이유에서였다.

먼저 잉카족 남자들이 커다란 돌감옥 같은 건축물 안으로 이동했다. 그들은 이미 피골이 상접할 대로 상접하여 모두 초점을 잃은 눈초리였고, 끝없는 노동에 녹초가 된 얼굴이었다. 그들이 모두 건물 안으로 들어가자 거대한 버팀목이 입구를 틀어막았다. 잉카족 남자들이 완전히 갇히자 병사들은 여인을 한 명씩 붙잡아 돌로 지어진 방 안에 집어넣었다. 순진한 얼굴의 그들은 다음 순간 어떤 일이 벌어질지 전혀 눈치채지 못한 모습이었다.

금방이라도 침을 흘리며 괴상한 미소를 지을 것만 같은 벌건 눈의 병사들이 신을 부르며 좁은 방으로 들어갔다. 그리고 잠시 후 하얀 달만 둥실 떠 있는 칠흑 같은 산등성이에서 온 마을이 떠나갈 듯한 비명 소리가 터져 나왔다. 그것은 도살장에 끌려가는 짐승의 울부짖음처럼 처절하고 가슴 아픈 비명이었다.

디마스 까마는 그 여리고 가엾은 비명을 들을 수가 없었다. 심장을 찢을 듯한 그 끔찍한 소리에 귀를 막았다. 작고 여린 잉카의 딸들보다 두 배쯤 커다란 야만족이 무자비하게 어린 딸들을 덮치고 유린하는 장면을 차마 눈뜨고 볼 수가 없었다. 디마스 까마는 온몸을 바닥에 굴리며 여기저기 쾅쾅 부딪혔다. 너무나 끔찍한 그 소리를 그만 멈추려고 애를 써보았다. 하지만 그의 머릿속으로 흘러 들어온 그날의 기억은 도저히 멈춰지지 않았다. 떨어지는 꽃잎처럼 산산이 부서지는 가엾은 여인들의 모습이 그의 감은 눈과 막은 귀로 파고들었다. 고통과 괴로움에 울부짖는 여인들의 모습이 차라리 죽음보다 더 끔찍스러웠다.

곧이어 여자들의 비명 소리를 들은 잉카족 남자들의 아우성이 들려왔다. 그들이 만들어내는 소리가 검은 밤하늘을 물들였다. 마침내 저편에서 일어나는 일들을 눈치챈 남자들의 거친 음성과 울음이 밤하늘을 가득 메웠다. 그들 자신의 몸을 자해하는 것보다 더욱더 고통스러운 어린 딸과 부인의 비명에 그들은 자신의 머리와 몸을 돌에 찧어댔다. 단단한 석조 더미가 깨지고 부서질 정도로 굉장한 소리가 울려 퍼졌다. 여자들의 비명과 남자들의 주먹다짐이 온 산을 가득 메우고…… 그 끔찍한 고통의 회오리 반대쪽에서는 너무나 잔혹하고 끔찍한 웃음소리가 울려 퍼졌다.

디마스 까마는 가슴 깊숙한 곳에서 끓어오르는 구역질을 도저히 참을 수가 없었다. 피를 토할 듯한 조상들의 비명 소리가 그의 두 귀를 찢어놓았다.

4

지도에도 없는 북대서양의 작은 섬에서 은빛 헬기 한 대가 이륙했다. 조종석을 제외한 네 개의 좌석이 서로 마주 보도록 설계된 은빛 헬기 안에는 검은 양복을 입은 요원 둘과 미카엘, 그리고 낙빈이 타고 있었다. 지도에도 없는 비밀의 섬에 도착하고 거의 일 년 만에 낙빈은 처음으로 사건에 투입되었다. 그 모습을 지켜보기 위해 미카엘도 동행하는 길이었다.

헬기가 날아오르자 아름다운 휴양지 리조트처럼 보이는 새하얀 건물이 점점 멀어졌다. 겉으로는 평화로운 휴양지의 모습이지만 그 아래에는 누구도 상상하지 못할 비밀스러운 공간이 숨겨져 있었다.

초록 수풀을 배경으로 그림같이 펼쳐진 해안은 한없이 아름답고 평화로워 보였다. 리조트라고 말하기에 어색한 점은 거대하고 둥근 판상형의 착륙장이 있다는 것과, 근방에 휴양객들이 보이지 않는다는 것이었다.

이 고요한 섬에는 이곳을 둘러싼 광대한 바다처럼 깊은 비밀이 숨겨져 있었다. 이 섬은 신성한 집행자들의 훈련지이자 교육장이었다. 허락되지 않은 자는 그 누구도 들어올 수 없는, 존재를 눈치챌 수조차 없는 이 비밀스러운 공간에는 보이는 곳보다 보이지 않는 지하에 더 많은 것이 숨겨져 있었다.

헬기가 이륙하자 맑은 하늘 아래 아름다운 모습이 펼쳐졌다.

바위를 차고 오르며 부서지는 새하얀 파도 속으로 눈부시도록 아름다운 태양빛이 쏟아져 내렸다. 헬기 안에서 그 모습을 바라보던 미카엘은 성호를 그었다. 지그시 눈을 감아도 느껴지는 맑은 하늘빛이 너무나도 아름다웠다. 아름다운 모든 것들에 감사를 드리려던 미카엘은 헬기 구석에서 작은 입술을 굳게 다문 소년의 얼굴을 바라보는 순간 다시 한쪽 가슴이 서늘해졌다.

미카엘은 아름답고 푸른 눈으로 소년을 바라보았다. 거뭇거뭇한 얼룩이 남은 흰색 한복을 입고 있는 소년은 같은 섬을 바라보면서도 표정은 미카엘과 사뭇 달랐다. 소년은 어떤 감흥도, 어떤 눈부심도 없이 무심하고 무감각한 눈으로 섬과 바다를 바라보고 있었다. 감정이라곤 남아 있지 않은 소년의 얼굴에서 짙은 눈썹과 검은 눈동자가 무겁게 내려앉은 그림자 같았다.

미카엘은 소년의 모습에서 며칠 전 지하 동굴에서 보았던 장면을 떠올렸다. 도깨비가 새겨진 붉은 투구를 쓴 소년의 신이 청람색 장창을 휘두르는 순간 자지러지는 비명 소리와 함께 사방으로 날아가던 살 조각들!

그것이 비록 괴물의 위장한 모습일지라도, 작고 마른 어린아이의 살점이 눈앞에서 조각조각 분해되어 사방으로 흩어지던 그 끔찍한 순간을 미카엘은 잊을 수가 없었다. 미카엘은 흩어지던 살덩이와 핏덩이보다 더욱더 끔찍한 것을 보았다. 그건 바로 낙빈의 얼굴이었다. 조금의 감정도 없이 무표정한 소년의 얼굴이 더욱더 참혹했다.

미카엘은 완전히 다른 소년이 되어버린 낙빈을 바라보았다. 어찌 된 일인지 영혼이 바뀌어버린 듯한 소년의 모습에 미카엘은 지독한 슬픔을 느꼈다.

헬기가 정상 궤도로 이륙을 마치자 검은 양복 차림의 요원들이 분주해졌다. 그들은 헬기에 장착된 모니터에 이어폰을 연결해 낙빈과 미카엘에게 건넸다. 두 사람이 이어폰을 끼자 좌석 팔걸이에서 올라온 작은 모니터에 백발의 노인이 나타났다.

짙은 감색 양복을 입은 노인은 어깨가 매우 넓었다. 화면상으로도 기골이 장대한 노인은 몸짓도 말투도 절도가 있었다. 그의 행동을 보면 말하지 않아도 그가 전직 군인이었음을 충분히 짐작할 수 있었다. 더구나 미카엘은 이 노인을 잘 알고 있었다. 그가 스페인의 전직 국방장관인 프란치스코라는 것과, 그가 한 국가를 좌지우지할 정도로 큰손이라는 것도.

수심 가득한 노인이 모니터 속에서 깊은 한숨부터 내쉬었다. 그러고는 단어 하나하나에 신경 쓰며 또박또박 이야기를 시작했다. 두껍고 하얀 눈썹 사이로 흔들리는 눈동자가 보였다.

"……벌써 여러분이 네 번째입니다. 지금껏 두 분의 신부님과 잉카의 후예라는 주술사까지 이 사건을 해결하고 영혼들을 잠재우러 떠났지만 누구도 뚜렷한 성과를 거두지 못했습니다. 심지어 첫 번째로 그곳에 도착한 신부님은 목숨마저 잃었습니다."

그는 침울한 표정이었지만 되도록 알아듣기 쉽게 또렷한 어조로 말했다.

"우리는 엘로시오 호가 육지로 들어오지 못하게 막고 있습니다. 그 배 안에 있는 것이 스페인 본국으로 들어오면 걷잡을 수 없는 혼란이 퍼지리란 사실을 알고 있기 때문입니다."

모니터 속의 노인은 감색 양복에서 까만 벨벳 천에 싸인 납작한 무언가를 꺼냈다. 그의 투박한 손이 벨벳 천을 벗겨내자 오래된 가죽 표지의 작은 노트가 나왔다. 그는 깊은 눈으로 노트를 쳐다보다가 다시 모니터 쪽을 바라보았다.

"이것은 스페인 왕실에 대대로 전해오는 일기장입니다. 300여 년 전 왕실의 점성술 자문위원들이 이 일기장에 적혀 있는 내용이 언젠가 국가를 혼란에 빠뜨릴 수 있다는 말씀을 남겼습니다. 이 일기장의 주인은 스페인군이 중남미를 정복할 당시 군에서 복무하던 분이었습니다. 군인 집안의 고귀한 자손으로, 지금으로부터 400년 전에 살았던 분입니다. 이 일기장이 왕실에 귀하게 전해 내려온 것은 그 안에 적힌 경고 때문입니다. 거두절미하고, 여러분에게 그것에 대해 말씀드리겠습니다."

그는 잠시 말을 멈추더니, 낡아빠진 일기장의 중간 부분을 활짝 펼쳤다. 그러고는 그 내용이 잘 보이도록 모니터 쪽으로 돌렸다.

오랜 세월 낡고 빛바랜 회색 노트의 한 면이었다. 안쪽은 회색이고 겉 부분은 진한 가죽 빛으로 물든 노트 속에는 두 페이지가 차고 넘칠 정도로 크게, 또 자세하게 무언가가 그려져 있었다. 넓고 둥근 반달 모양에 촘촘하게 새겨진 음각화 같았다. 그런데 자세히 살펴보니 동물 수십 마리의 머리가 다닥다닥 붙어 있는 그림이었다.

"이건 바로 이 일기를 쓴 헤데스 경이 남긴 그림입니다. 그분은 당시 피사로의 군대에 지원하여 잉카 제국으로 원정을 떠났습니다. 대부분의 군대가 그랬듯이 원주민을 교화하고 개종시키기 위해 때로는 병사들이 조금 잔인한 일도 서슴지 않는 모습을 보았다고 합니다.

하루는 우리 스페인 병사들의 심한 교화로 인해 인티 일족 전부가 자살을 시도했다고 합니다. 그 교화 방법에 대해서는 자세히 언급되어 있지 않습니다. 기록할 가치가 없었던가, 아니면 기록하기 어려울 정도로 비상식적이거나 잔인했을 수도 있겠지요.

어쨌든 그 어떤 교화 방법으로 인해 한 마을의 인티 일족 전부가 자살을 시도했다고 합니다. 스무 명 남짓한 남자 원주민이 동시에 스스로의 손으로 심장을 꺼내고 복수를 맹세하며 죽었다고 합니다. 그 가혹하고 무참한 광경은 말로 표현할 수 없을 정도였다고 합니다. 그런데⋯⋯."

노인은 일기장을 더욱 세워서 모니터 앞으로 가까이 가져왔다.

"자살한 인티 일족의 시체 아래에서 이런 모양의 거대한 황금 돌칼들이 발견되었다는 말이 나옵니다. 시체를 치우던 병사들이 바닥 위로 불쑥불쑥 튀어나온 부분이 이상해서 파보았더니 그곳에서 황금 돌칼들이 나왔다는 겁니다. 사람의 머리만큼이나 크고 무거운 황금 돌칼이⋯⋯."

노인은 둥근 돌칼의 외곽을 손으로 훑었다. 투박하게 생긴 둥그스름한 반달 돌칼이 온통 황금이었다니, 꽤 가치가 있을 것이 분명해 보였다.

"이 반달 돌칼의 맨 아래쪽은 검은 톨코석으로 만들어져 있었답니다. 그리고 황금 부분에는 퓨마가 새겨져 있었다고 합니다. 헤데스 경이 황금 돌칼을 이토록 자세하게 기록한 것은 도무지 이해되지 않는 정황 때문이었습니다. 일기의 내용을 보면 스페인 본국으로 보내기 위해 인티 일족의 마을에 있는 금붙이며 은붙이를 싹 쓸어내어 하나도 남은 것이 없었는데, 이상하게도 원주민들이 집단 자살한 뒤에 시체를 처리하다 보니 시체 사이에서 비밀스럽게 숨겨온 값비싸고 귀한 황금 돌칼이 발견되었답니다.

그것이 너무나 신비스러워서 헤데스 경은 일기장에 꼼꼼하게 그 모양을 그려두다가 아주 섬뜩한 사실을 알아냈습니다. 바로 그 황금 돌칼의 개수와 자살한 원주민의 수, 그리고 돌칼에 새겨진 퓨마의 수가 완전히 똑같다는 사실이었습니다."

노인은 천천히 노트를 덮었다. 그러고는 다시 검은 벨벳 천으로 노트를 감쌌다. 그는 다시 모니터를 바라보며 심각한 표정을 지었다. 이어서 초과학적 사실들을 언급하기가 쉽지 않은 듯했다. 잠시 뜸을 들이던 노인이 결심한 듯 또박또박 말을 이었다.

"이 모든 것을 기록하는 동안 헤데스 경은 내내 무언가에 쫓기고 무언가가 자신을 노려보는 듯한 끔찍한 생각에서 헤어날 수가 없었다고 합니다. 그분은 그 이유가 바로…… 그 칼에 깃든 죽은 자들의 영혼 때문이라고 했습니다."

노인은 일기장을 조심스럽게 자신의 무릎 위에 올리더니, 이번에는 품속에서 또 다른 무언가를 꺼냈다. 그의 두툼한 손바닥에 놓인 것은 사진이었다.

"이걸 보십시오."

그는 사진을 한 장 한 장 넘겼다. 나무판자 위에 오래된 유물을 올려놓고 찍은 사진이었다. 그가 보여주는 사진들은 아주 오래된 잉카의 보물이 틀림없었다. 엘로시오 호가 싣고 오던 스페인 소유의 보물들……. 오래전에 바다에 수장된 고대 유물이었지만 3,000년 동안 완성된 안데스 문명의 결정체인 잉카 제국의 물건답게 사진 속 황금 유물들은 놀랍도록 다양하고 신비로웠다. 황금이 많아 엘도라도로 불리기도 한 잉카의 찬란한 황금 문명은 수많은 인간 조각상부터 부족의 상징인 재규어, 새, 퓨마 등에 이르기까지 너무나 정교하고 독특한 아름다움을 가지고 있었다.

사진첩을 넘기던 노인은 사진 한 장을 검지로 꾹 눌렀다. 일기장에서 보았던 반달 돌칼과 매우 흡사한 유물이었다. 어떤 유물보다도 사실적이고 정교한 퓨마의 모양으로 보아 틀림없이 일기장 속 유물과 일치한다는 생각이 들었다.

"이 황금 돌칼은 400여 년 전 스페인 본국으로 들어오지 못했습니다. 물론 피사로가 탈취한 유물들이 본국으로 이송되고 있었지만, 다행인지 불행인지 마침 이 유물을 실은 스페인 군함은 악천후로 인해 바다에 침몰했습니다. 그런데 침몰 전후 국왕의 점성술사들이 배가 침몰한 이유를 바로 이 일기장에 기록된 황금 돌칼과 연관 지었습니다. 그들은 오히려 그 저주받은 물건이 본국에 들어오지 않은 것이 다행이라고 증언했고, 그 덕분에 아무 일도 일어나지 않았습니다.

이러한 사실을 알고 있는 우리 몇몇은 유물 발굴단의 사진을 보고 단번에 이 반달 돌칼이 저주의 유물이라는 것을 알아챘습니다. 결국 우리가 우려한 대로 유물을 싣고 항해 중이던 엘로시오호의 승무원과 경찰이 모두 사망하는 대형 사건이 일어났습니다!

더 이상의 희생을 치를 수는 없습니다. 왕족과 국가는 모든 사건의 원인이 바로 이 반달 돌칼임을 믿어 의심치 않습니다. 우리는 이 이야기가 밖으로 새어나가 일대 혼란이 벌어질까 우려하고 있습니다. 그래서 이렇게 여러분을 찾게 되었습니다. 부탁입니다, 비밀의 힘을 가진 분들이여! 이제 더 이상의 희생을 치러서는 안 됩니다. 부디 여러분이 유물에 담긴 저주를 풀어주십시오. 우리 스페인을 대표하여 이렇게 부탁드리겠습니다!"

프란치스코 전 장관은 깊이 고개를 숙였다. 그의 백발이 모니터 가득 들어왔다. 그것을 마지막으로 영상은 멈추었다. 미카엘은 묵묵히 생각에 잠겼다. 섬을 출발하기 전에 이미 전후 사정을 들었다. 이번 사건이 고대 보물에 담긴 원혼의 짓이라는 것은 거의 분명했다. 과연 어떤 작전으로 어떻게 해결하면 좋을까…….미카엘은 꺼진 모니터 너머 낙빈의 얼굴을 바라보았다.

소년은 다시 바다 저편을 쳐다보고 있었다.

미카엘이 이번 작전에 참여하는 것은 사건을 해결하기 위해서도, 낙빈에게 어떤 도움을 주기 위해서도 아니었다. 그가 지금 이 헬기에 타고 있는 목적은 단 하나. 이번 일을 풀어갈 소년 낙빈을 지켜보기 위해서였다. 미카엘은 동굴에서 보았던 것이 진짜 낙빈의 모습인지 확인하고 싶었다. 그전에 보았던 맑고 순진한 소년의 얼굴과, 이번에 확인한 소년의 모습에서 너무나도 큰 괴리감이 느껴졌다. 신인의 운명이 예비되어 있을지도 모르는 어린 소년의 진정한 모습이 무엇인지 미카엘은 지켜보아야 했다.

지난 개천의 날 소호산에서 낙빈을 만난 이후 미카엘의 생각은 많이 바뀌었다. 당시 소호산에서는 흑단인형의 방해로 누구도 신인이 되는 은혜를 받지 못한 것으로 보였다. 하지만 미카엘은 눈에 보이는 것이 전부는 아니라는 생각을 했다. 그날 미카엘은 신성한 집행자들의 예상이나 바람과 달리 자신이 100년 만에 나타난 신인이 아닐 거라는 사실을 직감했다. 한없는 신의 은총과 신성한 집행자들의 기대를 한 몸에 받았던 미카엘은 그날 그 사실을 본능적으로 깨달았다. 그건 봉선의 기운 속에서 그가 타고 있던 커다란 바위가 밀리고 밀려서 멀리 떠내려가는 순간에 불현듯 그의 마음속에 떠오른 깨달음이었다. 그때 미카엘은 봉선의 노란 기운을 받으며 바위에 납작 엎드려 주위를 살피는 작은 소년을 보았다. 그 소년과 소년을 감싼 빛무리를 보며, 그리고 100년 전의 신인인 붉은 기모노 차림의 흑단인형이 소년의 바위 위에서 그 아이의 눈을 똑바로 쳐다보는 모습을 보며, 미카엘은 문득 그 소년에게 신인의 업이 내린 것은 아닐까 하는 생각을 했다.

아쉬움이나 후회는 없었다. 적어도 미카엘은 소년의 눈에서 순수하고 아름다운 감정을 읽었기에 자신이 아니라 소년이 진짜 신인이라도 괜찮겠다고 생각했다. 소년의 눈에서 보이는 것이 인간에 대한 짙은 원망과 저주가 아니기에 미카엘은 마음이 놓였다. 그런데…….

미카엘은 소년의 얼굴에서 또 다른 흑단인형을 보는 것만 같아 두려웠다. 인간의 멸망을 원하는 흑단인형의 모습이 차갑고 서늘하게 변해버린 소년의 눈빛과 겹쳐졌다. 새로운 신인의 눈빛이 흑단인형과 같은 빛깔이라면, 그것은 신성한 집행자들이 모든 힘을 쏟아 막아내야 하는 가장 위험한 운명인지도 모른다.

미카엘은 낙빈을 응시했다. 소년은 아무런 감정도 없는 무심한 눈빛으로 창밖의 검푸른 물결만 바라볼 뿐이었다. 마치 감정이 모두 메말라버린 사막처럼.

5

처음 디마스 까마의 두 눈에 펼쳐진 세상은 낯설지 않은 계곡이었다. 위대한 잉카 문명의 근원지로서 지금까지도 그 모습이 가장 잘 지켜지고 있는 위대한 잉카족의 고향, 바로 그곳이었다. 해발 3,000미터 이상의 고지대에 위치한 잉카의 고대도시에서 선량해 보이는 작고 마른 그의 선조들이 밭을 갈고 있었다. 그 선량한 얼굴들은 디마스 까마의 눈앞에 버티고 있던 복수심에 불타는 그들 일족의 얼굴이기도 했다.

한가롭게 밭을 갈고 라마를 키우고 물을 긷는 사람들의 얼굴에는 그들을 향해 비쳐드는 쨍쨍한 햇살처럼 구김 없는 따스함만 그득했다. 그런데 어느 날 갑자기 그들 주위로 긴 총칼을 찬 커다란 백인들이 몰려왔다. 아무런 말이 들리지 않는 무성영화의 한 장면 같았지만, 디마스 까마는 그들이 스페인 병사라는 것을 금세 알아차렸다.

처음에는 자신들과 다르게 생긴 스페인 병사들을 경계하고 의심하던 조상들은 얼마 지나지 않아 특유의 순박함과 타인에 대한 믿음으로 그들을 받아들였다. 잉카족이 단순히 지나치는 손님으로 그들을 맞이하고 후대한 것에 비해 스페인군은 그들의 손님이나 친구가 될 생각이 전혀 없었다. 그들의 마음속에 있는 것은 '지배'와 '복종', '주인'과 '노예'의 관계뿐이었다.

얼마 후 그들은 인티 일족에게 무거운 수갑을 채웠다. 그다음에는 어디로도 도망가지 못하도록 거대한 족쇄까지 채워놓았다. 그것은 아마도 스페인군에 의해 잉카의 왕이 처형되고 대잉카 제국이 스페인군에 완전히 정복당한 약 400년 전의 광경이었을 것이다.

계속해서 눈앞에 펼쳐진 것은 끊임없는 노동과 채찍질, 참기 힘든 모멸과 멸시 속에서 하루하루를 버텨야 하는 노예 생활이었다. 부지런히 밭을 갈고 위험한 광산에서 금맥을 캐는 잉카족의 모습은 가엾다 못해 처절했다. 배불리 먹지도 못하고 칼과 채찍만 날아드는 불행한 나날이 스쳐 지나갔다. 그런 생활 속에서도 잉카족, 디마스 까마의 조상들은 여전히 선량한 눈을 지니고 있었다.

잉카족은 스페인군을 원망하기보다 자신들이 신에게서 버림받아야 하는 이유와 자신들을 이런 처지에 몰아넣은 여러 잘못에 대해 스스로 비판하며 신께 용서를 구하는, 지극히 선량하고 순진하기 짝이 없는 모습이었다. 스페인군이 성경과 칼과 채찍만으로 괴롭혔다면 아마도 이 순진하고 순박한 부족민들은 '복수'나 '원망' 따위의 감정을 품지 않았을 것이다. 이렇게 순박하고 선량한 부족이 몇백 년이 지나고도 결코 지울 수 없을 정도로 온 마음을 복수심에 빼앗겨버린 이유는 무엇이었을까?

그 치욕스럽고, 용서할 수 없는 사건의 내막을 알아가는 동안 지그시 어금니를 깨문 디마스 까마의 입술 사이에서 시뻘건 피가 흘러내렸다. 그의 눈앞에 펼쳐진 다음 이야기는 충격적이고, 또한 결코 용서할 수 없는 비참하고 끔찍한 조상들의 기억이었다.

그날, 그 치욕의 날에…… 하루 일과를 마치고 돌아온 잉카족 사람들은 온몸을 혹사당했음에도 묽은 죽 한 그릇만 겨우 받을 수 있었다. 그날 스페인군은 내용물이 거의 없는 죽 한 그릇을 건네주면서 대단히 이상한 행동을 했다. 잉카족 여자들의 족쇄를 하나씩 풀어준 것이었다. 그 까닭을 전혀 몰랐던 부족민들은 그나마 여자들만이라도 무거운 족쇄를 풀어줘서 다행이라고만 생각했다. 하지만 그날 밤 커다란 돌감옥에 갇힌 남자들은 온 마을과 온 산에 울려 퍼진 여인들의 비명과 애원을 듣고 돌에 이마를 찧으면서 자신들의 울분과 무능력함을 달래야 했다.

"아악! 아버지!"

"여보! 아아악!"

"안 돼! 안 돼!"

저 멀리에서 들려오는 여인들의 비명이 무엇을 의미하는지를 깨달은 남자들은 혀를 깨물고 돌에 이마를 찧으며 자신의 온몸을 물어뜯고 자해했다. 사랑하는 아내와 딸과 연인의 부름에 아무것도 할 수 없었던 그들은 대체 무엇을 생각했을까?

거친 비명 소리 속에는 열몇 살밖에 안 된 딸아이의 목소리도, 늙은 어머니의 목소리도 뒤섞여 있었다. 사랑하는 가족이, 사랑하는 사람이, 자신의 목숨과도 같은 여인이 몸서리를 치며 울부짖는 소리가 들려왔다. 겁에 질려 벌벌 떠는 그 목소리들에 헐떡거리는 돼지들의 거친 숨소리가 섞여 있음을 알아차린 잉카족 남자들은 온몸을 쥐어뜯으며 피투성이로 변해갔다.

자신의 여인을, 자신의 딸들을 지켜주지 못하는 못난 남편, 못난 아버지로서 그들은 미치도록 괴로운 모멸감과 치욕을 벗어던지기 위해 스스로를 학대하고 괴롭힐 수밖에 없었다. 그들은 사랑하는 사람의 모습을 보기 위해 피가 터지는 두 눈을 작은 틈에 댔다. 그런데 석조 건물의 틈새로 보이는 광경은 끔찍한 비명보다도 더 비참했다.

잉카의 딸들이 한 땀 한 땀 짰던 흙집의 입구가 펄럭거렸다. 그 안으로 들어갔던 거대한 몸집의 스페인 병사 한 명이 거친 숨소리를 내며 밖으로 나왔다. 헝클어진 군복을 대충 쓸어내리며 얼굴을 잔뜩 찌푸린 그의 한 손에는 너무나도 여리고 작은 잉카의 딸이 있었다. 아름다운 태양의 구릿빛으로 물든 잉카의 딸은 온몸에 아무것도 걸치지 않은 나신裸身이었다. 그 헐벗은 아이는 올해 열두 살밖에 되지 않은 어린 딸이며 누이이며 사촌이었다.

어찌 된 일인지 그녀는 이마가 온통 시뻘건 피로 젖은 채 축 늘어져 있었다. 그녀보다 세 배쯤 커 보이는 스페인 병사는 거친 욕설을 퍼부으며 그 아이를 바닥에 내팽개쳤다. 축 늘어진 소녀의 몸은 아무렇게나 내던져진 휴지 조각처럼 차가운 대지 위를 굴렀다. 그녀는 거친 돼지의 손길을 피하기 위해 죽음을 택한 가엾고 불쌍한 잉카의 딸이었다. 그것은 겨우 시작에 불과했다.

"이런 제길! 뭐 이런 것들이……!"

스페인 병사들은 여기저기서 욕설질을 하며 나타났다. 입과 귀, 코와 이마에 붉은 피를 철철 흘리는 여인을 질질 끌고서. 잉카의 아내와 딸들은 비참한 몰골로 스페인 병사들의 손에 끌려 나왔다. 그중에는 단지 정신을 잃어버린 사람도 있었지만, 이 세상과 영원히 작별을 고한 사람도 있었다. 처참한 여인들의 모습을 작은 틈으로 내다보던 잉카족 남자들은 끓어오르는 피눈물을 삼켜야 했다.

디마스 까마는 눈을 감기보다 시뻘겋게 핏발 선 눈을 부릅뜨고 이 끔찍한 광경을 똑똑히 바라보았다. 눈동자가 따가워 견딜 수 없을 때까지 자신의 조상들이 지나온 무참한 행적을 바라보았다. 참혹한 조상들의 이야기를 두 눈으로 똑똑히 바라보는 것, 그것이 지금 디마스 까마가 할 수 있는 전부였다.

헝겊 조각 하나 걸치지 못한 채 집 밖에 널브러진 여인들의 주검을 보며 잉카의 남자들은 피를 토했다. 완전히 갇힌 채 옴짝달싹도 할 수 없었던 그들은 부족의 늙은 제사장에게 복수를 종용했다. 남자들의 무리에 끼어 있던 제사장은 마침내 결코 꺼내서는 안 되는 비결秘訣을 시연하고 말았다. 그들의 딸과 아내의 피맺힌 절규를 들은 그는 선택하지 않을 수 없었다. 그것으로 온 부족이 멸절할지라도! 복수를 위해서는 부족을 멸절하고 원혼이 되어 저들을 처벌하는 방법뿐이었다. 늙은 제사장은 검은 하늘을 향해 울부짖었다.

"복수의 화신 비라코차여, 우리를 도우소서! 우리의 선조인 인티와 밤의 신 파챠마마의 도우심으로 우리의 원한이 시퍼런 칼날이 되어 원수들의 심장을 찌르리라!"

본래 잉카족의 제사장은 매년 풍요와 태평을 기원하는 제사를 주관했다. 무력과 폭력, 억압과 탐욕을 모르는 그들이기에 대대로 전해오는 그 끔찍한 술법을 사용할 일은 수백 년간 단 한 번도 없었다. 그러나 그날 제사장은 봉인된 술법을 꺼내 들었다. 늙은 제사장이 검은 하늘을 향해 두 팔을 벌리고 있는 동안 부족의 남자들은 제사장의 발아래 무릎을 꿇은 채 울부짖고 가슴을 쥐어뜯으며 복수를 맹세했다. 그들은 정수리에서 피가 날 정도로 바닥에 머리를 박고 또 박았다. 그날 밤 복수심에 불탄 잉카인들은 복수와 살육과 유혈에 대한 제사를 지냈다.

그들은 자신들의 소망이 실현되기를 기원하며 신에게 그들 자신을 바쳤다. 본래 신에게 바치던 라마 같은 가축 대신 그들은 자신의 심장을 꺼내 피의 복종을 맹세했다. 인티의 남자들은 비라코차 신과 사랑하는 여인들을 위해 스스로를 헌납했다. 밭을 일구는 무디고 둥근 반달 돌칼과 부서진 벽에서 나온 뾰족한 돌로 자신의 가슴을 가르고 심장을 꺼냈다. 잘 들지도 않는 칼과 돌로 살갖을 파헤치고 스스로의 심장을 끄집어내는 그 끔찍한 고통이 여인들의 괴로운 죽음을 지켜보는 것보다는 덜 고통스러웠다.

잉카족 남자들의 염원과 바람이 가득한 펄떡이는 심장이 그들이 갖고 있던 반달 돌칼들에 의해 파헤쳐지고 부서질 때마다 반달 돌칼의 밋밋한 손잡이가 변하기 시작했다. 둥글고 무딘 돌칼이 피처럼 붉은색으로 변하다가 마침내 검은 피보다 더 검은 흑연의 빛으로 변했다. 가슴을 도려내고 심장을 도려낼 때마다 돌칼의 무딘 부분이 점점 가늘고 매끈한 단검의 모양으로 변했다. 잉카의 후예 한 명이 무딘 돌칼을 심장에 박고 죽어갈 때마다 새까맣게 날선 단검 하나가 쌓여갔다. 검은 칼날 아래로 금빛 손잡이가 번쩍였다. 그곳에는 흉내 낼 수 없을 정도로 세밀하고 치밀한 조각들이 새겨져 있었다. 그것은 부족의 상징이자 잉카 용사들의 상징인 퓨마의 모습이었다. 검은 칼날 아래쪽에 새겨진 매서운 퓨마의 사지는 죽음의 과정을 거치면서 점점 매끈하고 반짝이는 금빛으로 변해갔다. 그것은 신이 그들의 소원을 이루어주기로 했다는 강력한 약속의 증거였다.

다음 날 스페인군은 잉카족 남자들을 몰아넣었던 건물의 문을 열고는 발목까지 차오르는 검붉은 피의 바다에 경악했다. 단 한 명도 살아남지 않은 그곳에는 심장을 도려낸 끔찍한 주검들과 너무나도 황홀하게 반짝이는 스물여덟 자루의 황금 돌칼만 남아 있었다.

스페인 병사들의 경악은 이루 말할 수가 없었다. 그들은 자신들이 고작 유희 정도로 생각했던 인티 여인들에 대한 유린이 한 부족을 말살할 것이라곤 미처 상상도 못했다. 스페인의 피를 이은 아이들을 생산하기는커녕 단 하룻밤 만에 한 부족의 노동력을 완전히 상실해버린 것이었다. 스페인군은 이 일을 어떻게 처리할 것인가를 고민했고, 다행히 모든 일을 부드럽게 처리할 방법이 있었다. 그것은 바로 지금껏 보지 못했던 훌륭한 조각이 새겨진 황금 돌칼이었다.

부족의 모든 재산을 압류하고 황금이란 황금은 전부 몰수했는데도 이 미개 종족이 어떻게 이런 보물을 숨겨놓았는지 모를 일이었다. 단지 남자들이 갇혔던 석조 건축물에 감추어두었다가 집단 자살에 사용한 것으로 짐작할 뿐이었다. 어쨌든 그들은 잉카의 어느 곳에서도 발견된 적이 없는 유연한 곡선을 가진 검은색 돌칼을 발견했다. 그들은 그 귀한 황금 돌칼을 스페인 국왕에게 헌납해서 위기를 무마하기로 했다.

어느 누구도 인티의 용사들이 스스로 심장을 끄집어내어 황금 돌칼을 만들어냈다는 사실과, 스물여덟 마리의 금빛 퓨마가 자신들의 심장을 뚫어질 듯 노려보고 있다는 사실은 깨닫지 못했다.

6

디마스 까마는 모든 광경을 바라보다가 결국 그 자리에 무너졌다. 인티의 용사들이 품었던 끔찍한 복수심과 처벌의 의지가 이제는 모두 이해되었다. 눈앞에서 더럽혀지고 죽어가는 힘없는 인티의 여인들을 보면서 그들이 느꼈을 끔찍한 괴로움을 그대로 느낄 수 있었다.

스물여덟 자루의 황금 돌칼은 스페인 국왕에게 바쳐졌고 다른 황금들과 함께 스페인 군함에 실렸다. 그리고 우연인지 필연인지 군함은 출항하고 얼마 지나지 않아 좌초되고 말았다. 디마스 까마는 상상해보았다. 만일 스페인 군함이 바다로 가라앉지 않았다면 어떤 일이 일어났을까. 끔찍한 복수심이 활활 타오르던 그때 스물여덟 자루의 황금 돌칼이 스페인 국왕의 손에 건네졌다면 결단코 지금처럼 '스페인'이란 나라가 존재할 수 없었을 것이다. 스페인의 모든 가문과 종족이 멸절되었을지도 모른다. 자신의 심장을 꺼낸 스물여덟 명의 원한은 그토록 진하고 강력하게 수백 년이 지난 지금까지도 변함없이 이어지고 있었다.

'이제 알았다면 우리 앞을 막아서지 마라, 후세여……..'

디마스 까마의 귀에 조상의 영혼이 아픈 목소리로 말했다. 디마스 까마는 수백여 년이 지나도록 식지 않고 이어져온 복수심에 몸서리가 쳐졌다.

조상들의 복수에는 정당한 이유가 있었다. 그들이 분노하고 저주할 만한 정당한 이유가 존재했다. 만일 그의 딸과 아내, 그리고 어머니가 지금 그가 보았던 대로 죽어갔다면 디마스 까마 역시 자신의 모든 힘을 다해 원수를 갚았으리라!

그러나…… 디마스 까마는 한 가지가 의심스러웠다. 그는 조상들의 분노를 이해하지만 과연 이 세상에 분노를 표출할 대상이 존재하는가 하는 점이었다. 디마스 까마는 지금 스페인 사람들이 조상의 죗값을 대물림하여 갚아야 하는지, 과연 현재의 후예들에게 잔인한 복수를 한다고 한들 대상이 사라져버린 복수가 끝이 날 수 있을까 싶었다. 서로에게 상처를 주지 않고 보다 좋은 방향으로 문제를 풀어나갈 방법은 없을까, 무엇보다도 조상들이 복수심 때문에 그들이 마땅히 들어갔어야 할 태양과 환희의 제국에 들어서지 못하는 것은 아닌지가 가장 걱정스럽고 안타까운 부분이었다.

디마스 까마는 깊이 생각해보았다. 그는 조상들의 복수심이 이해되면서도 그들을 위하는 길은 복수를 도와주는 것이 아니라고 생각했다. 그는 수백 년간 차가운 바닷속에서 분노와 복수심으로 괴로워했을 그들이 영원한 인티의 제국에서 안식하도록 도와주어야겠다고 결심했다. 그것이야말로 가엾은 조상들을 위해 자신이 건넬 수 있는 최선의 선물이라는 생각이 들었다.

디마스 까마는 천천히 몸을 일으켰다. 그러고는 호리병에 남아 있는 콘도르의 붉은 피를 사방으로 흩뿌렸다. 영원의 하늘나라, 인티의 고향에 사는 콘도르가 스페인의 억압 속에서 살았던 끔찍한 세월을 청산하고 이제는 평화롭고 소박하게 하루하루를 꾸려가는 후세들의 모습을 보여주길 간곡히 바라는 마음으로 그는 온 정성과 온 마음을 다해 콘도르의 피를 뿌렸다. 그렇게 디마스 까마가 정성을 다하자 복수심에 불타던 조상들의 영혼도 감복하는 듯했다. 몇 시간이 지나도록 한 번도 모습을 드러내지 않은 원혼 하나가 드디어 디마스 까마의 앞으로 걸어 나왔다.

흰 머리와 흰 수염의 늙은 영혼은 비쩍 마르고 빈약한 몸을 가진 남자였다. 그는 디마스 까마와 같은 흙색 피부와 영롱한 검은 눈을 가지고 있었다. 초췌한 육신의 모습을 그대로 간직하고 있었지만 고귀한 위엄과 기품이 넘쳐났다. 그가 풍기는 존귀함에 디마스 까마는 아무런 증표 없이도 그가 부족의 족장이었을 거라고 짐작했다. 디마스 까마는 그 자리에서 무릎을 꿇고 절을 했다.

그가 고개를 숙이자 족장의 영혼을 둘러싼 거대한 장애물들이 눈에 들어왔다. 족장의 타고난 기운을 누르려는 듯 영혼의 손과 발에는 감당하기 어려울 정도로 크고 무거워 보이는 쇠사슬이 옥죄어져 있었다. 살아생전 그를 옭아맸던 쇠사슬이 죽어서도 그대로 매달려 있는 것을 보면서 디마스 까마의 가슴이 아려왔다.

'너는 우리의 후예로구나……'

복수심에 불타오르던 분노의 화신들도 디마스 까마가 자신들의 후예라는 것을 느낀 모양이었다. 모두 안데스를 누비며 자유를 향해 날아오르던 콘도르의 피가 만들어낸 작은 기적일 것이다. 디마스 까마는 그를 경배하며 무릎을 꿇고 이마를 조아렸다.

'네가 우리 원수의 후예였거나, 아니면 우리의 피를 물려받지 않은 자였다면 네 목숨은 벌써 이 세상의 것이 아니었으리라. 보라, 후예여. 우리의 모습을……'

그는 디마스 까마가 볼 수 있도록 거대한 쇠사슬을 들어올렸다. 쇠사슬을 두르고 있는 가늘고 마른 손목과 발목엔 새까만 멍이 들었고, 등과 어깨에는 깊고 예리한 채찍 자국들이 보였다. 어떤 설명을 하지 않아도 그가 죽기 전에 겪었을 모진 나날을 보여주는 증거였다.

한없이 애처롭고 가엾은 조상의 모습에 디마스 까마의 눈에서 슬픔이 흘렀다. 눈물로 흐릿해진 그의 눈앞에 갑자기 잉카 제국의 영혼들이 스르르 모습을 드러냈다. 디마스 까마의 눈물에 감명을 받은 탓인지 아무리 기를 써도 보이지 않던 여러 영혼의 실체가 보였다. 자결한 스물여덟 명의 원혼은 족장을 중심으로 둥근 반원을 그리며 서 있었다. 하나같이 피골이 상접한 그들은 온몸이 찢기고 멍든 채로 디마스 까마를 내려다보았다.

'우리는 용서받지 못할 원수들에게 수백 년간 참아왔던 복수의 한을 풀려 하노라. 그러니 후예여, 물러서거라! 너는 우리를 막아 서는 안 된다. 우리가 그대의 목숨까지 해칠까 두렵구나!'

늙은 남자는 지극히 위엄 있고 완고한 모습으로 디마스 까마를 꾸짖었다. 그들은 아무리 자신들의 후손이 앞을 막는다고 해도 복수의 칼날을 접을 생각이 추호도 없는 게 분명했다. 깊고 깊은 원한이 과연 어떻게 해야 풀릴지 알 수 없었다.

"오오, 조상님들이시여! 이제는 평화의 시대이온데 어찌 그리 복수심을 잊지 못하십니까! 제발 모든 것을 잊고 태양의 신전으로 가시어 영원한 낙원을 누리소서!"

디마스 까마는 뒤로 물러서지 않았다. 그는 조상들을 향해 다시 한 번 애원했다. 이제 조상들을 저리 만든 자들은 모두 죽고 남아 있지 않았다. 디마스 까마는 평화롭게 살아가는 그들의 후손을 벌하는 것은 옳지 못하다고 생각했다. 무엇보다도 그로 인해 잉카의 영원한 나라에서 편히 안식하지 못하는 영혼들이 안타깝게 느껴졌다. 디마스 까마가 물러나지 않고 바닥에 이마를 대며 간곡히 애원하자 늙은 남자의 영혼은 마침내 뼈다귀밖에 남지 않은 가느다란 팔뚝을 허공으로 펴들었다.

'우리는 폭풍과 번개의 신 비라코차의 이름으로 맹세했다. 그의 사신死神이 원수들의 목을 따고 사지를 멸하러 오리라! 그곳에 있는 모든 자들이 멸절할 것이다. 후예야, 너도 사신으로부터 안전할 수는 없을 것이다. 마지막으로 말하노니, 어서 이곳을 떠나라. 불바다와 같은 분노의 소굴로부터 달아나거라!'

'비라코차의 저주여! 비라코차의 분노여! 비라코차의 복수여!'

족장의 한마디에 이어 그를 둘러싼 스물일곱 명의 잉카인이 비라코차를 불렀다. 그 순간 어디선가 불처럼 뜨거운 기운이 솟아올랐다. 온몸을 태울 것처럼 활활 타오르는 기운에 디마스 까마는 저도 모르게 몸을 움츠렸다.

"으으!"

금방이라도 온몸을 휘감을 것 같은 거센 화염 속에서 어둡고 탁한 지하와는 어울리지 않는 짙고 영롱한 검은빛이 번쩍였다. 불타는 듯한 열기 속에서도 디마스 까마는 그것들을 바라보았다. 그것은 영롱한 검은빛을 반짝이는 스물여덟 자루의 돌칼이었다. 한없이 깊고 짙은 검은빛이 지하에 가득 쌓인 인양 보물들 속에서 공중으로 솟아올랐다. 흑빛의 톨코석이 검은 광채를 번쩍이는 순간 손잡이에 새겨져 있는 금빛 무늬가 살아 움직이기 시작했다.

휘황찬란한 황금빛이 잉카족 영혼들과 만나는 순간 비참하고 볼품없던 스물여덟 용사의 몸이 달라지기 시작했다. 그들은 흘러내리는 고무처럼 상체를 앞으로 숙였고, 두 발이 아닌 두 손과 다리로 바닥을 짚었다. 흙빛의 마른 등이 늘씬하게 길어지면서 그들은 날카로운 이빨을 번뜩이는 스물여덟 마리의 거대한 퓨마로 변신했다. 온몸이 검게 물든 퓨마들은 눈동자만큼은 한없이 강렬한 금빛이었다.

그 순간 디마스 까마는 엘로시오 호의 선원들을 죽음으로 인도한 것이 바로 저 검고 아름다운 스물여덟 마리의 퓨마임을 깨달왔다. 무시무시한 살기를 번뜩이는 검은 퓨마들이 디마스 까마를 향해 말했다.

'후예여, 위대한 잉카족의 후예여! 우리는 목숨을 마치는 그 순간에 비라코차를 향해 피로써 맹세했다. 내 가족을 죽이고, 내 형제를 죽이고, 내 소중한 사람들을 죽인 저 저주받은 족속에게 피 끓는 복수를 선사하기로 온 생명을 다해 맹세하였노라. 네가 우리의 앞길을 막아선다면…… 가엾은 후예여, 네가 비록 인티의 자식이라 할지라도 우리는 너의 목을 물어뜯고 너의 피를 취함으로써 우리의 길을 갈 것이다.

그러니, 후예여! 원수의 숨통을 끊어서 놈들이 저지른 만큼의 대가를 돌려주려는 우리의 앞길을 막지 마라. 네가 이 결계를 거두고 떠나준다면 우리는 이곳에 있는 모든 원수를 죽이고 놈들의 가족과 모든 친척에게 우리가 맛본 고통과 괴로움을 보여주리라!'

지하실의 거대한 컨테이너 박스에는 엄청난 양의 잉카 유물이 있었고, 그 유물에 섞여 있던 스물여덟 자루의 돌칼에는 지난 400년간 지치지 않고 복수의 칼날을 갈아온 잉카의 조상이 깃들어 있었다.

한마디 말을 떼기도 두려울 정도로 무시무시한 살기 앞에서 디마스 까마는 포기하지 않고 용기를 쥐어짰다. 이대로 도망친다면 자신은 살아남겠지만, 가엾은 조상들의 영혼은 영원한 복수의 불길에 갇힐 것이다. 그러다 어느 순간 강력한 퇴마사를 만나 비참한 최후를 맞이하게 될지도 모른다. 그러니 디마스 까마는 물러설 수가 없었다. 그의 착하디착한 충심이 살기 가득한 공포 속에서 작은 용기를 끄집어내고 있었다.

"조상님들이시여, 제발 못난 후예의 말씀을 들어주소서! 당신들은 모두 인티 신의 낙원으로 들어가셔야 할 분들입니다. 그런 당신들께서 끝내 피와 살육으로 복수를 끝맺고자 하신다면 여러분의 영혼은 비라코차께서 첫 번째 인류를 몰살시킨 것과 같은 혹독한 고통을 받게 될 것입니다. 그 옛날의 원수들처럼 잔인한 복수의 사건을 벌인다면 조상님들에게 영겁의 화가 미치는 것은 아닐지…… 저는 걱정스러워 미칠 지경입니다!"

디마스 까마는 조상들이 말하는 '잔인한 복수'가 모든 사건의 해결책이 아니라 괴롭고 잔인한 역사의 반복은 아닐지 걱정스러웠다. 물론 조상들의 분노와 복수심에는 디마스 까마 또한 뼈저리게 공감하고 있었다. 그도 조상들이 보여준 몇백 년 전의 사건을 지켜보면서 참을 수 없는 분노와 눈물을 터뜨리지 않았던가! 분명 그 역시 똑같은 일을 겪었다면 두 눈이 뒤집혀서 날뛰었을 것이다. 가장 악독한 방법을 동원해 원수들의 심장을 터뜨려놓았을 것이다. 그러나…….

디마스 까마는 알고 있었다. 그 모든 것이 무슨 마음의 위안이 되겠는가. 복수는 끝을 보고 나서도 결코 만족하는 일이 없고 복수심에 불타는 자의 마음만 더욱더 피폐하게 만든다는 것을.

'우리는 복수에 목숨을 바쳤다. 우리가 이승에 남아 수백 년간 차갑고 깊은 바닷속에서 기다리고 또 기다린 것은 오늘과 같은 복수의 날이었노라. 비켜라, 후예여! 우리는 태양의 인티와 그 아내 파챠마마 앞에서 맹세했도다! 그 누구도 우리의 앞을 막을 수는 없노라! 누구도 우리의 불타는 복수심을 멈출 수는 없으리라!'

그러나 400여 년간 키워온 복수심이 한순간에 사그라지기는 만무한 일. 원혼들의 복수심은 조금도 꺾일 기세를 보이지 않았다. 이미 그들은 복수심에 불타는 악귀가 되어버리는 것도, 인티의 저주를 받는 지옥의 구렁텅이에 빠지는 것도 전혀 두려워하지 않았다.

디마스 까마는 참으로 난감했다. 어떤 식으로 조상들의 화를 누그러뜨려야 할지 알 수 없지만 아예 방법이 없을 것 같지도 않았다. 적어도 그들은 복수심에 빠진 다른 영혼처럼 대화도 하지 않고 아무것도 보지 않은 채 무작정 모든 것을 적의 탓으로 돌리고 미워하고 증오하며 보복하려는 마음만 가득한 것은 아니었다. 적어도 그들은 디마스 까마와 함께 이야기를 나눌 수 있을 만큼의 이성이 있었다. 게다가 그들은 여전히 자신들의 신인 인티와 파챠마마를 존경하고 있기에 신을 통해서 한 줄기 희망이 남아 있지 않을까 생각했다.

디마스 까마는 아직 어떻게 해야 할지 확신이 서지 않았지만 분명 복수심을 가라앉히고 그들을 영혼의 세계로, 풍요로운 신의 품으로 돌려보낼 방법이 있을 거라고 믿었다. 수일, 수개월, 수년이 걸리더라도 끝내 이들을 설득해서 푸르른 하늘과 대지의 고향으로 돌려보낼 수 있을 것이라고 생각했다.

디마스 까마는 자신의 영혼을 돌보며 자신의 모든 것을 만들어
낸 대지의 어머니를 생각하면서 두 눈을 감았다. 짧은 명상만으
로도 그를 보호하는 신의 기운이 중요한 계시를 내려줄 것만 같
았다. 그가 대지의 어머니를 향해 비손하는 그 순간, 번개처럼 어
떤 생각 하나가 뇌리를 스치고 지나갔다. 대지의 어머니가 보낸
따스하고 풍요로운 입김 때문이었을까? 디마스 까마는 그의 조
상들에게 들려줄 이야기 하나를 생각해냈다.

"아아, 그래! 그렇구나!"

디마스 까마는 희망에 찬 얼굴로 살기를 내뿜는 검은 퓨마들에
게 고개를 들었다.

"오오, 나의 조상님들이시여! 그러고 보니 한 가지 말씀드리지
않은 것이 생각났습니다! 오오, 인티의 은덕이여! 비라코차의 복
수여! 오오, 모든 것이 조상님들의 복수를 위한 것이었습니다! 여
태껏 그것을 모르고 있었던 것입니다! 오오, 지금 인티께서 제게
말씀해주셨습니다!"

디마스 까마는 조상들을 향해 두 손을 모았다. 그러고는 그들
이 귀를 막기 전에 진심을 다해 자신의 이야기를 전달했다.

"당신들께서 깊은 바다에 수장되어 어두운 암흑 속에서 지내온
몇백 년 사이 우리의 아버지이신 인티와 우리의 어머니이신 파챠
마마께서는 조상님들을 대신해 위대한 잉카 제국을 짓밟은 놈들
에게 복수하셨습니다! 이 바보 같은 후예는 그것이 너무나 오래
된 일이라 지금껏 잊고 있었던 겁니다!"

순간 스물여덟 마리의 검은 퓨마가 동시에 움직임을 멈추었다. 그들의 뜨겁게 불타오르는 황금빛 눈동자만 디마스 까마의 눈을 뚫을 듯 지켜보았다.

"조상님들이시여! 당시 온 세계와 온 대륙을 휩쓸고 다니던 원수들의 후예는 이제 모든 땅을 빼앗긴 채 망하고 망하여 예전과 같은 막강함과 화려함은 완전히 잃어버렸습니다. 게다가 숱한 전쟁의 소용돌이에 휘말리다가 '해가 지지 않는 나라'라는 영광 따위는 밤과 어둠의 소용돌이 속에 사라져버렸고, 준엄한 인티의 복수로 인하여 이제는 혼란만 가득한 보잘것없는 나라가 되었나이다!"

디마스 까마는 더욱더 감격에 찬 목소리로 조상들의 영혼을 향해 부르짖었다. 그는 그 옛날 세계를 휘어잡던 스페인의 영광이 이제는 어디에도 남아 있지 않다고 말했다. 그 모든 것이 인티의 은총이며 비라코차의 복수임을 강조했다. 바다에 갇혀 있던 그들 조상을 대신해 인티의 분노가 이미 원수들에게 휘몰아친 것이라며 찬양했다.

스페인의 쇠퇴가 실제로 인티의 분노에 의한 것인지, 아니면 시대의 흐름에 따른 자연스러운 결과인지는 디마스 까마 자신도 알 수 없는 일이었다. 하지만 그는 지금 이 순간만큼은 그 모든 사실을 믿어 의심치 않았다. 식지 않은 태양 속에 온 대륙을 삼킬 것 같던 스페인 군대가 역사를 거듭할수록 패하고 추락한 사실에 대하여 조상들만큼이나 분노한 인티께서 마땅히 벌을 내린 것이라고 믿었다.

지금 이 순간 디마스 까마의 마음속에 한 치의 의심이라도 있다면, 그의 조상들은 결코 인티와 비라코차의 분노가 이미 원수들에게 내리쳤다는 사실을 믿지 않을 것이다. 그는 온 마음과 열정을 다해 믿음의 의지를 활활 불태웠다. 그렇게 디마스 까마가 한참 동안 스페인 제국의 패망을 역설하자 마침내 그의 믿음과 확신이 조상들에게 전해지기 시작했다.

'네 말은…… 비라코차의 분노가…… 이미 원수들을 덮쳤다는 것이냐?'

반신반의하는 목소리가 들려왔다. 그 순간 디마스 까마는 확신했다. 복수심으로 차가워진 영혼들의 심장 속에 신께서 그들을 대신해 복수의 창을 휘둘렀다는 사실에 감사하는 따스한 불꽃이 피어올랐다는 것을! 또한 그는 확신했다. 분명 수백 년간 떠돌던 불쌍한 조상들의 영혼을 설득해 대지의 어머니와 하늘의 아버지에게로 돌려보낼 수 있을 것임을! 그것이 바로 그들의 인티와 파차마마가 원하는 일임을.

7

거센 바람을 가르며 소형 헬리콥터가 군함 위로 착륙했다. 카를로스 대령은 헬기를 무심히 바라보았다. 또다시 '수뇌부'에서 보낸 악령 퇴치사가 도착한 모양이다.

"환영합니다! 오시느라 수고하셨습니다."

사방에서 불어오는 바닷바람 속에서도 카를로스 대령은 조금도 흐트러지지 않은 몸짓으로 헬기에서 내리는 두 사람에게 손을 내밀었다. 바람에 나부끼는 부드러운 실크 블라우스를 걸친 아름다운 금발 청년과 키 작은 동양 꼬마였다. 미청년과 소년을 바라보던 카를로스 대령은 터져 나오는 실소를 감출 수가 없었다. 이제는 머리에 피도 마르지 않은 젊은것들까지 보내다니, 너무나도 어이가 없었다.

"반갑습니다. SAC의 미카엘입니다."

"카를로스 대령입니다."

처음 들어보는 낯선 단체의 이름을 흘러들으며 대령은 아름다운 청년과 악수를 나누었다. 외모만 훌륭한 것이 아니라 몸가짐까지도 아름다운 청년이라는 생각이 들었다. 이토록 완벽해 보이는 청년이 이런 괴상한 일을 처리하러 다닌다는 것이 믿어지지 않았다. 미카엘과 악수를 나눈 대령은 청년의 곁에 무표정한 얼굴로 서 있는 소년을 향해 손을 내밀었다. 그는 이런 심각한 상황에 웬 꼬마인가 싶어서 속이 부글부글 끓었지만, 그런 마음을 단단한 제복 속에 감춘 채 악수를 청했다.

그러나 소년은 삐죽삐죽 내려오는 긴 앞머리로 눈을 가린 채 고개도 들지 않고 카를로스 대령의 손을 무시해버렸다. 본래는 하얀색이었을 것으로 여겨지는 얼룩덜룩한 이상한 옷에 머리까지 지저분하게 기른 소년은 어딜 봐도 기차역에서나 굴러먹을 어린 거지의 모습이었다. 그런 동양 꼬마에게 무시당한 대령은 완전히 기분을 잡쳐버렸다. 그럼에도 잘 협조하라는 명령을 떠올리며 힘껏 울화통을 참을 수밖에 없었다.

"저는 오늘 이 자리에 스페인 해군의 대표로 나온 카를로스 대령입니다. 여러분을 모신 것은 다름이 아니라⋯⋯."

그는 거만한 몸짓으로 엘로시오 호에 대해 얘기해주려고 했다.

"이야기는 들었어요. 그만 안내부터 해주시죠."

다음 순간 카를로스 대령은 또다시 울컥 치미는 분노를 참아야 했다. 기껏 마음을 추스르며 손을 내민 카를로스 대령을 대놓고 무시했던 꼬마가 이번에는 말꼬리까지 자른 것이었다.

'이놈! 어린놈이 어쩌면 이렇게 귀염성이 없는지!'

대령은 당장이라도 욕이 튀어나올 것 같아 단단히 입을 다물었다. 그리고 세 척의 군함이 단단히 지키고 있는 엘로시오 호를 향해 걸음을 옮겼다. 청년이든 소년이든 이제 따라오거나 말거나 관심도 두지 않을 작정이었다.

카를로스 대령의 뒤를 따라 엘로시오 호의 지하 1층에 다다른 낙빈과 미카엘은 자신도 모르게 표정이 살짝 일그러졌다. 영혼들이 내뿜은, 엄청나게 강력한 감정의 소용돌이가 지하 1층 전체에 끈끈하게 묻어 있었기 때문이다. 수백 년 된 영혼이라더니, 영혼이 뿜어내는 어마어마한 감정의 파동은 소름이 끼치도록 강했다.

지하 1층을 지키는 열두 명의 해군 중에는 벌써 얼굴이 핼쑥해진 병사도 있었다. 단 한 번도 뱃멀미를 하지 않은 사람들이 갑자기 속이 메슥거리고 얼굴이 새파래진 것도 모두 지하 1층의 철문 안쪽에서 번져나오는 영기 때문이었다.

카를로스 대령은 두꺼운 철문을 지키는 부하들의 얼굴을 훑어보았다. 철문 안으로 절대 들어가지 말라는 그의 명령대로 그들은 꼼짝도 하지 않고 바깥을 지키고 있었다. 두꺼운 철문을 사이에 두고 있는데도 안쪽의 소리가 바깥까지 모두 전해질 정도로 컸다.

동물 뼈를 주렁주렁 매달고 들어간 잉카족의 후예가 혼자서 만들어내는 소리는 괴상망측했다. 혼자 중얼거리는 듯도 하고 누군가와 이야기하는 듯도 하고 버럭버럭 소리를 지르기도 하고 간절하게 애원하기도 하는 등 난리도 아니었다. 카를로스 대령은 미친 짓거리에 절로 고개가 흔들렸다.

"물러나세요."

더러운 옷을 입은 소년이 철문에 두 손을 댔다. 소년이 알 수 없는 소리를 중얼거리며 철문에 힘을 가하자 굳건한 철문이 갑자기 엿가락처럼 휘고 돌멩이가 떨어진 호수처럼 일렁거렸다. 카를로스 대령은 몹시 놀라 눈을 비볐다. 한 번도 이런 일이 없었는데, 갑자기 난시가 생긴 것처럼 초점이 맞지 않는 기분이었다.

그가 다시 눈을 감았다 뜨자 소년은 아무 일도 없었다는 듯 철문에서 손을 뗐다. 카를로스 대령이 좀 전에 보았던 이상한 현상도 더 이상 나타나지 않았다. 아름다운 금발 청년은 그런 소년의 모습을 그림자처럼 묵묵히 바라보기만 했다.

"문을 여세요."

소년은 철문 앞에서 무심히 말했다.

"뭐, 뭐라고? 하지만 저 안에는 이미 주술사가 들어가 있단다. 그분이 무슨 일이 있어도 문을 열어선 안 된다고 했단다, 애야."

대령은 머리가 복잡해졌다. 별로 마음에 들지 않는 잉카족의 주술사이지만 그가 몇 번이나 당부한 말을 함부로 어길 수는 없었다.

"문을 여세요."

하지만 소년은 철문 앞에서 꼼짝도 하지 않았다. 대령은 곤란한 얼굴로 아름다운 청년을 바라보았다. 금빛으로 흔들리는 금발의 청년이 고개를 살짝 끄덕였다. 어쩐지 청년이 허락한다면 믿고 따라도 되겠다는 생각이 들었다. 대령은 부하들에게 철문을 열게 했다. 문 앞을 지키고 있던 열두 명의 부하는 잠시 서로의 얼굴을 바라보았다. 지금껏 이곳을 지킨 그들은 철문 안쪽에서 흘러나오는 무시무시한 소리를 고스란히 들었다. 그렇기에 이 문을 여는 것이 얼마나 위험한지 느끼고 있었다.

섣불리 움직이지 못하는 그들 중에 두 명이 용기를 내어 거대한 철문을 열기 시작했다. 병사 두 명이 여는데도 철문이 잘 열리지 않았다. 이곳을 거쳐간 영능력자들의 결계가 철문에 겹겹이 붙어 있었기 때문이다.

마침내 거친 마찰음을 내며 녹슨 듯한 거대한 철문이 벌어졌다.

한순간 디마스 까마는 너무나 놀란 눈으로 등 뒤를 바라보았다. 방금 전까지만 해도 컴컴한 지하실에서는 디마스 까마의 목소리만 울려 퍼지고 있었다. 그러다가 갑자기 두꺼운 철문을 단단히 잠그고 있던 체인과 열쇠가 떨어져나가는 소리가 들려온 것이었다.

"들어오지 말라니까! 아무도 들어와선 안 된단 말이오!"

디마스 까마는 간신히 마음을 열기 시작한 그의 조상들을 염려하며 날카롭게 소리쳤다.

"미안하게 됐소이다."

철문으로 들어온 사람은 다름 아닌 카를로스 대령이었다. 그는 혼자가 아니었다. 그의 뒤로 눈동자가 보이지 않을 정도로 앞머리를 길게 내린 어린 소년과 흰 블라우스를 말끔하게 차려입은 훤칠한 청년이 나타났다.

카를로스 대령의 뒤로 두 사람이 들어온 순간 디마스 까마는 매우 놀랐다. 청년과 소년은 분명 강력한 영적 능력을 지닌 자가 틀림없기 때문이었다. 그것도 어마어마한 힘을 가진!

"자, 인티 일족 최고의 주술사인 디마스 까마 님. 당신의 역할은 여기까지로 족할 것 같습니다. 당신이 투입된 후 내내 기다리던 윗분들이 이제 지친 모양입니다. 어르신들은 더 이상 당신에게 기대할 게 없다고 느꼈는지 새로운 분들을 보내주셨습니다.

자, 그럼 이제 그만 나오시죠."

카를로스 대령은 뾰족한 콧날을 치켜들며 디마스 까마의 얼굴을 비웃음 가득한 눈초리로 쳐다보았다. 그새 무슨 짓을 했는지 지하실 곳곳에 피가 범벅이고 더욱더 역한 냄새가 풍기는 것이 끔찍했다. 그가 걸고 있던 목걸이며 장신구들도 실이 끊어진 채 바닥에 나뒹굴었다. 지저분한 지하실을 둘러보고 있자니 저런 주술사 따위에게 일을 맡기는 것 자체가 완전히 잘못되었다는 생각이 울컥거렸다.

"자, 이제 이런 치렁치렁한 물건들 따위는 치워버리시고⋯⋯."

"손대지 마앗!"

카를로스 대령이 바닥에 늘어선 기다란 줄을 치우기 위해 손을 내뻗는 순간 디마스 까마는 날카롭게 소리쳤다. 그것은 거대한 결계였다. 기다란 줄을 세워 조상들과 이야기를 나누는 디마스 까마의 결계였다. 만일 그가 소리치지 않았다면 스페인의 후예임이 분명한 카를로스 대령은 결계 안쪽에서 그를 노려보는 영혼들에 의해 산산이 부서졌을 것이다. 그러한 사실을 알 리 없는 카를로스 대령은 불만 가득한 얼굴로 소리쳤다.

"어쨌든 주술사 선생, 이제 그만 이 자리를 떠나주시오! 이제 이분들이 위험 요인을 제거할 테니까!"

"못하오! 나는 이곳에서 단 한 걸음도 나가지 못하오! 내 종족의 마지막 한 사람까지 풍요로운 대지와 하늘의 품으로 보내는 순간까지, 나는 이곳에서 단 한 걸음도 나갈 수 없소!"

디마스 까마의 얼굴에는 한 걸음도 물러서지 않겠다는 강한 의지가 배어나왔다. 디마스 까마는 잉카족 조상들을 모두 설득해 마지막 한 사람까지 성불시키겠다는 자신감과 의지로 가득했다. 그는 겨우 조상들의 마음을 열고 함께 대화하면서 무시무시한 퓨마의 모습이었던 조상들이 다시 인간의 모습으로 돌아오게 했다. 그들의 복수심이 이미 스페인을 뒤덮었다는 말로 설득하는 중이었는데……. 얼마의 시간만 주어진다면 분명히 모두를 안식의 땅으로 돌려보낼 수 있다는 확신이 왔는데……. 이대로 물러설 수는 없었다. 그렇게 카를로스 대령과 디마스 까마가 목청을 높이는 그때였다.

그르릉…… 철커엉!

낮은 금속성이 울려 퍼졌다. 갑자기 모든 사람의 눈이 크게 벌어졌다. 정신을 차리고 소리가 난 쪽을 쳐다본 카를로스 대령의 얼굴은 거의 사색이 되었다.

"이게…… 이게 무슨 짓이야!"

그의 눈에 가득한 공포감은 바로 복도와 내부를 잇는 두꺼운 철문이 단단히 닫혀버린 탓이었다. 그 철문에 손을 대고 있는 것은 바로 무표정한 낙빈이었다. 소년 혼자의 힘으로는 도저히 닫을 수 없는 거대한 철문이 어찌 된 일인지 단단히 닫혀 있었다.

"으으으…… 당장 열엇! 당장!"

컴컴한 실내, 세 명의 범상치 않은 인간과 음산한 기운을 풍기는 보물 상자들 틈에서 카를로스 대령은 견딜 수 없는 두려움을 느꼈다. 하지만 이 지하 공간에서 카를로스 대령의 명령을 따르는 사람은 없었다. 디마스 까마도, 아름다운 청년도, 어린 소년도 카를로스 대령의 말은 들은 척도 하지 않았다.

"그만둬, 당장! 그만둬!"

카를로스 대령의 음성보다 더 크고 간절한 외침이 지하를 가득 메웠다. 그것은 인티의 후예 디마스 까마의 절규였다. 그는 어린 소년의 온몸으로부터 느껴지는 차가운 살기에 두 손을 휘둘러댔다.

"안 돼! 그만둬! 내가…… 내가 다 설득할 수 있다! 난 모두를 설득해 안식의 땅으로 보낼 수 있단 말이다!"

디마스 까마는 소년을 향해 외쳤다. 소년의 등 뒤에서 뭉글거리며 올라오는 끔찍하고 차가운 기운이 조상들을 덮칠 거라는 불안감 속에서 그는 미친 듯이 소리쳤다. 그러나 소년은 디마스 까마의 외침을 무시하고 엄청난 기운을 끄집어내고 말았다.

"사령이여, 그 모습을 드러내라!"

소년의 날카로운 음성이 방에 울려 퍼졌다.

'크워어어엉!'

'크아아아아!'

온 천지가 떠나갈 듯한 묘한 짐승의 포효와 함께 모두의 눈앞에 믿을 수 없는 광경이 펼쳐졌다. 소년의 앞에는 거북과 같은 딱딱한 등껍데기에 기다란 뱀의 목을 가진 거대한 바다 동물이 긴 몸을 뽑으며 울어댔고 소년의 오른쪽으로는 시퍼런 뱀의 비늘을 번쩍이며 푸른 날개를 퍼덕이는 시뻘건 눈의 용이 있었다. 그리고 소년의 왼쪽으로는 떡 벌린 입 사이로 날카로운 이빨과 시뻘건 혀가 요동치는 무시무시한 흰 호랑이가 다리를 높이 쳐들었고, 소년의 등 뒤에서는 단단하고 기다란 부리를 벌리며 억센 날개를 퍼덕이는 거조의 형상이 나타났다. 그들은 바로 천하 사방위를 수호하는 환상의 동물 현무, 청룡, 백호, 주작이었다.

'컥, 컥! 커어어억!'

카를로스 대령은 이 환상의 동물들이 눈에 보이지 않는데도 괴상한 소리가 울려 퍼지고 요상한 기운이 사방을 휘감은 것을 느낄 수 있었다. 대령은 게거품을 물며 바닥에 풀썩 주저앉고 말았다. 그는 두 발과 손을 질질 끌며 철문 쪽으로 다가갔다. 그리고 철문에 나 있는 작은 유리창을 통해 바깥을 내다보았다.

"열어라! 열어! 어서 열라고, 명령이다!"

그는 하얀 서리가 긴 듯한 작은 유리창을 미친 듯이 두드렸다. 그러나 어찌 된 일인지 습기가 가득한 작은 유리창 너머로 그의 눈에 익은 군복은 하나도 보이지 않았다. 대신 그가 한 번도 본 적이 없는 검은 양복 차림의 남자와 자글자글한 주름이 가득한 노인이 창가 저편에서 이쪽을 바라보고 있었다. 그들은 문 저편에서 미동도 없이 이곳에서 일어나는 일들을 고요히 지켜보는 중이었다.

"으아, 으아아아!"

카를로스 대령은 철문에 기대어 울부짖었다. 도저히 이해할 수 없고 형용할 수 없는 공포가 가슴 밑바닥으로부터 울컥울컥 터져 나왔다. 마치 적들로 가득한 전장 한복판에 홀로 서 있는 듯한 끔찍한 기분 속에서 그는 자리에 털썩 주저앉았다.

"안 돼! 안 돼! 그만둬! 이제 겨우 이야기가 되어가는데…… 이제 겨우 진척이 되어간단 말이야! 그만둬! 그만둬! 나에게 시간을 줘. 조금만…… 제발……!"

디마스 까마는 소년을 향해 절규했다. 소년에게서 풍겨오는 냉랭하고 차가운 기운이 조금이라도 녹기를 염원하며 간절한 마음을 담아 소리쳤다. 그러나 소년은 디마스 까마와 눈도 마주치지 않은 채 싸늘한 표정으로 저 멀리 영혼의 기척만 바라볼 뿐이었다.

"이…… 이봐! 말려줘! 다 되어간단 말이야! 설득할 수 있어! 모두가 행복해질 수 있단 말이야!"

소년에게는 한마디도 먹혀들지 않는다는 것을 눈치챈 디마스 까마가 이번에는 소년의 뒤에 고요히 서 있는 아름다운 금발 청년에게 도움을 요청했다. 강력한 영적 기운이 느껴지는 청년이었지만 그는 소년을 저지하지 못했다. 청년은 묵묵히 고개를 내저을 뿐, 디마스 까마를 도울 생각은 눈곱만큼도 없어 보였다.

"나가라, 청룡! 출전하라, 현무!"

소년의 날카롭고 차가운 명령이 실내를 메우자 눈 깜짝할 사이에 푸른 날개를 내뻗은 청룡과 거대한 목을 뺀 현무가 엄청난 속도로 거대한 컨테이너 박스를 덮쳤다.

'끄악! 끄악! 끄아악!'

고통으로 가득한 비명이 사방에 휘몰아쳤다. 바람처럼 영혼들 사이를 가른 두 마리의 영수가 움직임을 멈추고 낙빈에게 되돌아 왔을 때는 두 놈의 입에 각각 황금 손잡이가 부착된 세 자루의 검은 돌칼과, 세 명의 영혼이 물려 있었다. 영혼들은 고통과 괴로움의 비명을 지르며 허우적거렸다.

우득, 우드드득!

'끄악! 끄워어어억!'

'우와아아아악!'

뼈가 부서지는 소리가 선실 전체에 울려 퍼지고 고통과 괴로움에 가득 찬 비명 소리가 메아리쳤다. 영수들의 날카로운 이빨이 다시 벌어지자 검은 돌칼의 황금 손잡이가 산산이 부서지고 말았다. 여섯 영혼이 질러대는 끔찍한 비명 소리도 멈춰버렸다. 수백 년간 복수의 칼을 갈아온 여섯 영혼이 너무나 갑작스럽게, 너무나 말도 안 되게 그 자리에서 완전히…… 깨끗하게 소멸되어버린 것이었다.

8

거대한 푸른 비늘을 가진 청룡의 길쭉하고 예리한 이빨 사이에서, 그리고 뱀의 목을 뽑고 두 눈을 희번덕거리는 현무의 굵고 탄탄한 다리 아래에서 순식간에 잉카족의 여섯 영혼은 허리가 꺾이고 다리가 꺾인 채 나뒹굴다가 자취도 없이 소멸되어버렸다.

그 순간 모든 것이 끝났다.

디마스 까마가 죽도록 노력하며 쌓아온 설득과 공감의 시간이 어린 소년의 공격으로 엉망이 되어버린 것이었다. 수십 시간 동안 옥수수 한 알, 물 한 모금 넘기지 않고 애쓴 디마스 까마의 노력이 1초도 되지 않는 순간에 완전히 무無로 변해버렸다.

파챠마마의 은혜 덕분에 비라코차와 인티께서 원혼들 대신 이미 스페인을, 원수들을 처벌했다는 말을 건네고, 그것으로써 원혼들의 마음을 녹여놓았는데. 그 숱한 노력과 애원을 단 한순간에 물거품으로 만들어버린 것이었다. 소년이…… 겨우 단 한 명의 소년이.

"이, 이럴 수가!"

허망함에 비틀거리는 디마스 까마의 뒤로 잠시 수그러들었던 잉카의 영혼들이 엄청난 냉기와 살육의 기운을 내뿜으며 외쳐 댔다.

'폭풍과 번개의 신 비라코차의 이름으로, 그의 사신이 원수들의 목을 따고 사지를 멸하러 오리라! 비라코차의 저주여! 비라코차의 분노여! 비라코차의 복수여!'

남은 스물두 명의 원혼이 두 손을 번쩍 들며 외쳐대자 그들의 뒤쪽 어딘가에서 강력한 빛이 비쳤다. 다음 순간 그들 잉카의 원혼은 날카로운 금빛 눈동자를 번쩍이며 단번에 사람의 목을 물어뜯을 뾰족한 이빨을 가진 검은 퓨마, 그들의 수호 동물로 변해버렸다. 그들이 심장과 피를 바친 복수의 칼로부터 퍼져나온 황금 마법의 힘으로 금빛 눈동자를 번쩍이며 날카롭게 울어대는 검은 퓨마로 변한 영혼들이 소년을 노려보았다.

'캬아악!'

뒤이어 스물두 마리의 금빛 퓨마가 자신들의 종족을 여섯이나 없애버린 네 마리의 영수를 향해 바람처럼 빠르게, 번개처럼 날카롭게 달렸다.

'크앙, 크아아앙!'

'커어어어헝!'

금빛 눈동자를 번쩍이며 덤벼드는 스물두 마리 검은 짐승 앞을 거대한 영수 네 마리가 막아섰다. 퓨마들과 네 마리 영수가 뒤엉켜 싸우기 시작하자 순식간에 지하 공간은 아수라장이 되어버렸다. 네 마리 영수도 힘이 어마어마했지만 복수의 화신이 만들어낸 잉카의 검은 퓨마들 역시 무시무시했다.

검은 퓨마들이 사나운 승냥이처럼 거대한 영수들의 다리와 목, 갈기와 피부를 물어뜯었다. 이빨을 박은 검은 퓨마들은 절대로 떨어지지 않고 영수들을 괴롭혀댔다. 거대한 영수들은 자신보다 몸집이 작은 짐승들을 떼어내기 위해 아우성치고 펄쩍대고 물어뜯고 공격했다. 똑바로 바라볼 수도 없을 만큼 처절한 사투가 이어졌다. 양쪽 모두 한 치 앞을 내다볼 수 없을 정도의 접전이었다.

퍼엉!

그때였다. 갑자기 한 무리로 엉켜 있는 짐승들 사이에서 요란한 폭발음이 터져 나왔다. 디마스 까마는 어찌 된 일인지 주위를 둘러보았다. 폭발음이 들린 곳에는 거대한 백호와 함께 세 명의 잉카인이 피를 토하며 널브러져 있었다.

'끄어어……'

'크르르……'

거대한 흰 몸에 검은 줄무늬가 박혀 있는 늘씬한 백호가 폭발음의 표적인 듯했다. 고귀한 영수의 몸에 거친 생채기가 드러났다. 백호는 허연 옆구리가 갈라진 채 시뻘건 피를 토했다. 날카로운 검은 퓨마의 이빨이 만들어낸 생채기가 아니었다. 방금 전에 터져 나온 폭발음이 백호의 몸체에 커다란 구멍을 만든 것이 분명했다.

표적은 백호뿐이 아니었다. 백호의 옆구리를 물어뜯고 있던 영롱한 검은 퓨마 세 마리가 백호와 함께 길쭉한 다리와 머리를 다친 채 괴로움에 신음하고 있었다. 곧이어 그들 세 마리의 퓨마는 손발이 잘리고 두개골이 깨진 채 고통으로 울부짖는 처참한 인간의 모습으로 변했다. 도저히 회복할 수 없는 상처에 세 영혼은 점점 흐릿하게 변하더니 안개처럼 사라졌다.

"이게 대체……."

퍼어엉!

도대체 어찌 된 일인지 영문을 모르던 디마스 까마는 두 번째 폭발음이 들리고서야 눈앞에서 일어나는 일이 무엇인지 겨우 깨달았다.

폭발음의 주인공은 바로 소년이었다.

소년은 자신의 영수와 함께 뒤엉켜 있는 잉카의 영혼들을 향해 힘껏 불의 힘을 내쏘았다. 당연히 엉켜 있는 양쪽의 짐승들 모두 타격을 받았다. 공격을 받고 괴로워하는 것은 잉카족만이 아니었다. 소년이 불러낸 환상의 영수도 심한 타격을 받았다. 그럼에도 소년은 무차별 공격을 감행해버렸다.

소년은 자신의 영수가 망가지건 말건, 그로 인해 자신이 영적 치명상을 받건 말건 간에 온 힘을 다해 불을 날려 폭발시켰다. 무표정한 얼굴로 공격을 감행하는 어린 소년은 자신의 영수는 물론이고 불쌍한 영혼들에 대한 일말의 동정이나 연민도 남아 있지 않았다. 적에게만 그런 것이 아니었다. 소년은 자신이 모시는 신격에 대해서도 어떤 애정도, 배려도 없었다.

이 잔인한 모습에 디마스 까마는 머릿속이 윙윙거렸다. 자신이 본 영능력자들 중에 가장 잔인하고 끔찍한 짓을 저지르는 소년이 눈앞에 있었다. 자신이 가진 신과 영혼들에게조차 애정이 없는 끔찍한 인간이 영능력자랍시고 영혼들을 소멸시키는 참혹한 광경이었다.

"너 따위가…… 감히 너 따위가 영능력자라니! 조금만 귀를 기울이고 배려하면 행복한 최후를 맞도록 도울 수 있는데, 이토록 잔악하고 인정사정없이 영을 처치하는…… 이런 놈이 저토록 강한 영능력자라니!"

디마스 까마는 소년이 복수심에 불타는 원귀보다 잔혹하게 느껴졌다. 자신의 영수까지 가차 없이 공격하는 소년에게 다른 영혼을 아끼거나 귀하게 여기는 감정은 존재하지도 않을 것이 분명했다.

"결코⋯⋯ 결코⋯⋯ 용서받지 못할 소년아! 너에게 속한 너의 신들이 가엾구나!"

디마스 까마가 그렇게 이를 가는 동안에도 소년의 외침은 멈추지 않았다.

"백호여, 주작이여! 해치워라!"

소년에게 영수를 아끼는 마음 따위는 눈곱만큼도 없었다. 잉카의 영혼들과 뒤엉켜 싸우느라 엉망이 되어버린 주작, 자신의 공격으로 피투성이가 되어버린 백호가 어떻게 되든 지금 이 전투에서 아낌없이 그들을 혹사시키는 소년의 모습은 도저히 영수들의 '주인'으로 보이지 않았다. 소년의 가혹한 부름에도 앞으로 나설 수밖에 없는 고결한 호랑이는 옆구리가 터진 채로 힘겨운 발걸음을 옮겼다.

'크아아아아앙!'

사방을 찢을 듯한 백호와 주작의 포효가 귓가에 쩌렁쩌렁하게 울려 퍼졌다. 그들은 다친 종족 쪽으로 모여든 검은 퓨마들을 향해 돌진했다. 백호와 주작은 검은 퓨마들이 서로를 걱정하며 기다란 혀로 종족의 상처를 핥아주는 그 순간도 기다려주지 않았다. 백호와 주작은 검은 퓨마들 속으로 맹렬히 다가갔다.

"안 돼!"

디마스 까마는 차마 그 모습을 볼 수가 없어 눈을 감았다. 그는 헝클어진 머리카락을 부여잡으며 고개를 저었다. 소년은 다친 영수를 위해 잠시 공격을 멈추는 배려도 하지 않았다. 아직도 피를 흘리며 괴로워하는 백호까지 즉시 공격에 투입될 거라곤 상상도 못했던 잉카의 조상들은 새파랗게 질려버렸다. 그들은 잔악하고 강대한 소년의 영수들에게 온몸이 뜯기고 난자당하기 시작했다. 끔찍한 도륙의 시간이었다.

"인티의 힘이여! 파챠마마의 은혜여! 저 잔악무도한 소년의 공격을 막으소서!"

처절한 비명에 고개를 흔들던 디마스 까마가 천장을 향해 두 팔을 벌렸다. 그의 흙빛 살결이 펄쩍펄쩍 요동치고 천장이 들썩 거렸다. 갑자기 디마스 까마의 온몸으로부터 태양과 달과 대지의 뜨거운 힘이 피어올랐다. 엄청난 축복의 기운이 디마스 까마의 전신을 휘감았다. 그 강력한 영력이 인티의 조상들을 괴멸하는 소년의 영수들에게 휘몰아쳤다.

디마스 까마는 온 힘을 다해 영력을 끌어올렸다. 태양의 신 인티와 대지의 신 파챠마마가 내려주는 불처럼 뜨거운 기운을 모두 자신의 몸에 담아 여과 없이 방출했다. 그 모든 힘이 소년의 잔악한 두 마리 영수를 검은 퓨마들로부터 떼어냈다. 그리고 상처받은 검은 퓨마들 주위를 둘러싸더니 그 앞을 막아섰다. 디마스 까마는 자신의 힘이 소년의 공격력과는 비교도 되지 않을 정도로 약하고 보잘것없다는 것을 알고 있었다. 때문에 소년의 사령을 공격할 생각은 아예 접었다. 다만 그가 할 수 있는 것은 상처 입은 조상들의 영혼을 보호하는 것뿐이었다. 저 끔찍한 영수들로부터……. 그게 디마스 까마가 할 수 있는 전부였다.

'크워어어엉!'

'크워어어!'

상처 입은 백호는 디마스 까마의 공격을 받고 주춤주춤 뒤로 물러섰다. 하얀 털 사이로 여전히 붉은 피가 솟아나고 있었다. 반면 주작은 조금도 물러서지 않은 채 불타오르는 태양빛을 정면으로 응시했다. 천장을 뚫을 듯 거대한 새는 붉음과 푸름이 뒤섞인 형형색색의 날개를 퍼덕였다. 날개를 퍼덕일 때마다 등 뒤로 이어진 길고 우아한 꽁지깃도 위아래로 흩날렸다. 주작은 매서운 눈동자를 굴리며 디마스 까마와 그가 내쏜 붉은 방어막을 둘러보았다. 그리고 길고 단단한 노란 부리를 힘껏 벌렸다.

'카악!'

주작의 포효와 함께 날카로운 부리가 디마스 까마의 방어막을 물어뜯기 시작했다.

"크흑!"

디마스 까마의 온몸이 엄청난 고통에 휩싸였다. 그가 비추는 영력의 오라를 거대한 주작이 날카로운 부리로 물어뜯자 상처 입은 영적 기운이 모조리 디마스 까마에게 전해졌다.

'카아악!'

주작의 거대한 부리가 오라의 한쪽을 뜯어내자 마치 찢어지는 헝겊처럼 방어막이 뜯어졌다. 그 순간을 놓치지 않고 물러서 있던 거대한 백호가 방어막의 안쪽으로 뛰어 들어갔다.

"끄윽!"

영적 공격력이 그의 오라에 박혀 들어오자 디마스 까마는 거친 신음 소리를 토했다. 두 마리의 영수를 향해 쏘았던 붉은 불꽃의 힘은 디마스 까마의 영력인 동시에 그의 영혼과 이어진 힘이었다. 때문에 붉은 불꽃을 향해 날카로운 이빨을 빛내며 덤벼오는 백호와 주작의 공격은 디마스 까마의 온몸으로 속속들이 고통을 전달했다. 거대한 주작과 백호는 디마스 까마의 방어막을 삽시에 훼손하고 남아 있는 검은 퓨마들에게 달려들었다.

'후예여! 후예여! 너를 의심했던 우리를 용서하라! 너의 말을 들었어야 했거늘……. 이렇게 비참한 말로를 맞이하기 전에 인티의 품으로 들어설 것을……!'

산산이 부서지는 검은 돌칼과 함께 인티의 남은 영혼들이 하나둘 사라져갔다. 영혼들은 검은 퓨마에서 다시 인간의 모습으로 변하며 디마스 까마에게 마지막 말을 남겼다. 그들은 고통 속에서도 방어막을 만들어낸 자신들의 후예를 이제야 온전히 믿게 되었다.

'오오, 후예여! 우리는…… 그대가 했던 말을 믿는다. 인티의 분노가 이미 우리를 대신해 원수를 처단했음을 믿노라!'

'신이 우리에게 마지막 기회를 준다면…… 그래서 우리가 이

순간 소멸되지 않는다면 우리는 그대의 말을 들어보리라. 인티의 진정한 아들인 그대의 이야기를 따르리라!'

영혼들은 결코 물러서지 않고 온 힘을 다해 감당하기 어려운 영수들을 밀어내는 디마스 까마를 보면서 끊임없이 차고 넘치는 자신들의 신, 인티의 사랑을 느꼈다. 그것은 지금껏 복수에 찌들었던 그들에게 보이지 않은 신의 커다란 사랑과 안식의 언어였다.

끔찍한 고통 속에서도 디마스 까마는 마지막 힘을 끌어올렸다. 그에게 남은 모든 기운을 짜내어 검은 퓨마들을 공격하는 두 마리의 영수를 막아섰다. 다시금 디마스 까마로부터 나온 불타는 태양의 힘이 백호와 주작을 밀어냈다. 디마스 까마는 남은 영혼들의 앞으로 달려갔다. 그는 마주 보기만 해도 사지가 덜덜 떨리는 무시무시한 백호와 주작의 앞을 막아섰다. 자신의 온몸을 날려서라도 조상들의 영혼을 지키겠다는 일념 하나였다.

'오오오오! 우오오오오!'

'인티께 축복을!'

'우리를 대신해 원수를 멸하신 인티께 영광을!'

그 순간 남은 열아홉 명의 영혼이 사방을 향해 소리쳤다. 그들은 영혼의 모든 힘을 끌어내어 인티의 후예인 디마스 까마에게 전달했다. 디마스 까마는 자신의 두 손바닥에서 끓어오르는 강력한 힘을 느꼈다. 그가 가지고 있는 보잘것없는 영력에 수백 년간 영혼으로 지낼 수밖에 없었던 가엾은 조상의 힘이 합쳐지는 것이 느껴졌다. 두 팔을 가득 벌려 모든 힘을 전달해주는 조상들의 힘이 가세하며 디마스 까마의 힘은 크게 치솟아 올랐다.

"우호! 우호! 인티여! 파챠마마여! 우호! 우호! 우리를 도우소서!"

마침내 디마스 까마로부터 뻗어 나온 맹렬한 불꽃이 거대한 밧줄의 형상으로 변했다. 거대한 불의 밧줄이 새하얀 호랑이와 거대한 주작의 모가지를 거머쥐고 두 마리 모두 꼼짝하지 못하게 했다.

'크엉! 크어어어엉!'

'캬아아아악!'

흰 호랑이와 붉은 새의 모가지에서 거대한 신의 분노가 타올랐다. 끔찍한 고통 속에서 영수들이 괴성을 질렀다. 붉은 밧줄로 영수를 제압한 디마스 까마는 영수들의 주인을 바라보았다. 얼룩진 한복을 입은 소년은 표정도 변하지 않았다.

"들었느냐, 소년아! 영혼들은 약속했다. 지금 그들의 영이 소멸되지 않는다면 그들은 나와 우리의 신 인티를 믿고, 모든 것을 내 말에 따르기로 약속하였노라! 그러니 소년이여, 당장 모든 힘을 거두고 물러나라! 그러지 않는다면 네가 꺼낸 이 네 마리 동물은 모두 이 자리에서 완전히 사라져버릴 것이다!"

디마스 까마는 소년에게 그만 물러나라고 경고했다. 그는 더 이상 무모한 싸움을 원치 않았다. 소년도 영능력자라면, 아니 영혼을 보는 사람이라면 디마스 까마의 말이 무슨 의미인지 알 것이다. 인간이라면 당연히 가엾은 영혼을 소멸시키지 않고 안식의 땅에 이르도록 배려해야 한다. 그는 소년의 얼굴을 간절히 바라보았다. 이렇게 영력을 낭비하며 시간을 버릴 이유는 없었다.

마침내 미동도 없이 고요히 서 있던 소년이 살짝 움직였다. 소년은 오른팔을 천천히 위로 올렸다.

"청룡, 현무, 나가랏!"

소년의 팔이 아래로 툭 떨어지는 순간 그의 입에서 튀어나온 말은 잔혹한 공격 명령이었다. 가엾은 영혼에 대한 작은 배려도, 그들의 안식에 대한 염려도 전혀 없었다.

디마스 까마는 경악했다. 동정 없는 소년의 끔찍한 명령에 한 번 놀랐고, 그의 명령을 받고 달려 나오는 다른 두 영수의 기세에 다시 한 번 놀랐다. 소년의 명령을 받은 두 영수는 디마스 까마의 태양과 불꽃의 공격을 감당할 수 없을 것 같은 동물이었다. 불의 기운을 몸에 받았다가는 엄청난 상처를 입을 것이 뻔한 물의 힘을 가진 동물들이었다. 뜨거운 불의 기운을 간직한 백호와 주작이 위기에 처한 마당에 불기운과 정반대되는 물의 동물인 청룡과 현무를 내보내다니, 소년은 제정신이 아닌 듯했다. 두 동물이 받을 엄청난 고통과 괴로움 따위는 조금도 염려치 않는 명령이었다.

'크아아아앙!'

'크아아아!'

청룡과 현무가 세차게 울어대며 앞으로 뛰어나가자 디마스 까마의 시야는 두 마리의 푸른 동물로 인해 완전히 가려졌다. 그는 당연히 세찬 불꽃을 마저 뻗어내며 차가운 물의 동물들을 공격했다.

바로 그것이 함정이었다. 소년은 그 순간을 노리고 있었다. 두 마리의 동물이 디마스 까마의 눈으로부터 소년의 모습을 완전히 가린 순간, 거대한 환상의 동물보다도 더욱더 거대한 힘이 소년의 온몸을 감쌌다.

디마스 까마는 자신의 모든 영력과 조상들의 모든 영적 힘을 다해 네 마리의 영수를 옭아맸다. 그가 만들어낸 불의 밧줄이 영수들의 모가지를 친친 감았다. 불꽃의 힘에 사로잡힌 청룡과 현무는 그 뜨거운 기운에 고통의 신음을 내질렀다. 디마스 까마가 그렇게 붉은 태양의 불꽃으로 네 마리의 동물을 단단히 옭아맸다고 생각한 순간이었다.

"만적일퇴!"

세찬 바람 소리가 디마스 까마의 귀를 때렸다. 그것은 디마스 까마의 눈을 가린 거대한 영수들 뒤편에서 들려왔다. 그 소리는 영수들을 조종하고 모든 공격을 감행한 엄청난 영력의 소년에게서 나오는 것이 분명했다. 바람을 가르는 그 매서운 소리와 함께 디마스 까마의 등 뒤에서 비참한 비명 소리가 울려 퍼졌다.

디마스 까마는 파랗게 질린 얼굴로 천천히 고개를 돌렸다. 그가 몸으로 막아섰던 조상들의 영혼이 눈앞에서 사라져갔다. 동시에 그에게로 몰려오던 인티 일족의 힘도 신기루처럼 홀연히 사라져버렸다. 디마스 까마는 저 거대한 네 마리의 괴물 외에 더욱더 강력한 힘이 소년에게 있으리라곤 상상도 못했다. 그러나 소년에게는 환상의 동물들이 다가 아니었다. 소년에게는 네 마리의 영수보다 훨씬 강한 힘이 있었다.

그것은 인간의 모습을 한 전지전능한 신의 힘이었다. 소년의 앞을 가로막은 영기는 검푸른 바다색의 신령이었다. 칠 척 장신의 신령은 발등까지 수염을 기르고 머리에는 두 개의 뿔이 솟아오른 청동 투구를 덮고 있었다. 붉다 못해 검은빛의 두터운 갑옷으로도 엄청난 위엄을 가릴 수가 없을 정도였다. 그의 손아귀에 들려 있던 검푸른 창끝이 스르르 아래쪽으로 떨어졌다. 믿을 수 없을 정도로 빠르고 거센 공격을 끝낸 기다란 창은 마치 아무 일도 없었던 듯 침묵했다.

치우천왕의 검푸른 창 앞에서는 디마스 까마도, 네 마리의 영수도 소용이 없었다. 그가 창을 내리긋는 순간 치우천왕의 앞에 있는 모든 장애물은 무용지물이 되었다. 전쟁의 신은 그가 부수어버리려는 적의 목을 한 치의 망설임도 없이 그어버렸다. 치우천왕의 창이 단 한 번 허공을 가른 순간 영혼들의 안식처였던 황금 돌칼은 모두 산산조각 나버렸다. 돌칼에 깃들었던 잉카 영혼들의 목도 뎅겅뎅겅 떨어져나갔다. 몸과 머리가 분리되어 바닥을 뒹구는 잉카의 영혼들은 마지막 눈도 감지 못한 채 울부짖었다.

'용서를, 후예여…… 그대의 말을 따르지 못하고 사라지는 우리를 용서하라…….'

'인티의 황금 궁전으로 가지 못하는 우리를 용서하라……. 이렇게 보잘것없이 소멸하는 우리를 용서하라…….'

디마스 까마는 사라져버리는 영혼들의 희미한 음성을 들으며 허공을 향해 울부짖었다. 결국 단 한 명의 영혼도 구원하지 못하고 소멸되게 해버린 자신의 나약함에 울분을 터뜨렸다.

"으아, 으아, 으아아아!"

디마스 까마는 바닥으로 무너져 내렸다. 그가 만들어내던 태양의 불꽃들도 순식간에 사라졌다. 늙은 주술사의 주름진 눈가에서 땀인지 눈물인지 모를 물기가 뚝뚝 떨어져 내렸다.

'크엉! 크워어어어엉!'

사투를 마친 영수들은 마지막으로 요란한 울음소리를 뱉어내며 소년의 등 뒤로 사라졌다. 모든 인티 일족의 영혼을 단칼에 없애버린 신령 역시 소년의 등 뒤로 사라졌다. 이제 모든 것이 끝난 자리에는 미친 사람처럼 멍한 표정으로 울부짖는 디마스 까마만 남아 있었다.

무표정한 소년은 아무 말도 없이 돌아섰다. 그는 새파랗게 질린 카를로스 대령이 버티고 있는 두꺼운 철문 쪽으로 걸음을 옮겼다. 아름다운 청년은 모든 감정이 메말라버린 듯한 소년의 뒷모습을 슬픈 눈동자로 바라보기만 했다.

"너…… 너는 영능력자가 아니야……."

뒤돌아선 소년의 작은 등 뒤로 원망이 가득한 디마스 까마의 말이 뒤따랐다.

"너 같은 놈은 사라져야 해. 나는 모두를 구할 수 있었어! 그들 모두를 인티의 땅, 우리 태양의 제국에 보낼 수 있었다. 난 할 수 있었고, 그들도 그러길 바랐다. 그런데 네가…… 너 따위가……

너 따위가 함부로 영혼을 없애고 소멸시키다니!"

붉게 충혈된 디마스 까마의 눈이 소년의 등을 노려보았다. 원망으로 가득한 주술사의 안타까운 마음이 처절한 절규로 흩어졌다.

"저들이 얼마나 불쌍한지…… 저들이 얼마나 가엾은지 알지도 못하는 네가…… 너 따위가……!"

그는 사라진 영혼에게 너무나 죄스럽고 미안해서 미칠 지경이었다. 조금만…… 조금만 더 시간이 있었다면, 아니 자신이 조금만 더 강했다면 불쌍한 영혼들이 그렇게 사라지도록 내버려두지 않았을 것이라는 안타까운 마음이 그를 괴롭혔다. 그는 소년이 밉고 원망스러운 만큼 자신이 부끄러웠다.

"너, 너 따위가 그런 큰 힘을 갖다니. 너 따위가…… 영혼들에 대한 동정도 아픔도 없는 너 따위가…… 구원도 모르는 너 따위에게 그 큰 힘이 주어지다니! 오오, 저주를! 저 소년에게 저주를…… 오오, 인티의 저주가 저 소년의 앞을 막아서기를!"

디마스 까마는 얼음처럼 차가운 소년을 향해 저주를 내렸다. 그는 강한 힘을 가졌으나 마음이 비뚤어진 소년에게 저주를 갈구했다. 저토록 막강한 힘을 가진 소년이 냉정하고 차가운 마음으로 가득한 것이 두렵기만 했다.

저런 소년에게 힘이 주어져서는 안 되는 것이었다. 영혼에 대한, 아니 인간에 대한 일말의 애정도 없는 인간에게, 세상에 대한 일말의 감정도 없는 이에게, 자신의 신에 대한 일말의 배려도 사랑도 없는 소년에게 저토록 무시무시한 능력이 주어졌다는 현실에 디마스 까마는 온몸이 떨려왔다. 무언가 잘못된 것이 분명했다. 저런 마음을 가진 인간이, 저토록 차갑고 냉정한 인간이 신의 사랑을 받고 어마어마한 힘을 갖게 되었다니, 그로서는 도저히 인정할 수가 없었다.

"저주를…… 너에게 인티의 저주를…… 인티께서 저 소년의 앞길을 막아서기를!"

얼룩덜룩한 옷을 입은 작은 소년은 미친 사람처럼 저주를 되뇌는 디마스 까마를 뒤로하고 철문 바깥으로 사라졌다.

"저주를…… 저주를……."

소년의 뒷모습을 지켜보고만 있던 아름다운 금발 청년까지 사라진 뒤에도 디마스 까마의 중얼거림은 결코 멈추지 않았다.

9

소년과 청년은 엘로시오 호에 들어선 지 불과 한 시간도 되지 않아 자신들이 타고 온 헬기를 타고 사라졌다. 그들은 사색이 되어 제정신을 차리지 못하는 카를로스 대령을 뒤로하고 곧장 선체를 떠났다. 참혹한 광경에 넋을 잃은 건 지하실에 함께 있던 가엾은 주술사 디마스 까마만이 아니었다.

"쯧쯧쯧……."

늙은 무녀는 변해버린 어린 소년의 모습에 혀를 찼다. 지하실

371

에서 벌어지는 상황을 고스란히 지켜본 그녀는 소년이 눈치채기 전에 자리를 피했다. 무표정하게 사라지는 소년을 바라보며 늙은 무녀는 거센 한숨을 내쉬었다. 새하얀 머리에 자글자글한 주름, 그리고 굽은 허리를 보면 나이가 감히 짐작되지 않을 만큼 늙은 모모 님은 자꾸만 새어나오는 한숨을 막을 수가 없었다.

"저래서야…… 저래서야……."

그녀는 타들어가는 안타까운 마음에 마른 가슴을 쿵쿵 내리쳤다. 그런 무녀의 모습을 묵묵히 바라보는 현욱의 표정도 침울했다.

"지난 일 년여 동안 낙빈 군에게는 장족의 발전이 있었습니다. 일 년 전 그는 대무신제조차도 신마 거루의 화신이 담긴 방울 없이는 감히 불러낼 수 없었지만, 이제는 그의 무의식 속에 있는 모든 신과 최고의 무신인 치우천왕까지 자유자재로 불러내어 사용할 수 있는 경지에 달했습니다."

"그러면 무엇하는가! 그러면 무엇해!"

현욱의 말이 채 끝나기도 전에 무녀의 호통이 이어졌다.

"이보게, 동방지부장! 그러면 무엇하는가! 저놈이 치우천왕을 받고, 단군을 받고, 천신天神을 받고, 온갖 만신萬神을 다 받으면 무엇하는가! 동방지부장, 이 사람아! 이미 모든 것이 시작되었단 말일세! 세계 각지에서 일어나는 일들이 무얼 의미하는지 자네는 진정 모르는가! 이 세계 곳곳에서 일어나는 종교 문제와 분쟁, 그리고 수많은 영적 마찰과 혼령들의 준동을 진정 모르는가 말일세!

말세는 이미 시작되었다는 것을 얼마나 누누이 이야기해야 알겠는가. 저 흑단인형이 말세의 끝을 보기 위해 오랫동안 지치지 않고 의지를 이어오며 그날을 준비해왔단 말이야! 우리는 그나마 그 끝의 날을 위해 지켜두었던 최후의 보루인 헤르메스의 창 반쪽을 빼앗기고 그 여우의 뒤꽁무니만 좇고 있는 현실일세. 그도 모자라 흑단인형은 남은 창의 반쪽을 찾아 헤매고 있네!

그런데…… 그런데 저게 대체 뭔가? 아무리 영력이 일취월장하면 무엇하겠나! 온 마음이 혼돈으로 어지러워서 자기 자신에 대한 미움과 원망, 타인에 대한 분노와 복수심만 가득한 것을! 저런 아이가 100년이 넘도록 세상의 종말을 향해 매진해온 흑단인형에 맞설 수 있다고 생각하시오? 정말로 승산이 있을 거라 생각하는 거요, 동방지부장! 인간에 대한 일말의 애정도 없는 아이가 세상을 구원할 수 있단 말이오? 자네는 오히려 또 하나의 흑단인형을 만들어낸 것은 아닐까 하는 생각은 해본 적이 없는가?"

그녀의 쪽빛 한복이 바람에 펄럭였다. 무녀는 심장이 타들어가는 느낌을 받았다. 기나긴 생애 동안 처음이자 마지막으로 느꼈던 오래전의 고통, 심장이 갈라지는 듯했던 그 고통이 오늘 다시 느껴졌다. 말할 수 없이 어둡고 암울한 기운이 세계를 뒤덮는 것 같아서 그녀는 연신 가슴을 두드렸다.

"드릴 말씀이…… 없습니다."

현욱은 묵묵히 고개를 숙였다. 그의 모습은 언제나 당당하고 굳건해서 늘 자신감에 차 있던 동방지부장 현욱이 아니었다. 그래서 더욱 가슴이 애달팠다.

상처받은 마음 때문에 하마터면 모든 사명감을 잃어버릴 수도 있었던 아이를 비록 복수심일망정 목표를 세우고 정진하게 만든 것은 그의 크나큰 업적임에 틀림없었다. 혜안을 가진 승덕이 사망한 뒤로 자칫 폐인이 되어버릴 수도 있던 낙빈이 오히려 엄청난 신들을 받고 그들을 자유로이 사용할 정도로 혹독한 영적 성장을 이루었다는 것은 모두 현욱의 노고와 능력 덕분이다. 그러나…… 너무나도 중요한 것이 빠져 있었다. 강력한 힘과 더불어 성장했어야 할 인간과 인류에 대한 애정이 아이에게서 사라져버린 것이다.

"동방지부장……."

무녀는 애써 평정을 찾았다. 그녀에게 저 어린 소년의 앞날은 뿌연 안개처럼 보이지 않았다. 현재의 상황만으로 암울한 미래를 결정짓는 것은 섣부른 판단이었다. 무녀는 예기치 못한 기막힌 사태를 해결할 방법에 대해 머리를 굴렸다.

"저 아이가 세계의 운명을 구할 진정한 신인이라 하더라도, 아니면 신인이 아닐지라도…… 우리는 그저 도와주고 지켜보는 수밖에 없습니다. 동방지부장, 그래, 한번 해봅시다. 저 아이가 잃어버린 삶의 희망을, 놓쳐버린 감정의 조각을 되돌릴 수 있도록…… 또한 상처받은 마음이 치유될 수 있도록…… 우리가 할 수 있는 일이 있을 거외다."

"네, 모모 님……."

무녀의 말에 현욱은 깊이 고개를 숙였다.

"우선은…… 하나 보낼 곳이 있네. 저 아이의 복수심을 조금쯤 잠재우고 저 아이의 눈에 비치는 메마른 세상의 모습을 조금은 촉촉하게 적셔줄…… 그런 곳에 보내야겠어. 이런 식의 해결이 아니라 저 아이가 본래 가지고 있던 소중한 마음을 일깨우도록 해야 합니다. 따뜻한 심장을 가진 아이들과 함께 그곳에 보내야 합니다. 저 아이에게 급한 것은 당장의 사건 해결이 아니라 복수심에 물들기 전의 마음, 저 아이의 예전 마음을 되찾는 거니까 말이야."

"네, 모모 님."

그녀의 말에 현욱은 망설임 없이 고개를 끄덕였다.

어느새 붉은 노을이 바다를 뒤덮었다. 소년이 떠난 엘로시오 호는 얼음처럼 차갑게 변했다. 심한 한기가 모든 이들을 엄습했다. 그것이 소년이 남긴 차가운 마음 탓이라는 것을 아는 사람은 거의 없었다.

-9권에 계속

신비소설 무 8 슬픔보다 깊은 분노

초판 1쇄 발행 2016년 7월 21일
초판 2쇄 발행 2018년 3월 12일

지은이 · 문성실
펴낸곳 · 달빛정원
펴낸이 · 전은옥

출판등록 · 2013년 11월 14일 제2013-000348호
주소 · 04004 서울 마포구 월드컵로10길 27, 201호(서교동, 세화빌딩)
전화 · 02-337-5446
팩스 · 0505-115-5446
전자우편 · garden21th@naver.com
블로그 · blog.naver.com/garden21th

ⓒ 문성실 2016

ISBN 979-11-87154-14-3 04810
      979-11-951018-6-3 (세트)

이 도서의 국립중앙도서관 출판예정도서목록(CIP)은 서지정보유통지원시스템 홈페이지(http://seoji.nl.go.kr)와
국가자료공동목록시스템(http://www.nl.go.kr/kolisnet)에서 이용하실 수 있습니다. (CIP제어번호: CIP2016016476)